"回忆，悲伤与荆棘"续作

Empire Of Grass:
草原帝国

The Last King of Osten Ard

最后的君王（卷二）下

Tad Williams

Of a soldier. When the worms were Nature,
they took wing. Their trone was ominous.
their shells hart. Anyone could tell they had hatched from an unsatisfied anger.
They flew swiftly toward the North, they hid the sky like a curtain.
When the wife of the soldier saw them,
she turned pale, her breath failed her.
She knew he was dead. In battle, his corpse lost in the desert.

[美]泰德·威廉姆斯/著

董宇虹/译

秋凉

虚湮

坦娜哈雅整晚都在搜索希马努的房屋和花园废墟，想把悲伤化为某种有用的动力，却未能成功。这个熟悉又亲爱的地方被毁灭后的样子，与她身中毒箭后的梦境如此相似，甚至让她觉得自己还在致命的高烧中倍受煎熬。

太阳终于回到天上时，那个凡人小伙子醒来了，显得迷糊又焦虑。除了极度的悲伤，坦娜哈雅希望自己能有更好的情绪安抚他。她按师父的教导，尽力装出让莫根纳安心的表情，但内心却空虚而死寂，有如风吹日晒下的岩石。

"我们不走了吗？"凡人从泉边洗漱、喝水回来，开口问道。他也竭力露出稳重的模样，只是不如坦娜哈雅这么老练。她能闻出男孩的恐惧，也能从他一举一动中看出。"我们没理由留在这里了吧？万一北鬼回来呢？"

"他们从未离开。"她告诉凡人，"很明显，进入大森林的贺革达亚数目之多，前所未见。我本以为，追踪你的那几个只是侦察兵，但我现在明白，情况之恶劣已超出我的想象。我师父知识渊博、资源丰富，想在他毫无防备的情况下袭击，单凭一支小队，哪怕是女王之爪也休想办到。击倒他的一定是支超强的队伍，行动迅速，靠数目和恶意碾压。他是我的导师，从未伤害任何生命，一生只为知识而活。我无法想象……"她哽咽了。

"这更说明我们必须离开。"莫根纳回答，"像你说的，回到我的国家，我们就安全了。我祖父母会欢迎你的。他们喜欢你们一族，坦娜哈雅，他们总在说你们的事。"

她勉强挤出安抚的微笑，可心情依然阴郁。"很高兴听你这么说。你的族人在我受伤后对我悉心照顾——至少我是这么听说的。但我还是理解不了花山这边发生了什么。我想花点时间调查、思考，因为森林很快会将曾经的痕迹掩盖，真相会像岸韶桑羽一样，被埋藏在藤蔓和腐叶之下，永远失落。"

"岸韶……？我不知道那是什么。"

"我族著名的九大城市之一，如今已经荒废。"

为了控制自己的情绪，莫根纳脸都僵了。"我们不需要老故事，坦娜哈雅，我们需要马上离开，赶在北鬼回来之前。"

她摇摇头。"他们不会回来，没必要。虽然我还猜不出原因，但他们的目标是杀害希马努，而非占领花山。"

"所以我们要留在这里？"

"不，不是这里。能查的我都查过了，但我必须通知其他族人。我导师是和善的学者、智慧的收集者。这次行动不光是杀他这么简单。我现在怀疑，这是乌荼库女王更大规模战争的一部分，所以我要调查清楚，并警告其他族人。"

小凡人忧虑的脸上若有所思。"父亲曾对我说过：'只知道发生了什么还不够，你还必须理解为什么发生。'你也是这个意思？"

"看来你父亲约翰·约书亚也是位学者。"早晨的阳光洒在她身上，赐予了她力量，"多年前，我到花山来找希马努尊长学习。如果只是哀悼他的离世，却没尽到最大努力理解发生的事并找出其原因，我将愧对他的教导。"

莫根纳王子皱起眉头，但更像是表达沮丧，而非愤怒。这是凡人特有的表情，她在男孩脸上见过许多次，但仍不能完全读懂。"你找到的卷轴呢？"他问，"上面写了什么？你师父想带走它，它很重要吗？"

她从外套里取出羊皮卷轴。"如果这真是他想挽救的东西，而不是遇袭时碰巧拿在手上的,那我就想不明白了。里面是贺革达亚文字,来自奈琦迦,历史非常久远。我能看懂上面的字,但是它没法帮我理解这里发生的事。它记载了我们两族分道扬镳前的一些历史。当时凯达亚分裂成贺革达亚与支达亚两族,也就是你们说的北鬼和希瑟。"她盯着卷轴,里面的字小而清晰,挤得密密麻麻。幸运的是,她心想,被师父的血染糊的部分很少。"这是份刻板的历史清单,列举了贺革达亚退入奈琦迦时带走的、留下的,以及两族之间争夺的物品,不过都是很久以前的讨论,多数是尖刻的埋怨。贺革达亚总是说,我们将族中最宝贵的遗产留给了自己。"

莫根纳看看四周,显然很不安。"我不知道这些历史,也不知道华庭是什么。"

她站起身。"那我给你讲讲吧。不知贺革达亚对我们有什么阴谋,不过,就算他们失败了,恐怕未来也只有凡人能生活在这片土地。如果我的族人没能留下任何记忆,那未免太可惜了。"她将羊皮纸收回外套,"但我不能在这里上课。我可以一边走路一边思考,况且,我们现在有个更重要的任务。"

"回海霍特,回我家。"

"不是。我会带你去的,但必须先将这里的事报告给胡兰古角的族人。我找到了你,这很重要,但他们已经知道了。这里发生的事更加重要,可能远超你的想象,我必须通知他们。"

莫根纳正在收拾自己的少量物品,闻言停下,疑惑地看着她。"你怎么告诉他们你找到我的?什么时候说的?我以为你没找到希马努的镜子——他的谓识。"

"没有,我没找到。不过几天前,我第一次在森林里见到你的痕迹、得知你上了树时,就知道不能在马背上追踪你,所以我放走了坐骑,让它回到我朋友身边,并且通知他们,说我在森林里找到了你的踪迹、却发现你没往家的方向走。"

Empire of Grass

他脸上更加莫名其妙,以致相当滑稽,即使在悲痛中看来,也让人觉得好笑。"希瑟的马会说话?居然能告诉他们那些情况?"

坦娜哈雅笑了。笑声的翅膀带走少许悲伤,留下稍感轻松的灵魂。哦,生命啊,谢谢你,她心想,谢谢你赐予我记忆,将来某天可以回想起往日的情景。"不会,我们的马不会说话。你们凡人对我们的看法有多古怪啊!我把要说的话用烧焦的树枝写在树皮上,放在鞍囊里。不过,就算看了我的信,吉吕岐和亚纪都也不知道我找到你了,而希马努被害的消息对我族更加重要。我师父是最伟大、最渊博的长老之一,就连奈琦迦都知道他的名号。杀死他的贺革达亚绝非随机游荡到此,他们是专程来刺杀他的。"

"但我们不能回希瑟的营地!你自己也说,我们周围都是贺革达亚!"他努力保持镇静,但不太成功,"我……我想家。我想回家。求求你。"

坦娜哈雅用最安抚的语气对他说:"我没打算走回胡兰古角。你说得对,那里太远了,而这消息太过不祥。我们必须尽快找到谓识。"

"既然传消息这么重要,你为何没带谓识?"

"如今没剩下多少谓识了。我出任使者寻找你祖父母时领了一个,但在你们的地界遇到袭击,谓识被偷了。"她顿了顿,如此坦诚令她有些不安,但此时她也不愿放弃诚实的美德,"事实上,我这次离开,受到守护者堪冬甲奥和其他同胞更加激烈的反对,所以没能再领一个谓识。但是,不用绝望。"她指指山下,那儿的深绿色树冠仍被山体的阴影笼罩,"那边山下有条小溪,蜿蜒穿过群山,最后流入大河赤宿沙,你们叫它'艾伏川'。我们沿河北上,只要一两天就能抵达大稚照,那是我族的古老城市,早已废弃。"

她看得出,莫根纳显然极度抗拒往北走。"你觉得那里有个谓识?但你说那城市已经废弃。"

"是啊,大稚照确实已经废弃。但在你们所说的风暴之王战争期

秋凉

间,角天华被毁、阿茉那苏被害,我们有些族人离开小舟,回归了他们认为的古老生活和古老住地,声称再也不想参与我们两族的纷争。他们自称'茑藻',翻译成你们的语言,我能想到最合适的词是'纯民'。有些纯民在大稚照安家。想在数日脚程内找到留存至今的谓识,只能去那里找。"

"这么说,你甚至不确定那里有谓识?"

"纯民比我们更崇尚古老的传统。不过,对,莫根纳王子,我能确定的只有一点:危险随着每个钟头都在增加。贺革达亚数量稀少,不会心血来潮就跑到如此远离家园的地方开战。所以一定有事发生,而且相当可怕。我知道这一点,就像你们凡人嗅到火焰或鲜血的味道。"

"可是,就算纯民的城里有谓识,我们该怎么步行沿河穿过森林呢?一辈子也走不完啊!"

坦娜哈雅放声大笑。面对手足无措的凡人,她既惊讶又好笑。"哦,莫根纳!你的祖先是从西边大海来到这片大陆的呀!你肯定知道怎么造船吧。"

"我不知道。"他赌气说,"他们只教我战斗和简单的算数。我可是王子。"

"那我教你。"尽管内心依然沉痛,她又能露出微笑了,"这样,我至少能向我的导师希马努致敬。"

下山路上,蟋蟀在枯草丛中鸣唱,种子像细小而绝望的逃难者般粘上莫根纳的衣服。阳光仍然够亮,他披上斗篷,戴起兜帽遮挡前额。

刚才讨论谓识,让莫根纳不安地想起隐瞒坦娜哈雅的事。"你们用谓识进行的交流,有没有人不用谓识也能办到?"他问道,"比如在梦里?"

后者古怪地看他一眼。"某些力量强大之人也许能做到，尤其是他们很靠近某个主谓识的时候。不过梦境之路及通过它收到的消息是否可靠，一直以来都有争议。不过，莫根纳，我只是个年轻的学者，我不知道答案。"

"你告诉我的这些，我多数都听不懂。"他承认，"谓识、梦境之路，这些都是我在孩童故事里听到的词汇。不过有件事，我觉得应该告诉你。"他吸了口气，再吸一口，像准备向父母坦白的孩子，"你们的女王理津摩押跟我说过话。在那个蝴蝶山洞里。她在我脑子里说话。我能听到她！"

"我知道。"

莫根纳大出意料地盯着坦娜哈雅。"你知道？"

"当然。如此奇异又史无前例的事，你觉得，等我中毒的高热消退后，吉吕岐和亚纪都不会告诉我吗？"

他倒没这么想过。"所以你知道。但后来的事你不可能知情，因为连他们也不知道：她还在梦里跟我说过话。"

"理津摩押在梦里跟你说话？你确定是她？"

"是啊，是你们的女王。不过，从她上次说话到现在，已经过了很久。"

坦娜哈雅缓缓摇头。"她不是女王，是森立之主，这个称号比女王还要罕见、尊贵得多，但我现在就不解释了。告诉我，她跟你说了什么，快。"

莫根纳把能想到的话都说了，但那些梦和理津摩押的话太过古怪，乍一听完全不明所以，因此大部分都被他遗忘了。

他说完后，坦娜哈雅沉默良久。"这些神秘事超出了我的能力。"她最后说，"必须等我有机会跟比我更睿智的族人谈谈时再说。"她发出笛子似的声音，也许是在叹息，"不过莫根纳，我越来越觉得，你在这一切事件中显然举足轻重。你能听见沉眠的森立之主的话。你

秋凉

见过迷雾溪谷,遇到谷中庞大的守卫还活了下来。这些都是我族从未遇过之事。命运的激流将你带到许多凡人未曾涉足之地。我相信,你和你祖父一样,必然会在我族的历史中发挥作用,尽管以我的智慧想不出会是什么作用。"

"你在说什么啊?"无论坦娜哈雅把他说得如何与众不同,都被他心中越来越强的思乡之情抵消了。

"这场永无止境的争斗,"她回答,"支达亚与贺革达亚——你们所说的希瑟与北鬼——的战争,现在这也成了你的战争。贺革达亚被凡人挫败了太多次,因此与我们相比,他们更希望你们消失。也就是说,你没多少选择,必须做好参战的准备。"

"什么战争?我不明白。"

"你当然不明白。你怎么能明白?但你了解故事,莫根纳王子,尤其终有一天,你将统治其他凡人。如果你的时代开始,我族仍生活在这块大陆上,你需要理解我们。如果我们消失,你需要从我们的错误中汲取教训。"

莫根纳只能连连摆手表示投降。他知道,年长者又要给他讲课了,不管他想不想听。"所以你不但要教我造船,还要教我历史?"

坦娜哈雅露出微笑,但笑容里是他熟悉的悲伤:他父亲在生命的最后几年里,每次离开家人,继续消耗他太多时间的研究时,常常也是这种表情。

"恐怕我必须教你。而且,正如我所说,通过教导你,希马努师父将继续活在我心中。也许他也会活在你心中,只是你不知道而已。"

他叹了口气。"那你讲吧。"

"我们现在的目的地是大稚照。在你见到它、理解它之前,"她开始讲述,"你必须知道我族是如何来到这块流放之地的。我们的起点在千里之外的另一块大陆,名叫望都沙,意思是'失落的华庭'。至于我族是否在华庭之前就已出现,我们忘记了,因为没有文字记录,也没有传说。即使年纪最老的凯达亚,也不记得华庭之前的事了。"

"凯……达……亚?"莫根纳看到一只金翅雀在枝头蹦蹦跳跳,真希望自己就是那只鸟,至少回到树上,那儿的生活简单多了,他也算过得开心。

"对,凯达亚,那时我们自称凯达亚,意思是'巫木树之子'。在华庭星谷之内,广阔的梦海之边,有片巫木森林,那是我们的世界中心。起初那些树是野生的,漫山遍野都是。从最早有记录时开始,我们便学会了收集种子,自行种植巫木,照顾它、改变它、利用它。不仅木材,它的树皮、果实和叶子都有用。我们在巫木园周围建造家园,渐渐发展成第一座大城市,名叫桃灼,意思是'星星',因为它的光辉每夜都如夜空中的星星般熠熠生辉。我们还学会了耕种谷类和水果,供养日渐增加的人口。"

莫根纳能听到下方溪流潺潺的水声。他加快速度,跟上坦娜哈雅下山时自信的脚步。

"巫木为我们提供了工具和建筑材料,"她继续道,"让我们生活得更加美好。它的果实赋予我们生命,不仅是普通的生命,还有前所未有的长寿。它的叶子和花让我们做梦,帮我们理解自己是谁、要去何方。但那些梦,无论有多黑暗,从未预示过我们即将面对的灾难、即将自作自受的命运。"

"什么意思?发生了什么?"

"我会尽可能解释,莫根纳,但那部分暂时不需要讲。现在听我说。"她站定,莫根纳也停下,以为她听到有人来,但她只是继续说话,"我们凯达亚将巫木据为己有,按自己的意愿去改变世界。我们以为,一切都理所应当,且永远不变。然后,华庭开始反抗我们的掌控,只是我们当时并不理解。"她停了好一阵子,像是找不到言辞。太阳照着她金色的皮肤,让它如金属般光滑闪亮,"起初,一切都是

秋凉

那么恐怖和莫名其妙。从梦海爬出可怕的怪物，将恐惧带给我们的族人。海怪毁坏我们的船只。异形在原本只有月色与星光的夜里徘徊。龙，史上从未出现过的第一条，从地底深处爬出，来到大陆，摧毁挡路的一切。"她又迈开步子，带着他走下山，朝流水声而去。

"从那之后，又过了许多个大年——我族每个大年都跟凡人的一辈子差不多长。曾经只有快乐的华庭动荡不安，弥漫着黑影。我们跟巨龙，以及其他来自梦海的恐怖怪物战斗。我们从未想过，梦海竟是敌人，至少没想过，它会是与我们争夺华庭主权的对手。我们某些族人，比如伟大的战士'斩虫'罕满寇，将那些巨虫赶进了最高的群山，所以有段时间，它们仿佛从未出现过。但那时间没能持续太久。罕满寇的配偶'森立之主'与勇敢自信的丈夫不同，她看事透彻、深思熟虑，前往召圣祠斋戒数日，终于梦见，华庭是个宏伟的整体，环绕它的梦海是其中最大的组成部分，所有生灵都在梦海深处的未知水域和谐地游弋。从那个梦中，她悟出森立之道。我们支达亚至今仍奉行森立之道。但并非所有桃灼居民都喜欢她的梦。

"莫根纳啊，传说中北鬼与希瑟的决裂，其实就从那个时候开始，不在你认识的这片大陆，而在我们自己的古老家园。如今我们族人当中，就只剩年迈的乌荼库还记得那个地方。斩虫罕满寇的追随者奉行与他一样的信念，相信只有毁灭一切威胁，我们才能生存下去。他们理解不了森立之主的想法，后者认为，我们应当寻求与身边世界和谐共处的生存之道。

"森立之主的追随者认为，自己是在等候黎明破晓般的顿悟。罕满寇的追随者相信，幽暗的海洋及从海里出来的怪物将毁灭凯达亚的光明，没有他们的力量，全族注定陷入彻底的黑暗。因此，有史以来第一次，信念将他们分成两派，分别自称'黎明之子'和'云之子'。两派的追随者一如既往地住在一起，互相联姻，通力合作，即使在最古老的家族也不例外。然而裂痕终将越来越大。"

Empire of Grass

他俩来到山坡下,终于看见小溪,汩汩水声犹如音乐,岸边长满棕灰两色芦苇。他们在溪边休息一下。至少莫根纳休息了,坦娜哈雅继续站着,依然无法安心,滔滔不绝。

"但华庭给我们的意外尚未完结。"她继续道,如同潺潺的溪水,一旦开始流淌,就必须到终点才能停下。"我们与龙和其他怪物战斗多年,牺牲无数。龙与怪物同样死亡无数,只是无人哀悼它们。然后,庭叩达亚出现在华庭。没人确知他们的来源,但很多族人认为他们与龙一样,来自梦海,所以称其为'海洋之子'。起初,他们与我们不太相似,但随着时间过去,那些换生灵越来越像凯达亚,以致有时很难分辨两者。不过,虽然庭叩达亚外形与我们相似,思维方式却与我们不同。他们有的自行寻找住处,尽量住在我们附近,并将他们对华庭的理解传达给我们,教导我们学习从未发现过的生活方式。但另一些则变成更加古怪的形状,住在远离凯达亚的地方,其中有些分支的智力不比动物高多少。很快,原始的换生灵被迫做起比奴隶更差的工作,都是我们凯达亚不想做或不能做的事。更糟糕的是,我们开始培育他们,就像你们凡人培育狗和马,好让他们按我们的意愿去工作。换生灵能变形,即使相邻的两代之间,形态也可以大相径庭。通过实践,我们学会了纯育的方法,强迫那些形态固定下来,成为搬运工、呢斯淇,甚至你们口中的长毛巨人,都是我们按自己的目的在失落的华庭培育出来的。"

"我知道呢斯淇。"莫根纳终于从故事里听到认识的名词,不由松了口气,"当然还有巨人。先前我们从瑞摩加返回时,袭击我们的北鬼就带着一只巨人。士兵们,包括我祖父,都说那是他们见过最大的一只。"

"也就是说,它很老了。"坦娜哈雅回答,"听说它们永远不会停止生长,有些最老的甚至能说话。"

"真的?"

秋凉

"是啊。不论你说的呢斯淇、巨人，或是当成负重野兽一样的搬运工，都是海洋之子。不论形态如何，他们都不是动物。"

"你认为喊嗑哩也是？他们也是庭……也是换生灵？"

她迷惑了好一阵儿。"'喊嗑哩'，就是跟你一起住在树上的小生灵？对，我确信他们也是庭叩达亚，虽然我从没见过那种形态。"

* * *

他俩跟随小溪的流向，伴着雀鸟和昆虫的鸣叫，在金黄的山坡间蜿蜒前行。坦娜哈雅沉默了一阵儿。莫根纳趁机缓了缓，刚才的名词和故事听得他晕头转向。但他突然想起一件事。

"你说过，你的族人离开了华庭。"他说，"为什么？如果那地方那么漂亮，为什么他们到这儿来？"

"因为，高傲自满的罕满寇犯了个毁灭性的错误。"她歪着头，聆听片刻，"那条河不远了。莫根纳，今晚也许你能吃到鱼。"

可能吃到鱼，让他口水直流，但仍未分心。"什么错误？"

"罕满寇的追随者，包括他的后裔乌荼库，决意摧毁龙和其他诞生于梦海的生灵。他们开始寻找新的打败敌人的方法，由此发现了虚湮。"

"虚湮？"莫根纳第一次对坦娜哈雅几近完美的通用语产生了怀疑，"你确定这个词没错？这个词没意义啊。"

后者直视他的眼睛。莫根纳不但看出她脸上的悲伤，同时也想起，对方的年纪比自己老得多。"真希望你是对的。我们的语言叫A'do‐Shao，换成你的语言，最贴近的便是'虚湮'，再没有更合适的翻译了。

"凡人王子啊，有些事就是没办法，就是办不到。比如虚湮，单纯的语言，不论你的还是我的，都无法准确描述它。什么东西能在同一时刻既巨大、又微小？什么东西既是活的、又已死去？什么东西既能存在、又不存在？而这，正是罕满堪家族发现的秘密，虚湮的秘密。它不但能毁灭它触及的一切，还能抹杀其存在的痕迹。"

莫根纳一边努力理解，一边跟随坦娜哈雅走下陡峭的绿草山坡，穿过一片橡树林。它们的树枝形状像是受到折磨，比在圣撒翠大教堂前乞讨的残疾人还要扭曲。莫根纳也能听到山下的河水声，在附近小溪音乐般的水声衬托下显得沉闷如雷，如同远处人群的齐声呐喊。

"我不明白。"他最后承认，"是不是有点像鼠疫？类似红疫病？"

坦娜哈雅摇摇头。"我们对虚湮认识很少，可是，最严重的瘟疫也没法与之相比。阿茉那苏的母亲杉纪都是最后一位记得望都沙的支达亚，她所了解的虚湮，也只是看到它如风暴云般横扫华庭，所过之处没留下任何事物，没有草、没有石头、没有天空，甚至没有遗憾。什么都没有。虚湮吞噬一切。"

"那它是怎么出现的？你的族人又是如何逃走的？"

"唯一能拯救我们的是时间：虚湮的启动非常缓慢，然而一旦发动，就再也无法阻止或逆转。我不知道它一开始是怎么出现的。罕满堪家族的贤哲奈儒挞敌是制造它，或者说发现它的第一人，也是第一个被它吞噬的生命。"此时，她说出每个字都显得那么艰难，"他们说，虚湮就像团无法扑灭的黑火，虽然它既不热，也无形。它是虚无，并将一切都拖进了虚无。"

"但它不在这里，对吧？"莫根纳焦虑地问。他好不容易才忍住，没有回头查看身后山坡上有无黑雾翻滚而下。

"不在。据说，制造它的秘密已随奈儒挞敌之死而失传，但它永远烙在我族心中。有时我担心，那种伤痕永远都无法痊愈。"她深吸一口气，"光是谈论它都是一种痛苦。"

他俩随小溪转过最后一道弯，穿过一片杨柳林，莫根纳突然看到，宽阔闪亮的河面铺在山谷底部，如同一条巨蟒，在最后的下午阳光下波光粼粼。

"到了。"坦娜哈雅停下脚步。莫根纳吃惊地听到，她突然亮开

秋凉

嗓门,用他们的语言唱起歌来,听不懂的歌词如液体般流淌,曲调随着奔涌的暗色河面起起伏伏。

歌很短。她唱完后解释说:"这是首关于赤宿沙的歌,歌词的意思是:'她的血液是凉的,她的思绪是绿的。她比思想更古老,比时间更广阔。'这首歌赞美大森林,赞美如她血脉的河流。"她展开双臂,"很高兴再次见到你。"她喊道,仿佛河水长了耳朵。"很好。"坦娜哈雅转头对莫根纳说道,嘴角翘起,露出微笑,一时像个淘气的女孩。"我们到了,你会抓鱼吗?或者你宁愿割芦苇?"

"我肯定能抓到鱼。"他嘴里说着,心里却不太自信。

"那好吧,你去抓。我割芦苇。"

"做什么用?"

"当然做船啊。"

他惊讶地望着芦苇脆弱的茎秆。它们布满溪岸两边,在下方河岸边长得更加密集。"用那东西做船?"

坦娜哈雅朗声大笑,欢快的笑声与凡人不大一样,更像夜莺啼啭。莫根纳有好一阵子没听她笑了。"除非你能一路游到大稚照,否则,对,莫根纳王子,我们要用芦苇造船。"

宾拿比克坐在营地边一颗石头上,挠着瓦喀娜耳后。母狼十分享受,耷拉着舌头,紧闭着双眼。他们没点火,因为两天前,他们曾发现北鬼。

"不,先别忙着收拾我们那点东西。"宾拿比克对茜丝琪说,"我们必须召开一次家庭会议。有很多事要讨论。"

"先让我出去一趟。"齐娜说,"我敢以祖先发誓,我能再次找到那个痕迹。"

"我们今天不谈那个。"她父亲回答,"不,我们需要坐下,作为一个家庭,好好谈谈。"

"这里不是岷塔霍，"齐娜恼怒地抗议，"没有火焰需要照料，没有杂务需要分派，太阳每爬高一点，我们都会落后更多。"

"是啊。"宾拿比克说，"但看不清目标就去追寻之人，可能会被未曾留意之物从后面追上。"

"父亲，省省你这些老话吧。"齐娜懊恼地说，"我全都听过了。这些睿智箴言是谁说的来着？是你师父欧科库克，还是哪个低地的卷轴持有者？"

"我伶牙俐齿的女儿啊，刚才那句话是我母亲说的，就是你祖母。她说得对，因为她和我父亲都是被一场雪崩卷走去世的。所以，你没见过她和你祖父，只见过你母亲的父母。"

齐娜后悔刚才说过的话，但仍不服气。"为什么现在开？为什么不能等到晚上、没法找莫根纳王子时再谈？"

"因为晚上我要思考问题。"她父亲解释，"你和小史那那克熟睡后发出的鼾声，响亮得连熊都能吓走，所以我要花很多时间思考。话说回来，你的未婚夫呢？"

"他去找洗漱用水了。"她母亲回答，"他在努力做个好女婿。"

"是啊。"宾拿比克赞同，"而我在努力做个好父亲。事实上，我年纪这么大，脑子里装了这么多智慧，有时真担心自己会爆炸。但我女儿不认同，还不停问我为什么这个、为什么那个。"但他的表情并不生气，只是疲倦。齐娜走到他跟前，用鼻子轻轻蹭蹭他的脸颊。

"对不起，父亲。"她说，"可等待真难熬啊。最近我们经常在等待。"

史那那克回到营地，肩上搭着六个鼓鼓囊囊的皮袋。"为什么我们扎营的每座小山上，水源都不在山顶呢？"他问，"这个问题，最睿智的脑袋也觉得苦恼吧。或者，我们为什么不在山下的水源边扎营呢？"

"因为蚊子啊。"宾拿比克回答，"而且半夜会有熊下山饮水。还有，河人也等着把你拖进漆黑的巢穴，让你的肺灌满泥水。不过嘛，如果你想到下面小溪边睡觉，以便明早的工作轻松些，我也能批准。"

史那那克把满满当当的水袋放到地上。负责驮水的公羊喷着鼻子，挪挪脚步。"谢谢，师父，不用了。我还年轻、英俊，不想被那些长翅膀的吸血虫毁容。不然齐娜就不会爱我了。"

"我的未婚夫，我永远爱你的脸。"齐娜保证，"尤其你闭上嘴巴时。"

"我女儿真是牙尖嘴利！"宾拿比克摇摇头，只是这次比刚才愉快些。

"啊！我受伤了！伤心得快要死了！"史那那克在宾拿比克身旁坐下，"让我喘口气，润润喉咙，我们就能再次上路。"

齐娜翻个白眼。"我父亲要开会。"

"很好，"史那那克拿起一只皮袋，长饮一口，"我们先讨论一下去哪儿找更多康康酒吧，只能喝水，我都不活下去了。就算苛鲁何酿的啤酒，也有利于我的肠胃。水只适合给羊喝，或者够冷变成雪也行啊，但它真不适合吟唱者。"

"你还不是吟唱者。"宾拿比克指出，"现在，吾妻，过来一起坐。我们等会儿会帮你做杂务的。还有你，我的宝贝女儿。"

齐娜靠近一些，坐在史那那克身旁，抬手用袖子擦擦他宽阔的额头。"你不习惯这里的夏天。"她轻声说。

"夏天？夏天该去蓝泥湖。那里阳光明媚，轻风拂面。"他皱着眉头，"在那里，男人不会骨瘦如柴。这里完全是另一回事。"他擦着前额，上面又已布满汗珠。"这里的'夏天'更像住在烧汤的石头上，在沸腾的汤锅底过日子。现在还是早上！"

"我们暂时离不开南方，"宾拿比克说，"所以你必须管好你自己，史那那克。但我们不能像先前那样继续了。每天痕迹都变得更少，而我们每多花一天寻找他的痕迹，他就离我们更远。"

Empire of Grass

"说不通啊。"史那那克抱怨,"他已经不住树上了,至少我们找不到铁爪留下的痕迹,可他为什么这么难找?齐娜应该能在地上找到他的痕迹才对。"

"我不知道原因。"宾拿比克回答,"但我知道,我们必须换个法子。我们差点被贺革达亚追上,要不是齐娜耳朵灵,我们可能已经死了。"

"他们在往另一个方向走,"齐娜说,"我们不用担心再次遇上贺革达亚士兵。"

"是啊,但他们可能也在找莫根纳。"史那那克指出,"无论我们要换什么办法,都得赶快。"

"是啊,所以我们要回头往爱克兰走。"宾拿比克说完,抬手阻止齐娜和小史那那克马上要提出的抗议,"我们必须回海霍特找西蒙和米蕊茉,把我们了解到的情况告诉给他们。他们可能连孙子莫根纳失踪都不知道,因为我们无法确定,那几个爱克兰士兵能不能带着我的消息成功回家。而且大森林这边已有数百年没出现过贺革达亚,现在却出现了,我们的朋友应该知道消息。"

"但我们不能放弃寻找莫根纳王子!"齐娜喊道,"他离得不远了,我们都知道。他不可能突然长出翅膀,除非我这辈子听你说的那些低地人的能力都是假的。"

她父亲露出哀伤的微笑。"我的小雪猫,我跟你说的都是真的,至少是我了解到的真相,因为没人能知晓一切。但我们不能在这儿继续耗下去了。如果我们是希瑟,也许可以用魔镜跟远方的朋友通话。如果智者葛萝伊还活着,我们可以用她训练的鸟,像卷轴联盟以前通信那样。但我们两者都没有,只有自己,只有眼睛和舌头。我们的朋友必须知道王子的事,他们可以派更多士兵搜索森林,万一遇上贺革达亚也能应对。"

"我不能抛下莫根纳王子。"史那那克宣布,"我和他命运相连。

我知道这是事实。"

"拜托,别跟我说什么命运。"宾拿比克同样坚定地回答,"这牵涉到许多人、无数人的命运,即使用上岷塔霍,以及我们所有山峰上每一根树枝也数不完他们的数目。无论多么痛苦,我们必须考虑更多人的利益。"

"那我俩继续找他吧。"齐娜提议,"您和母亲去爱克兰送信,史那那克和我留下搜寻。在您的朋友派士兵来之前,谁知道莫根纳王子会遇上什么危险?"

"别让我们牵肠挂肚,齐娜。"她母亲反对,"西蒙和米蕊茉已经失去他们的孙子。我们怎能连自己的女儿也失去?"

"您不会失去我的。"齐娜回答,"我未婚夫虽然是个话痨,但他聪明强壮,我也是。我们不是小孩了。您必须明白,这是最好的办法,无论您是否担心。"

她父母当然不同意,但齐娜十分固执,史那那克也很聪明,放任她去负责大部分争论。他们来来回回讨论了将近一个钟头,如蓝泥湖边的麻雀不断往返、捡拾树枝筑巢一般,双方都将自己的论据堆得老高。但齐娜真不愧是她父母的孩子,坚决不肯动摇。

"如果我以父亲的名义,命令你跟我们走呢?"宾拿比克最后问道。

"那我会违抗您。因为您带我来到这世上,不是要我充当您的眼睛与双手,要我遵从您的意愿。您赋予我完整的生命、自行思考的意识、自明对错的心灵。我们跟着莫根纳的痕迹走了这么久,现在放弃可不对。我们也许再也不能如此接近他了。想象一下,万一他独自遇上贺革达亚,没有朋友帮助会发生什么?"

终于,所有人都沉默了。齐娜看到父亲望向母亲,从他表情看出,自己赢了。然而她心中没有半点胜利的喜悦。

"我不会命令你违背自己的意愿跟我们走。"最后他说,"茜丝琪，你还有办法吗？"

"除非把他俩绑起来，放在鞍上带回海霍特，不然，没有。"她母亲回答，"但我很担心啊。我的女儿齐娜，你说得对，你已长大成人，但世界很广阔、很危险，比以往任何时候都危险。干预不朽者的事，也许会送掉你的性命。你要记住一点：你有任何不测，我和你父亲都会心碎的。"

"我会保护她，尊敬的茜丝琪娜娜沐柯①。"史那那克说，"您放心，我会付出一切保护她的安全。"

齐娜哼了一声。"只怕到时是我救你吧。"不过这小小的玩笑无法填补她心中突然出现的空洞。刚才争论的是接下来怎么做，而此时此刻，她必须面对在未知的土地与父母分别的冰冷事实。她深吸一口气。"我们会竭尽全力保护自己的安全。我还想结婚呢。别担心，你们二位悉心教导我俩这么长时间。"她感觉泪水涌上眼眶，急忙用袖子擦掉，"我们会让你们骄傲的。"

"你一直让我们十分骄傲。"只是争论了一个钟头，宾拿比克却像老了好几岁。"趁我还没改变主意，想按你母亲的建议把你们绑到鞍上之前，仔细听好了。"

"我没这么建议过。"茜丝琪严厉地说。

"我知道，亲爱的。有时我开玩笑是为驱散自己的忧虑。"他皱眉思考，"这里是希瑟的领地，星星极不可靠。我不知道原因，但从这里看去，它们被拉长了，形状很奇怪。所以你们会发现，白熊座和老妇座不再是最佳的方向指引。不过，你们继续沿我们前几天走的小径朝落日走，最后肯定能到巍轮山。西蒙和米蕊茉辖下的堡垒奈格利蒙，就耸立在那片山脉远侧。"他捡起一根树枝，在泥地上画地图。"事实上，你们可能再走一两天，就能到古老的希瑟城市大稚照。它

---

① 茜丝琪娜娜沐柯：茜丝琪的全名。

秋凉

坐落在艾伏川河边,而那条河流淌在巍轮山近侧。那儿有条路叫丝戴尔,翻过群山,通往那座堡垒。你们可以到那儿寻求帮助。如果你们找到莫根纳,也可以带他去奈格利蒙。他在那儿会很安全。"

"那你们为何要回海霍特?为何不去这个奈格利蒙,在那里给你们的朋友写信?"

"因为我心存疑虑,齐娜,而且我不放心信使。"她父亲回答,"最近发生了太多古怪又致命的事。你还记得那个希瑟信使坦娜哈雅吗?她在寻访西蒙和米蕊茉时,就在鄂克斯特城外遭到伏击,要不是幸运地被人发现,可能已经死了。有人要阻止她找到我们的朋友,而那人一直没曝光。要么北鬼女王冰冷的鬼手已经伸到海霍特大门外,要么我朋友的敌人与他们距离之近已超出我们的想象。不行,这么重要的消息,我不能再指望信使。"

"可这一来,您和母亲也会身陷险境!"齐娜说,"既然有人袭击希瑟,那他们也能轻易袭击你们,阻止你们去见朋友。"

宾拿比克点点头。"是啊,但家人分离时也只能如此。正如我们担心你俩独自行动,你们肯定也会为我们担心。除了自己的生命及活着时的短暂时光,我们一无所有,所以我们必须向群山之女祈祷,希望每个人都能找到重聚的路。记住我们的家,勇敢前行。"

分手时,所有人眼中都噙着泪水,就连小史那那克也不例外,尽管他抱怨,那只是夏日微风吹来的尘土在作怪。

门上的窗洞

波尔图想方设法帮莱维斯熬过第一和第二晚。他用手给爱克兰人喂水,尽量清洗其腹部的伤口,然后缠上绷带。但他看得出,这是场必输无疑的战斗,这感觉让他灰心丧气。他记得以前经历过同样的噩梦。

许多年前,在奈琦迦山门前的战斗中,年轻的波尔图曾照顾垂死的朋友安德锐直到最后一刻。但安德锐的伤来自北鬼的毒箭,莱维斯的伤则来自相对干净的色雷辛武器。这区别是波尔图唯一的希望。可最近的水源要走很远,无论伙伴的皮肤多么滚烫、要水的呼声多么可怜,波尔图也不想离开他。当年,年轻人安德锐就是在波尔图离开期间死去的。

无论那场席卷酋长大会所有参与者的混乱是怎么回事,第二天它就平息了。波尔图时不时仍能听见,藏身处外面有色雷辛人喊叫,但已不是打架的吵嚷。但他仍被绑在垂死的伙伴身边,不仅仅因为自尊和悲伤,还因为,就算莱维斯去世了,也不过是丢下波尔图独自一个面对漫长而痛苦的死亡。坐骑没了,他没法想象该怎样一路走回爱克兰,就算年轻二十年他也办不到啊。

不过,我手里还有剑和匕首,他告诉自己,至少我能选择自己的死法。

与草原人战斗后的第二日黎明,莱维斯的呼吸显得轻松了些。波

秋凉

尔图冒险背着他出去找水。他把莱维斯扛到背上，摇摇晃晃走到离酋长大会更远的地方，将不省人事的伙伴放在一条注入血湖的小溪旁。此时已是夏末，溪水很浅，只能算是在宽阔泥岸间流淌的几缕细流。但那毕竟是活水，波尔图尝了下，很甜。他将莱维斯拖进树荫，先洗净伤者染血的汗衫，又用湿布擦拭他的额头，再试着清洗伤口。他在战场上见过太多伤口，知道队长能活下来的概率很低，可丢下伙伴任其独自等死，感觉就像将注定死亡的安德锐再次丢下。

波尔图一整天坐在莱维斯身旁，时不时移动他，以免炙热的太阳照到他的脸，或将伤口上暗红色的干血洗掉，看他渴了就喂些水。他没法把朋友搬到更远的地方了，只能等待上帝将他收回天堂。莱维斯已经不说话了。除了自己的思绪，波尔图再没有真正的伙伴。

* * *

一阵奇怪的杂音将波尔图从浅寐中惊醒。那是拉长的刮擦声，像把钉子从老木头中拔出来似的。声音来自附近的小溪。波尔图先确认莱维斯还在浅浅地呼吸，然后拔剑在手，伏地爬过灌木丛，朝水边靠近，以便看得更清楚些。

起初，他以为那是个巨人，因为对方骑在马背上的身影异常魁梧，而他的马正在喝溪水。随后波尔图才看清，那人的身材其实没那么巨大，之所以显得大，是因为他骑在一头小毛驴背上。

尽管波尔图没发出一丝声响，那人仍转脸望向他这边。老骑士握紧剑柄，准备迎战，至少引着对方远离受伤的同伴。但骑驴人只是点点头，又别过脸去，仿佛拿着剑爬过草丛的男人对他没什么异常。陌生人上身发达，两腿短小，像是莫根纳王子的矮怪朋友长成凡人大小后的模样。不过与矮怪不同，他将长胡子编成一条辫子，脸颊和头上的毛发覆盖了大半张脸，仿佛半是猿类、半是宏瘟，好在五官看上去挺正常。

"Vilagum，"陌生人喊道，"Ves zhu haya。"

波尔图愣了一会儿才听明白,陌生人说的色雷辛话,意思类似于"欢迎"或"祝你健康",没有敌意。

"Zhu dankun。"他回答——谢谢。

胡子男听出波尔图的母语并非色雷辛语,于是把下一句话换成流利的通用语,只是口音很重,每个词都像秋天的松果般充满棱角。"依我看,你不是大草原上的人。你从哪儿来?"

"爱克兰,但我不在那儿出生。"

"我和我朋友吉尔登,是不是把溪水搅混了?你要过来喝水吗?吉尔登主意很正,不过我要它挪下位子,它会听的。"

"我水袋里有水。"波尔图回答,四下张望寻找对方的朋友。他想信任对方,可又担心埋伏。"但没食物。"他们仅剩的补给都放在鞍囊里,跟着逃走的坐骑一起消失了。直到此时说出口,他才意识到自己饥肠辘辘。"我朋友受了重伤。"

男人谨慎地望着他,然后说:"请你走出来,让我看清你。"

波尔图爬出长草丛,站起身。现在他看清了,对方是色雷辛人,一条毒蛇纹身从右手腕开始,绕着手臂往上,再从无袖衬衣的另一边露出,蜿蜒爬下左手腕。他脖子上还戴着蛇骨项链。

"你朋友为什么会受重伤?"男人问。

波尔图迟疑一下,决定还是诚实为好,万一陌生人认识能救治莱维斯的人呢?"他这里被砍伤了。"他指指自己的胃部,"我们遇到袭击,不是我们跟人打架。"

胡子男点点头,翻身下驴,踩水过溪,牵驴上岸,朝波尔图走来。

"我去看看,"他说,"我会点……医术。"他想了会儿才找到合适的词汇,说完后又点点头,仿佛确认就是这个词。"我叫鲁兹旺,毒蛇部族的萨满,懂点医术。你朋友受伤多久了?"

"两天了。"波尔图回答。

秋凉

鲁兹旺听闻，胡须脸露出哀伤的表情，摇摇头。"太迟了，不过拥地者也可能大发慈悲。你朋友是哪个部族的？"

"他跟我一样，来自爱克兰。"

鲁兹旺没再说什么，只是随他回到莱维斯的藏身洞。萨满将驴绑在树枝上，在熟睡的莱维斯身旁蹲下。后者面无血色，波尔图能想象死亡已等在不远处。鲁兹旺检查队长的眼睛和舌头，小心地解开临时绷带，查看伤口，一边看，舌头一边发出轻轻的"咔哒"声。

最后他望向波尔图。"你有没有祈求救助？"他问。

波尔图吃了一惊。"有，当然有，向我们的上帝祈求。"

鲁兹旺摆摆手。"诸神或独自真神都可以，但你必须是个好人，他们才会聆听你的祷告。众所周知，我们毒蛇部族的人是最出色的医师。"

"你能救他吗？"

"还不好说。他很虚弱。"他解开树枝上的驴子缰绳，"他的伤口和血液中有邪恶的神灵。到现在，只有无足者——就是拥地者——赐予的力量才能救他。你带他来吧？"

"带他去哪儿？"

"跟我走，去水深些的地方。"

他们停步的位置距酋长大会营地很近，波尔图又一次听见那边传来的人声。鲁兹旺从鞍囊里掏出个油布包裹，再次走向小溪。这里水面宽阔多了。萨满毫不迟疑地脱光衣服，赤条条走进溪水，直至深及大腿，开始洗澡，一边洗一边用色雷辛语轻声唱着歌，波尔图一个字也听不懂。洗完回来，他穿上裤子，坐在莱维斯身旁的泥地上。"生火。"他说着，从油布包里往外掏东西，有小陶罐、皮袋等，都放在地上。火生好了，鲁兹旺叫波尔图拿着黏土碗去河里打水，然后往里面撒了许多捏碎的叶子，同时仍然唱歌，等碗里的水沸腾。"现在，告诉我这人的名字。"他说。

"莱维斯。"

"奇怪的名字。不过我会尽力向神灵解释，希望他们理解。"

* * *

太阳划过下午的天空，阴影开始朝东方拉长。萨满用煮好的草药水清洗完莱维斯的伤口，敷上煮过的叶子，再从另一个鞍囊里取出长条形干叶缠好，期间一直在唱歌。然后，他叫波尔图去打更多水，煮沸，不过这次加了某种树根或块茎的切段。等素汤放凉些，萨满将它端到莱维斯嘴边，倒了些进去。爱克兰队长的喉咙动了动，像是喝了，但动作更像无意识的，因为他的模样，至少在波尔图看来没有任何好转。

"慢慢把剩下的素汤灌下去。"鲁兹旺把碗递给波尔图，"等到太阳下山，如果无足者认为他有价值，会救他的。"

"他有价值的。"波尔图心里想到莱维斯的幽默、勇敢和信念。

"这不是我们决定的，是神灵决定的。"鲁兹旺略带严厉地回答，"现在我要跟你说说我的驴吉尔登。它性子躁烈，只要你别把手伸到它嘴巴附近，就不会受伤。"

"什么？为何告诉我这个？"

"因为我要把它留给你。我离族人很远，改成步行离得就更远了。他们六天前就离开了酋长大会，返回我们部族在东边的领地。"

"你要把驴子给我？"

"你这伙伴，就算拥地者饶了他的性命，也不能继续留在这儿。"萨满指指莱维斯，"可就算有我的驴子帮忙，你也没法把他带到爱克兰那么远的地方，他会死在半路上的。"他突然想到一件事，"不过我见过你们族人的营地。当时我跟雀鹰部族和野牛部族的萨满做完生意，回来路上见到的。"

"我的族人？"

"我觉得他们的旗帜一定属于爱克兰，上面有两条龙和一棵树。

秋凉

你认得吗？"

波尔图心跳加速。"对，是爱克兰的旗帜。你真见到他们了？"

"北边的人都在谈论。我族人说，新山王抓住一个重要人物，石民为了那人来跟他谈条件。"

"艾欧莱尔伯爵？被抓的人叫这个名字吗？"

"我不知道更多了。萨满心里要想别的事。"他耸耸肩，胡须辫子在胸前摇晃，像狗蹲坐在地上时的尾巴。"他们说，乌恩沃想用那人做交易，或者要求统治你们爱克兰的石民做点什么。"

"你知道他们把抓来的人关在哪儿吗？"

鲁兹旺挑起一边眉毛，黝黑的面庞露出笑意。他的眉毛又硬又粗，犹如春天的毛毛虫。"你问错人啦。毒蛇只赐予我治疗的能力，仅此而已。不过新山王要拿他做交易，那他肯定在新山王手里，你说呢？"

波尔图往后一靠，震惊不已。为何爱克兰军队会跑到色雷辛边境来？就算为了重要的艾欧莱尔伯爵来谈判，也不合理啊？他想起莫根纳王子和失败的任务，羞愧如部族战士扎伤莱维斯般，深深扎进波尔图的心。他辜负了所有人，但能找到爱克兰的营地，至少能将他知道的情况报告上去。

可我不能丢下莱维斯，他想起来，我必须陪着他，只要他……还活着。

"我要走了。"鲁兹旺从驴背上拿起鞍囊，搭在肩头，整个人的形状更像鸡蛋了。"我给你和你朋友留下些醋栗果子，堆在那儿，看见了吧。你必须先在嘴里嚼烂了，才能喂给他吃。"

"但我不能要你的驴！"

"你能。你必须要。这是拥地者告诉我的，神灵不会说谎。好好照顾它，它就能好好驮着你和你朋友赶路。老吉尔登模样凶，但其实不坏，只是闹脾气时喜欢踢人。我会想念它的。"

Empire of Grass

波尔图呆坐在地上，看着鲁兹旺扛起鞍囊，拍拍驴子的鼻子。吉尔登别过脸去，仿佛不敢相信主人竟这么轻易送掉自己。然后，萨满沿着溪边蜿蜒的小路离开。"记住，手别靠近它的嘴巴！"他回头喊了一句，消失在树林中。

下午渐渐消逝，波尔图一直坐在莱维斯身边，擦掉他额头的汗水，小口小口地喂他喝素汤。他自己也很饿，但素汤闻起来没有一丁点儿吸引力，于是他吃了两个果子，发现它们更加可口，但缓解不了多少饥饿感。

终于，夜幕降临，他坐着睡着了，手里仍然拿着莱维斯沾湿的破衬衣。半夜再次醒来，他以为这一整天都是个梦，但驴子吉尔登还绑在附近的树上，他朋友莱维斯虚弱地讨要更多素汤。

艾欧莱尔不太喜欢继续被关押的感觉，但乌恩沃给他的待遇也算合理适当。他被关进一辆马车，原本它属于红胡子鲁德。马车门从外面锁上，但门上有窗洞。虽说窗洞很窄，即使艾欧莱尔最年轻、最苗条时也爬不出去，但他能看到外面的情况，观察酋长大会结束后色雷辛营地的生活。

鲁德死后头几晚的疯狂已经消失。艾欧莱尔此时看到的生活，与血湖边的日常生活没什么明显区别，至少他是看不出来。女人照料营火和煮饭，男人做牲畜生意、参与赌博和角力游戏。但艾欧莱尔觉得，人们的精神状态有所改变，从酋长大会初期漫无目的的兴奋，变得更加平静、更有方向感。他琢磨，这是因为乌恩沃的缘故呢，还是每年扰攘集会后的正常变化？

草原人第一次走近他的马车送来食物时，竟然是三个人一起：一人端着托盘，另外两人是身材高大的武装卫士。艾欧莱尔不禁好笑。

他们对我这么个老头子也怕成这样，要派三个卫兵。他们一定觉得我是恶魔化身吧。他心想。

秋凉

不过,等端着托盘的男人走上台阶、来到门前,艾欧莱尔才看清,仆人的头上、下巴和上唇没有一根毛发。这在毛发代表许多含义的草原极其罕见。然后艾欧莱尔发现,门前那人连眉头都是光的,只有些毛茬,说明他裸露的脸庞不是因为疾病。艾欧莱尔需要情报,就算这人是个异族奴隶,也可能知道些什么。事实上,艾欧莱尔清楚,奴隶往往更愿意跟外人说话。他首先查看一下,确保两个部族战士站得很远,不会听到太多谈话。

"谢谢,"门锁打开后,他一边用色雷辛语说话,一边伸手去接托盘,"伙计,你叫什么名字?"热面包和热汤让他口水直流。被阿瓦特囚禁期间,他一直没好好吃过东西,当然那些强盗吃得也不怎么样。

男人略微惊讶地看他一眼,没答话。近看起来,艾欧莱尔看出他的脸庞和光头都有淤青。

"我的族人必须知道送上食物者的名字,否则我们不能吃饭。"艾欧莱尔续道。这习俗是他即兴编造的,被他的赫尼斯第贵族同胞听见会哄堂大笑,因为有钱人很少知道大部分仆人的名字,"请告诉我,好让我告诉我的神。"

男人摇摇头,不肯正视艾欧莱尔的目光。"我没有名字。"他只说一句。

"什么?人人都有名字。"

光头男子又摇摇头,但这次他抬起头,脸上的憎恨与绝望吓得艾欧莱尔倒退一步,差点没抓稳手里的托盘。"我的名字被夺走了。"光头男子说,声音很低,其他人听不见。"我背叛了我的部族、我的族人。我再也没有名字。"

"但我总得叫你什么吧。"艾欧莱尔开始猜测男人的遭遇,"否则诸神不知道谁给我送食物,就没法报答他。"

男人眼里亮起一丝光芒,眼眶四周的皮肤因最近挨打而发紫。

"我跟你说了,我没有名字。现在我得走了。"

他放开托盘,转身。艾欧莱尔最后努力一次。"那么告诉我,我该怎么称呼你。"

男人的无毛眉头令面容变得十分古怪。"他们叫我秃头。"一时间,他的嘴唇扭曲成毫无幽默感的怪笑。"你知道了吧,这也可以当做我的名字。你跟你的神祇说话时,告诉他们,这个世界非常糟糕。"

他走了,两个武装战士紧跟在他身后。艾欧莱尔这才知道,原来山王的营地里,并非只有他一个囚犯。

* * *

艾欧莱尔的第二位访客,在同一天晚些时候到来。天色已是傍晚,他既没听见来人的声响,也不知道她来了,直到门上的窗洞传来个声音。

"艾欧莱尔伯爵,能听见吗?"外面的人会说通用语,只是口音略重,有点出乎他的意料。

他从窄床上站起身,走到门前。"能听见。"他回答,"我会说你的语言,至少能说几句。你想用自己的语言吗?"

外面的女人一头黑发,模样俊俏,眼睛却不安地睁得溜圆。借着马车的昏暗灯光,她可能刚过生育年纪,五官看起来有些眼熟。不过刚刚过去的几个月,艾欧莱尔见过的色雷辛人太多了,说不清为什么会觉得眼熟。"不用!"她看看周围,声音压得更低,"最好说通用语吧,虽然我说得不太好,但可以防止别人听见。"

女子的标致面容,加上这种心计,立刻勾起了他的好奇心。"那好,夫人。"他忍不住加上敬称,光是能说母语外的第二种语言,就让眼前这人与他见过的色雷辛女子大相径庭。"请容我提问,你是谁,找我做什么?"

"我是海菈。"她回答,"山王——我现在必须这样称呼他——是我外甥。"

秋凉

伯爵大吃一惊,用上所有技巧才掩饰住。"很高兴认识你,海菈夫人。但我必须承认,我猜不出你为何来找我。"

"乌恩沃打算释放你,至少我是这么听说的。"

"他也这么跟我暗示过,但我确信一定有价码,我的国王与王后可能不愿支付。"

"乌恩沃不是傻瓜。他想放你回去,让你帮他安抚你们的统治者,因为他不想跟你的爱克兰开战。"

"准确地说,爱克兰不是我的,不过他们与我利益相连。"他仔细打量女子。对方虽然有点焦虑,但并不害怕,这是好现象。但他忍不住琢磨,自己是不是卷进了什么家族争斗,或者更危险的纷争。"我再问一次,夫人,你想让我做什么?"

"我想让你告诉你的国王与王后,色雷辛不想跟你们国家打仗。鲁德死了。乌恩沃不傻。他的怒火会烧向纳班。把这些话告诉你的主人。"

"但纳班是王国的一部分。"艾欧莱尔指出,"他们不只是爱克兰或我家乡赫尼斯第的国王与王后。至高王国也包括纳班。"

"那么,纳班人必须留在那个王国之内!"她怒火中烧,艾欧莱尔惊讶地从中看到出人意料的坚强意志。"他们偷走我们的土地,杀害我们的同胞,还把罪过怪在我们头上。乌恩沃来自南方,在那边,他们一直在跟石民战斗。他对他们的憎恨……"她想找个合适的词,却找不到。"他恨他们,"最后她说,"要将他们赶回他们自己国内。鲜血将洒在草原上,无可阻止。但他不想在北方也开战。"

"他当然不想。只有傻瓜才会两边同时作战。"艾欧莱尔摇摇头,"我会告诉我的国王与王后,乌恩沃不想跟他们打仗。可他们仍会维护纳班,像照顾自己的国家一样。这是至高王室的意义所在。"

"那他们将把世界拖入绝望。"海菈淡淡地说,"最后只剩下孤儿寡母。你知道草原会有多少男人参战吗?很多人痛恨鲁德,因为他自称酋长之长，却没采取任何行动阻止纳班。开战时机已经成熟，如同秋天枝上的果实。"

"你的瓦伦屯通用语怎么说得这么好？"艾欧莱尔忍不住跑了题，"你在你们说的石民那边住过？"

"我没有，但我家人住过。"她显然很不耐烦，"我父亲是酋长。很多外来人找过我们，我听到他们说，又想亲眼看看那些地方，于是学会了。"她又看看四周，确保两人仍是单独谈话，"你怎么提这么多问题？"

"好夫人，这是我的天性，也是我的职责。乌恩沃会说通用语吗？他是什么样的人？我能不能跟他谈谈，了解一下他对我国领袖的真正期望？我请求见他，但没人愿意带我去。"

"他被红胡子那条疯狗伤得很重。"她回答，"乌恩沃受了那么多折磨，全因为神灵的意志，才保佑他勉强活了下来。而且他是个男人啊，等他不再是虚弱无力的样子，自然会跟你谈的。不过等他恢复力气，他会将所有部族掌控在手中，就像赶着马群一样，要他们同心协力，遵从他的意愿。你的主人不知道乌恩沃的意志有多么强大、心智有多么聪明、怒火有多么猛烈，但我见过，我还见过神灵为他而战。我看到他们派来乌鸦，摧毁他的敌人。那敌人就是我丈夫古迪格，但我一点也不哀悼他。你主人千万不要惹恼乌恩沃！"

听到这里，艾欧莱尔有点恼火。"国王与王后并非胆小软弱之人，不会受人随意摆布，就算你们的乌恩沃山王也不例外。"

"那就走着瞧吧。我知道你们人多，城堡坚固，我们的人也会牺牲。"她的脸庞刚才还那么凶悍，此刻却变得苍白，满是忧惧，仿佛亲眼见到她预言的惨状。

"海菈夫人，我听到你的话了。"艾欧莱尔因泄露情绪而生自己的气，"我不想我们两族开战，而且我知道，国王和王后也不想。告诉乌恩沃，给他们送信前先找我谈谈，一起寻求双方都能接受的和平

秋凉

方法。"

她用力摇头。"我不能跟他说话，说这些不行。这不是我该做的事，他也不会听。"

"如果他像你说的那么聪明，并像你说的那么热爱你们的人民，那他一定会听。就算他不能听从一个女子的建议，也能听从一个见识过诸多世事与战争的赫尼斯第老人的建议。"艾欧莱尔拍拍女子抓在窗洞底框上的手，"相信我，至高王国的国王与王后面对的敌人，远比草原民族更可怕、更致命。他们跟你一样，不想同色雷辛开战。告诉乌恩沃，我愿意做中间人。到目前为止，他对我很公道，所以我会说服——用你的话来说，我的主人——做同样的事。不要绝望，夫人，只要好人活着，永远就有希望。"

"可是，如果神灵想要战争，人心也想要战争，那就没人能阻止了。"她没再多说，转身离开马车门上的窗洞，离开了。艾欧莱尔望向外面，只看到一个苗条的黑影迅速掠过草地。

♛

海菈回到大帐，发现姐姐跪在床边。那张床以前属于鲁德，现在沾满汗水和干涸的血迹。渥莎娃正往儿子嘴里喂肉汤，乌恩沃的伤好转了些，脸上仍被刀伤及周围肿胀的皮肉搞得面目全非。从山王的坐姿判断，打烂的后背仍然痛楚难忍，但他一如往常，将所有难受的表情都掩藏起来。海菈部族的男人也是如此。她了解这种忍耐力，对它既敬佩又厌恶，因为它将所有痛楚，包括自己的、别人的，都变成了可以无视的不重要的感受。

一个月内，乌恩沃破碎的皮肤只会留下白色硬痂，她心想，但并非所有伤痛都能像皮肉伤一样痊愈。

弗里墨也在帐里，严厉地对她说："海菈，这么晚了你还在外面走动，这样不好。你是山王的亲人。外面可能有人想加害你。"

她不知道对方的关心有多少真正为了她，又有多少是为乌恩沃的尊严。色雷辛男人不喜欢女人在没有适当的陪护人、或未经批准的情况下自由走动,即便是年长的女性亲属也不例外。但海菈在那种非难中生活了太久,不愿再受到约束,尤其对方还是比自己年轻十多岁的男子。

再说了,他又没向我求过婚,她提醒自己,所以对我来说,他只是外甥的仆人,此外还能是什么?他想对我的生活说三道四,随他说好了。

"我出去散散步。"她说,"就这样。乌恩沃怎样了?"

"山王很好。"弗里墨回答。

"他的胃口在恢复。"她的姐姐说。

"破空者在上,"乌恩沃推开骨匙,低吼道,"我是个死人吗?我需要萨满替我说话吗?像祖先的灵魂那样?"

弗里墨显得很高兴,也许是听见乌恩沃继续用仙鹤部族的图腾咒骂。"当然不是,伟大的山王。"

乌恩沃望向海菈。"你散步时看到了什么?"

她迟疑一下。"跟平常一样,看到很多,但也没啥。"如果他问我做了什么,我应该告诉他吗?没人命令我远离石民艾欧莱尔伯爵,但我觉得乌恩沃知道后会不高兴。如果知道我恳求那个异族人想办法避免战争,他可能会火冒三丈。草原部族每个男人都不喜欢女人替自己说话,更别说求和了。

幸运的是,乌恩沃的心思在别处。"酋长大会快结束了。"他用手指轻蔑地抹去嘴唇上的汤汁。为了清理从脸颊划到上唇的深深刀伤,渥莎娃和海菈剃光了他上唇的髭须。海菈还不习惯看到他这般年纪的男子没留胡子,虽然他看上去并不像弗里墨的奴隶那么古怪——那个曾叫秃头格兹丹的家伙正蹲在大帐角落盯着地面——但仍显得有些陌生,像个全新之人。

但他是山王,海菈提醒自己。这本身就是个全新全异的身份。就

秋凉

连多年前的依帝泽山王，也没有她外甥这般传奇的经历。

她头一次想起乌恩沃的父亲约书亚王子。当年约书亚第一次来色雷辛时，海菈只是个孩子，几乎没怎么见过或听他说过话。身为约翰国王的信使之一，他来草原只为跟渥莎娃与海菈的父亲、骏马部族酋长费克迈见面。多年后，约书亚和渥莎娃回来时，海菈的年纪足够大了，学会了察言观色。约书亚差点死在她父亲一个心腹手下，但最终活下来了，甚至取得胜利。对她父亲来说，那是刻在心上的耻辱，永远无法消除。又过许多年，海菈长大成人，早已忘却约书亚王子的面容，只记得他十分出色。她姐姐仿佛嫁给了某种鬼魂，某种超自然的存在，没人看得见。

可现在，她打量乌恩沃的面庞，尽管他坚毅的五官伤痕累累，但仍留有些痕迹，令她记起了尘封已久的王子的面容——高额头、长下巴、冷漠的灰色眼眸。

乌恩沃，如今统治整个草原之人，除了五官，他父亲还传给了他什么？

但她不能问这样的问题，她甚至不敢确定是否有人能理解。于是她改口说："乌恩沃山王，您在石民中长大，他们是什么样的人？"

后者盯着她。那双眼睛有时冷漠、遥远得不可思议，但此刻却露出怀疑，更像提高警惕的孩子，而不是所有部族的领袖。"海菈，你这是什么意思？"

"别让他想起那些难过的日子。"渥莎娃用力将空汤碗放在地板上，碰得汤匙"咔啦、咔啦"打了个转儿。"我们被人遗弃。他父亲离开了我们，将我们孤零零丢在唾弃我们的人群当中。你干吗让他回忆那种日子？"

乌恩沃的嘴唇上仍有几块干血痂，嘴角微微一翘，露出最微弱的笑意。"母亲，你的记忆不等于我的记忆。对我来说，沼泽边上那个城市并非让人痛恨之地，直到我被强行带走那天。从那之后，我必须恨它，不然就得恨我自己了。"

海菈听呆了。这是她从乌恩沃嘴里听到的最长一句回忆过去的话。"关途圃是什么样子的？我一直想知道。我曾经遇到一个小贩，他把关途圃描述得像个魔法城，说那儿住满各式各样的人物，汇集了各种各样的宝贝。"

"那地方又脏又挤。"渥莎娃抢着说道，"我以前会站在该死的旅店屋顶，祈祷风向能变一变，好让我闻到草原的清新气息，而不是沼泽的臭味。"

乌恩沃没看母亲，仍与海菈对视，那丝笑意依然留在嘴角，不过此时，脸上出现了另一种神色，一种她没法完全看懂的怒意。"我认为，只要有坚实的地面站立，"他说，"孩子能把任何地方当成自己的家园。"

弗里墨突然站起，走过草地，向光头奴隶蹲伏的地方走去。"你！你这条狗，你在听什么？这些不是讲给你听的。你企图背叛山王，却还像个奸细一样坐在这里偷听一切。完全是因为海菈替你求情，你才没变成木桩上的烂肉。滚出帐篷，你这卑鄙小人，不然我把你扔出去。"

名为秃头的奴隶一个字也没说，起身，缩头，弓背，快步走出帐外，好像有什么东西会砸在他身上。海菈确实建议弗里墨放过他，但不是因为同情或心软。她这辈子亲眼见证了父亲的统治，知道严酷的惩罚换不来服从，只有危险的沉默。

"我当时就该杀了那渣滓。"弗里墨望向海菈的眼神像在责备她，"你放过一条狗，它永远不会咬你，但人没那么可靠。"

"嘿，弗里墨，你见过的忠心好狗肯定比我多吧。"乌恩沃笑了笑，但尚未痊愈的脸立刻疼了起来。"我知道的动物，不论狗、人还是马，没有一只受伤后不想报仇的。"

"我们不用担心伤害与背叛了。"渥莎娃的话斩钉截铁，语气却是无法完全相信、却很愿意相信的脆弱腔调。"现在,轮到我们帮助有资格受助之人、打败试图伤害我们之人了。"

"关于这点,"乌恩沃的笑意已消失无踪,"你我完全一致。"

Empire of Grass

墙上阴影

♛

"来吧，大司匠维叶岐阁下，"菩逊岐亲王说，"陪我站一会儿，看看勇敢冲锋的战士们。"

圣祠亲王身穿一套古老的巫木盔甲——维叶岐所有财产加起来都不够它的价值——威风凛凛，头发绑成两条故意做出松散效果的战斗发辫，腰挂那柄著名的月光剑。但菩逊岐并非普通的殉生武士军官，他是女王本人的血亲，地位之高，即使统领奈琦迦所有军队的大元帅也望尘莫及。菩逊岐的高贵并非追求得来，而是与生俱来，是浸透在每次呼吸和每分思绪中的确信。"来吧，大人，"他又叫一次，转头回看，"过来跟我一起。"

维叶岐现在知道了：身为贺革达亚贵族，菩逊岐的性格真是出人意料地随和，对侍奉他的所有贺革达亚、甚至奴隶都彬彬有礼。不过，他也同大多数手握重权出生之人一样，无法理解自己的宽容会对周围人造成何等压力。

维叶岐走到山顶边缘，同亲王及其贴身卫队站在一起，但他宁愿离远一些，那样就不用隐藏偶尔冒出的叛逆念头了。月亮已落到山后，不过借着星光，他们仍能看见骐骐逖将军的军队静悄悄朝凡人要塞奈格利蒙涌去。他不禁琢磨，太阳下山后，石墙后的凡人视力极差，突然发现如此大规模的军队从夜色冲出发动攻击，不知会是什么感受？

凡人视我们为魔鬼和怪物。正如战地诗人紫奴佐所述："我们面

秋凉

前是黑暗与死亡之力,他们憎恨我们。他们憎恨我们的呼吸,憎恨我们的热血。"虽然诗人写的是阴影初次在华庭弥漫时的敌人,不知他有没有想过,其他生灵面对他的族人也是同样感受?

"啊,"菩逊岐饶有兴致地说,仿佛正在观看格外激烈的石纳棋局。"看啊!现在锤兵上前了。据说他们很自豪,就像你的工匠,维叶岐,听说他们爱工具更胜家人。但如今这些日子啊,锤兵的数目太稀少了!"

十二个锤兵冒着城墙洒下的箭雨冲上山坡,尽管身背着沉重的工具,动作却如雀鸟滑翔般轻盈。菩逊岐说得对,他们数量真少,而且倒了一个,胸部被守军的箭贯穿。

"想摧毁城墙,他们肯定不够。"维叶岐说,"为什么没有更多?"

"因为我们的队伍挤满了混血儿。"菩逊岐回答,"多数士兵不比孩子大多少,还来不及学习古老的技艺。不过,大司匠阁下,不用担心……骐骐逊他们做了仔细的安排。"

堡垒守军纷纷涌上墙头,但凡人弓箭手视力薄弱,几乎看不到贺革达亚,因此无法瞄准。虽然又有个锤兵倒下,其余成员却迅速逼近护墙。维叶岐参加过战斗,知道他们会用宝石匠人般的细致挥舞手中的大石锤,每下都砸中一个承重点,令整片城墙如水晶风铃般颤抖起来。击中的承重点足够多,最厚实的石墙也将轰然倒塌。可惜锤兵队的人数还是太少了!

但维叶岐震惊地发现,锤兵攻击的第一个点,并不是高大的护墙本身,而是护墙前方的几处地面。他眼看着那些锤兵散得更开,一次又一次用大石锤敲击地面,没有声响,也没有明显效果。

"他们在干什么?"他好不容易掩饰住苦恼和迷惑,维持住奈琦迦贵族应有的冷血和平静语气,"殿下,您知道发生了什么事吗?"

菩逊岐差点笑了。"大司匠阁下,我说了,不用担心。那面护墙很快就会倒塌。所有城墙都会倒塌,但要花点时间。然后,剩下的攻击才会开始。从深沟要塞的地洞赶到这里，路有些远。"

维叶岐不明白菩逊岐在说什么，但他的心思被锤兵吸引过去。幸存的锤兵刚才沿护墙散得很开，现在又急匆匆赶向护墙中间的城堡大门。他们聚在那里，互相隔开一点距离，近乎肩并肩，同时举起石锤。这一回，他们做了维叶岐原本以为他们要做的事，将巨大的石锤砸向护墙的基座。所有锤子的落点相隔只有几步，敲打在抹了灰泥的石墙上，浅色裂缝顿时在高墙上蔓延，犹如凝固的闪电。随着裂缝越来越长，维叶岐看到，上面城垛后的凡人惊慌失措地到处逃窜。城门旁的墙体开始颤抖。这时，他的心稍微安了一些，因为眼前的情景比较符合他的预料。再来一次，护墙至少会塌掉一小部分。他还看见，几个武装巨人的浅色身影已经按照计划，迈开沉重的步伐走上山坡。

"看到了吧！凡人无法阻止我们，连大幅拖延都做不到。"菩逊岐宣布，"骐骐逊将军和他的队伍，在东北兵屯协助之下，将在日出时攻陷堡垒。然后，大司匠阁下，你和你的工匠们便将响应召唤，完成你们的工作。我相信，你们会跟殉生武士一样取得成功。"

维叶岐糊涂了——他从没听说过东北兵屯。但提到他的任务，让他再次记起，自己对此地发生的一切了解太少。

"希望您是对的，殿下。"

菩逊岐迅速瞥他一眼。"维叶岐大人，我听到你话里的疑虑。你有何担忧？"

圣祠亲王的语调总是那么平静、温和，有时真会忘记他的身份是多么高贵、多么重要。"殿下，如果我知道我和工匠们具体要做什么，那我对成功会更有信心。"话刚出口，维叶岐就后悔了。这话太过粗心，即便女王族中最亲切的成员，也有可能视其为叛逆之语。

"做什么？"圣祠亲王又看他一眼，"大司匠阁下，你这是什么意思？"

"尊贵的殿下，我恳求您的原谅。我对女王陛下赐予我的光荣任

秋凉

务当然抱有信心,我知道要寻找努言·伏的古老坟墓,取回他的铠甲。但我承认,我不明白,这么做为何会帮到女王陛下和她的臣民。"

"确实是为巫木王冠。"菩逖岐的语气严肃起来,"大司匠阁下,你知道的,我们所做的一切,都是为了取回巫木王冠。"

维叶岐听到,圣祠亲王并未立刻谴责他的疑虑,不禁松了口气,急忙做出保证。"当然,殿下。过去我只听说过这王冠的一些传闻,而且来源都不太可靠,直到现在。不过我相信,"他急忙补充,"我毫不知情也是必要的安排。"他迟疑一下,断定自己已涉水太深,无法回头,只能继续向前,无论眼前这水到底有多深。"事实上,我坦白,我甚至不知这王冠是否为实物……"

"看,看!"菩逖岐的心思又被分散,"虽然只有这么少锤兵,我们仍会成功!大门旁的城墙开始破碎,看那边!巨人正闯进城堡。"亲王顿了顿,继续望着下方的战场。战斗的混乱杂音乘着夜风,隐约传入他们耳中。"你刚才说,你不知道巫木王冠是什么?"

"殿下,我承认我的无知。"

菩逖岐沉默片刻,再度开口。"是为了巫木本身。你知道,最后的巫木树正在枯萎。"

"是,我听说了。"这事近乎众所周知,甚至在女王陛下从长眠中醒来之前,就已经在权贵间悄悄传开了。"可我想问,这个王冠到底是什么?有什么用?"

"女王陛下知道。"菩逖岐缓缓回答,仿佛在背诵年轻时学过、却直到此刻才想起的知识,"尊贵的我族之母知道。而且,她将一如既往地决定下一步合适的行动。她会找到复活巫木的方法。维叶岐大人,没了它,我们是什么?我们失去了华庭,难道还要在这片大陆失去它最珍贵的、最后的遗产吗?我们会跟倒霉的短命凡人一样吗?"

"绝不会,殿下。"至少这次,维叶岐的回答是诚心诚意的,"我们必须竭尽全力,延续我们的种族。"

"正是。"菩逖岐说,"我们必须相信,挚爱的女王陛下知道实现目标的最佳方案。"

"当然,殿下,我听到您话里的女王之声。"

"就这样。"菩逖岐又兴奋起来,"看啊!看看接下来会怎样?它们听到石锤的敲击声,正响应召唤而来!"

维叶岐看到,城堡护墙前的地面有好几处鼓了起来,犹如鼹鼠挖掘隧道,扰乱了土壤,只是这些"鼹鼠"的身量大如房屋。但维叶岐没法集中精神观看眼前的战况,因为他的心思被一个震撼的想法攥住。

养育我们的华庭在上,我相信,就连菩逖岐亲王也不知道女王陛下想干什么!他惊骇地想,就连罕满堪家族的亲王,也不知道这个巫木王冠的秘密!

北鬼军队在城墙外突然出现,就像噩梦般虚幻。霭林爵士和法恩队长疾步冲下塔楼,穿过大院,奔向内庭城墙。可等他们爬上城垛,外墙已塌了个楔形缺口。第一批攻城敌人的影子踩着碎石挤进外庭,身材硕大,毛发蓬乱。

"安东保佑,"法恩喊道,"是巨人!"

霭林看着怪物涌入破烂的护墙缺口,踩着散落的碎石逼近。虽然它们很吓人,但更让他震惊的,是它们肩上扛的东西。

"北鬼士兵,骑在它们肩膀上。"他说。

"你说什么?我只看见一身白色乱毛的地狱野兽。你的视力比我好。"

"巨人驮着拿锤子的北鬼!"霭林坚称。他舅公艾欧莱尔曾告诉他,精灵在风暴之王战争期间,曾在奈格利蒙用过魔法锤,当时他以为说的是希瑟,而不是北鬼。

外墙上的其他哨兵已爬起身,冲向缺口两边的墙头,朝下面的入

秋凉

侵者用力放箭。尽管有个锤兵中箭，从巨人肩上摔下，其他锤兵仍然迅速翻过碎石堆，爬上通往城堡内庭的斜坡。法恩吆喝着，命令城堡士兵快点爬上城垛。很快，他两边的内墙上站满了弓箭手，朝下方渐渐逼近的北鬼及魁梧的两脚坐骑不停放箭。法恩喊出下一个命令，召集一队枪兵，冲出城门迎敌。但霭林看出，守军虽然勇敢，却不足以战胜巨人。白毛手臂每一下挥舞，都有个凡人士兵被打飞，落地后再也站不起来。

"我们需要更多士兵！"霭林对法恩喊道。

下方传来守军的喊叫和长毛宏瘟的咆哮。巨人放下肩上的北鬼骑手，围着他们站成个保护圈。北鬼锤兵仿佛中邪一般，不再朝内庭靠近，开始用长柄锤砸地。

"他们在干吗？"法恩问，"火把！拿火把来！"

又有数十个奈格利蒙卫兵挤上城堡墙头，盯着下方院子的黑土和枯草看。火光让他们看得更清楚：己方的防御力量正被那些戴着颈圈、披着盔甲的巨人迅速消灭。

法恩也看出突击没有意义。"撤退。"他朝下方战士喊道，"奈格利蒙的士兵们，撤退，回来保护内庭！"

话音刚落，北鬼再次将锤子砸在硬土地上，随即停住。一时间，外庭陷入相对的寂静，只有零星火箭继续从城墙飞落，但北鬼和巨人浑不在意。

霭林理解不了眼前的状况。锤兵和巨人只在城堡外层护墙破出个小小的缺口，可那缺口能放宏瘟进来，修长的北鬼为何没像白蚁般随后涌入？事实上，大部分敌军仍在墙外等候。霭林虽然害怕，但感觉更大的恐怖才刚刚开始。

其他北鬼为何不攻击？诸神啊，为什么？该死的白狐在等什么？

大地颤抖起来，发出低沉的声响，犹如持续不断的雷声，听得霭林骨头发颤、耳朵发痒。城堡护墙第一处缺口突然开始摇晃，一次心

461

跳间，墙上大块石头被晃松，参差的缺口边缘开始掉落，破洞越来越大。然而，等在外面的北鬼仍然没有冲进来。

"法恩！"霭林喊道，"法恩，外墙那边不对劲儿！"

就在他眼前，护墙猛然拱起，缺口两侧各有一大截墙体碎成石块。震惊之下，霭林只能猜测，是不是北鬼用魔法召唤了什么隐形巨人参与攻城。然后，他看到一只庞然大物钻出护墙残骸，朝他们爬来。

不对，他看到的不是什么庞然大物，而是它存在的证据：它在地下挖隧道，将地面拱了起来，速度之快令人难以置信，正朝他们和内庭逼近。大量泥土被它顶起，途经之处，整个房子都被顶翻。由此判断，它的体型一定大得惊人。

已经杀到内庭的巨人和北鬼战士全部散开，让地底怪物从他们刚才用锤子敲击的地面下犁过。有一阵子，那东西的后背从翻滚的泥土间露出，圆滚滚的沾满泥巴，巨大的外形仿佛倒扣的船体。霭林满怀惊惧，但觉得自己认得这怪物。

钻洞兽？竟然这么大！他在格兰玻山见过这种擅长挖洞的多足野兽的痕迹，也听说过山体深处有些钻洞兽能长到公牛大小，但这一只，不管它是什么，身量至少大出十几倍，几乎与谷仓相当。

接下来，霭林没时间继续琢磨了。地底怪物在泥土中，以惊人的速度朝他们扑来，撞上城堡内庭大门的基座。

霭林和士兵们脚下的内墙在颤抖、摇晃，犹如暴风中的树苗。他和法恩队长在城垛上东倒西歪，勉强维持住平衡，但五六个更靠近冲击位置的手下尖叫着坠落城墙。剩下的人惊恐地睁圆双眼，盯着墙下，看到只能在噩梦中出现的身影突破下方的泥土，直冲上来，无数腿脚在空中乱舞。果然是霭林猜测的钻洞兽，披着一身木虱似的硬壳，身量大得难以想象，巨嘴一口就能咬碎石头。然后，它一头扎回土里，再次冲击城墙基座。

秋凉

"快逃!"霭林喊道,"大如房子的钻洞兽,它能吃掉我们脚下的城墙!"

法恩真是名不虚传,完全没质疑这话的荒谬,而是立刻扯着嗓门命令手下跟他走。他们冲向楼梯,脚下整个城垛剧烈晃动,如同风暴吹打的船只。钻洞兽一次又一次撞击逐渐下沉的城墙基座。霭林与撤退的士兵会合前,看到的最后情景,是其他北鬼军队正从护墙缺口涌入。

他快步冲下楼梯,确信它们随时都会粉碎。"赫尼斯第!"他喊道,"赫尼斯第的士兵们,你们在哪儿?霭林爵士在召唤你们!到我这儿来!到我这儿来!"

等他跑到内庭地面,身后整面城墙都开始摇晃。更多爱克兰士兵从城堡各个方向赶来,但他和法恩队长大声叫他们撤退。片刻间,霭林和法恩刚才站过的城垛已轰然倒塌,然后,一座高塔的塔顶也垮了,大块大块酒桶大小的灰泥砸落在内庭。

他们率守军跑到稍微安全的距离外,法恩弯腰喘气,随后站直,脸色跟北鬼一样苍白。"仁慈的圣母艾莱西亚啊,巨人、挖洞怪,就像老故事里说的那样。我们怎么对付这些玩意儿?怎么阻止他们?"

"除了人海战术,别无他法。"霭林说,"而且我担心,现在想保护城墙已经太迟。看到了吗,他们还有更多挖洞巨虫,坍塌的城墙已越来越多。白狐从四面八方攻进来了。我们只能撤进城堡。"

法恩招呼所有能听见的人都朝要塞中心撤退。"但你和你的人怎么办?"他问霭林,"这不是你的战斗。"

"已经是了。我们不能丢下你们独自战斗。"

说话间,他们放弃的城墙再次颤抖,塌得愈发严重,散落的巨石不仅压倒逃走的士兵,连旁边的房屋也轻松砸碎。霭林往旁边跳开,躲过最后几块弹跳着滚来的城墙碎块,同时看到,刚才将最早的锤兵驮上山的巨人正爬进内墙缺口。就在他眼前,两个正在撤退的奈格利蒙士兵被一根巨大的木棍扫飞。

"快点！"法恩叫道，声音里充满愤怒和悲伤，"所有人撤进城堡！我们在这儿挡不住他们。"

队长和霭林将幸存守军赶进要塞中心，身后一头巨人朝他们号叫，仿佛在嘲讽地庆祝胜利，手提一具凡人士兵的尸体，在头上像旗帜般挥舞。霭林涌起一阵羞愧，他知道自己应该逃走，但眼看着遇害同胞像破布一样被人甩来甩去，让他怒火中烧，捡起一块两个拳头大小的城墙碎石，朝巨人砸去。他能扔出去的石头，对巨人未免太小，没法造成真正的伤害，但那碎石砸中了巨人的长毛大脚。后者痛呼一声，丢掉卫兵的尸体，朝霭林和法恩扑来。

"安东的首级啊，这下可好！"法恩队长叫道，"快逃，伙计！"

他俩远远落后于其他幸存者，没多久，霭林就听见巨人的咆哮和喘息追到自己身后。他抓住法恩的手肘，将他扯到一旁，一根树干大小的木棍随即砸下。但他来不及从紧随而来的第二下进攻中救下卫兵队长了。木棍击中队长，发出一声闷响，打得法恩飞出二十多步，落地之前就已断气，半个头都不见了，四肢全都扭向错误的方向，如同皱缩在尘封墙角的蜘蛛。

霭林想为他报仇，但他知道，光凭手里的剑，根本没机会打赢那长毛怪物。而且他手下还活着、需要他的率领，他无权随意丢掉自己的性命。

巨人快追上他了。霭林躲进一间废屋，在身后关上并插好屋门。他发现自己躲进了城堡的礼拜堂。在这里，他的神祇可能根本看不见他。

我真是个傻瓜。霭林一边咒骂自己，一边把许多长凳往门后面推。因他一时软弱，送掉了法恩的性命，害奈格利蒙失去了一位坚定的卫士。伟大的诸神啊，如果能听见我的祷告，我祈求你们的原谅。

礼拜堂外，咆哮的巨人继续追杀霭林爵士，似乎忘记了其他战

秋凉

斗。它砸开沉重的屋门,先爬上圣物箱,然后爬上窗台,钻出窗外,用难看的姿势落到地上。

霭林继续逃向城堡中心,一路看到四面八方的内庭城墙都在崩塌,被更多钻洞兽挖得千疮百孔。白面北鬼仿佛无处不在,从各种临时藏身处拖出尖叫的凡人,当场格杀。他们包围了城堡主建筑,大喊大叫的巨人则忙着砸开各处屋门。

太迟了,他意识到,我们已经落败。奈格利蒙沦陷了。

♛

不管卡夫往哪边看,都能看到人形白脸的怪物从外庭涌入,那情形活像他爬屋顶时踩翻了老鼠窝一样。白怪物杀死了所有人。他藏在一条窄巷的阴影里,亲眼看到一只白怪物用长矛扎死一位牧师,然后快步离去,对神职人员的垂死挣扎全无兴趣。

"爬高的"卡夫经常不明白身边发生了什么,但这次他懂了,且从未如此恐惧。恶魔从地狱爬出,毁灭生者。只有恶魔才会伤害牧师!牧师由上帝派来,负责照顾他的子民、阻挡邪恶。可现在,连牧师也无能为力。地狱已经敞开,所有恶魔都跑进了奈格利蒙城堡。

卡夫跑进一条巷子躲藏,蹲在一堆发臭的垃圾上瑟瑟发抖。女人孩子被屠杀的凄厉叫声扎入他双耳,听得他心惊胆战。不!不能哭!他告诉自己,希瓦德神父说了,不能哭!神父跟他说过好多次,只有小孩子才会哭。

三个卫兵倒退着进入巷子。卡夫从外套的天鹅看出,他们是奈格利蒙的战士,差点想出声喊他们。但片刻后,一个骑马的高大恶魔走进视野,马蹄敲击着石头嘚嘚作响。紧随其后的是六个白皮恶魔,堵住巷子入口。恶魔手持斧头和奇怪的长矛,鬼脸咧嘴狞笑,仿佛听到可怕的笑话,眼睛却幽黑空洞。惊恐的卡夫无能为力,只能无声地哭泣,眼睁睁看着恶魔一跃而起,扑向士兵,将他们迅速砍倒,即使士兵死了,还继续摧残尸体。

Empire of Grass

骑在马上的首领打量着巷子。一时间，卡夫相信地狱恶魔会发现他，心脏狂跳得几乎把自己震碎。然而，恶魔骑手收紧缰绳，调转马头。其他恶魔无声无息跟着他离开，犹如猎食的饿狼。

等惨叫和屠杀声稍微远去，"爬高的"卡夫恢复了少许勇气，从垃圾堆后爬出，顺着小巷快步穿行于密集的房屋中间。内庭街道处处闪着红色和橙色的光，城堡高处也有好几处火情，饥饿的火舌舔舐着窗户。在卡夫眼里，奈格利蒙一直如巍轮山的岩石山峰或大森林本身，仿佛永恒不变。而现在，它却陷入火海，尸横遍地。他知道，今天一定是审判日。牧师警告过他，当世上挤满罪人时，审判日便会降临，终结一切。

他望向院子对面的城堡，看到有东西冲上地面，在半空中摇晃着巨大的圆脑袋，抖得石头和泥土四散。卡夫知道，如此可怕的巨型怪物，一定是安歹萨里本尊，要来这里夺走所有人的性命。他转过身，跛着脚，逃往面包房旁边的长墙。那是他能爬上去的最近的建筑物。他没听见追兵的声响，但把手指抠进灰泥墙缝，开始爬向屋顶时，阴影里突然冒出三四个人影，朝他围拢过来。他试图爬到对方够不着的高度，但片刻后，有只手抓住他的脚踝，让他无法挣脱。恶魔爬墙的速度竟跟他一样快！"爬高的"卡夫低下头，看到一圈白骨似的面庞仰起头，黑色的眼睛盯着他。他只来得及绝望地号叫一声，就被扯了下去。

♛

到了这个地步，霭林爵士的责任就是找到所有幸存的赫尼斯第人，带他们离开奈格利蒙，南下海霍特，将这里发生的事报告给西蒙国王、米蕊茉王后和艾欧莱尔舅公。但他必须甩掉后面那只怪物，并活过接下来的几个钟头，才能实现这一切。

都是你干的好事，休。他一边逃出礼拜堂，一边暗想。如果此时此刻，赫尼斯第国王出现在他面前，霭林将不顾效忠誓言，毫不犹豫

秋凉

地杀死他。今晚的血都出自你手。霭林时刻牢记贵族的职责，一直努力效仿舅公。想到休国王不仅背叛了臣民，还背叛了所有凡人，如此罪大恶极，令他差点流泪。我以布雷赫的榛树权杖发誓，一定要你付出代价！

巨人已经发现他跑掉了。他能听到那怪物沮丧地咆哮着，冲出他刚才藏身的礼拜堂，撞得木片飞溅，将各种宗教宝器踩碎在脚下。霭林必须找到下属，但时间拖得越久，就越难相信其他人还活着。黑暗已然回归，此时此刻，除了战斗并死去，别无他法。

快跑到生活区时，一个身影突然出现在他前面，在背后渐渐猛烈的火光衬托下，看不清脸面。他举起剑，准备抵御黑影的进攻，却惊讶地听到对方大喊："别，大人！是我！"

"雅乐斯？真是你？"

"是我，爵士。"

"那就快跑。有只巨人在追我。"

雅乐斯跑到他旁边，指着马厩方向。"那边，大人，马库斯和那个安东教徒去马厩牵马了。希望它们还活着。"霭林听出，侍从的声音已经沙哑。也难怪，今晚对他来说，真是场勇气的试炼，测试他能否在如此恐怖的事物中间依然保存理智。

大多城墙已然坍塌，环绕内庭城墙布置的多数火把也跟着熄灭。白狐仿佛无处不在，但霭林高兴地意识到，对方的数目比他最初担心的少。即便如此，奈格利蒙城内的敌人仍有数百之多，而他和雅乐斯想穿过要塞，就要在阴影间移动，为此要花费不少时间。北鬼已开始从最内层的建筑牵出战俘，但男人都被当场杀害。霭林能做的就是继续走。我们一个人也救不了，他告诉自己，我们只会白白送死，以致没人送出消息。然而这个事实没法减轻他剧烈的心痛，至高王室必须知道这里发生的一切！死去的战士必须得到复仇。

此时，北鬼的注意力都在要塞中心，霭林和雅乐斯成功抵达马厩，一路没经战斗，只有几次差点没躲开。其中一次，他们必须蹲在阴影里，眼睁睁看着惨白的北鬼砍死几个被抓的奈格利蒙居民，其中一人还是流泪反抗的女子。霭林感觉活像吞下一瓶慢性毒药。

马厩内，黑胡子马库斯和安东教徒伊万正全速给马匹上鞍、戴上马具，同时避免被外面院子的白脸巡逻兵发现。

"剩下的人全在这儿了？"霭林问。他带来奈格利蒙的士兵总共有八位。

"没看见其他人。"马库斯回答，"外面疯了。疯了！"

"我知道。我们只能试着逃进森林。其他地方都会被他们发现，射倒。白狐是厉害的弓箭手。"

"我给您的马上好鞍了，霭林爵士。"伊万说。

"谢谢。"霭林拍拍战马康纳的肩膀，后者焦虑地原地跺跺脚。所有动物都害怕烟雾的味道和吵闹的噪声，霭林只希望它们离开马厩后还能控制住自己。

"把马牵出去，远离城堡主体。"他说，"我们不知外面情况如何，所以别上马，直到我下令。"

作为几人当中唯一的贵族，霭林坚持第一个出门，以防外面有北鬼。康纳在门口迟疑不前，但霭林一边坚定地用缰绳拉扯，一边在它耳边轻声鼓励。过了会儿，康纳屈服了，跟着他走了出去。

钻洞兽推垮了环绕城堡内庭的大部分城墙。事后，多数巨兽已退回地底，但它们在石头建筑上留下的所有空洞都被北鬼战士守住，所以霭林和其他赫尼斯第人只能尽量躲在阴影里。要塞里的白狐实在太多，他们打不过。但霭林惊讶地发现，并没有更多军队进来。

不管怎么说，他心想，他们不像我们这么依赖数量。他们有精灵魔法、能敲碎城墙的大锤和挖洞的巨兽。直到这时，他才想通一直困扰他的谜题：攻击城堡的北鬼锤兵数目太少，他无法想象他们如何在不被城堡守军射死的情况下砸塌城墙。

秋凉

原来，那些精灵锤兵从来没打算敲碎奈格利蒙的城墙，他明白了，只要弄个缺口，足够他们钻进要塞就行。然后，他们用锤子召唤挖洞巨兽，后者在片刻间就完成了碎墙任务。

他查看过，马厩附近没有北鬼，然后放心地告诉手下："上马，但将兜帽拉到最低，也许能冒充北鬼。我们必须往东边靠山的城墙走，然后找个缺口出去，上山，翻过山顶，进入另一边的古老之心大森林。现在，快走！"

他们冲出凹凸不平的院子，飞快穿过居民区后部。到处都是被摇晃不定的火光放大数倍的跃动阴影，他能看到，内庭很多地方都有北鬼。不过最起码，在刚刚开始的片刻之内，没有敌人注意到霭林和他的手下。

他们从一堵破碎的墙壁成功逃出内庭，往外墙奔去。他看到后门和角落守卫塔间的墙体有缺口，却没有白狐看守。片刻后他才看清，原来那儿有只巨型钻洞兽。它们刚才从地底把城墙挖倒，但眼前这只，因倒塌石头太多，竟把自己困住了。它的钝头和上半身在缺口间无助地左右摇晃，脚在夜空中乱扒，像要爬上天堂似的，后半身被落石死死压住。那是出去的路，但霭林想象不出怎样从挣扎的钻洞兽旁边出去，还不能被它抓起来、塞进漆黑的嘴巴里嚼碎。

他看到一根城堡守军掉下的长枪，灵机一动。"雅乐斯，"他喊道，"把那根长枪递给我。其他人，跟在我身后！"

雅乐斯显然不明白霭林想干什么，但还是滑下马鞍，抓起有自己身高两倍长的长枪，递给他。

"回到马背。"霭林竭力将长枪当做马上比武的正规长枪，夹在右臂下，也不停下查看雅乐斯等人是否跟上，就用力踢了康纳一脚，朝那不停扭动的被困钻洞兽冲去。

怪物没有眼睛。它住在漆黑的地底，为何需要眼睛？所以那长满钩齿的嘴巴看来就是最合适的攻击目标。霭林踢马冲上碎石堆，扎向目标。他紧紧握住枪杆，以致刹那间，整根枪杆都弓了起来，然后铁枪头往上滑开，枪杆笔直地回弹，飞出霭林的手臂，将他带离马鞍，往侧面飞出一小段，重重砸落在地，震得他无法呼吸。

一时间，火焰和城墙上零散的火光在他眼前来回打转，仿佛来了只更大的钻洞兽在整个奈格利蒙底下挖洞。等雅乐斯扶他坐起，他才明白是大脑眩晕造成一切都在摇晃的错觉。大钻洞兽还在碎石间扭动，霭林的攻击没给它弄出半点伤口。

"它都能啃石头。"他说。

"大人，你说什么？"侍从问道，"我们得想办法，有几个白狐发现我们了！"

他说得对。居民区有几个身影离开大队，朝他们冲来。但霭林只看了一眼，又回头查看那只钻洞兽。"我真是个傻瓜！它用那张嘴巴啃咬石头！"他说，"我为何以为自己能扎伤那个部位？"他爬起身，跑去捡起长枪，高兴地发现枪杆并未折断。"叫其他人做好准备！"他对雅乐斯喊道。

他没有重新上马，而是爬上那堆松散的石头，朝盲眼怪兽跑去。这次，他没从正面攻击，而是绕到身后，找到它身上层层叠叠、如盔甲般鳞片的缝隙，将枪头扎进去，一直往前推，直到推不动为止。过了会儿，钻洞兽察觉到攻击，上半身往后仰，嘴巴乱咬。突然的拉扯将霭林拖倒，但他立刻爬起，抓住枪杆，将枪头扎得更深。雅乐斯等人明白他在干吗了，纷纷从距离巨兽和霭林最远的地方爬上城墙废墟。雅乐斯已经回到马背，手里还牵着霭林坐骑康纳的缰绳。

霭林左右转动枪杆，希望扎得尽可能深些，以制造最大的痛楚，分散多足怪兽的注意力，好让属下们通过。与此同时，十几个北鬼正朝他们追来。他知道，很快，自己和手下就会被抓住并杀死。

他再次把枪头往下扎，大钻洞兽也最后跟着挣扎一次，半个身子从石堆抬起，手推车大小的石块旋转着从霭林的身旁飞过。他听到身

秋凉

后传来叫声，但没时间回头看，因为他的长枪比刚才扎得更深，钻洞兽绝望地想要挣脱，身子往后猛翘到半空，又挣出五六对脚，在空中乱挥，每只脚上都有数个关节，长度跟霭林的身高差不多，看着就吓人。

然后，硬壳野兽把整个上半身往一侧猛甩过去，轻而易举扯走了霭林的枪杆，就像成人从婴儿手里抢走树枝。可它动作过猛，撞到后门旁的门房。那房子从屋顶到墙脚都在颤抖，随即散成碎片，坍塌。钻洞兽的下半身仍然被压住，上半身则埋在倒塌的门房里。

霭林来不及庆祝。北鬼正全速赶来，距离时刻在缩短。马库斯和伊万已翻到城墙废墟另一边，他转身想从雅乐斯手中取回康纳的缰绳，却发现只有自己的马站在那儿，双眼圆睁，四蹄发颤。刚才有块后门城墙的碎石砸下，雅乐斯转眼就没了，除了碎石下面露出一只没穿靴子、染着血迹的脚，再无任何痕迹。

霭林眨着眼睛，挤掉眼泪，踩镫翻身上马。

你又夺走我一个人，格威辛之子休，他骑马冲下城墙碎石堆，再踢马爬上黑漆漆的山坡。你又夺走我一个亲近之人。

我要你付出代价。除非诸神要我成为骗子，否则我发誓，我定要你为这些罪行偿命。

Empire of Grass

割芦苇

♛

莫根纳踩着及膝的泥巴，蹒跚回到平坦的河岸边，将怀抱的芦苇扔在地上，哀叹道："真热啊。天热成这样，怎么还有泥巴？"

忙碌的坦娜哈雅没抬头。"雨季开始之前，泥巴就会干掉。天轮就是这样运转的。"她已用草编好绳子，又把几堆芦苇摆在一起，用草绳绑好。莫根纳负责在河岸用剑收割摇曳的长芦苇。"帮我将这个搬到原木上。"她说。

莫根纳帮她抬起松散地绑在一起的长芦苇，看到小船的长度大概是他身高的两倍。"这能承住我们两个吗？"

"你总抱怨吃不够，"她面无笑容地回答，"那你应该很轻了。你我同时坐在船上，应该可以的。"

莫根纳听不出对方是开玩笑，还是真的厌烦他了。他已经尽量不抱怨了，但在炙热的阳光下砍芦苇确实很累，而且全身都是长翅虫咬出的包。他看着希瑟将捆芦苇的绳子收紧。"可它够牢靠吗？河中间水流很快。"

她又抛来个没法看懂的眼神，继续绑芦苇，手指灵活，如花间飞舞的蜜蜂。"确实。赤宿沙有些地方流得很快。我们还需要船桨。也许你砍更多芦苇时，可以找找有没有当船桨的树枝。"

"更多芦苇？"

"对，莫根纳。但我要说，不用太多。你刚才拿上来那些，再来一捆差不多的就行。还是一样，你不用急。小船必须在太阳下晒干，至少一天左右，然后才能放进水里。"

秋凉

"还要一天？"

这回他看懂对方既好气又好笑的表情了。"对，问题王子。除非你想徒步沿河岸走到大稚照。但我相信，你刚才去找芦苇时，应该知道那有多难了。再说了，我刚刚说过，你不用太着急。你刚才砍来的芦苇够我忙一阵子了。你可以等太阳落些、天气凉些再去。"

♛

刚醒来时，西蒙以为翻个身，就能发现米蕊茉睡在身旁，发丝散乱地打着鼾——她这点常被他取笑。过去每一天，他都有这种错觉。可眼下不用翻身，安静的房间就提醒他，妻子不在身旁，而在许多、许多里格之外。

每天从空寂无梦的睡眠中醒来，经历着一成不变的相思之苦，感觉真是怪异。不合理啊。当初他跟色雷辛人打仗时，他们分离过数月。而这次，她在提亚加月前往纳班，现在已是瑟坦德月底，为何他还没习惯妻子不在的感觉？

他坐起来，往后挪了挪，靠在枕头和床头板上，将自己这边床帐拉回原位。虽然妻子离开很久，他每晚仍在同样的位置睡觉，仿佛她就在身旁。这张白蜡木床是艾奎纳和桂棠送给他俩的礼物，至少有二十多年了吧，或者三十年？时光流逝之快真叫人震惊。西蒙的童年是在地板上，跟其他帮工挤在一起睡觉，他第一次在自己的窄床上舒展四肢时，简直要乐坏了。所以当年他收到这张床，感觉就像公爵夫妇把整座城堡都送给了他。有时他半梦半醒躺在床上，看着亚麻窗帘，想象自己在艘船上，船帆被风吹得鼓起。可现在，他成了唯一的乘客，身下仿佛是艘鬼船，注定要在大海上永远漂荡。

阴郁的想象让他心烦意乱。他坐起来，伸手去拿旁边小桌上的杯子，刚送到唇边，突然看到床脚出现一张脸，吓得他把兑水葡萄酒洒到了睡袍上。

"您有什么需要吗，陛下。"年轻的艾维揉揉眼睛，努力假装不是刚刚醒来。西蒙忘记了,床脚的小平板上还睡着个仆人。

"圣瑞普在上,你吓我一跳,小子。"他低头看看沾了酒的睡衣,"我需要些没洒酒的衣服,就这样。"

"遵命,陛下。"艾维快步走到立柜前翻找,"陛下,要我叫杰瑞米大人吗?要为您选择白天的衣物,他才是最合适的人。"

西蒙叹了口气。"不用,没必要。给我找点干净的、国王该穿的衣服就行。我今天有很多事。"是啊,所以他才不愿这么快爬出高大的床船,到楼下那片枯燥的职责大地去。估计今天会收到欧力克从色雷辛边境发回的信。此外,他还要接待老宿尔巍的女儿伊索拉女伯爵,那个女人与北方船盟不和,肯定会蛮不讲理地指责他。西蒙以前没见过她,只听说她意志刚强、脾气暴躁,所以并不急着跟她见面。

上帝啊,真希望米蕊茉在家,他心想,我会让她去对付那匹珀都因母狼。西蒙知道,王后不会让任何人战胜她,尤其是女人。而他自己并不擅长与女性争辩,因为他总担心失礼,虽然这担心带不来任何好处,反增不少麻烦。

"陛下,这件怎么样?"艾维举起一件厚实的绿色天鹅绒束腰外衣。

"上帝的大爱啊!"西蒙叫道,"为这种无聊的事呼唤圣名,我道歉。但是,小子,你想什么呢?今天太阳会很猛,连大树都想找个树荫躲躲啊。"

"真有趣,陛下。"艾维回答,"大树找树荫,我得记下来。"

西蒙咧嘴笑了,心情好了一些。"这是马夫老舍姆爱说的话。我也一直觉得很搞笑。他还有一句:'天太热了,我居然看到两棵树为一条狗打架。'"

小伙子正在琢磨这话的意思,这时传来敲门声。一个卫兵走进来说:"宫务大臣到访。"

"您已起床,我真高兴。"杰瑞米告诉他,眼睛望向小仆人,后

秋凉

者还拿着厚重的天鹅绒束腰外衣。"哦,选得好,伙计!我觉得绿色天鹅绒颜色正合适,不过,让我先找条搭配它的项链。那条银色粗链子应该不错。引人注目,很有王者气派。"

西蒙闭上双眼,希望自己能躺回床上。但他还有工作,太多、太多工作。臣民需要他,而他是周遭唯一一位至高王。

♛

"好吧,老朋友,今天摆着哪些国事?"

国王试图用欢快的语气说话,但提阿摩不喜欢他这状态。西蒙是他见过身材最高大的人之一,却像个再老二十岁的人一样瘫在椅子里,眼周的黑眼圈说明他昨晚又没睡好。提阿摩飞快地看了眼妻子,发现她也在仔细观察西蒙。今天他出于某些理由,将缇丽娅也带来参加会议。"跟往常一样,很多、很多。"他回答,"首先,最重要的是回顾城堡防御和军队战备,扎奇尔爵士希望您能花点时间跟他讨论,不过他计划午餐后才来见您。而我还在努力召集北方船盟的领袖,因为他们渴望能在伊索拉女伯爵访问前先找您谈谈。"

西蒙叹息一声。"他们当然想。是啊,我肯定会见扎奇尔。至于北方船盟的商人,我会交给你或帕萨瓦勒安排。"

帕萨瓦勒一直静静坐着,腿上放满文件。"遵命,陛下。"

提阿摩倒很乐意将那破差事连同其他杂务一起交给总理大臣。他要考虑的事已经够多了。由于担心北鬼及赫尼斯第传来的诡异又吓人的消息,大图书馆的工作已经停掉,因此,提阿摩和缇丽娅的住处依然堆满书籍——本来它们很快能搬进新图书馆,现在却快漫出来了。城堡各处还有不少临时储藏室,是提阿摩设法从男仆女仆手里抢来的,里面堆了更多书。有些书虽有数百年历史,价值无可替代,但对城堡仆人没有任何意义,他们只关心更加实用的东西,比如额外的扫帚、多出来的壁帘,还有从西蒙和米蕊茉加冕保存到现在、没有裂缝的密封鱼露桶,虽然里面的东西可能早就烂掉了。

西蒙摆摆手,一个仆人上前添满他的酒杯。这一次,提阿摩说话前没看妻子。"陛下,您还好吗?"他问道。

"唉,上帝救救我吧——陛下,"国王看看周围,"除了你、我、帕萨瓦勒,没别人了。你非要这么叫?"

"好让我更容易在有别人时记住。不过,西蒙,如果不叫'陛下'能让您开心,我尽量不叫就是。"

"别怪我问。"他皱起眉头,"我昨晚又睡得很糟。"

提阿摩看到机会。"今晚您可以让缇丽娅夫人帮忙调瓶安眠药,您知道,我妻子很擅长这个。"

"不会很麻烦的。"缇丽娅赶紧接过话头,"少许蜜蜂花,或许再来点甘菊。我还能帮您做个枕头,塞满薄荷与玫瑰花瓣,两者都有助于安逸的睡眠。"

西蒙摇摇头。"宾拿比克给我做过睡眠符咒,结果我做了噩梦,比不做梦还糟。你不记得了?当时你也在场啊,提阿摩,我梦游了,把老拿威城堡那个可怜孩子吓坏了。"

提阿摩深吸一口气,提醒自己耐心。"但是,西蒙,那不一样,根据宾拿比克告诉我的说法……"

"符咒、草药,没多大区别。只要米蕊茉回来,我什么毛病都好了。我想她,仅此而已。她很快就能回来,一切都将恢复正常。所以不用了,不用符咒,也不用草药。"

提阿摩看看缇丽娅。国王认为,他们经研究和仔细实验得来的配方,竟然跟岷塔霍的矮怪咒语没啥区别,令他有些懊恼。但很显然,不管他们夫妻俩怎么想,今天都没办法再劝国王了。"那好吧。"提阿摩说,"有这么多事需要您的关注,我们先做哪一件?"

"先说说这个伊索拉怎么样?"西蒙问,"她铁定要来一趟了,是吧?为什么?她有什么意图?"

"陛下,据说她是个手握重权、极具说服力的女人。"帕萨瓦勒

秋凉

主动回答,"我不确定给她私人会谈的机会是否明智。"

西蒙挑起一边眉毛,疲倦的愁容更深。"什么,帕萨瓦勒,你跟我妻子一样,觉得我跟另一个女人同处一室,就肯定会变成白痴?你觉得,她冲我放荡地眨眨眼,我就会丢下北方船盟,支持她的珀都因财团?"

"当然不是,陛下。但是这事非常复杂,虽不如北鬼入侵那么迫在眉睫……"帕萨瓦勒停下来画个圣树标记,"却是另一种类型的战争。财团和船盟在各自掌控的港口禁止对方的船进港,在中立港口争个你死我活,有时甚至会闹出人命。他们还绑架对方船上的水手,甚至参与海盗行径,尽管他们做得十分谨慎和隐秘。"

"啊,因为很复杂,所以我该让你和提阿摩站在身旁?平民国王可能没法理解如此千头万绪的事务?"

帕萨瓦勒露出勉强维持耐心的紧张情绪,提阿摩怀疑自己脸上时不时也有同样的表情。"不是,陛下。大家都知道并尊敬您出色的决策力,但这种纷争需要研究大量合同条款才能解决,您总不想亲自做那些研究吧?"

"对,该死,我不想。"提阿摩看得出,西蒙的脾气比以往暴躁得多。他再次希望国王能让他做点事,改善其健康状况。西蒙沮丧地抬起手时,他的手在发抖,但他自己似乎没注意到。"但我认为,我跟这个伊索拉谈话时,不需要一整队书记官和官员琢磨我们说的每一个字。不会有什么害处的,帕萨瓦勒。有些时候,人心比你想象的简单。有些时候,他们只希望有人听他们诉说,并且听得进去。"

"陛下,您说得当然正确。"帕萨瓦勒说完,往后靠在椅背上,但表情忧虑重重。提阿摩忍不住琢磨,自己是否该与代理国王之手更加紧密地合作,至少在国王的健康问题上是可以的。就算撇开他挚爱的图书馆不说,提阿摩依然担忧悬而未决的要事太多。由于北鬼和休国王分散了国王的注意力,以致禁书、约翰·约书亚,以及王子曾探索海霍特地底的可能性，起码已有两个星期没再讨论过。海霍特地底布满了未曾仔细检查的神秘通道，要保卫这样一座城堡，令他疑虑重重。但西蒙似乎觉得，这项工程太痛苦，仿佛自己早该料到儿子有可能发现城堡地底的秘密，并该保护约翰·约书亚免受它们的影响。

唉，厄坦弟兄，我把你送走得太早了，提阿摩心想，如今我在城堡需要可靠的帮手！他想起，修士最近的信还没回复，一直放在他房间的书桌上，半埋在越堆越高、需要处理的文件之下，已经有好些日子了。希望你平安无事，弟兄。

无论如何，他心想，跟西蒙一样，我现在只能处理燃眉之急，而不是我希望或愿意去做的事。显然，风暴即将降临，我们却不知道它的规模有多大、威力有多强。我们只能做好准备，并祈祷有个好运气。

♛

"觉得怎样？"坦娜哈雅问小王子，"船不错吧？"

她猜想，莫根纳投向小船的眼神可能是深表怀疑的意思。跟大部分凡人一样，王子的各种感情都流露在脸上，如丰富多彩的衣物般展示给所有人看。"真能浮起来吗？"他问，"水不会渗上来？"

她放声大笑，虽然心里并非真正快乐。"所以芦苇才要紧紧捆在一起啊。现在，帮我抬下水吧。"

她只是语气轻松罢了，心里依然堵得难受，仿佛刚刚吞下一颗硬壳坚果，却卡在半路咽不下去。她简直无法相信，希马努导师真的不在了。当初她拜别师父，前去寻找吉吕岐和亚纪都时，就知道自己也许再没机会跟他度过悠长的清晨时光，看着青草的露珠散发到空气里，看着五彩缤纷的雀鸟飞过天空，犹如彩虹之光。但她没想到，那次分手竟是彻底的永别。

她真想放弃眼前的一切，沉浸在欢快的回忆里。希马努擅长讲故事，在他口中，远古历史就像昨天刚刚发生。跟他在一起，就像同时

秋凉

生活在古代与当下。"你听,"他会说,"那只画眉唱的歌,仿佛刚想出来,便让大家都听听如此灵动而优美的曲子!你知道吗,未冬弥右每次制箭之前,都要先到花园里,感谢雀鸟赠与的羽毛。他跟我们一样,住在花丛里,不喜欢大城市,一举一动都小心谨慎、安静无声,免得打扰身边的生命。就连被他编入作品的歌,也不比蜜蜂的哼唱更大声。"

所以,她会坐在师父身旁,望着毛茸茸的蜜蜂从一朵花飞到另一朵,仿佛制箭者未冬弥右也坐在他们身旁。

然而眼前的责任不能丢下太久。在莫根纳帮助下,坦娜哈雅将小船推进浅水湾,坐进去,伸手去拉年轻人。后者显然迟疑一下,才接过她的手。她不理解凡人为何迟疑,只惊叹于自己的过度自信:她未曾花费时间研究凡人,却敢在几个月前担任信使,代表全族前往凡人居住之地,住在他们中间。光是眼前这个充满各种情绪和误解的孩子,就足够让她费解了。

您说得对,敬爱的师父希马努,您说过,只有明白自己的知识有多匮乏,才能学到更多智慧。

莫根纳爬进船里,小船晃了晃。但坦娜哈雅知道,小船造得很结实,只是因为他的身子过度偏向一侧,才差点失去平衡把船弄翻。"感受它的动作。"她告诉王子,"让船与水的变化与你相融,慢慢来,让它们成为你的一部分。"

"我坐过船。"他皱眉回答。

"没有冒犯的意思。但小船,尤其是行在湍急河水上的小船,是另一回事。你不能强迫它。水按己意流动,小船随之而行。你只能迎合它们的活动,将自己置于它们中心。"

他用从未出现过的表情看着坦娜哈雅,像是既懊恼、又想笑。"你说你是个学者,但我觉得,其实你是个老师。"

"有些道理。"她承认,"我师父希马努两者都是,他希望我跟他一样。知识、感悟，不该储藏起来，理应回归世界。一切都是生命和思想组成的故事，我们都是这故事的一部分。"

这次莫根纳显得很感兴趣。"我昨天也在想这问题。我就像祖父母一样，身处一个故事当中。我祖父以前常说，当你身在其中时，你永远不知道这会是个怎样的故事。"

她点点头。"看来他是个睿智之人，但我说的比他更进一步。我们全在同一个故事里，存在就是个故事。不过它是怎样的故事，身在其中之人并不总能看清。这就是学者的工作，学者该努力观察所有故事，不管是关于一人一地的小故事，还是我们共同组成的、一切事物的大故事。"

"你说这些，我又听不懂了。"他在船头坐好。

"我自己也不完全明白。"坦娜哈雅放任心中的痛楚流露少许，"而且我失去了努力帮我理解这些的老师。这个故事充满太多悲伤，有时我真想知道，自己怎么还能活下去。"

年轻人沉默了，思索良久。"我觉得，刚才说的话，跟我们想要什么并没有太大关系。上帝将我们安排在他认为适合我们的故事里，然后让我们自己去找通关的路。"

坦娜哈雅若有所思。她知道"上帝"这个词，但她不用，因为觉得它太渺小、太……凡人化了。莫根纳的说法，对她来说，就像刚刚听到他提及太阳、天空、黑暗、光芒，以及回忆与希望之类的名词，却发现它们可能拥有更深一层的涵义。这又让她联想到另一种解释：失去希马努，确实是她故事的一部分，正如他的教导与死亡，也是他自身故事的一部分。

"我觉得，你祖父把你教得很好。"她只说这么一句。

* * *

坦娜哈雅已有很多年没来这条河了。他们任小船随水流下，手持用树皮和长枝做的船桨，时不时帮一下忙。河水之美舒缓了心中失去

秋凉

希马努的痛楚。有些河段，树木弯下腰往河面倾斜，仿佛想打探有趣的消息；另一些河段，河岸宽阔，浅水河滩上长满了点头哈腰的芦苇，红翅膀的黑鹂在芦苇上梳理羽翼，向世界展示亮丽的羽毛，像是期待掌声。河水总在转弯，一个接一个，以令她窒息的完美方式找到唯一的路径。

这条河也是个故事，河水就是它的生命，她心想，水既无技巧，也无目标，总是顺势而流，没有欲望，也没有恐惧，不论沐浴在太阳母亲的光辉下，还是流经月亮父亲哀伤的空房都一样。河塑造了水，赋予它方向，但方向并非河真正的意义。河的意义，在于它的位置、出现的时间，有时还包括它的状态。

最后一点，当他们遇到第一道急流时显得尤为明显。赤宿沙突然快速下降，激动地翻滚着白沫。他们颠簸，旋转，水花四溅，晕头转向，熬了好一阵子，发现翻船的危险实在太大，于是在坦娜哈雅指挥下，将船划到岸边，抬起不断滴水的沉重小船往下游走了一段，见河面恢复平静才再度下水。

她看得出，莫根纳脑子里正想着食物。她猜想，活在那样的躯壳里，像个不会说话的婴儿，只能哭喊着索要食物，让人没法忽视他们的感受，一定很痛苦吧。但她仍不想停，想一直行驶到扎营过夜。再说了，他们没有吃的，除非抓到鱼。她本指望在扎营前划到能看见大稚照的位置，就算远观也好。但她看得出，这个愿望今天实现不了。

"我饿了。"莫根纳说。

"我知道。"坦娜哈雅告诉他，"我们很快会停下。"

"还有多远？"莫根纳坐在船首，望着河水在身旁起伏流动，波光粼粼，宁静安详。"我们要去的那座城市？"

"若在记忆中，"她回答，"至少相隔数百年。不过我们明天应该能到。"

"他们会让你用镜子吗?那个谓识?"

"我无法确定那里是否还有族人幸存。自从角天华在你祖父居住期间遭遇偷袭,纯民就跟我们其他族人断了联系,女学士雯夜胧带着亲属和追随者前往大稚照。他们可能全都遇难了。假如能找到他们,你必须让我代表你我发言。纯民很骄傲,对你们凡人充满怒火。"

莫根纳吃了一惊。"什么意思?他们会杀了我们?"

"我无法想象他们会丧失理智到那种地步。"

河水载着他们往前。他俩沉静许久,坦娜哈雅只能听到河水之歌。"我忍不住留意到,"莫根纳终于打破沉默,"你其实并没回答我的问题。"

"我知道。若有更好的选择,我也不会去那儿。"这就是她能给出的最好答案。

♛

莫根纳用上了哩哩家族教他的所有丛林知识,尽可能小心地寻找食物。他采集野生红醋栗,从一根腐烂原木下挖出一大捧羊头菇。想起曾跟他一起旅行那么长日子的小生灵,他心里充满意料之外的伤感,祈祷她仍好好活着,好好跟家人在一起。

他的思绪从哩哩跳到妹妹莉莉娅身上。至少他不用担心妹妹受到蛇和狐狸的威胁,但她远在千里之外,让莫根纳依然很难过。她甚至不知道哥哥是否活着!因此他决心,同希瑟一起尽力回家,回到莉莉娅和家人身边。

他收集了足够的食材,可以把抓到的小鱼做成一顿正经的晚餐,然后快步赶回河边营地。他知道,师父之死对坦娜哈雅造成的痛苦远不止她流露的那一点点,所以很想尽力帮忙,至少让她好过一些。

希瑟选了个凹地扎营,位于两座丛林茂密的山峰之间。她已生好火,莫根纳从袋子里掏出浆果和蘑菇,蹲下来递给她。后者看了良久,露出微笑。

秋凉

"谢谢,莫根纳。能有个人、有个朋友结伴同行,感觉真好。"

他震惊地看着对方伸出凉凉的手,扶住自己的头,轻轻往前拉,令他低头朝她靠近,然后亲吻了他的额头。"你是个善良的小伙子。"她说。

莫根纳直起腰,脸颊和额头像吹过冷风似的阵阵发烫。"谢谢。"他回答。

本来这宠爱的表示应该让他感到满足,甚至开心,但实际上,他却很疑惑,并且回想起撞见对方在河里洗澡那天。他一直努力将那修长的金色身影挤出脑海,但那一幕从未远去。这一刻,它再度出现,一如既往地清晰,如同过去睡在她身旁,最漫长、最孤寂的夜晚。

"给我点时间煮蘑菇,然后就可以吃了。"坦娜哈雅说,"趁这时间,在我旁边坐坐,暖暖身子。你的皮肤很冷。"

* * *

夜幕降临不到一钟头,起风了,冰冷的寒意顺着河谷蔓延过来,冻得夜间雀鸟纷纷闭嘴,冻得莫根纳从睡梦中醒来。他惊讶地发现,坦娜哈雅蜷缩在旁边,背对着他,显然也睡着了。自从他俩一起上路,莫根纳很少见她睡过觉。刚刚的寒意愈加强烈,他瑟瑟发抖,试图放松下来重新入眠,结果睡不着。突如其来的寒冷让他想起祖父母说过的风暴之王战争,想起当年笼罩爱克兰不肯离去的寒冬。

又来了吗?北鬼在制造更多风暴?

仿佛听见他的想法,坦娜哈雅开口说话,但没转身看他。"只是秋去冬来罢了。不用担心这寒意,没什么不正常的。如果你觉得冷,可以靠过来些。"

莫根纳依言照做,朝她凑过去,直到靠在她身边。迷迷糊糊中,他琢磨着希瑟及他们理解、甚至控制天气与方向的能力,他们有时甚至能控制太阳和天堂的光芒。可他们这么强大,却仍害怕那个乌荼库,那凡人还有什么希望抵抗北鬼女王……?

焦虑的念头变得散乱而反复，他却缓缓飘回梦乡。

再度醒来已是深更半夜。营火只剩一点点亮光，寒意愈发强烈，于是他往旁边温暖的躯体贴得更近。成年后许多年来，他经常在不同女人身边醒来。此时此刻，希瑟给他的感觉跟那些女子没什么区别。他凑得更近，脸贴着她的头发，鼻子闻到她皮肤散发的奇特清香。

他想起对方清凉的手掌摸在脸上的感觉，想起她在河里沐浴的模样，那修长瘦削的腿和背，湿润闪亮的肌肤……他不由兴奋起来，贴得更近，双手往上滑，握住她胸前娇小的隆起。

转眼间，他就成了仰面朝天的姿势，手掌和手腕疼如火烧。坦娜哈雅压在他身上，脸色在昏暗的余烬中严厉得吓人，手里捏着他的手指，往后压到几乎断掉的角度。

"你干什么？"她质问。莫根纳手疼得厉害，却觉得对方是他见过提这种问题的女子中最冷静的一个。

"我……我……我只是……我想……"急转直下的运气、突如其来的质问，惊得莫根纳像个白痴一样结结巴巴，"我是说，我没有……"

坦娜哈雅严厉的表情缓和少许，放开他的手。他翻身从对方身下爬出，坐起来揉着手腕，直到阵阵抽搐略微减轻。"你一定是做梦了。"她说，"把我当成了别人。"

从说话的语气判断，她显然是给莫根纳找个台阶。"我不知道……"

"对。"她说，"一定是这样。没有什么非分之想，只是偶然做梦，迷糊了。接着睡吧。也许这次，你最好背过去睡。"

莫根纳遵命照做。他依然想不明白，对方是如何在转眼间捏住并差点折断自己的手指、还能转过身来压在自己身上的，简直像是变魔术。他感觉对方往自己凑近些，从她身上传来的温暖真是喜忧参半的馈赠。

秋凉

"这样,"她问,"你觉得舒服吗?能再睡着吗?"

"肯定能。"他撒谎。

"很好。那睡吧。你需要睡觉。我们明天要走很远的路。我是想帮你取暖,但你不该再梦见凡人女子。"

"我……尽量。"

"因为,不管怎么说,我有爱人了。"

莫根纳又羞愧又沮丧,花了很长时间琢磨刚才到底发生了什么,以及她最后那句话是什么意思,好不容易才再次睡着。

Empire of Grass

过度明亮的色彩

♛

不要在战争中寻找智慧,

诗人写道:

万物皆面临死亡,
更多的死亡,除了恶心与悲伤别无他益。
过度吵闹的声音,过度明亮的色彩,无法传达含意。
突然的死亡,
如愚钝的学生用指节敲击石砚的声音,
毫无意义。
不,我的孩子,
不要在战争中寻找智慧。

此时此刻,周围全是死亡的恶臭,不免让他想起森雅苏那首声名狼藉的禁诗。他四处张望,疑惑自己为何没有一丝一毫胜利的喜悦,为何被上级权贵定为叛逆的诗句会在自己脑中回荡。

半个大年以前,维叶岐的族人发起回归之战,却只收获了失败和

秋凉

屈辱。他和老师雅礼柯从南方的凡人领地返回奈琦迦,一路遭到北方人复仇追击。那场争斗,直到一整面山脉滑坡,埋住宏伟的城门,才算终结凡人的围攻。逃亡途中发生过不少小规模冲突,每次贺革达亚将追兵打退,维叶岐心中即使不算高兴,至少也有些胜利感。他当时觉得,每死掉一个凡人,威胁就减弱一分。然而,攻陷奈格利蒙却是另一种感受。撤退时的贺革达亚是在自卫,是想回家。从那以后,凡人再没靠近贺革达亚的领土。所以这次进攻凡人要塞,是纯粹而直接的侵略,虽然维叶岐从未将心中的忧虑说出口,但他认为,族人已陷入困境,再度惹怒凡人的行径既危险、又愚蠢。

他和圣祠亲王菩逊岐及其亲兵一起走下山坡,指挥坐骑穿过曾经坚不可摧的要塞正门。如今这里只剩倒塌的城墙和烧焦的废墟。维叶岐没带自己的亲兵。他跟菩逊岐及五十个贺革达亚战士走在一起,为何还需要他们?到处都是凡人的尸体,要么倒在城墙缺口旁,要么散落在烧焦的高塔脚下,肯定没什么危险。

骐骐逊将军骑马站在大门内,身穿裙甲,甲上的巫木在暮色中微微闪亮。他身后是半个连队的殉生武士,站成完美的队列。

"做得好,将军。"菩逊岐的语气像在称赞他桌子摆得不错,或者娱乐节目计划得很好,"我方损失如何?"

"不到二十名殉生武士,殿下,有些只是受了伤,仍能恢复。大部分伤亡源于一只巨人眼睛中箭,行为失控。所有凡人士兵和大部分镇民都被剿灭,总约四百人。感谢华庭厚待我们。"

"确实。"菩逊岐赞同,"你的殉生武士表现出色。我族之母一定满意。相信她会听说,你和殉生会在这里表现优秀。"

"您真亲切,殿下。不过这是女王陛下亲自策划并下令的行动,应该赞扬的是她,卑职没有资格接受赞誉。"

菩逊岐点点头。"你可以自己跟她说。她很快会来这里。"

骐骐逊显然跟维叶岐一样震惊,愣了很久,以为自己听错了。

"殿下，您说我族之母会来这儿?"将军的表情近乎虔诚，"真的?"

"这次行动并非对凡人的随意打击。"菩逊岐说，"等大司匠维叶岐阁下完成他的工作、女王陛下驾临之后，回归之战终将取得胜利。"

维叶岐一直知道自己要扮演重要角色，但他以为只是取出某件遗物并送回奈琦迦，从未想过女王陛下会离开圣山，亲临如此遥远之地。要知道，乌荼库一辈子都没离开过他们的山中要塞。"这……这份荣誉令我受宠若惊。"他有气无力地说。现在情况很明显，短时间内他别想再见到桃灼葭与家人。而这念头困扰之大，出乎他的意料。"我想请问一下，我族之母何时驾临?"

"只有她本人知道，大司匠阁下。"菩逊岐的回答并无责怪之意，"现在，骐骐逖将军，带我们去看看，殉生武士为我们赢得了哪些战利品。"

他们骑马穿过外庭。殉生武士和低等奴隶还在拖走凡人的尸体。他们不烧尸体，而是丢进南边外墙阴影下一个巨大的深坑。

"很高兴你收到我的消息，"菩逊岐说，"烧掉凡人尸体会制造更多烟雾，导致这边的情况更快被发现。我不担心凡人的军队，但不希望在女王陛下率领更多同胞抵达前发生另一场恶斗。"

"埋了也好，殿下。"骐骐逖说，"焚烧那帮畜生的味道更难闻。"

"你有没有小心提防，确保无人逃走?"

骐骐逖的迟疑一闪即逝，几乎无法察觉，但维叶岐相信圣祠亲王看见了。"恐怕有。但我们还在收集报告。我们在城堡另一边损失了几名殉生武士，尚不知晓那边发生了什么。有只钻洞兽，连同几个操纵者，被倒塌的城墙压死了。"

菩逊岐不太感兴趣。"你已经派巡逻兵上山进林了吧?我不希望有逃跑者将事情散播出去。"

他们骑马走向内庭倒塌的城门，这时一声惨叫划破夜空，一具躯体从上方落下，手臂挥舞、双脚乱踢，砸落在一座守卫塔脚下，发出

秋凉

鸡蛋落地般的声响。过了会儿,又有个凡人囚犯被丢出城垛,没发出任何声音,但砸在地上的声响同样响亮。

"很快就没有逃跑者能散播消息了。"骐骐逖满意又愉快地说,"但维叶岐阁下好像不大高兴。那些是我们的敌人,是偷走我们土地的凡人。看到他们得到应有的惩罚,会让你难过吗?事实上,有些同胞还认为,我们让他们死得太快,太过仁慈。但我们必须将效率置于快乐之上。圣祠亲王,您说呢?"

菩遫岐心不在焉地笑了笑。他似乎并不介意惨叫和尸体落地声,但也没有享受这些的兴致。"他们与我们有血海深仇,一有机会便会杀害女王陛下和所有族人。没别的好说。"

他们骑马穿过焦黑的城门废墟。维叶岐发现,方才从塔上往下扔凡人的并非唯一一支处理囚犯的殉生武士队伍,另外一支夜蛾小队聚在一间房子前。从建筑上判断,那应该是凡人的教堂,不过高耸尖顶上的圣树标记已被扯下。夜蛾是最骁勇善战的殉生武士军团之一,他们将一群凡人囚犯赶在一起,不是士兵,而是女人、孩子,以及年纪太大无法参与防卫的老人。囚犯一个个被带到宽阔楼梯顶上的平台,被迫跪下,然后由一名夜蛾砍下头颅。维叶岐看着一个女子被带上去,跪在地上,呻吟,哭泣,被斩首,头颅弹跳着滚下台阶,长发乱舞,落到楼梯底,滚到其他头颅中间停下。殉生武士哈哈大笑,轻声聊天,有几个还互相交换硬币。维叶岐明白过来,他们在打赌。他胸中涌起一阵连他自己都不能完全理解的情绪,只好闭了会儿眼睛,假装咳嗽,掩饰自己的情绪波动。

他们走过楼梯,骑马走向主要居住区,朝奈格利蒙最靠近高耸山脉的一侧前进。城堡各处都有殉生武士在以更休闲的方式处理囚犯,砍掉一只手或脚,观看流血的囚犯如何挣扎逃走,然后再砍一只,尝试各种组合。

"效率真是低下。"菩遫岐说。这是维叶岐头一次听出,圣祠亲王的语气里流露出不悦。

"是啊,殿下,很低效。但那些殉生武士已完成任务,只是在自娱自乐。不用担心,我们已将女性挑选出来,日后送回奈琦迦的奴隶圈。"

菩逖岐缓缓点头,没什么明显情绪。"啊,当然。"

但维叶岐却对这随意的折磨心烦意乱。他们是敌人,他提醒自己,一旦有机会,他们会杀害我们的女王陛下和全族。怜悯对凡人没有任何意义。但他内心的波澜却无法轻易平复。

要塞核心区几座最大型建筑已碎成瓦砾。地上散布着少许凡人尸体,也正被黑甲殉生武士拖走。少数尸体身穿盔甲,但多数只穿普通衣物,其中很多是女性,还有孩子。就连身穿盔甲的成年男子,似乎也在死后缩小了一圈,不像危险的敌人,更像奈琦迦周围,被突然刮起的冬日风暴冻死后从天上掉落的雀鸟。

他脑中响起更多森雅苏的诗句:

真相是,我必须在你杀我之前杀死你。
而你也必须杀死我,否则,我将成为你的死神。
恰如水晶瓶中的蝎子,必须斗个你死我活……
然而,是谁造了那瓶子?
谁将我们置于瓶中?

据说,光凭这几句诗,就足以让迷津宫将那杰出诗人的作品定为禁书。之后没多久,森雅苏本人也失踪了。有些族人声称,诗人离开了奈琦迦,去追寻他在诗句中经常提到的更美好的世界。

维叶岐觉得,这说法也许是真的,但他的理解与多数相信者不同。

随圣祠亲王的队伍往居住区另一边转去时,维叶岐第一次看到倾

秋凉

倒的外墙，以及半埋在倒塌守卫塔下那只死钻洞兽的庞大身躯。它身旁蹲着几个黑色身影，一开始，维叶岐以为是这块陌生土地上原生的大鸢或秃鹫，以为他们打扰了食腐动物吃大餐。然后，一个黑影站直，望向渐渐走近的骑手们。尽管脸上沾满黑红色血迹，维叶岐依然认出，那是主领诗漱鸽玉。她静静地等待他们走近，如静待无知猎物靠近自己巢穴的毒蛇。

距她还有十来步，维叶岐突然感到空气发生变化，变得更稠密，且带着闪电的气息。他皮肤刺痛，颈后寒毛倒竖。

菩逊岐亲王也察觉到了，勒马停步。"我闻到了什么咒歌吗？还要继续靠近吗，骐骐逖？"

"主领诗漱鸽玉告诉我们，她找到了我们要找的东西。"将军回答，"她在等我们。"

漱鸽玉留下那几个歌者，走上前来迎接圣祠亲王。她的步态简直是在滑翔，双脚似乎无需触碰撕裂染血的地面。"欢迎您，圣祠亲王，我族之母的骨血。"她边说边单膝跪下，"愿罕满堪家族永远不灭，愿巨蛇永远指引我们。"

菩逊岐点点头。"谢谢你的问候，主领诗漱鸽玉。骐骐逖将军告诉我，你的任务成功了。"

漱鸽玉摘下兜帽。她的脸和剃光的头皮上布满细小精致的棕色符文，维叶岐猜想它们用干血写成。"是的，殿下。我看到大司匠阁下与您一起。"她朝维叶岐点点头，做了个表示忠诚的手势，但后者觉得她眼中的神色并非欢迎。"太好了，因为我们找到了努言的坟墓。"

维叶岐尽力将刚才所有扰乱心神的情境挤出脑海。"就在你那些歌者所跪的位置？"这座要塞地面压得很实，但霜冻至少还要再过一个月，此时的雨水可以软化泥土，所以挖掘工作不会太难或太费时。

漱鸽玉摇摇头。"不，大司匠维叶岐阁下，准确地说，不是。事实上，坟墓深埋在那边的石头建筑之下，上面封了更多石头。根据我们歌声的回音判断,估计坟墓石材是玄武岩……不过,我不敢在您面前和您的专业领域指手画脚。"虽然她没露出嘲讽的笑容,但维叶岐觉得她的语气满是嘲讽之意。

他既不喜欢漱鸽玉,也不喜欢这个任务。然而,即使身为大司匠,也不能在这里质疑女王陛下的命令。"你说很深,主领诗。有多深?"

"我重申,我不敢假装了解您的知识领域,但我估计,地面与埋在底下的坟墓之间,可能隔着二十腕尺厚的岩石。"

"大司匠维叶岐阁下,你有一百名工匠,"菩逊岐说,"他们肯定能轻松挖穿那种厚度吧。他们必须办到,因为女王陛下将御驾亲临。"

意料外的寒意掠过维叶岐全身。"我的工匠能完成女王陛下赋予的任何使命。"他说,"可是殿下,人数与时间永远是制约因素。人越多,需要时间就越少。我们应该能完成,但我估计要到天歌月末。"

"不行!"骐骐逊将军叫道,毫不掩饰脸上的愤怒,"我族之母数日后便将抵达。你以为,我们能要求她等你那些工匠慢吞吞磨洋工吗?"

"我认为,要搬动百万之重的石头和泥土,就连咒歌会也要花费相当多的时间和精力。"维叶岐尽量平静地指出,"而钻洞兽过于笨重,无法完成如此重要而细致的工作。将军,你的锤兵可以借给我,以加速爆破岩石。也许你麾下的其余军队,还有主领诗属下的歌者,也能帮忙搬运工匠挖出来的碎石。要知道,这些是泥土,而非坚硬的石头。隧道必须搭建支架,提供恰当的支撑,否则就会塌方,我们只能重新开始,更别提很多工匠会被活埋。"

"那就让他们死。"骐骐逊说,"他们活着就为侍奉女王陛下,不是吗?"

"所以你会派殉生武士帮我吗,将军?"

骐骐逊已经濒临脾气失控的危险边缘。"殉生武士是战士,不是……不是老鼠。他们接受的是战斗训练，不是挖洞。而且我们随时会被发现，然后凡人会朝我们蜂拥而来。到那时，如果殉生武士军团都在地底，谁来战斗？"

"是啊，谁呢？"维叶岐激怒了骐骐逖。这至少算是一次小小的胜利，为他下一步行动创造了机会。自从进入被征服的要塞，他一直在思考这步行动。"所以，殿下，我必须有奴隶，凡人奴隶。要赶在女王陛下驾临前挖到坟墓，所有活的凡人必须留下，带来这里干活。"

圣祠亲王嘟着嘴唇考虑，骐骐逖又开始怒气冲冲地公开反对。"维叶岐大人，你是你们幕会的大司匠又如何？这是战争，那些奴隶属于殉生会！他们是我们的战俘，由我们按女王陛下的要求处理，与其他贺革达亚无关。我要怎么对待他们，与你无关。"

"将军，我只是说明该怎么实现女王陛下的愿望而已。每个挖掘岩石的工匠，需要配备两人搬运碎石。"他转向菩逖岐，"我认为，尊敬的将军说错了，至少部分错误。我猜，女王陛下将家族成员派来此地，就是为了确保她亲临之前，这里的事能顺利而快速地完成。我说得对吗？"

漱鸧玉突然躬身行礼。"这场对话与我们咒歌会再无关系。比起骐骐逖将军的殉生武士，我们更不适合搬运这种重体力劳动。尊敬的亲王殿下，若您准许，我要返回我们歌者中间了。"

菩逖岐点点头。漱鸧玉转身朝她那圈跪在地上的黑袍属下走去，但在那之前，她先迅速看了眼骐骐逖。维叶岐看不懂那眼神，只觉得她脸上罩着一层厌烦之色。

无论菩逖岐如何决定，维叶岐心想，只要我能在对手间撕开一条裂缝，那今天也算做成一件有用之事。

"陪我骑马走走，让我考虑一下。"圣祠亲王吩咐维叶岐，然后又说，"将军，女王陛下和罕满堪家族对你很满意。你的殉生武士令我族之母骄傲。"

"谢谢您,殿下。"骐骐逊回答。

菩逖岐拨马走向远处的城墙,到离钻洞兽巨大的遗骸几十步外停下。那东西的味道与普通死物不同,有股独特的刺鼻味,一股令人窒息、近似金属的辛辣气息。

圣祠亲王盯着泥巴色的巨型怪物。"再大的怪物也能被杀。"他说。

维叶岐感觉不需要回答,于是静静地等待。圣祠亲王打量着死去的怪兽,沉默许久。

"大司匠阁下,不要在幕会间制造嫌隙嘛。"菩逖岐终于开口,"我不喜欢,女王陛下肯定也不喜欢。"

"殿下,若我给您留下这种印象,我道歉。但这并非我的本意。"

"这我可不大相信。若是其他情况,我不会完全怪你。殉生武士和歌者一直觉得自己比其他幕会高出一等,确实让人难以忍受。不过,我虽不赞同你的方式,但同意你的结论:需要劳力时,杀死剩下的奴隶没有任何好处。我会吩咐骐骐逊收拢活人。大司匠阁下,我可以把他们交给你。但你想要,就必须喂饱他们,让他们活着,并且乖乖干活。你明白吗?"

"这是当然,殿下。"但他也明白,刚才,他不但在与菩逖岐和骐骐逊的相处方面,也在自己心中跨出了界线。不过他今天的所作所为,需要很长时间才能看到结果。"我听到您话里的女王之声。"

"很快,您就能从我族之母口中听到她本人的声音了。"菩逖岐恢复了漠无表情的模样,犹如长老们戴的面具。

维叶岐突然对自己的赌局心生畏惧。他将凡人奴隶卷进了不但吸引女王目光、更吸引了她全部注意力的任务之中,有些奴隶可能宁肯付出生命,也要挫败女王的计划。只是因为对承受苦难的可怜生物一时心软,就将自己的生命置于危险境地,而那些凡人、那些动物,却只想着毁灭他的族人。

秋凉

"维叶岐·杉-庵度琊,你的心思和注意力似乎在游荡啊。"圣祠亲王严厉地说,"现在我敦促你,听清我的话。如果乌荼库陛下对你的表现不满意,那你只能祈求华庭保佑了,因为再无别人能救你。"

♛

"我为啥非去不可?"亚拿夫不想拒绝,但他最不愿意的事,就是被绍眉戟押着穿过贺革达亚营地。

"因为,在我们前往东部山脉途中,你一直在琢磨我为何能获得这等荣耀。"歌者显得欣喜若狂,异常的金眸闪闪发亮,"我这么年轻,凭什么会被选中执行女王陛下的重要使命。现在你能看见并明白了。"

"你误解了我的意思。"他只说这一句。此时不管说什么,效果都跟在狂风呼啸的山顶说话一样。

绍眉戟自顾自地继续,只当亚拿夫没说话。"是啊,凡人,很快你就能明白了。我带回玛寇,就是希望主人能用他的残躯做成大事。你很快就能看到了!"

亚拿夫从未如此强烈地希望甩掉这些北鬼,永远不用理会他们那古怪的野心和奸诈的争斗。但我已接受了我主上帝交托的神圣任务,他提醒自己,任务完成时,可能我就会死;就算活着,也会被贺革达亚杀掉。他已竭力接受了那种可能性,将一切交给上帝安排。

"很快女王陛下会驾临。"绍眉戟说,"是乌荼库陛下本人啊,赞美她的名字,她将看到我的成果。她将看到,我协助的、为她而做的成果!"

时值半夜,营地大部分区域都很安静。贺革达亚很少睡觉,不过没什么事做,他们也会沉默下来,静止不动。据亚拿夫所知,这个营地的贺革达亚除了恭候君主驾临,再没有其他任务。所以此时,只有少数哨兵如雀鸟般面无表情,看着绍眉戟领着他走向营地边缘。

咒歌大师阿肯比站在埋下玛寇的坑边,三个戴兜帽的属下正在挖坑。自从三天前,他们将队长的躯体包裹好,埋进地里,亚拿夫就一直避开那个位置,尽可能不去想它。可眼下,他没法躲避这件瘆人的作品了。

"别再靠近。"绍眉戟轻声吩咐,但这警告完全多余。随着歌者的挖掘,坑里散出一阵恶臭,熏得亚拿夫只想转身呕吐。腐败的臭味很明显,其中还夹杂着意料之外的味道,既有泡碱的咸辣味,又有玫瑰花瓣和蜜蜡味,还有尿液的酸馊味。

没多久,他们挖到躯体包裹,上面粘着不少泥土和霉菌。他们把包裹抬到坑边。一直默默旁观的阿肯比做个手势,一位歌者解开玛寇头部的布条。

亚拿夫看到队长的脸,第一反应是:一定出了什么严重的差错。贺革达亚队长并没有痊愈,至少在魔力作用下没能恢复一定程度的健康,而是一副彻底死透的模样。他的嘴巴紧紧缝在一起,肤色灰败,僵硬的皮肤布满皱纹,活像无毛的野猪皮,甚至传说中南方的神秘巨鳄。

随后,玛寇的独眼突然睁开,眼眸不再是贺革达亚的黑色,而是明亮的琥珀色,犹如雀鸟的眼睛。亚拿夫吃惊地吸了口气,倒退一步。

"我没告诉你吗?"虽然压低声音,绍眉戟的语气依然兴奋得像是圣特纳斯日的小孩。

"让他站起来。"阿肯比命令道,"割开他嘴巴的缝线。"

玛寇被拖得直立起来,但身子来回摇晃,犹如狂风中的树干,全靠两个歌者扶住。第三个歌者拿着小刀上前,捏住玛寇灰色的脸,稳住他的头,割开缝线。队长的嘴巴松弛地张开,里面的碎草药流到下巴上,橙色眼眸疯狂地左右扫动。玛寇仿佛刚刚苏醒,急切地想要知道身在何方、身边是谁。但他的眼睛从不在一处停留超过一次心跳。

"他暂时没法说话,"阿肯比说,"但能听懂我的言辞。很快他会

秋凉

恢复力量,而且是远超过去的强大力量。他将为女王的敌人带去恐怖和毁灭。"

"主人真厉害!"绍眉戟欢快地鼓掌欢呼。

亚拿夫再也承受不住玛寇那闪亮的疯狂目光,转身踉跄离开。

神圣的主啊,他强忍恶心,一遍又一遍祈祷,请帮我毁灭这神厌鬼憎的怪物,让我成为您的强力右臂,让我成为您的剿灭之火。

♛

桃灼葭被带回漆黑的小屋,坐在地上,竭力忍住哭泣,却没法阻止颤抖。她的双手抖得厉害,只能十指交织,放在膝头。她知道自己该祷告,感谢诸神放过她的双眼,安东、草上惊雷、所有神明,都要感谢。但她此时想做的事,只有停止颤抖。

太惊险了。多年来,她像个死人一样生活在石头下面,只有昏暗的光线,每年只能偶尔见见太阳。可一想到要失去视力,她依然觉得可怕而难以接受。听到那可恨的命令时,她只觉五脏六腑都化成了水,竭尽全力才没扑倒在大司疗面前哭求仁慈。她在奈琦迦当了二十年囚犯,学会了很多,其中一点就是,眼泪对贺革达亚毫无用处。他们认为,哭泣是凡人的怪癖,类似动物的噪声。就连最亲善的贺革达亚维叶岐,也从未被泪水打动过,只是在她崩溃时尽量不要发火。虽然被恐惧攥住、撼动,但桃灼葭知道,大司疗对悲痛的奴隶不会有任何恻隐之心。所以她决定运用自己的智慧。

"求求您,大司疗阁下。"当时她说道。尽管知道自己很疯狂,但她竭尽全力保持住平稳尊敬的语气。"我若失去视力,便对我族之母毫无用处。"

灰面具盯着她。"为什么这么说,凡人?"

"因为我学的医术需要采集草药和其他植物。先找到它们,然后调配。如果我瞎了,就不能配药了。"

"殉生武士和仆人会替你完成。"

那一刻，她简直没法吸入足够的空气维持心脏跳动，但仍尽量用有力而坚定的语气答话。"我花费数个岁月轮转才学会辨认各种药草，无法在短时间内教会别人。您真愿意冒这风险，将女王陛下的健康交给刚刚开始学习如何分辨龙芽草和绣线菊、却不知学得如何的士兵吗？开花之前，那两种植物长得十分相似。"她脑中充满各种分散心神的思绪，如雀鸟般拍打着翅膀，尖叫着试图逃离着火的森林。她只能竭力压住恐惧，回想"瓦莱妲"罗丝卡娃传授她的知识。"森林里的龙芽草有助于改善胸闷和呼吸沉重。绣线菊却没这功效，甚至会让呼吸更加困难。"绝望的言辞威胁着要脱离她的掌控，她只能奋力约束住它们。"求求您，大司疗阁下，请留下我的双眼，好让我运用知识，更加周到地服侍女王陛下。"

石头似的面具打量她一阵，然后，大司疗闭上双眼。起初，桃灼葭以为女王的医士只是在凝聚力气，好召唤等在大门内侧的卫兵将她拖走。最后她醒悟过来，大司疗一定在跟女王本人进行无声的交流。

医士全身如雕像般纹丝不动，只有那对黑眼睛再次睁开。"准了。"她宣布，"但照料女王陛下时，你必须蒙上眼睛、戴上兜帽。胆敢违反，你将受到严厉的惩罚。我族之母对你的服侍有任何不满，你会被送进寒萧堂。我以大司疗的名义见证，此项决定经她之手、以她之言，就此确立。"

* * *

黑暗的小屋中，桃灼葭终于稳住情绪。她摸到一块像是薄床垫的东西，虽然潮湿，但并不恶心。她捋平垫子，躺在上面。

"一开始真的很吓人。"一个声音轻轻地说。

桃灼葭以为小屋里只有自己一个，突然听到这话，吓得心脏猛地撞上胸骨。

"别怕。"声音是个女性，虽然说着流利的贺革达亚语，但口音有些异样，"我和你一样是凡人，所以他们把你关进我的房间。"

秋凉

"你的房间?"桃灼葭的脉搏仍像打鼓,"我不知道。我无意冒犯……"

"不用道歉。有个伴很好。我可以靠近吗?我不会伤害你。"

桃灼葭听到响动,是轻微的脚步声。过了会儿,有人在她旁边的床垫上坐下。"我叫沃蒂丝。你呢?"

"桃灼葭。"

"这是个贺革达亚名字,但你不是他们的人。"

"这……这是主人给我起的名字。你真是凡人?跟我一样?"

沃蒂丝笑了,笑声显得很年轻。桃灼葭没想到还能听见这么快乐的声音,心情不禁好转了些。陌生人用清凉的手指拉住桃灼葭的手,轻轻捏一下才放开。"我能摸摸你的脸吗?"她问。

桃灼葭有些意外,但现在她能闻到对方的女性气息,普通的皮肤、干净的头发,还有一点点需要清洗的衣服的酸馊味。"随你。"

"我想看看你。"桃灼葭感到一双小手在触摸她的脸,手指如清风划过她的颧骨,然后是眉毛、额头的弧线、鼻子、嘴巴。

"你真漂亮。"沃蒂丝又拉起桃灼葭的手,"你可以用你的手来看看我。"

桃灼葭照做了,但她的触摸没发现什么,只摸出对方年纪不大,皮肤紧致,牙关咬紧,年纪可能与自己相当,反正不会更老。桃灼葭能摸到,对方光滑薄弱的眼睑下有眼睛,但没摸到疤痕或其他受伤的痕迹。为何她也没被大司疗变成盲人?"你怎么到这儿来的?"

沃蒂丝又笑了。"我记不清了,已经过了太久。我母亲在炎苏家族做奴隶。我很小时,有次游荡到外面,被一个贺革达亚女子捡到,将我送回母亲身旁。母亲很生气,怪我乱跑。但我跟那贺革达亚女子回家途中,我突然发现——用我的双手摸到——她体内长着某种丑恶、有害的东西。我告诉了母亲,母亲告诉了她的主人。我说对了。但我们没办法,那个长了坏东西的女子几个月后就死了。很快贺革达亚发现，我能以别人做不到的方式感知这类事情。"

"你是个医者。"

"不是，我完全不会治疗。"沃蒂丝哀伤地回答，"我能感知异常，往往还能指出位置和程度。童年时我被带进宫，成为女王的医士。你是来这个地方的第二个凡人。我很高兴……我有时觉得很孤单。"

"可你的眼睛……你还有眼睛。"想到自己差点变成瞎子，她仍心有余悸。

这次女子的笑声比刚才轻。"是啊，因为我的眼睛从来没用。我天生就是瞎子。也许因为这样，我才能感知别人感觉不到的东西。"

"你真的侍奉女王本尊吗？"

"当然。整个奈琦迦，再没有比这更重要的任务了。你该感到荣幸。"但她语气里有种微弱的违和感，令桃灼葭心生好奇。

"那么你要做什么？我要做什么？女王身体安康吗？"

"哦，没错。"沃蒂丝回答，"女王陛下身体健康，状态很好。"但她说这话的同时，手却用力捏捏桃灼葭的手，意思绝对错不了：我在说谎。

"很好。"桃灼葭努力掩饰惊讶之情，"很高兴听你这么说。我们的生命都是她的恩赐。这一来，我的工作也会轻松些。"她沉思许久，补充道，"这个地方，这间小屋，只有我们俩？"

"其他医士各有房间，属于她们自己。而我们是凡人——说'我们'感觉真奇怪啊！"沃蒂丝似乎真诚地沉浸在新奇的感受中，过了好一阵儿才继续，"我们凡人另住一处。"

"会有人听我们说话吗？我们在这里可以放心聊天吗？"

"哦，当然可以。"沃蒂丝轻松地回答，但再次用力捏捏桃灼葭的手，"谁愿意费心偷听两个凡人女子聊天啊？"

秋凉

* * *

关押她们的地方没有光，无法判断时间的流逝情况。守卫来过四次，送来食物和干净的夜壶。她和沃蒂丝睡了两次觉，所以桃灼葭推测，自从第一次被关进小屋，已经过去了两天。在这期间，她和沃蒂丝轻声交谈，小心地避开任何可能引起偷听者警戒的言辞。沃蒂丝充满好奇，对奈琦迦的生活提了很多问题。桃灼葭这才意识到，自己觉得无穷沉闷的囚犯生活，对一个盲眼女子来说，却如梦想般自由而刺激。桃灼葭刻意挑拣自己的过去，最远只说到她在瑞摩加与艾斯塔兰姊妹生活在一起的日子。至于她在关途圃，与父母和哥哥一起度过的童年，或在上色雷辛的外公营地住过的时间，尽管贺革达亚已经了解，她还是决定避而不谈。

作为回报，沃蒂丝也小心翼翼地讲述了她在医士会的经历。不过，因与贺革达亚分开居住，所以她的故事多发生在服侍女王之时。两人心知无法安全地畅谈，因此，除了知道即将面对什么样的仪式，桃灼葭也没得到什么新情报。

她本已做好受死的心理准备，至少以为自己做好了，如今又要面对在无光的小屋里度过余生的未来。尽管有同病相怜的室友陪伴，但那仍是个惨淡的前景。所以，守卫第五次来送饭，并监督她们吃下贫乏的食物时，桃灼葭一时激动，差点失去理智。随后，守卫默默示意她俩跟他们走。沃蒂丝牵起她的手，她只觉得双脚抖得像新生的小鹿。

她们随守卫穿过走道，偶尔有火把照明。桃灼葭在全黑的环境下生活了很久，就连这么昏暗的光芒也觉得刺眼。走廊并非天然隧道，倒像是巨大宫殿的一部分，地面平坦，墙壁和屋顶是如上好丝绸般光滑的石壁。

守卫将她们带到一扇门前，那儿有更多卫兵等候。她们被赶进门，里面又是一片漆黑。沃蒂丝加力握紧桃灼葭的手。"让我带你走吧。"她说,"前面有楼梯,很陡。"

她俩一直往下走,桃灼葭开始听见水溅声和低沉的说话声。潮湿、温暖的空气往上飘来,将她包裹,带来潮湿石头的气味和其他更复杂的香气。楼梯底下的壁龛里有个三脚架,上面搁着个孤零零的霓由,闪闪发亮,如同傍晚的第一颗星星。桃灼葭看到许多赤裸的女性躯体。

"我们先在这儿沐浴,然后等待我族之母的召唤。"沃蒂丝轻声告诉她,"凡人和不朽者一样,要以纯净之身侍奉女王陛下。"

桃灼葭适应了新的亮光,惊恐地发现,其他医士的眼睛位置只剩下黑色的眼洞。不朽者个个长着看不出年龄的美丽脸庞,面容平静,有些在聊天,还有几位用柔和的嗓音若有所思地哼着歌。然而,每张脸的眉毛下方,都只剩空洞的眼眶。满屋子的不朽者,犹如一具具活骷髅。

桃灼葭望向沃蒂丝,猜想她会不会也有伤,但伙伴的模样并没太出她意料。沃蒂丝显然处于生育年纪,然而身材像女孩般纤小,一张圆脸蛋还算好看,眼睛没有聚焦,但与其他医士相比,模样平凡得令人安心。

"我们依次要在三个池子沐浴,"沃蒂丝教她,"首先,脱衣服。"

桃灼葭的衣服穿了多少天,她自己都记不清了。还没脱完,一个身穿宫中仆人黑色服装的贺革达亚女子就赶着她们往前走,桃灼葭再也没见那女子第二回。沃蒂丝领着她沐浴,第一池是热得她额头冒汗的热水,第二池是加了香油和花瓣的暖水,最后是冷水。随后,她和沃蒂丝站在另一边,冷得微微发颤,皮肤如有针扎。另一位仆人给她们递来宽松的白袍。

"现在我们走出去,外面有人祈祷。"沃蒂丝轻声说道。

石室另一边的门悄无声息地打开,身穿飘逸白袍的医士走出门外。一个类似牧师的贺革达亚在门外等候,唱着古老的仪式歌。更多

秋凉

仆人出现,给每位医士派发一个面具,同桃灼葭先前见过的无眼面具一样。一个仆人走到她跟前,不耐烦地打出手势,要她把双手垂在身侧。她照做了,那个冷脸贺革达亚用一块布蒙住她的眼睛,让她再次陷入黑暗,然后给她戴上兜帽,再将那沉重的面具绑在她脸上。

"今天你只要在女王陛下身边出现即可。"沃蒂丝悄声叮嘱,"不论有什么感受,不论听到什么,都不要说话。回家我再向你解释全部。"

家。这个词如坠落的汤匙,从耳朵坠入她胸中,咔啦作响。她对沃蒂丝的感激之情难以言喻,然而,想到如今的家竟是那漆黑的石盒子,她的心就一阵剧痛,就算让她说话也说不出来。

接下来的时间,只在她记忆里留下一片空寂黑暗的模糊影子。她们被带进更深的房间,她听到医士们跪下,衣袍发出沙沙声,感觉沃蒂丝轻拉自己的手臂,示意她也跪下。毋庸置疑,女王就在这个房间等着她们,因为她能感觉到乌荼库的存在,如在冷天推开窗户时掠过全身的寒意。她能想象到那副银面具,以及面具下不老不死的谜团——全世界最古老的活物,动动指头就能夺走她性命的黑暗存在。她再次无法呼吸,感觉皮肤刺痛,仿佛它们在动,想自行逃走一样。沃蒂丝似乎有所察觉,捏捏她的手臂,随后却走开了,留下她独自一人站在兜帽下的黑暗中。

一个声音从房间远处飘来。有人在唱歌,是个男性。桃灼葭没听过这首歌,歌词是贺革达亚语,她只能偶尔分辨出几个字。奇怪的是,经过先前长时间的寂静,突然听到这样的歌声,其他医士却都无动于衷,继续忙着各自的事,而她只能呆呆站着,尽力不要摔倒,直到沃蒂丝走回来,安抚地捏捏她的手。歌手的声音传到外面,在石室间回荡,如夜莺的歌声般哀怨。

如果说,女王和医士们对歌手在场的漠不关心让桃灼葭惊讶,那么当她意识到,歌手的水平其实并不高超时——至少以她在奈琦迦被

Empire of Grass

凭多年学到的标准来看——更是大吃一惊。歌手的声线年轻而甜美，却会犯些连桃灼葭都能听出来的错误：这里呼吸跟不上，那里声音拖得太长，还有一两次音调发颤。她对贺革达亚的音乐了解不多，但她不敢相信全知全能的女王找不到更出色的音乐家。以前在节庆时，她听过维叶岐的妻子棘梅步夫人请来的艺术家的表演，他们的声音与唱功都更加优秀。

最后，又是一阵长久的寂静，所有医士都纹丝不动地站着，桃灼葭感觉到，女王的存在渐渐减弱，直至消失，仿佛向严冬敞开的窗户再次关闭。女人们被领回石屋，又洗了一次澡，次序跟之前相反，先冷后热。桃灼葭满肚子都是疑问，但每次想开口说话，沃蒂丝都捏捏她的手，示意她安静。

终于回到二人黑暗但不私密的小屋，桃灼葭搜肠刮肚，寻找能表达心中最困惑的疑问、但又不会有害的言辞。

"那个歌手，"她说，"他没我料想中那么……那么技艺高超。"

"他技艺非凡。"沃蒂丝的语调透着忧郁。

"真的？那我对贺革达亚的了解，也许不像我自以为的那么深……"

"他唱的是德鲁赫最喜欢的歌。"

桃灼葭愣了一会儿才明白。"德鲁赫，女王之子？很久很久以前被凡人杀害的那个？"

"歌手的唱法，与德鲁赫年轻时唱给母亲的方式完全一致。"沃蒂丝谨慎地解释道，"他是跟前任歌手学会的，前任歌手又是跟再前任学的，以此类推。今天这位，是我来这儿之后第三位模仿德鲁赫的歌手。我听说，许多年来，那样的歌手有很多很多，每一任都完美地学会了每一个音符、每一句歌词和每一处起伏，以模仿曾经的王子，为女王陛下歌唱。"

这个回答听得桃灼葭心烦意乱，再也想不起其他问题。沃蒂丝在

秋凉

她旁边蜷起身,不一会儿便呼吸均匀地睡着了,但她醒着躺了很久。那首不完美的歌在脑中持续回响,经久不散,好不容易才飘入她的梦乡。

Empire of Grass

风暴

♛

米蕊茉从未仔细留意过纳班议会堂。它在始皇帝统治期间建造，同当时大部分公共建筑一样，既不考虑屋内的舒适程度，也不想激发国民的自豪感，只为灌输对纳班王权和力量的敬畏。她等待仪式开始期间，突然很想回到海霍特王座厅，那地方虽规模不大，但更有家的感觉：各种旗帜从屋顶垂下，几乎伸手可及；各种人物画像——真实存在过的人物——悬挂在墙壁上，从各自的面容诉说自己的故事。

而纳班议会堂的屋顶高得离谱，往上延伸的尖顶距大理石地面足有三四十腕尺，上面绘满宗教图案，可惜太过遥远而精细，让人看不大清，仿佛就为提醒普通人，别想触及甚至理解权贵的高贵思想，反正普通人也没机会看到议会堂里面的样子。

议会堂两边排列着用哈察岛大理石砌成的竖板，提供了足够的空间，可容下统治纳班的五十贵族家族聚集在此商议大事。几个世纪来，他们一直是这么做的。米蕊茉坐在大堂尽头的宝座上。这张椅子本来属于皇帝本尊，后来许多年里，则成了身份尊贵的客人的专座，比如萨鲁瑟斯公爵向诸位 Patris——也就是"父亲"，纳班最有权势家族的族长们——演讲（少数情况下则是听他们训诫）时，也会坐这椅子。

米蕊茉右手边坐着萨鲁瑟斯公爵的支持者，另一边则是达罗·英盖达林率领的联盟，尚未选好阵营那些多数聚在中间。在米蕊茉看来，既不支持翠鸟、也不支持风暴鸟的中立派明显不多，大部分议会成员已经选择了某一方。

在她面前的桌子上，放着新的《奥坦德月盟约》礼仪卷轴。这

秋凉

是各大家族的书记官和利益代言人辛苦数周的成果,由纳班最优秀的抄写员用优美的字体抄写而成。文档最下方有韦迪安教宗阁下的签名。王后花了不少力气,终于说服他在这历史性协议上签下大名。米蕊茉希望,这协议能在纳班议会各大家族间,尤其是班尼杜威和英盖达林两家之间,维持至少一代人的和平。虽说韦迪安拒绝了今天的出席邀请,但他派出奥西斯神官主持祈祷,并见证协议的签署。

可奥西斯并不开心,就连达罗·英盖达林——他占据了米蕊茉左手边两个荣誉席位中的一个——似乎也失去了少许惯常的自鸣得意。中午铃声已经响起,议会堂内的各位 Patris 挪动脚步,凑在一起交头接耳。

"陛下,对这不敬,您一定感到不快。"达罗伯爵大声说,"我等聚集在此,盟约已经备好,可公爵在哪儿呢?"

"我不知道,大人。"她回答,"对,我对他缺席感到不快,但我也很担忧。我不免注意到,你的盟友、公爵的弟弟也不在这儿。"

达罗漠不关心的表情毫无说服力。"确实,但那不重要,陛下。代表英盖达林家族签字的人不是德鲁西斯,而是我。我已经在这儿了。但萨鲁瑟斯公爵似乎觉得,这场仪式和全体纳班议会成员、奥西斯神官,当然还有尊贵的陛下您的出席,都不值得他花时间参与。"

米蕊茉淡淡地看他一眼。"达罗伯爵,你是在吹毛求疵。确实,德鲁西斯并非英盖达林家族的 Patris,但正是他与哥哥萨鲁瑟斯的竞争,才导致我们草拟了这份盟约。德鲁西斯与你相互支持,反对他哥哥及其后裔,才造成这么多纷争,造成纳班今天这危机四伏的局面。"

达罗晃晃圆胖的手指。"陛下,随您怎么说吧。"除了大拇指,他所有手指上都戴着戒指,有的甚至戴了两三只。米蕊茉有时不禁琢磨,他擦屁股时会不会把那些贵重玩意儿掉在身后。

也可能是仆人给他擦吧,她心想。

"您笑了,王后陛下。"达罗说,"您觉得眼下的状况很有趣吗?

必须承认，我没发现。也许您可以将这些趣事与臣民们分享？"

"只是随便想想而已。"她看到奥西斯从座位起身，走过来。后者穿着厚重的神官华服，金袍僵硬地晃动，整个人像艘王室宝船，正被放到滑道上，准备下水起航。

"陛下，我恳求您的原谅。"神官轻声说。议会堂里所有议员都在围观他们的谈话。他们没指望现状会有什么改变——人人都看到公爵没在场——而是等待时间太长，又不能离开，因此焦虑而无聊，渴望能有什么事分一下心。"您知道，我是来主持祈祷仪式的。您有没有公爵的消息？他还来吗？"

"奥西斯神官，除非消息是用小苍蝇送来的，不然你会看见我收到它。正文钟声响起之前很久，我就一直坐在这里，大伙都能看见。"

奥西斯的脸红了一下。米蕊茉心里在生自己的气：她在纳班的敌人够多了，没必要再增加几个。"陛下，原谅我提出如此愚蠢的问题。"

"不，应该是我向你道歉，神官，我脾气不好。同大家一样，我对公爵的缺席感到忧虑和困扰。"她扭头扫视大堂支持翠鸟的一侧，找到总理大臣艾德西斯·珂莱瓦。"珂莱瓦 Patris，"她大声道，"今天上午你见过公爵，对吧？知道他为何还没来吗？"

艾德西斯身材瘦削，不苟言笑。他摇摇头。"我已派卫兵前往塞斯兰·玛垂府了。估计被什么小事耽搁了。我跟他聊过，他打算出席的，陛下。"

"那他怎么还没到？"另一位 Patris，来自莱若西斯家族的圆胖长者，站在风暴鸟支持者那边大声质问。"还有，德鲁西斯侯爵在哪儿？是不是趁大伙注意力都在这儿，被人拖进公爵的地牢了？此时此刻，他是不是正受尽折磨？"

"闭嘴吧，弗拉维斯。"艾德西斯说，"否则我过去帮你闭嘴，你这叛国肥猪。我们都很清楚，是谁安排了婚礼上那场好戏，而你就是

秋凉

其中的罪魁!"

双方爆发更多争吵,米蕊茉只好命令列队站在后墙的卫兵用矛柄敲击地面,吵闹声才有所收敛,但并未停息。她再做一次手势,卫兵用长矛敲击盾牌,矛盾交击声淹没了一切喧闹。米蕊茉看到,卓根爵士将属下的爱克兰士兵都召集到身边,准备冲上来保护她,就连对纳班政治口角司空见惯的弗洛亚伯爵也往她座位靠近,担心现场爆发严重冲突。

"这就是皇帝们留下的伟大遗产?"她质问议会堂中安静下来的众人,"曾经统治世界的纳班议会的传统?圣徒大爱在上,现在根本无事发生。你们吵来吵去,就为一件还没发生的事?对,公爵还没到场,我们不知道原因。他弟弟德鲁西斯也不在。目前我们只知道这些,最终可能什么事都没有。事实上,基本可以确定,肯定无事发生。而你们就像一群父母不在的孩子。今天,我为我流淌的纳班血液感到羞愧,我从没想过自己会这样说。"

"陛下,"利连·埃比亚站起身,脸色阴沉,动作像古时的演说家,"我可以发言吗?"

"不行。"米蕊茉也站了起来。利连吃惊地看了她一会儿,又看看身旁的同伴,后者无奈地回望他。终于,他再次坐下。"我没有冒犯的意思,埃比亚 Patris,对你,对任何人,都没有。但发言时间已结束。现在是宣誓效忠的时间。效忠的对象并非某个家族,也不是哪个阵营,而是至高王权庇护下的国家——纳班。如果萨鲁瑟斯公爵不在,我们无法宣誓,那也没理由让诸位大忙人呆坐一下午。我们已经准备好了,但缺少主持者。作为在场的统治者,我以我丈夫、我本人,以及你们所有人都宣誓效忠的至高王权的名义,宣布今天的仪式到此结束。我们得找到公爵和他弟弟,明天下午再回到这里,完成已经开始的仪式。不许有任何异议。这件事至关重要,不容争辩。"

在场贵族齐声叹息。很多人特意为了今天赶到都城,并且在返回各自领地的府邸前还有其他安排。虽然他们敢挑战纳班国内的政治对手，甚至愿意诉诸暴力，但没人有足够的胆量挑战王后的意志。米蕊茉朝弗洛亚和卓根爵士招招手，领着她的小队伍大步走出议会堂。一众 Patris 目送她离开。她觉得，有些人明显不悦，另一些则面露钦佩之色，但她估计，后者佩服的是她对权力的大胆展示，而不是她利用权力做的事。

"今天您惹恼了一些人。"从两排议会卫兵中间走过时，弗洛亚轻声说，"陛下，很抱歉这么说，但您总希望我说真话，而不是净说好话。"

"老实说，伯爵，"她咬着牙回答，"在这恶毒的诽谤之城，我再没兴趣哄任何人高兴。我只想让他们知道，至高王室不会容忍他们愚蠢地争吵，甚至频繁威胁我祖父为他们缔造的和平。"

弗洛亚做个怪脸。"陛下，您与他们有血缘关系。所有人当中，您应该最了解，纳班人想要的不是和平，而是邻居的财富。他们向来如此。"

"那我的职责就是改变这种状况。"她嘴上虽这么说，心里却明白这话有多么空洞。"上帝的圣名啊，现在我只想知道萨鲁瑟斯公爵去哪儿了。"

"还有他弟弟。"弗洛亚补充道。

"那是次要问题。"她回答，"要我说，德鲁西斯和达罗都可以见鬼去，我很乐意给他们路费。"

♛

厄坦弟兄看着丝塔·蜜洛山越来越高，填补了天空。这山脉如趴在托盘上的烤猪，雄踞于珀都因岛。岛上最繁忙的港口位于口袋状的港湾内，形如一颗苹果，塞在烤猪张开的嘴里。他庆幸自己离开了纳班，但此时站在船上，望着眼前又一个陌生国度，心里却充满忧愁。

提阿摩大人说过，见识世界对人有好处。这一路上，从水汽蒸腾

秋凉

的乌澜沼泽地,到南方沙漠荒无人烟的起伏沙丘,厄坦已见识了太多。他在关途圃的木头栈道吃过酥脆的油炸蝗虫,乘平底船经过纳斯卡都荒野边缘时吃过商人毕恭毕敬递给他的山羊脸。他从未想过,人们会把那么奇怪的东西放进嘴里。他当时拒绝吃下山羊眼珠,商人无法理解他为何放弃如此美食,他解释说自己的宗教信仰不允许——可要他在《安东之书》里找出提及山羊眼珠之处,他会非常苦恼。他不想对商人失礼,因为对方十分亲善、慷慨,只是他的新境界还没扩展到那种程度。

梅迪安排的最近一次航程就没有那么热情的招待了。那是艘沿海贸易小船,船长跟厄坦一样,急于离开纳班,也很乐意收下修士的银币,补偿他没能在城中收获的利润。纳班各大家族的争斗数次演变成全面的暴力冲突,烧毁了贸易帐篷,丢下伤者在鹅卵石地面流血等死。于是,塞斯兰·玛垂府下令关闭各大集市,街上也不比市场安全。暴徒成群结队在街上游荡,利用公开冲突的借口干着自己的坏事,抢劫旅客,有时甚至杀人,而目的似乎只是为了娱乐。厄坦尽量收集了约书亚王子在乌瑟林兄弟会的资料,在港口附近的破烂旅店多住几晚,最后决定还是继续上路。米蕊茉王后住在玛垂雯峰,有爱克兰卫兵和公爵军队保护,应该很安全。但身为谦卑的修士,尽管他是王室信使,却没有那种待遇。

可在那一团混乱中,在让厄坦担心生命安全的地方,梅迪和他的两个孩子却总是欢天喜地,活像三只住在泥巴和肥料里的猪。对于梅迪那样的仆人兼向导,厄坦已经学会每次先将其索要的金额砍掉一半,然后再讨价还价,但手头资金仍日益短缺。小帕丽普帕和小普雷克图自作主张承担起增加金库的任务,从偷钱包到假扮残疾乞丐,用尽了偷窃和诈骗手段。有一次,两个小恶棍在拉辛纳镇遇上当地一位大人物,先收下人家的施舍,然后抢了他。结果,厄坦和他俩的父亲被当地守卫抓住,差点当成罪犯吊死。为了收买当地官员,厄坦仅存

Empire of Grass

的硬币又花去一大笔。事实上,在厄坦修士的旅途中,那家恶棍一路都偷鸡摸狗,在纳班的行径同样可耻。有一天,厄坦回到旅店,竟然发现两个小孩想把别人的马藏在他的房间里,那可是旅店最高层的三楼啊。他至今想不明白他们是怎么瞒过旅店老板把马牵进门的,而帕丽普和普雷克——这是父亲给他俩起的昵称——不但拒绝透露那匹马的来历,还假装不知道它是怎么跑进窄小的旅店房间的。

因此,虽然他对提阿摩大人说"见识世界能让人成长"的话理解透彻了很多,但看到珀都因中心的主要山脉出现在眼前时,心里最强烈的感受仍是想家。

其次则是疲倦。

* * *

厄坦找到了卷轴持有者菲尔拉夫人的住处。尽管已过去多年,他仍能看到烧毁街区的大火的痕迹。这一带是当地人说的汽锅区,是繁忙码头的一部分。多数房屋已在很久前重建。但曾经是附近最高建筑的教堂只剩下翻倒的石块,半埋在泥土之中,还能大致看出圣树图案。唯有原本入口处的墙壁还有一半立着,呈尖塔状,经历数十年风雨,还残留着烧焦的痕迹。

"我以前是这儿的看门人。"身后有人用流利的通用语说道,"我们排队从港口往上送水桶,但没法阻止大火。"

厄坦转过身。身后站着一位驼背老者,眼神清澈,表情看来仍然神志清明。厄坦迅速涌起希望。他已跟附近很多居民谈过,但没人听过菲尔拉的名字,更别提前任王子约书亚来访的事了。"你住在这儿?"

"如果不是,我算哪门子的看门人?那时候,我们会一直住在同一个教堂服务,至死方休。"他摇摇头,若有所思地捏捏厚实的鼻尖,"跟现在不一样,现在那些人像乞丐一样到处游荡,总想找更好的位置,总想要更多。"

秋凉

厄坦点点头表示赞同，但只为鼓励他继续说下去。"火灾前这里是什么样子的？"

教堂老仆上上下下打量他，显然看出他的修士袍已被漫长的旅途磨得又脏又破。"我觉得，应该跟大多数地方一样吧，住满了罪人和傻瓜。要不是有教廷，上帝早把全世界烧毁了，就像烧毁这些房屋一样，就像烧毁我们的教堂一样。"但他的语气却不像彻底原谅了上帝。

"你还记得以前住这儿的女人吗？叫菲尔拉。菲尔拉夫人。"

老人吃了一惊，倒退一步。"那个女巫？"他在胸前画个圣树标记，一时间竟像要拔腿逃走。

"这里的人是这样叫她的？"

"不然还能怎么叫？"老人的好奇心似乎正与焦虑作战，以致他如被风摇动的树苗，在原地左右摇晃。"她住的大房子里装满异教书籍，不时会有来自各种古怪地方的访客，即使在应该跪地祈祷的神圣节日也不例外！"他又画个圣树标记，"先生，你是上帝的仆人，对吧？你是四处旅行、为主行善的修士？还是身穿修士袍、心里却不怀好意的家伙？你干吗打听那个女人？还有，你是怎么知道她的？"

"先生，看在仁爱的乌瑟斯和神圣的天父分上，告诉我你的名字吧。然后我会告诉你我的名字，并回答你的问题。"

老人斜着眼睛看他，显然左右为难。"以前他们叫我巴多，圣库思默的巴多。"他最后说，"现在很多人也这么叫，虽然教堂很久以前就烧成了废墟。"

"好巴多，愿上帝保佑你长寿安康。我是修士厄坦，我要告诉你一个秘密。"他想起提阿摩说过的捕鱼技巧，那似乎是乌澜人童年和年轻时主要从事的工作。"当它轻咬鱼饵时，你应该静止不动。"他告诉厄坦，"任何突然之举都可能吓得它迅速逃走，再也不回来咬你的鱼钩。"

厄坦小心翼翼地从修士袍里掏出一封信。这封信已随身带了太久、太远，羊皮纸已压得扁平，看上去不像个纸卷，更像色雷辛人在马背上吃的肉干，差点打不开。他只能慢慢将其展开，以免撕裂。然后他把信捧到那人鼻尖下。"你认字吗？"

"我……视力不好。再说也没什么要认的。"巴多略带轻蔑地补充。

"但你看到上面的印章了，对吧？这是爱克兰至高王室的印章。国王与王后亲自派我来调查这个菲尔拉，看她是否还活着，要问她问题。我向你保证，我的目的是神圣的。"

老人皱着眉头凑近羊皮纸，但这动作更像本能反应，而不是真正在看。他抬起头。"那么，厄坦弟兄，你想知道什么？"他终于说，"老巴多能告诉你什么？对，当年我认识那个女巫，或者你喜欢，也可以叫她夫人。"

厄坦打量着老人：瘦削的手腕，胡子拉碴的脸颊，虽然天气温暖却还披着破烂的斗篷，也许是为遮掩更加破烂的衣物。"先生，我跟你说，我已经走了一个上午，饥肠辘辘。附近有没有能吃点东西、喝点啤酒的地方？"

巴多迟疑一下。

"我想花费少许至高王室的钱币招待你，你不会拒绝这个机会吧？"

巴多舔舔嘴唇。"事实上，弟兄，山脚下就有个酒馆，我有时会光顾。老板可能有几只肥美的烤鹌鹑。"他用手背擦擦嘴巴，"至于啤酒，那儿的酒也不错。"

♛

许久前的一天，杰莎和一个哥哥站在一座石山的洞窟入口前。在乌澜那么平坦的沼泽地区，石山和洞窟都是稀罕物。那时她年纪很小，跟哥哥胡图来到这里，既不知他想让自己看什么，也不知他为何神神秘秘。他俩来到通往地底的黑色洞口前，头上树冠外的天空灰蒙

秋凉

蒙的，天气炎热。这时她开始害怕，胡图必须紧紧抓住她的手臂，以防她逃走。洞口宛如张开的嘴巴，感觉要把她一口吞下，咽进乌澜大鳄鱼的胃里。她奋力挣扎，但胡图却抓得更紧。

"别傻了，"他说，"我只想给你看点东西。快来看。"他一只手牢牢抓住杰莎的手臂，另一只手捡起一块从山上滚落的石头，扔进敞开的黑洞。

转眼间，他俩就被无数尖叫、摩挲的小身影包围，那东西犹如风暴，十分密集，以致过了很久，杰莎还是看不到半点阳光。翅膀拍打她的头发、脸庞和肩膀。她完全不知发生了什么，只觉得世界变黑，碎裂成无数"叽叽喳喳"的碎片。她想扑到地上，但哥哥拉住她，让她站着。直到很久以后，翅膀风暴才烟消云散，然后她发现自己一直在惊恐地尖叫。

胡图一巴掌拍在她脑门上，放开她的手臂。"别叫了！妈妈会听见的！"

但杰莎停不下来，于是胡图继续打她，最后只能又怒又羞地将她扛起来带回家。她的尖叫变成呜咽，恐惧根本无法掩饰。妈妈冲胡图大发雷霆，后者只能一遍遍重复："我只想给她看看蝙蝠洞而已！"

此时此刻，塞斯兰·玛垂府给她的感受，就像当年那恐怖一刻的重演。人们到处乱跑，叫嚷着公爵失踪了，说他被人掳走或杀害了。杰莎用尽所有自制力，才没像当年那样尖叫起来。全因怀里的宝宝，她才能保持理智。她紧紧抱住莎拉辛娜，如同抱着个符咒。但她的心跳得越来越快，快得头晕目眩。

"怎么会这样？"坎希雅公爵夫人又问一遍。她在哭，脸上又湿又红，但每次有女伴想给她擦擦眼泪，她都愤怒地拍开对方。"我丈夫在哪儿？一百个卫兵跟着，居然没人看见他？这到底发了什么疯？"

杰莎缩在房间角落，轻摇怀里的莎拉辛娜。奶妈想来喂她，可连小婴儿也察觉到气氛不对，也能听见紧张的呼喊和急促的脚步声，所

Empire of Grass

以拒绝吃奶。杰莎将她丝滑幼小的脑袋贴在胸前,哼着孩提害怕时听人唱过的无词小调和各种小曲。

> 暴风吹啊吹,
> 但我们的房子很结实、很结实,
> 大雨下啊下,
> 但我们的屋顶很高大、很高大……

米蕊茉王后走过来,坐到坎希雅身旁,没说什么安慰话,只是握着她的手。同以前一样,杰莎惊叹于王后那镇定的力量,那张脸几乎没流露一丝波动,直到一个女仆尖叫着进出眼泪,才露出一点厌烦之色。

"够了。"王后对女仆说。可那女孩是个无可救药的话痨,杰莎认为,她在乌澜活不过一个钟头,就会掉进汨蟹的巢穴或鳄鱼的嘴巴。"孩子,公爵夫人需要你的帮助,不是你的哭闹。"她看看杰莎和宝宝,又回头问那女孩。"小布拉西斯去哪儿了?"

女仆已吓得面容变形,活像沼泽地常见的山药泥。"他……他跟老师在一起。"她结结巴巴地回答,"他……今天……今天要上课。他讨厌上课,但公爵坚持……"想到公爵,女孩嘴唇一扭,像是又要哭了。

"去找他。"王后的声音如珠宝匠人的锤子一样坚定。"把老师也带来。他们可以在这儿上课。"

女仆哆哆嗦嗦行个屈膝礼,快步走出门外。

"你跟她一起去。"王后吩咐另一个女仆,后者至少没尖叫也没哭,"找到公爵的继承人,带回这里。"

"到底发生了什么?"坎希雅又问一次。一位侍女递上一杯葡萄酒,她看也不看就接过来一饮而尽。但王后摇头拒绝了递给她的酒。

秋凉

"萨鲁瑟斯能在哪儿?"

"会找到他的。"米蕊茉王后说,"你先等等。不过,记住,你是公爵夫人,是纳班的心脏。你希望丈夫的敌人说,你看到麻烦开始的第一个迹象就马上崩溃了?"

"第一个迹象!"坎希雅气愤得声音都走了调。一时间,杰莎真担心公爵夫人真会动手打王后。"第一个迹象?几个月来,除了麻烦就没别的事!是德鲁西斯,那该死的叛国贼,是他在煽动群众!还有那只恶毒的癞蛤蟆,达罗伯爵……"坎希雅越说越大声,吸引了房间每一对目光。她终于意识到,赶忙停下,呼吸沉重。"有人试图毁灭我们。"她压低声音说,"现在他们夺走了我的夫君……!"泪水又一次漫出她的眼眶,流下脸颊。

这时,休息室的房门被一把推开,利连的妻子艾露丽雅伯爵夫人冲了进来。她身后追着几个卫兵,表情迷惑,显然不知把她放进来是否正确。艾露丽雅脸色死白,双眼瞪得像受惊的猫头鹰。杰莎看到她这副模样,只觉一股寒意掠过全身,将五脏六腑全都冻住,突兀而强烈,惊得她差点松开怀里的宝宝。

"亲爱的乌瑟斯,救救我们吧!"伯爵夫人喊道,身子摇晃得仿佛站在即将沉没的船上。"他死了!他们在礼拜堂发现他死了!哦,圣母和她怀胎的圣子在上,他们割了他的喉咙!他们会把我们全杀光!"

"上帝救我!"坎希雅尖叫,"萨鲁瑟斯!"她想站起来,但她的脸色比艾露丽雅更白,站起一半就扑倒在地。王后虽拉着她的手,但没能扶住她。

"公爵夫人晕倒了。"王后的语气虽然平淡,但杰莎觉得她脸上也露出了惧色。"来人啊,拿鹿角精来。"她望向仍像哑剧里的鬼怪般站在门口的伯爵夫人。"别再像个渔家女一样大呼小叫,伯爵夫人,发生了什么?谁死了?是公爵吗?"

Empire of Grass

艾露丽雅瞪着王后看了很久,好像对方说的是她从未听过的语言。她张嘴刚想回答,外面走廊传来喊叫和武器、盔甲的交击声。杰莎不假思索,抱着莎拉辛娜趴到地上,朝一个木箱爬去,准备藏起来。但她还没爬到,就听到一个熟悉的嗓音。

"该死的地狱啊,这里发生了什么?没人发现我失踪了吗?我手下都是些什么笨蛋?"

萨鲁瑟斯公爵站在门口,身边围着更多卫兵。"坎希雅!"他看见妻子,紧张地喊道,"她怎么了?这里发了什么疯?"

"她没事。"王后说,"只是晕了过去。很高兴看到你没事,公爵大人,可现在,我认为该听听艾露丽雅伯爵夫人有什么话说。"

那个贵妇人似乎没注意到公爵的存在,尽管他就站在自己旁边。她依然脸色苍白,双手颤抖。"德鲁西斯,"她说,"德鲁西斯侯爵。他……哦,圣树在上,我说不出……!"

"快说。"萨鲁瑟斯厉声喝道。

伯爵夫人吓了一跳,转过头。"哦,大人!哦,我的大人!您弟弟……死了!"

"死了?不可能。"萨鲁瑟斯望向身旁的卫兵,仿佛其中某人能解开这谜题似的。"你什么意思?死了?"

"在达罗府邸的礼拜堂,他们找到了他。他身中数刀,喉咙被割断。朝里所有人都在传这消息。"她自卫似的抬起手挡在身前,"风暴鸟抬着他的尸体穿过街市,还在码头放火,攻击任何佩戴翠鸟纹章之人。已经死了好多人。哦,上帝在惩罚我们所有人,惩罚我们……!"

"伯爵夫人,你把消息带给了我们。"王后打断她的话,语气如同命运之神一般冷酷。"谢谢。现在你可以安静了。"

"怎么会这样?"萨鲁瑟斯问道,杰莎觉得他的疑惑发自真心。"怎么发生的?"

秋凉

"眼下要解决的问题不是这个,"米蕊茉站起身, "而是如何应对。"

"应对……?"

米蕊茉王后从刚刚跑回来的女仆手里接过鹿角精,展开宽阔的裙摆,在公爵夫人身旁蹲下,把瓶子送到她鼻子下方,直到她咳嗽着、呻吟着抖动眼皮。"是啊,公爵。"王后一边扶坎希雅坐好,一边回答。"应对即将到来的风暴,否则我们都会被它卷走。"

第三部

冬噬

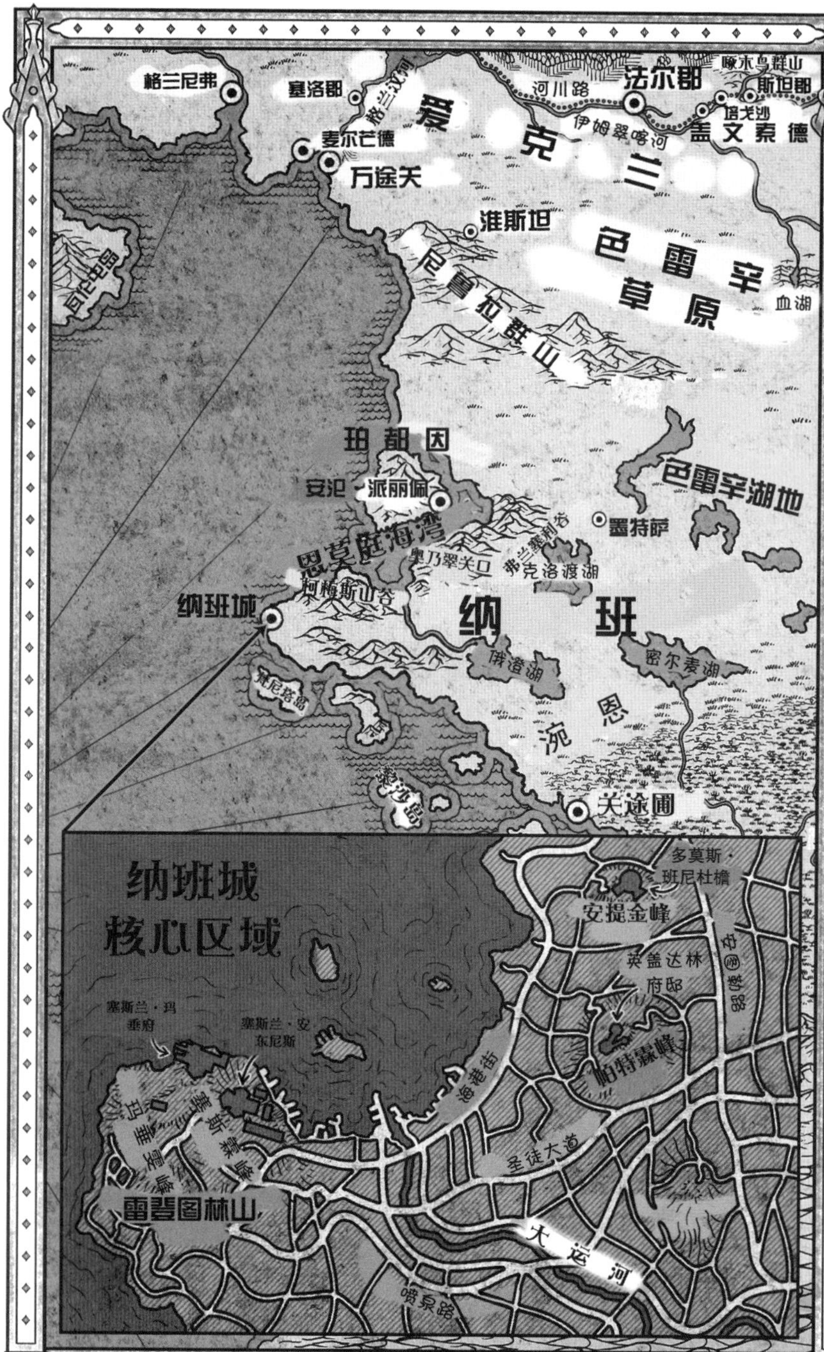
格兰尼弗
塞洛郡
河川路
法尔郡
斯坦郡
倍戈沙
盖文索德
伊姆翠喀河
爱克兰
麦尔芒德
万途关
淮斯坦
色雷辛草原
血湖
珀都因
安汜
派丽偏
色雷辛湖地
恩莫庭海湾
奥乃翠关口
克洛渡湖
纳班城
纳班
俄澄湖
密尔麦湖
关途圃
纳班城
核心区域
多莫斯·
班尼杜樯
安提金峰
英盖达林
府邸
塞斯兰·玛
垂府
塞斯兰·安
东尼斯
海港街
圣徒大道
雷碧图林山
大运河
喷泉路

听那鼓声!

听那鼓声!

不论兄弟或野兽,我都要杀死。

女王陛下已发声,她的言辞就是我的心愿。

不论兄弟或野兽,结果都一样。

没有我的女王,我就没有眼睛、没有臂膀、没有腿脚、

没有灵魂。

盲目的士兵有何用?无肢的鬼魂有何用?

听那鼓声!

听那鼓声!

我必须与你战斗,不论你是兄弟还是野兽,

野兽还是兄弟。

不然我只能背叛自己,

不明不白沉入幽长的阴影。

——颤抖湾的紫奴佐

Empire of Grass

路上的蛇

♛

　　无论萨满鲁兹旺在莱维斯身上用的是什么医术，总之都见效了。骑驴时，波尔图把他放在前面，尽量扶他靠着自己坐直。虽然卫兵队长虚弱得让人担心，颠簸的驴背震得他伤口再次开裂流血，但他的高热退得差不多了，不论血还是伤口，都不像前几天那样散发出恶心的臭气。许多年前，波尔图曾用同样方式载过朋友安德锐，却没能救活他。眼下的状况，让当年痛苦的回忆好受了些。

　　驴子又停下脚步，怀疑地打量着挡在脚前的弯曲树枝。"该死，你这笨驴！"波尔图说，"那不是蛇！是木头。"

　　吉尔登看着树枝，喷喷鼻子表示反对。

　　波尔图叹着气，轻手轻脚把莱维斯放在驴颈背上，倒退着下驴。骑驴时，他的长腿几乎能够到地面，所以从后面滑下驴屁股毫不困难。他捡起树枝，扔进灌木丛深处。

　　"看，树枝没了，满意了吧？"

　　驴子朝他龇出牙齿，哼了一声，大概不是开心的意思，不过树枝没了也好。波尔图笨拙地爬回驴背，往前挪挪，扶稳莱维斯。受伤的朋友动了动，说："格兰，你面包里加太多盐了。"

　　"我知道。"波尔图说，"你跟我说过了。"

　　"我饿了，格兰。"莱维斯又说，"走快点儿。"

　　"走得够快了。"

　　自从与命运安排的萨满相遇，他们已经走了三天。波尔图原来那

吞噬

匹漂亮的战马是帕萨瓦勒大人送的,结果在血湖丢了。而吉尔登走路慢吞吞,脑子一根筋。虽说驴子比不上战马,但骑驴总好过步行,尤其他还带着莱维斯,这大块头连站都站不起来,更别提走路了。

我忘不了你的恩情,鲁兹旺,波尔图暗自承诺。总有一天会报答你。我以上帝和家族的荣誉发誓。

爱克兰边境丘陵起伏,森林茂密,山毛榉和石头般的橡树混生在一起,猎物稀少。波尔图在路上遇到几条小溪,溪水清澈,任何士兵都知道那是上帝的馈赠,理应心怀感激地接受。他给莱维斯喂足了水,只要能喝下就继续喂。他还尽量按鲁兹旺的吩咐保证伤口清洁。每次停下,他都在草地上拴好驴子。但他不想为找吃的单独留下莱维斯,所以食物很难获取,只能想尽办法用萨满送他们的干肉支撑得久一些。波尔图还帮莱维斯把他那份肉嚼烂,好让他吞下。

他在恢复,波尔图告诉自己,他不会跟安德锐一样。我愿做任何事确保他活下去。

尽管莱维斯离死亡阴影远了些,波尔图的阴霾却未能完全散去。他和王子的卫兵在上色雷辛遭遇埋伏,虽然不是他的错,但矮怪宾拿比克交给他的任务——找到并救出艾欧莱尔伯爵——却彻底失败了。要是真如鲁兹旺所说,新任的色雷辛酋长,也就是叫乌恩沃山王的家伙正在兜售艾欧莱尔,那他和莱维斯这次搜寻的唯一成果就是弄丢了两人的战马。帕萨瓦勒大人会生气的,波尔图心想,如果我是他,我也会生气,那么多黄金,还有那匹漂亮的马……!

仿佛是为强调原来的战马与现在的坐骑的差距,驴子吉尔登突然在山谷中间停下,不肯迈步。周围都是厚密的橡树,扭曲的树枝几乎挡住下午的天空。一开始,波尔图以为这畜生听见了大型动物的动静,于是抽出剑刃,等了一阵子,但最后认定,这不过是吉尔登坏脾气发作,便用脚跟踢了踢瘦骨嶙峋的驴腰。

"走啊你,走!"小时候听过的一句话浮现在他脑海,是他父亲经常对歪曲的钉子或不听使唤的工具说的。"天堂所有圣徒在上,上帝造你就为折腾我吗?"

驴子嘟囔着往前挪几步,又停了。波尔图下了驴,想拉着它往前走。但吉尔登直往后倒,抵抗缰绳的拉扯,蹄子坚定地踩在地上,脑袋扭向远离波尔图的一侧,仿佛闻到什么臭味似的。

"你会害死我俩的。"波尔图愤怒地说,尽管他早就知道这头驴没有羞愧之心。

话音刚落,有东西从他的脸庞掠过,贴得很近,以致波尔图以为是某种蚊虫,抬手想拍死它。然后,他看到前方不到两步远的泥土里扎着一支箭,心顿时提到了嗓子眼。

他猛转过身,寻找那支箭的来源,然后听到第二声弦响,又一支箭扎在第一支旁边。

他举起双手,手里还拿着剑。"别杀我们!"他大声用色雷辛语喊道,"不是敌人。"他记不得色雷辛语的"受伤"怎么说了,"我朋友病了!没有黄金!"

说完后,他在一片寂静中等了很久,心脏狂跳。随后,上方传来说话声。"诸多圣徒在上!"是通用语,"草原人的话就像一串野蛮的嘟囔,没人能说好,老波尔图说得就更难听了!"

他打量着头上的枝叶,寻找人声的源头。"如果你是朋友,请下来。如果不是,就来拿走你想要的东西,但请放过我和我受伤的朋友。我们没有恶意。"

"我打赌,你没有任何用处。"声音说完,空地边缘一棵橡树高处的枝叶晃动起来。片刻后,波尔图震惊地看到,艾斯崔恩爵士单手勾住橡树最低的树枝晃荡着,另一只手拿着弓。他放手落地,姿势优雅得像猫,然后鞠了一躬。"老伙计,见到你可真意外。你非要跑这么远躲避我们的陪伴吗?可你也看到,你失败啦。欧维里斯!下来。这是世上最年迈的战士,还有,他那死掉的敌人是个色雷辛胖子,大概跟他打架时心脏病发了。"

欧维里斯出现在旁边一棵树的矮树枝上。"真希望我能看到。胖子对老人，一场勇敢的战斗。"

波尔图从驴背扶下莱维斯，喘着气将他放到地上，然后踉踉跄跄走上前，一把抱住艾斯崔恩。年轻骑士忍了会儿才挣脱。"好了，好了，波尔图大叔。"他刻薄地笑着，"别这么多愁善感，尤其是你这样脏兮兮的家伙，我不喜欢。你怎么到这儿来了？"

欧维里斯爬下树，站在莱维斯旁边查看。"这家伙又是哪儿来的？你要杀他，真失败，他还有呼吸。"

波尔图突然被扔回旧日与这两位骑士困惑的友谊中间，既吃惊又眩晕，脉搏跳得飞快，且一如既往地搞不清这两人是不是在拿他开玩笑。"他是我朋友，被色雷辛人重伤。你们应该知道他。他是爱克兰卫兵队长，叫莱维斯。"

"莱维斯？"艾斯崔恩反问，"那个皱着眉头，反对玩骰子、睡女人的家伙？"

"是这样，他是个虔诚的信徒。"波尔图说，"是个好人。他需要休息，不能再骑那悲催的驴子了。那畜生走起来磕磕碰碰，经常停下，活像轮子松脱的马车。你俩谁能用坐骑驮他吗？"他突然想起一件事，"所有圣徒在上，你俩在这荒郊野地干什么？"

"朝老头子射箭啊。"欧维里斯回答，"很有趣的消遣。"

"不好玩的地方才叫荒郊野地。"艾斯崔恩说，"我们在这儿，所以这地方就不是什么'荒郊野地'。"

"不管怎样，没想到能跟你俩见面，更别提在这种地方了。"

"我们是跟欧力克公爵来的。那家伙是有史以来最顽固的盔甲大汉。"艾斯崔恩解释，"非要在焦躁易怒的野牛部族驻地河对面扎营，就像在蝎子窝里睡觉一样。"他摇摇头，"国王亲自派欧维里斯和我跟来，要从色雷辛蛮子手中救出老伯爵艾欧莱尔和小王子莫根纳。可那位公爵殿下花了好多天才肯放我俩出来做任务。"

波尔图摇摇头,刚刚见到熟人的轻松和快乐都消失了。"你们能找到艾欧莱尔伯爵,我可以提供些情报。但色雷辛人没抓到莫根纳,他逃进森林了。"

艾斯崔恩盯着波尔图看了很久,然后同欧维里斯交换一下眼神。后者的脸向来如铁块一般,没什么表情。"你这消息相当糟啊。全告诉我们吧。"

波尔图又摇摇头。"首先,我们必须把莱维斯送到公爵的营地。艾斯崔恩,让他骑你的马吧。"

骑士沮丧地皱皱鼻子。"不要。如果这大块头倒在我身上,会把我撞出马鞍的。欧维里斯,交给你了,你个头够大。"

欧维里斯没争辩,但投向艾斯崔恩的目光说明了一切。他走出空地,过了会儿,牵着两匹健壮的骏马回来。波尔图看着它们,既伤感又羡慕,更觉得倒霉运气害他损失了好多东西。

"别光站那儿。"欧维里斯牵着其中一匹马来到驴子旁边,"帮忙搬。"他与波尔图合力将莱维斯推上马鞍,上马坐在他后面。"这傻瓜嘀咕什么呢?"欧维里斯问,"他一直说想喝什么麦片粥。"

波尔图抓起驴缰绳,朝艾斯崔恩走去。后者已跨上战马,发现老骑士想爬上自己的马背,立刻用对待流口水疯狗的眼神瞪着他。"不行,不行。"他说,"不可能。瞧瞧你这德性,老家伙,满身血迹和……只有仁慈的乌瑟斯才知道是什么鬼东西,臭得像从桌上掉到床后的鲥鱼。不行,波尔图,你自己有坐骑,我觉得那家伙很适合你骑。如果你真这么担心这位讨厌快乐、认为赌博是恶魔的消遣的朋友,我建议你狠催你的'战马',尽量跟上来。"

然后,他俩调转马头,骑马走出空地,留下波尔图一人忙不迭爬回驴背。吉尔登跟平时一样,似乎很不满意自己的角色,像个准备上绞架的囚犯,不情不愿跟在两名骑士身后。

冬噬

♛

秃头照例送来晚餐，但艾欧莱尔觉得这草原人焦躁不安。他不停回头看两个大胡子守卫，而那两人似乎断定伯爵不是什么危险人物，尤其他们与手无寸铁的老外交官还隔着一扇沉重的马车门。艾欧莱尔接过托盘时，秃头凑近他，用伯爵只能勉强听见的音量说："我有事要告诉你。"

"说。"

他又迅速往后瞥了一眼，才继续道："乌恩沃不可信。特别他那个助手，仙鹤部族的弗里墨，你不能相信。他们能背叛任何人，就像他们背叛自己的部族，然后赖在我头上一样。"

艾欧莱尔强行忍住往后缩的冲动。秃头的五官被剃光毛，显得更没法看了。"你说不要信任乌恩沃是什么意思？我是个囚犯，没资格信任谁。"

"你的国王会信任他，可那对你和所有石民都没好处。"秃头又看看身后，两个守卫都背过脸去，没看马车。"告诉你的国王，必须毁灭乌恩沃，因为他计划烧毁你们的城市。他会撒谎说他想要和平，但我知道，他已召集各个部族，准备跟你们打仗。"

尽管艾欧莱尔不信任秃头，但也无法轻视他的话。"为什么？"

秃头面露懊恼。"因为他想要更多权力！他相信自己是山王，山王是战争领袖，不与其他部族打仗，就要率领所有部族跟外族打仗。一直是这样！"

"我会把你这话转告给国王与王后。"

男人将声音压得更低，逼得艾欧莱尔把脸贴到冰冷的铁栏上听。"他们派人来赎你，付钱买你自由时，请带上我！我会把我知道的一切都告诉你的君主。我会帮他们与乌恩沃作战。"秃头直勾勾盯着艾欧莱尔的眼睛。伯爵感觉，对方面容下似乎掩藏着某种幽暗、扭曲的东西：是恐惧？憎恨？但那没法证明他在撒谎。

"我无法保证你的自由，但我会尽力将你的话转达给我的君主，如果可以，也会请他们帮你。"艾欧莱尔已经断定，此人很可能是为逃脱奴隶的命运而在兜售子虚乌有的情报。不过对伯爵来说，比这更凶险的交易他也赢过，他可是个实干家。

秃头嘟起嘴唇。"你不信我。"

"我不相信所有无凭无据的说法。"艾欧莱尔回答，"但我也没不相信你。你可以放心，我会考虑你说的话，而且，不要低估我们至高王和至高王后的智慧。"

奴隶嫌弃地哼了一声。"哦，是，我明白了。你想先拿情报，再看心情决定帮不帮我。"他放开托盘，"这样盘算，你就错了。你错了。你拿我当骗子，你的城市会因此而焚烧。"

艾欧莱尔不知如何回答，但也无所谓，秃头已走下马车台阶，回到两个守卫跟前。后者看也不看，带着他离开了。

艾欧莱尔盯着铁栏窗看了一会儿，手里还拿着托盘，上面的晚餐是羊肉汤，已经有点凉了。就在这时，他看到另一个人，立刻将秃头的警告丢到了九霄云外：那是个女人，披着厚重的斗篷，正在渐渐昏暗的暮色中穿过围场。起初是女人的短发吸引了艾欧莱尔的目光。但细看之后，他敢确定，那是约书亚王子的妻子渥莎娃，至少是他刚来酋长大会时见过的女子。此时光线昏暗，但她就在三四十步外。

"渥莎娃！"他大喊，"是我，艾欧莱尔，约书亚的朋友！"

听到喊声，女人抬起头，可看清声音来源又迅速低下头。艾欧莱尔觉得，那反应不是单纯的害羞，甚至不是对异国囚犯的畏惧。看到女人加快脚步走回帐篷，他更加确信了。

如果真是她，她在这里做什么？她为何会在乌恩沃的队伍里？她是骏马部族的人，而很多人告诉我，乌恩沃属于仙鹤部族。

渥莎娃是新山王的囚犯吗？不是，因为她能自由走动，身边没有卫兵和看守。也许她是乌恩沃支持者的女人？

他目送女子消失在视野外，却看不见她去了哪儿。他终于离开窗户，坐下来吃晚餐，心绪久久无法平息。

♛

波尔图发现，欧力克公爵的营地真是个奇怪的地方。外科医师先为莱维斯缝合伤口，再料理波尔图身上程度较轻的小伤。在这期间，他听到士兵的讨论，他们都认定莫根纳王子被色雷辛人抓了俘虏，说他被一个叫乌恩沃的酋长绑架，说那是祸害爱克兰的策略之一。但宾拿比克和矮怪告诉波尔图，莫根纳逃进了森林。再根据他在血湖期间打探的消息，那些部族战士甚至不知道至高王室的继承人就在附近。

"我必须找欧力克公爵谈谈。"他告诉艾斯崔恩和欧维里斯，"他需要听听我的见闻。矮怪宾拿比克给国王和王后送过信，他们没收到吗？"

"信？"艾斯崔恩说，"好像记得。奥德宛死掉时，身上带着类似的东西。"

"奥德宛死了？"波尔图挺喜欢那个活泼的小卫兵，"上帝保佑他安息。怎么死的？"

"可能跟他身上扎那么多色雷辛箭有关吧。"艾斯崔恩边说边用磨石打磨小刀。

"既然矮怪的信送到了，为何人人都说莫根纳王子在色雷辛人手里？他没有。我告诉过你，他跑回森林了。他留下的痕迹说明了这一点。"

"啊，那好吧。"艾斯崔恩说，"既然有他的痕迹，那一定是真的喽。你什么时候这么关心王子的脚印了？"

波尔图摇摇头。"求求你带我去见公爵。现在不是开玩笑的时候。"

"给。"欧维里斯递给他一个酒袋，"老头，现在是什么时候？是不是喝这个的时候？"

Empire of Grass

波尔图受伤地看他一眼,但还是接过酒袋,长饮一口。自从喝完自带的葡萄酒,过去两个星期,除了酸臭的色雷辛饮料,他再没喝过别的酒。那种饮料叫叶乳,酸得像醋,稠得像奶,难喝得很。此刻看到正经酒水,虽然着急,但他还是无法抗拒。

"谢谢。"他擦擦嘴唇,"现在,请带我去见欧力克。"

艾斯崔恩耸耸肩。"好吧。不过提到他外孙,你得小心说话。他为莫根纳的事,脾气臭得可怕。而且他讨厌色雷辛人。"

* * *

"你要我听信那些小矮人的话?"欧力克公爵眉头紧锁,波尔图都能感觉到那股力道。"就因为他们看见了脚印,我就该跟那些野蛮人道歉,然后回爱克兰,让他们想干吗就干吗?"

波尔图从未见过欧力克如此心神涣散:他的目光无法在同一处停留,过一会儿就要换地方。"求求您,殿下,我只将我知道的、看到的、听到的告诉您。矮怪是出色的追踪者,那个叫宾拿比克的矮怪带我看过莫根纳王子和艾欧莱尔伯爵的脚印,先从森林出来,到了战场,然后莫根纳的脚印回到森林。等爱克兰的莱维斯清醒过来,他会告诉您……"

"告诉我什么?说他也相信这个童话故事?不,傻瓜都能看出发生了什么。为什么那些部族战士毫无理由袭击一支爱克兰武装军队?他们就是来抓人质的。还有什么人质比王座继承人更值钱?"火光中的欧力克仿佛凶狠的北方旧神,长长的胡子,两道眉毛如雷雨云般气势汹汹。

"但部族战士袭击时,莫根纳没跟队伍在一起。"波尔图说。他与公爵意见相左,好不容易才鼓起勇气直视对方。"王子和艾欧莱尔跟希瑟走了,那是他们的任务。袭击在他们离开时发生。宾拿比克的推测合情合理,他们回来时,战斗已基本结束……"

"那他为什么逃回森林?"欧力克双手搓着光头,像要赶走让他分心的念头。天气已转冷,公爵肩披皮毛斗篷,看上去与色雷辛酋长十分相似。"如果战斗结束,为何我外孙还要逃走?"

波尔图竭力掩饰自己的沮丧。"殿下,战斗虽然结束,战场却不是空的。我们发现零星打斗的痕迹,还在附近找到艾欧莱尔的斗篷碎片。"

"呸!"欧力克朝炉火吐了口唾沫,"故事、想法、痕迹!国王要我客客气气跟这些杀人凶手谈判,所以我给他们的头领,那个叫乌恩沃的送了封信,叫他把我外孙送回来,我们会给他奖励。至高王座之手艾欧莱尔伯爵也要送回来。"他匆忙补上后一句,像为阻止波尔图的任何意见。"爵士,关于我的职责,我就跟你说这么多。你尽了全力,国王和王后会听说你的事迹,放心吧。"公爵的目光仍然无法停留在波尔图身上,眼睛不停扫视,仿佛帐篷里挤了数十个人,而不是只有他们两个及安静的男仆,后者只有照料炉火时才会动一动。"你走吧。如果这个乌恩沃山王不肯乖乖听话,我只能另想办法夺回外孙。我不能浪费时间讨论什么阴影、烟雾和可能发生的事。"

波尔图走出帐外,看到两个朋友在等他。艾斯崔恩挂着"早知如此"的恼人微笑。"老骨头,看到了吧?欧力克公爵不需你告诉他任何事。他已经知道他该知道的状况了。"

"他不能因为这个打仗吧?莫根纳根本不在那儿呀!"

艾斯崔恩哈哈大笑。"男人打仗不需要理由,至少不需要什么好理由。但也不是完全没人理你,事实上,我们希望你讲讲色雷辛营地的情况,想起多少讲多少,尤其是乌恩沃的堡垒。"

"没什么堡垒。"波尔图心烦意乱地回答,"就是围场上搭的一群帐篷。他们没打算开战,甚至没做自卫的准备。"

"那更好了。"艾斯崔恩说,"如果我和欧维里斯能神不知鬼不觉潜入进去,将艾欧莱尔伯爵从牧民手中救出,而莫根纳确实如你所说在别的地方,那就更没理由开战啦。"

一时间，波尔图涌起新的希望。最近他见到的流血事件实在太多了。"也许你说得对。"

艾斯崔恩鞠了一躬。"我什么时候错过？"

欧维里斯哼了一声。"每次你说自己是个剑士或绅士的时候。"

"爵士，我更喜欢你不说话。"艾斯崔恩告诉他，"事实上，每个人都喜欢你安安静静的。"

冬噬

两个提议

♛

"莉莉娅,别爬上去。"

"为什么?又不是活的,傻瓜,世上已经没有龙了。"

"我不管。别的不说,它很重,可能翻倒砸伤你。"

"不重,爷爷!看啊,我这样它都没翻……"

"莉莉娅!"国王的声音透出"我要生气了"的味道。

小公主不情不愿地爬下龙骨椅。"那我能坐您腿上吗?"她问。

"只能坐一会儿。今天我有很多事要忙。不如你上楼去……干点别的?找点别的事。"

她抓住椅子扶手和爷爷的腿爬上他膝头,扯得爷爷闷哼一声。但她知道,自己没弄伤爷爷。国王爷爷西蒙身材高大,什么东西都伤不了他,所以他才能杀死那条龙制成王座。对此她深信不疑,因为这是她一个保姆说的。"我不上楼,上面特别特别无聊。"她解释说,"荣娜尔阿姨不在,保姆都很讨厌。洛丝保姆长了张大红脸,总是大喊大叫。安东妮塔和依莱薇德跟她们妈妈回城外去了。这里只剩几个蠢男孩,满脑子只想着扮骑士。根本没人陪我玩。"

爷爷看了她一会儿。"你没试过扮骑士吗?我记得有一天,你在修士走廊那边也骑着木马、端着长枪乱跑。"

"我不是扮那种骑士,不是男孩们总想假装的那种。我在扮英雄。"

"啊,好吧。我明白了。"但莉莉娅懊恼地看出,爷爷在想别的心事。

"为什么荣娜尔阿姨不陪我玩了？"

"因为现在有极其重要的事情，需要她和她丈夫帮助我。"他环顾四周，"提阿摩呢？"

"重要的事都很蠢。"莉莉娅表达自己的观点，"米蕊茉奶奶什么时候回来？我想她。"

国王哀伤地笑了笑。"我也想她。她必须在纳班逗留很久，因为她在那边有事要做。你外婆呢？她不想陪你玩吗？"

"内尔妲外婆只知道祈祷。她还要我跟着祈祷，我照做了，但心里老想别的事，就把祷告词给忘了。她发脾气，要我为欧力克外公和莫根纳祈祷。我干吗为他俩祈祷啊？我每天晚上都这么做啊。"

国王脸色阴沉。"她这么要求你？好吧，欧力克外公出门了，要把莫根纳带回来。"

"为什么？他迷路了？"

爷爷长吸一口气。"不算。他在色雷辛，那是格兰汶河另一边的大草原。"

"我知道格兰汶河。妈妈带我去麦尔芒德时，我们坐船走过那条河。"她想起一件事，皱起眉头，"它害我肠胃不舒服。"于是决定不再想它，"为什么莫根纳要到那骑马的地方去？"

"他去出访希瑟，这事我跟你说过吧？至于他为什么到了色雷辛，唉，说来话长。但你外公欧力克公爵去接他了。内尔妲外婆很担心。所以她要你祈祷，你就照做吧，能让她好受些，因为她想念你的外公啊。"

莉莉娅终于在西蒙国王爷爷膝上找到个舒适的位置。他的腿有点瘦，但穿着羊毛裤，所以不太硌屁股。小公主的脚够不着地面，于是甩动双脚，像坐在花园的高长凳上似的。

"啊。"爷爷做个鬼脸，"莉莉，你长大了，别这么晃，会压断我的腿。"

她觉得这是个笑话，不禁开怀大笑。"莫根纳什么时候回来？我也想他。他答应带我去津濑湖看苍鹭的巢，可说完他就出远门了，我还是什么都没看到。"她又想起一件事，"您觉得，我妈妈到天堂了吗？"

"相信她已经到了，很可能正看着你呢。所以你不要调皮捣蛋，尤其是我们太忙，没空盯着你的时候。"

一时间，所有大人都忙得没空盯她的想法如热天里的清风，既舒爽又刺激。"真的吗？"她问。

"什么真的吗？"

"算了。"她从爷爷膝头滑下，"所以莫根纳和米蕊茉奶奶很快就能回来？多快？"

"我没说'很快'，但希望如此。不知还要多久啊，他俩都远离家园，而且……"国王似乎哽住了，过了好一会儿才继续说话，但声音听着有些沙哑。"别忘记为他们祈祷，为欧力克外公，当然还有你母亲。"

"但妈妈已经在天堂跟上帝在一起了，我不需要为她祈祷。"

爷爷又笑了，这次的笑容温和而微弱。"小莉莉，也许你可以为她祈祷一下，起码没坏处。"

♛

作为北方船盟的首席船商，安格斯房间很大，可惜十分昏暗，因为它面向城堡内庭东墙。就连俯瞰下方院子的窗户，也没能透进太多光线，所以客厅点满了蜡烛。提阿摩被摇曳的烛光包围，感觉自己回到了家乡乌澜，坐在小屋房顶，看着群星在晚空渐渐点亮。可惜那小屋早就没了。

他叹息一声。"我有两项最重要的任务，结果都失败了。"安格斯的厨师布兰南在他面前的桌上放下一杯葡萄酒。除了这杯酒，所有桌面都埋在书籍和羊皮卷下。提阿摩觉得赫尼斯第葡萄酒略酸,但少喝几口能舒缓他飞转的思绪。

"哦,我亲爱的小个子,你这话真够卖弄和自恋的。"安格斯露出嘲讽的微笑,"如果你要卸下肩上的担子,呃,当然了,你必须卸掉。我会洗耳恭听,并出于绝对的忠诚,同意你是当代最伟大的骗子之一。"他夸张地在大木椅上舒舒服服地坐好,不过考虑到他行动能力有限,他的动作只是朝提阿摩伸长脖子,并把双手重新放回大腿上而已。"请继续,亲爱的。你怎么会输得这么惨?"

提阿摩连微笑都挤不出来。"让你见笑了。但事实很明显。我的责任是预见问题并解决它们,以免毫无必要地麻烦至高王室。可北鬼、继承人失踪、刺杀未遂和突然死亡,我一件都没能解决。"

"别忘了,我的北方船盟还跟女伯爵伊索拉那头母狼和她的珀都因财团打仗呢。"安格斯带着一丝满意的味道,"那也算是你的失败之一。更糟糕的是,她要亲自来向国王申诉,而你阻止不了她。还有,亲爱的,今年的天气有些干旱,你却没能采取措施改善。"

"我笑不出来啊,安格斯。是啊,船商的冲突也是我的失败之一,因为,在我们应该解决那些争论的时候……"

"争论?跟那贪婪冷血的臭婆娘?"

"……在我们应该解决那些争论的时候,"提阿摩加大音量继续说道,"却被其他事情缠住,其中有些,现在回顾起来真是无关紧要,我都想哭了。但我最大的失败是在联盟事务上。"

"你指我的北方船盟吗?虽然你有很多本该为我们做的事没做,但我也不能说你的失败比其他几样更严重。"

"安格斯,我说过,我没心情。我真的很不开心。而且我有话想说,你却不停地逗我,让我永远没法说完。我说的是卷轴联盟。"

"天哪!我好久没听你提这名字了。"

"悲哀的是,这恰恰证明了我失败之深。莫吉纳医师去世后,联盟就失去了领袖,没有主导的力量将我们凝聚在一起。本来约书亚王子可以,但他当时才刚刚加入,理所当然地拒绝了相关责任。矮怪宾拿比克也可以,可他住得太远。葛萝伊离世后,她训练的鸟也渐渐寿终正寝,我们却没有替代它们的方案,于是沟通变得前所未有地困难。现如今,给岷塔霍送信要花掉小半年时间,甚至更长。"

"那地方在哪儿?月亮上?"

提阿摩皱起眉头。"也差不多了。所以,如果卷轴联盟该有人负责,那就是我。可这里事务繁忙,尤其是风暴之王战争结束那几年,百废待兴啊!太多人无家可归、无饭可吃,都是那可怕而邪恶的冬天留下的后遗症。我每时每刻都将至高王室的各种计划付诸实施,同时努力制定我自己的计划。有太多事,我们本可以做得更好,可就是没时间……还缺钱……"

"用我们赫尼斯第话讲,这正是你我的区别。"安格斯清了清喉咙,朝布兰南招招手,示意再把杯子递过来。"诸神啊,我好渴。我的朋友,你的工作,不论研究还是写作,都是那么仔细、那么严格。谢谢,布兰南,你去看看,能不能拿点东西给提阿摩大人吃?他看起来太瘦、太憔悴了。亲爱的小伙伴,你的想法都是那么宏大而不切实际,而我则截然相反。对于热爱严谨之人来说,我的学问会让他们惊骇万分,而我对人性的认识更比你透彻太多。我对人性的信念早在我失去双脚之前就已消失。可你仍然以为,凡人可以实现完美和纯粹的快乐。"

"这正是我今天想跟你谈谈的原因之一……"提阿摩说,但安格斯滔滔不绝。

"你为其他人不会做的一些事责怪自己,但你的同胞会一直让你失望,即使不是以个人的方式,也会以整体的方式。这跟安东教的教条很相似,都是谬论。他们相信只有一个完美的上帝,但他却不知为何造出错漏百出的凡人。难道这是我们无法参透的深奥玩笑?他们以为，上帝那么无聊，只有看到他的造物遭遇各种倒霉的失败才觉得开心？还是说，他真会故意给凡人分派一堆永远无法完成的工作？这是残忍啊，我的沼泽朋友，要我说，这种做法简直就是残忍。"

提阿摩吸了一口气，再吸一口。"安格斯，也许正如你所说，我揽了太多责任。也许在长年的和平期间，联盟的损耗与解散无可避免，因为我们的人数总是那么稀少，相隔又那么遥远。但事实没有改变，在我们最需要它时，当智慧与知识是唯一有可能拯救我们的稻草时，卷轴联盟却散得七零八落。事实明摆着，现在联盟只剩下宾拿比克和我了。约书亚早就失了踪。菲尔拉也是，不知是死是活。也许厄坦能送回她的一点点消息，但我表示怀疑。如果她还活着，为什么不让我们知道呢？"

"你说的这些长篇大论，是不是因为我们在调查'巫木王冠'的含意方面运气不佳，没找到什么证据？"安格斯朝那堆书本和卷轴摆摆手，"很显然，它对贺革达亚和支达亚有许多含义。自从我们开始调查，就找到了至少六种说法，几乎每种都完全不同，可以是奖励、是殉葬品、是希瑟的游戏策略……还有，万一整件事就是某种误导或骗术，就像风暴之王战争期间收集那几把剑的真相一样，那该怎么办？"

"一切都有可能。"提阿摩承认，"不朽者，尤其那个北鬼女王，玩的是一场漫长的游戏，我们没法猜出其结局和含义。但事实是，当我们再次需要联盟时，它已经崩坏了，主要是因为我的错。"

"好吧，我没办法给你凭空变出几个卷轴持有者。"安格斯恼火地说，"我可以请你吃饭，听你抱怨。我可以同情你的担忧，其中很多也是我自己的忧虑。但是，重建联盟超出了我的能力，就连我自己都不是成员啊。"

提阿摩迟疑一下。"呃，老实说，这正是我今天想跟你谈谈的原因。"

安格斯瞪着他看了许久，然后故意缓缓眨眼，活像一只蹲在半沉树干上的青蛙。"是吗？"

"你自己也说了，你看待事物的角度与我不同。我们的经验和人生经历有着天壤之别。然而，你是我认识的人中心思最巧的一个，还能从我看不见的角度洞察事物。你的学问，正如你自己所说，并非最严谨的，事实上，任何能吸引你兴趣的新奇有趣的念头都能将你带偏……"

"不光是念头，"安格斯正说着，厨师托着一盘葱、面包和奶酪回来了，"诱人的脸蛋和身体，对我有同样功效，该死的是，我除了看也做不了别的，诅咒那天堂。"他指指桌子，"布兰南，放那儿吧，然后离开一会儿，让我们聊聊天，好吧？"安格斯叹了口气，"他很帅，对吧？可他虽已还俗，满脑子却还是该死的禁欲主义。这又是我鄙视安东教的理由之一。"他别扭地伸手拿起一片奶酪，"不好意思，我打断了你的话。你刚才正絮絮叨叨说卷轴联盟那些破事。如果我没猜错，你想要我加入，对吧？"

提阿摩点点头。"你猜对了。现在后悔以前该如何如何都没有意义，但我们可以亡羊补牢，就算太迟，也要去做。我要重建联盟，希望你能加入。"他凝视朋友兼伙伴的眼睛，"你愿意吗？"

安格斯摇摇头。"亲爱的，愿诸神爱护你、保佑你，但是，不行、不行、一百次不行。我有太多事要做，时间却太少。我在鄂克斯特待了差不多三个月，试图帮你调查这个巫木玩意和弗提斯主教的邪书，却完全忽略了身为船商的职责。伊索拉来时，我可能还要坐在这个昏暗的房间里，眯起眼睛盯着古代文字，而她却在说服西蒙国王听她的话，给她那可恶的珀都因财团争取特殊的协议和安排。你还要我进一步参与你的联盟？不行，双脚未干的乌澜朋友，不可能。现在这样，我的盟友已经很生我的气了。"

提阿摩的心沉了下去。"求求你，安格斯，你一定明白，我的请求是认真的。"

"三个人和两个人有什么区别？其中一位还是我这种残废，什么都做不了，哪儿都不能去，必须叫人抬着，活像坐在圣轿里的韦迪安教宗，虽然，我必须补充一句，我从不戴他那么荒唐的帽子。"

"我们不会只有三个人的。我相中厄坦弟兄很久了，真希望你也能认识他。不过，你听说过他的来信。"

"那个被你的哈卡人朋友诈骗的家伙？"

"厄坦不谙世事，但才思敏捷，心地善良。是啊，厄坦弟兄是一个。还有我妻子缇丽娅，她对很多事的了解比我还深入，而且跟你一样，没法容忍傻瓜，但她比你有礼貌。"

安格斯发出刺耳的笑声。"啊，所以，我能跟你们夫妇和一个安东教修士一起，对抗即将到来的终极灾难。谁能拒绝这样的机会呢？"

"你爱怎么说就怎么说，但是，安格斯，我请求你，因为我需要你。无论发生什么，即使我们能幸存，也要在未来日子做得更好，才能防止下一次更严重的灾难。要是卷轴联盟再这么七零八落下去，我会死不瞑目，而我还不能死啊。"

安格斯看了他一会儿，脸上可不是什么亲切的表情。他把杯子艰难地送到唇边，抖着手喝了一大口。"交易，"他说，"提阿摩大人，我的朋友，我提个交易。为了帮你调查'巫木王冠'的含义，我严重忽视了自己在船盟的职责。虽然那责任对你没意义，对我却十分重要。数月来，我们像试图寻找漏洞自虐的乌瑟斯牧师一般，在无数古籍里仔细翻找。我的盟友有权生我的气。"安格斯把杯子放在宽阔的椅子扶手上。杯子差点翻倒，提阿摩急忙起身，不顾突然的动作导致瘸腿一阵疼痛，将杯子推离边缘。

"交易？"他问，"什么交易？"

"我听说，珀都因女伯爵伊索拉两天后便会抵达。到时肯定会举行公开的欢迎仪式，但国王答应私下接见她，聆听她的投诉和要求。"

"对。"

"那好，如果你能确保我得到一份报告，准确记录他俩讨论的每一句话，我就同意加入你的联盟。"

提阿摩愣住了，以为自己听错。"你是指她和国王的私人会面？这不可能！"

"别担心，你不用把我和这椅子藏进王座厅！"安格斯露出淘气的笑容，"年轻的布兰南瘦得像根驴蹄草，还写得一手好字。你知道，他不但是我的厨师，还是我的书记官。他可以藏在某个能偷听、又不会被发现的地方，帮我记下一切。这一来，我既可以满足船盟的要求，也不用因参与你的卷轴联盟、只花很少时间为他们做事而过意不去。"

提阿摩摇摇头，觉得又冷又晕。"不行，不行，安格斯，这不可能。我不能背叛国王对我的信任。你居然提出这种要求，我很震惊。这是犯罪，违反了我最珍视的所有原则。"他站起来，"请原谅，我必须告辞了。抱歉占用你这么长时间。"

他沿走廊返回自己的房间，懊恼地发现眼眶竟然噙满泪水。他用力眨眼挤掉它们，用袖子擦擦眼睛。等他走到自家门前，所有痕迹都消失了。

但缇丽娅还是发现了不对劲儿。他简单回答几句，表明不想多谈，于是她去忙自己的事了，留下他独自一人消解自己的不快。他坐在那里，想看会儿书，眼睛却没法停留在文字上。他仿佛遭到看不见、甚至没想过的东西的袭击，好像有强盗从身后跑来，用棍子敲了他脑袋一下。

*我怎会错得如此离谱？*他满脑子在想这个问题。这话在他脑海一次次回响，犹如疯子敲响的钟声，一刻不肯停歇。

* * *

一个钟头后，有人敲响提阿摩的房门。是年轻人布兰南，他表情

Empire of Grass

严肃,活像自家孩子被玩伴欺负后的父母。"给您的,大人。"他交给提阿摩一封信,上面盖着船商的印戳。"你俩真让我吃惊。"

提阿摩颤抖着双手,把信带回屋里。

我最亲爱的乌澜人:

我就不浪费时间写那些毫无必要的客套话了。你是对的。我先前提议的交易很不光彩。你走后,我立刻就后悔了。不过你我的争执导致我心情很糟,所以我花了点时间平复。我十分坦诚地说,要是你当时答应了,我会对你非常失望。我内心有时会冒出种渴望,很想验证一下别人是不是真如我怀疑的那样,能用金钱收买。虽然我并不喜欢那样的自己。

我很高兴,你的心灵的确如我常常猜想的那么纯净无瑕。但这世界充满危险,我也很为你担心。我放任愤世嫉俗的自我,伤害了你我的友谊。对我来说,这份友谊比船盟和联盟更珍贵。希望你能原谅我。如果不能,也希望你能给我机会,好让我终有一天能赢得你的原谅。

如果你还肯收我,我当然愿意加入你的学者联盟。我不是自私自利之人。你看到许多不祥的预兆,我也看到了。我和你一样担心未来。像你这样善良勇敢之人,当然会尽心竭力让世界变得更好。而我们这些性格较为软弱之人,同样也该尽一份力,因为我们的数目比你们多得多啊。

告诉我,你我还有没有机会聊聊?我错待了你,为此我永远无法原谅我自己。请你把我刚才的所作所为,当作一个软弱之人偶尔陷入比平时更软弱的状态中吧。

你永远的盟友——哪怕我再没资格当你的朋友
安格斯·艾-卡皮滨

冬噬

傍晚时分，缇丽娅回到房间，发现提阿摩的心情已经好转。不过她察觉到，丈夫焦虑不安，并非出于寻常挫折，所以她只说些轻松的闲话，讨论花园里的鲜花和看到的小鸟。提阿摩感激地接受了她的体贴。两人吃了顿冷肉面包晚餐，早早上床睡觉，度过平静的一夜。

♛

西蒙扫视眼前这一小群人。他脑袋昏昏沉沉，只想回到床上，可惜米蕊茉不在，那地方也算不上什么避难所。"奈尔伯爵和荣娜伯爵夫人，感谢你们。"他说，"你们认识扎奇尔爵士、帕萨瓦勒大人和提阿摩大人。"他顿了顿，一时断了思路，"啊，还有杜格兰大人，他是我们派往神堂的大使，带回了休国王的回复。"杜格兰身材瘦削，光头，是有赫尼斯第血统的爱克兰人。他表情严酷，西蒙已经听过他带回的消息，所以知道他这表情是怎么回事。"那么，大人，把赫尼斯第国王的话讲给大伙听吧。"

"他带着歉意说，没有足够兵力能派给您。"杜格兰大人吸了口气才继续，"他不会敲响冉恩铜锅召集臣民参战。他认为，威胁没我们想的那么严重。还说就算北鬼又出现了，也只是劫掠队而已，肯定会在赫尼斯第和爱克兰的防御下粉碎，如同拍打在岩石悬崖上的海浪。"

"骗子！"扎奇尔队长说完才看看周围，发现在场之人中就数自己地位最低。"陛下，我为自己言辞过激道歉。我知道休与您是兄弟君王……"

"我从来都不喜欢这个说法。"西蒙打断他的话，"此时此刻，我也不喜欢这个赫尼斯第国王，所以不用担心你的言辞。休有没有说艾欧莱尔的外甥是骗子？他是不是觉得，霭林编造了北鬼大军的谎言？"

杜格兰皱起眉头。"他没直说，但按他的描述，霭林中了艾欧莱尔伯爵的魔法。他说了好多次，声称年轻的霭林爵士听信他舅舅的话，以为并不存在的威胁是真有其事。"

西蒙靠上王座椅背，好不容易才压住怒火。"艾欧莱尔是我认识的最机警、最理智之人。他说艾欧莱尔的坏话，等于当面说我是骗子。"

"朝中大多数人支持休，他们最近都说这种胡话。"奈尔伯爵说，"我认为休的意图很明显，他打算等您消耗兵力对抗北鬼，好让他坐收渔翁之利。最起码，我估计他想让赫尼斯第摆脱至高王国附属国的地位。这种行为，我连说说都觉得恶心。"

"那他就是背叛自己的臣民，该死的叛徒！"西蒙一拳砸在椅子扶手上。"他不明白北鬼并非凡人的朋友吗？他真以为北鬼摧毁爱克兰后，会任由他为所欲为？"

"真正的问题不在于他是否相信这事。"提阿摩说，"而是为什么？历史上，希瑟与赫尼斯第确实当过盟友。但唯一与北鬼做过交易的凡人是埃利加国王，而他们最后也背弃了他。"

"因为疯狂的陌厉伽崇拜。"荣娜回答，"休的心智，还有他朝中许多人的心智，都被蛊惑了。"

杜格兰大人点点头。"伯爵夫人说得对，而且情况在恶化。就在刚刚过去的那个月，国王和泰勒丝夫人以复兴赫尼斯第诸神信仰的理由，在神堂为暗母①建了个神龛。"

"布雷赫的战车啊！"奈尔伯爵转身瞪着杜格兰，那架势似乎想去抓他的肩膀。"真的？告诉我，我没听错吧？"

"没有。他们说那神龛供奉的是塔拉首，说她一直遭到忽视。然而，大地之塔拉首向来是代表战争与死亡的三面女神的别称，所以才没继续受到崇拜，直到现在。"杜格兰望向西蒙，"陛下，老实说，我会服从您的命令，您要我去哪儿我就去哪儿。但我实在不想回到那

---

① 暗母：指陌厉伽，她的称呼还包括"鸦母"、"孤儿制造者"等等。

个地方。赫尼赛哈变成了陌生之地,处处弥漫着黑暗。至少在我看来是如此。"

"哦!我的心都要碎了。"荣娜哭道,"我从没想过,我的同胞会陷入这样的阴霾,如此迫不及待,如此粗心大意。陌厉伽!"

帕萨瓦勒清了清嗓子。"陛下,我明白大伙的担忧,也痛惜休国王竟堕落至此,但这些没法解决我们的问题。如果赫尼斯第国王不愿伸出援手,那北鬼攻打鄂克斯特时,我们该去哪儿召集足够的兵力与武器保护自己呢?欧力克公爵带走了很多骑士和一千步兵,前往色雷辛边境寻找您的孙子。"

"瑞摩加的格里布兰公爵有什么消息?"

帕萨瓦勒点点头。"至少艾奎纳之子仍是我们坚定的盟友,但他也有自己的麻烦事。瑞法芦德,也就是'狐径'上来往的北鬼前所未有地增多,将沿途农场和庄园劫掠一空,杀了很多人,搞得人心惶惶。格里布兰公爵还担心,休对瑞摩加南部和西部领土有所图谋,因为那一带边境由休控制的要塞出现了许多赫尼斯第军队,比以往那几年都多。"

"上帝的宝血圣树啊,"西蒙大声赌咒,"那狗崽子以为自己是泰斯丹转世?他是不是打算搬进海霍特,坐上至高王座?要不是目前危机四起,我会亲自赶往赫尼赛哈教训他一顿!"他控制住脾气,"不好意思,帕萨瓦勒,那么,格里布兰能给我们什么?"

"他觉得,也许能召集一千步兵和一百骑士,但他也不敢倾力相助。"帕萨瓦勒伤感地笑了笑,"他希望您不要认为他是个懒骨头。他会尽力派军队过来,但也提醒说,他们可能要很久才能赶到,因为北鬼很可能挡住通往爱克兰北边的路。"

西蒙淡淡地长吐一口气。"好吧,好一个漂亮的谜题。萨鲁瑟斯公爵呢?弗洛亚从纳班送了什么信来?"

帕萨瓦勒耸耸肩。"跟格里布兰差不多,萨鲁瑟斯公爵的麻烦也来自纳班国内——主要是他弟弟和达罗·英盖达林。而且,五十家族宁肯为了自己的好处去跟色雷辛人打仗,也不愿派军队来这儿,抵御他们并不相信的威胁。"

"他们真以为北鬼是我们捏造出来的?难道他们忘了,不到三十年前,白狐差点毁灭我们?"西蒙的脸越来越烫。提阿摩忧心忡忡地看着他,反而让他更加火大。"所以,在我们最需要他们的时候,那群盟友却都忙着解决自己的麻烦,全都没空?"

乌澜人换上若有所思的表情。"这些事就像密谋好同时发生似的,好让我们比平时更软弱,不是吗?乌荼库女王派军队攻打凡人的领地,我们的一个盟友突然供奉起古老的黑暗女神?希瑟给我们派来信使,却被可能属于色雷辛人的箭射倒?"

"关于那支箭,以前没听你这么说过。"西蒙说,"你是说在津林中箭的希瑟女子吧?我怎么不知道那是色雷辛人的箭?"

"因为我没证据,到现在都没有。仅凭箭羽用的是色雷辛人常用的羽毛,不能说明射箭的就是色雷辛人。不过有趣的是,草原人也是另外几个危机的起因,是纳班人不愿派兵的借口,当然,他们可能还绑架了您的孙子莫根纳王子。"

西蒙只觉头晕脑涨。"我没明白你的意思。你是说,某个色雷辛人在操纵这一切?我还以为我们的敌人是北鬼女王。"

提阿摩皱起眉头。"她是我们最可怕的敌人,这一点毫无疑问。但是陛下,我必须考虑刚才的想法,把它记下来,以便日后看得更清。我不知道,不朽者如何能神不知鬼不觉地在纳班给我们制造麻烦,但其他几件事肯定在她能力范围之内,尤其是,如果……有我们的同胞协助。"

"我们的同胞?"西蒙无法理解,"你是说色雷辛人?还是其他离我们更近的人?我们知道赫尼斯第不可靠,可是……"他看看奈尔和荣娜,"我说的当然是卑鄙的休,而不是你们这样的好人。"

奈尔伯爵摆摆手表示不在意。"陛下,拜托,我自己也对休的所作所为气愤难当。我是为了民众的需要、应对更大的危机才留在这里的。不然我今天就骑马赶回赫尼赛哈,谴责他犯下的罪行。"

"你不能去。"荣娜伯爵夫人说,"他们会杀了你的,然后我也会随你而去。"

"拜托,各位,各位。"西蒙挥挥手,"所有人哪儿都不去。我们要考虑很多事,要做的事就更多了。无论有没有盟友相助,我们都必须面对北鬼已经侵入爱克兰边境的可能性。我们必须知道,他们在哪儿、做些什么。扎奇尔队长,现在轮到你了。跟我讲讲,我们能派多少巡逻队?还有,奈格利蒙、勒蒙和其他北方边境要塞发回什么消息没?"

虽然他很想听扎奇尔爵士的报告,却发现除了北鬼的回忆,除了多年来在梦中折磨他的白色非人面庞,他的脑子几乎没法思考其他事情。

最糟糕的梦成真了。不,还不算最糟糕的,他提醒自己,并画了个阻挡邪恶的圣树标记。*米蕊茉和莫根纳还活着,他们会回到我身边的。*

♛

帕萨瓦勒用尽所有自制力,才能面无表情地与国王等人道别,离开王座厅。他觉得有团跳动的大火在灼烧他的脊梁、炙烤他的大脑,让他的双手都要抽搐起来。

压住怒火,他告诉自己,*它对你没好处*。他要去神清气爽的高处,感受一下上帝的视角。小个子提阿摩的话已触到实情,吓得他又惊又怒。乌澜人就差直接告诉国王和其他贵族,海霍特内部肯定有人暗中通敌。

他在城堡高墙上走了一小段,假装检查城防。然而,即使身在高处有利位置,也无法舒缓焦虑难安的思绪。他已如此接近胜利,如此接近！可离目标越近，他就越容易暴露。任何一个环节出错，他的身份就会被揭穿。而他怕的并非惩罚，而是失败、是未能完成的复仇。这忧虑在灼烧他、炙烤他，他真想大声喊叫。最后他离开城墙，返回千理院的办公室。

快走到时，手下一个小厮跑出来告诉他，博兹神父正在里面等着，要找他谈话。帕萨瓦勒立刻转身走向寝宫。他不想跟那牧师打交道。自从那人顶替歌威斯，就热衷于纠缠城堡财务的细枝末节，提出各种叫人难受的问题，次数比蜈蚣脚还多。

此时此刻，他满脑子想的都是提阿摩。要不是那小个子与国王关系亲近，帕萨瓦勒可能早就除掉他了。可乌澜人本人警惕性很高，更别提其他困难重重的障碍了。他短暂考虑过，也许缇丽娅夫人更容易得手，但最终觉得还是弊大于利。提阿摩失去妻子，会更加了无牵挂，恐怕会花更多精力寻找他怀疑的内鬼。

帕萨瓦勒甚至考虑，找个晚上潜入他的卧室，一口气彻底除掉他夫妻俩。但他知道，这只是自己沮丧的冲动而已。他努力了这么久，不能因明显的错误而失败，毕竟他花了二十年，才爬到这无可替代、无人怀疑的位置。

他走向自己房间，半路在楼梯平台遇到一个小女仆。她坐在地上，两手抱着膝头喘气，旁边放着一大篮衣服。她看到帕萨瓦勒，本来发红的脸涨得更红，急忙跳起来，行了个笨拙的屈膝礼。

"哦，大人！请原谅！"

"你不舒服吗，亲爱的？"

"不是。只是篮子太重，我想休息一下。"她抓住提手，想提起篮子。

"停下，小女士，你会弄伤自己的。"他顿了顿，思考着。这次他爬上楼梯，已经好久没遇见其他人了，眼下更是没有旁人。"我们做个交易吧。首先，你叫什么名字？"

"我叫塔芭塔,大人,愿意为您效劳。"她又行了个屈膝礼,这次动作稍稳一些。她的脸很圆,虽然涨得通红,但还算标致。

"好,塔芭塔,交易是这样:我需要你上楼帮我做点事。如果你愿意花点时间帮我,那等一会儿,我会帮你把这沉重的篮子提到它该去的地方。"

"不行啊,大人,我不能让您提!"

"你可以的。互相帮助,很公平,不是吗?"

她露出一丝戒备的神色。"您需要我这样的人帮忙?"

"亲爱的,不是什么难事。你甚至会发现,那只是日常工作外的一点点消遣。你的工作很辛苦,不是吗?"

"呃,是啊,虽然我不该这样说,但女仆总管有时使唤得我们很过分,尤其今天还这么热。"她拨开额上一缕汗湿的头发。

"那就把清洁工作先放放,跟我来。有件事我必须赶紧做。你继续上楼,到最高层等着我。去吧,孩子,快。我很忙,没有一整天的工夫等你。"

塔芭塔走上楼梯,表情仍然有些迟疑。帕萨瓦勒等她走到上一层,才弯腰提起篮子往楼下走,把它放到一楼通往花园的门旁,回头上楼。他的思绪已如他所愿平静下来,刚才闷燃的怒火也快消失了。有时就是这样。任何伟大的事业成功之前,偶尔都要经历几次松弛与释放。

女孩正在顶楼走廊等待,眼睛四处张望,好像从没来过似的。

"还有别人上来过吗?"他假装不经意地问了一句。

"没有,大人,只有您。"

帕萨瓦勒抬手点亮从楼下墙壁烛台取来的火把。"啊,那好,我想带你看看走廊尽头的房间,它脏得吓人。天知道伊索拉女伯爵会从珀都因带多少仆人过来,我们得把所有房间准备好。"他为女仆打开房门,又在两人身后关上。

Empire of Grass

虽说塔芭塔本来就是个女仆,但听说要她做女仆的活,不免还是有些意外。她尽量露出乐意的表情。"哦,大人,还不算太脏。我一个钟头内就能为您收拾干净。"

"我要先给你看看别的东西。以前来过这房间吗?"

"我刚来时,到这儿打扫过一两回。"

"好,我打赌你肯定没看过这个。"他走到壁炉旁的秘门前,把烛台往下拉,再往前推。秘门虽然沉重,但打开时几乎无声无息。门后一片黑暗。他转过身,看到女仆目瞪口呆,粉红的脸蛋变得无比苍白。

"圣母啊,这是什么?"她问。

"过来看。"但女孩没动。帕萨瓦勒走过去,脸上仍挂着微笑。"真的十分有趣,塔芭塔,你绝猜不到这通道尽头有什么东西。"

"不,我不能去,大人。我害怕这种地方。我不敢去。"

"哦,你可以的,亲爱的。"此时他的思绪异常清晰,如同空气,好似寒冰。他能看透一切、预料一切。计划如透明而坚固的宫殿,摆放在他面前。"没错,你可以的。"说完,他拉住女仆的手臂,捂住她的嘴巴,将她拖入静静等候的黑暗。

冬噬

聚言场

♛

"我认识这片水域。"坦娜哈雅说,"我们快到第一道大门了。"最近几个钟头,她头一次开口跟莫根纳说话。

莫根纳也一直沉默,仍为昨晚的事满怀羞愧,每次想说点什么,那愚蠢的回忆便跳出来嘲讽他。"大门?"他过了一会儿才问,"在河里?"

"从某种角度说,没错。"对方似乎假装他没犯过错误,但这样反而让他更难受,感觉自己被当成不懂事的孩子或宠物。"事实上,那些门是横跨赤宿沙河面的桥,河岸两边以前是道路,乘船来大稚照的人称它们为门。我们看见的第一道叫鹤门。"

莫根纳看着两岸的树木朝后滑去。随着太阳爬上中天,阳光从树干间一直照到森林地面,他俩仿佛穿过没有墙壁、只有无数巨柱的教堂。除了奔腾的河水声,他只能听到雀鸟的鸣唱和松鼠的嘶叫。这样也好,因为他想不到有什么要说或值得说的,而坦娜哈雅不管说什么,都无法减轻他觉得自己是个傻瓜的事实。

终于,他俩来到一座修长的拱桥前。根据太阳的位置,估计现在是午后一个钟头。桥身是半透明的石头,缠着常春藤和更加粗壮的枝条,上面的雕刻几乎被时间与风雨磨净。桥上最高处有只大石鸟,高踞在河面之上,用一对石头眼睛盯着他俩。希瑟也许把这桥叫鹤门,但那石鸟的长喙和展开的双翅早已断落,莫根纳觉得,它更像陶艺家手里的陶土,等待被人塑成漂亮的形状。

他们又经过几座类似的石桥,形状各有不同,坦娜哈雅逐个报出它们的名字：龟门、鸡门、狼门、鸦门、鹿门。不过鹿门只剩下两岸的碎石，狼门看上去也掉了许多石块，随时会步鹿门的后尘，塌入河中。

经过一座褐色石桥时，他已数不清过了多少。褐色石材一定比其他几座坚固，因为风雨并未抹掉上面的细节：桥上雕刻的小鸟张开尖利的小嘴歌唱，线条清晰，就连圆圆的小眼睛也能看得十分清楚。

他转头想问坦娜哈雅，这座桥是不是比其他桥更新，却被她的表情拦住——那张棱角分明的脸上，眼睑低垂，仿佛陷入睡梦。但她突然开始唱歌，莫根纳完全听不懂歌词，只听出曲调不断循环，每次循环只有少许差异，反反复复，却有种古怪的、萦绕不去的魅力。

然后，如开始时一样突然，坦娜哈雅又沉默了，驾着小船转过弯道，朝伸出河面的破碎石码头驶去。

"把小船留在这儿。"她说，"小心，码头很古老，跟那些桥一样古老，站上去之前先要轻轻试试。"

"你刚才唱的，"他谨慎地踩上石头平台，走到覆盖着茂密的蕨类植物和野生草莓的河岸，同时问她，"是什么歌？"

"是颂赞'夜莺'间吉雅娜的歌，那座门让我想起了她。乌茶库女王之子德鲁赫死于凡人之手，他妻子奈拿苏是间吉雅娜的女儿。间吉雅娜对女儿的哀恸与乌茶库一样强烈，但她没有怒火。她在北方的土美汰生活了很久，直到冰雪袭来，要吞噬那座城市，城里的支达亚只好离开。从那以后，间吉雅娜总是身披她在那冰冷城市穿的厚重长袍，仿佛时间永远停留在女儿死去那一刻。歌词唱的是：

起伏翻滚的哀伤白云，

柔和无雨，

却依然哭泣。

冬噬

悲伤的白云随风飘动，

随哀而行，

而你将飞往何处？"

她做个手势，十指舒展，拇指相触。"这只是长篇歌词里的一小段。我无法用你们的语言唱，这是我的错，与你无关。现在跟我来吧，你会看到值得一看的奇景。"

坦娜哈雅带他转过弯。河岸有些地方比较平坦，曾经似乎是条路，但多数已被植物覆盖。莫根纳在盘根错节的树根和茂密的灌木丛间找地方下脚，无暇留意对方带自己去哪儿，直到被她伸手按住手臂。她说："看！你已来到歌风树。到过这里的凡人极其稀少。"

在他面前，河岸长满硬麻、蓝铃花和轻轻摇晃的蕨类植物。河道往右转去，消失在紧凑的桤木隧道里。不过他俩这边的河岸森林并不太茂密，树木和植物有种奇怪的棱角特征。他盯了很久，才明白自己看到的不光是密集的树木和厚密纠缠的常春藤，还有几乎被森林吞没的城市废墟。

当眼睛把各种建筑造型与埋没它们的森林分开后，他能看出，前方是一片片没有顶的房屋、缠满常春藤的孤零零的门框，以及数也数不清的断垣残壁，密集的苔藓和蕨类间露出零零星星的浅色闪光石头。城市一直往远处延伸，与森林交融在一起。他还能看到破碎的修长尖塔。有些尖顶仍然高耸，只是被太多常春藤、金鱼草和葡萄藤缠住，底下的石头也许早就消失，只剩下绿叶盘成的尖塔鬼魂。

"这是……这是……？"

"大稚照的废墟。它是我们的古老城市，传说中的九大古城之一。自从土美汰消失在冰下，这地方就被视为我们一族最美丽的住处，甚至比东边森林里的岸韶桑羽还漂亮。"

"这里发生了什么？"莫根纳的胸口好似压着大石，仿佛这地方的岁月在挤压他的呼吸,强迫他心跳加快,只为让他继续站定。"他们去哪儿了?你的族人为什么离开?"

坦娜哈雅摇摇头。"那些发生在我出生之前。我们的编年史说,是赤宿沙,就是那条河,"她指指宽阔的河面,"出了问题。它是城市的命脉。这地方因它与森林的缘故命名为'她的清凉血液'。大约在我族逃离阿苏瓦时期,风暴之王杀害了自己的亲生父亲,随后与北方人战斗而死,许多支达亚撤到这里。但那河突然干了,有一天又突然发起大洪水。暴涨的怒涛淹没了城市。我族死伤惨重,活下来的族人也失去了从阿苏瓦和土美汰救出的一切。多数幸存者逃进更深的森林,发誓再也不建造无法拆开带走的东西。我说过了,这些事发生在我出生之前。"

"你几岁?"

坦娜哈雅仔细打量他。令他万分感激的是,希瑟并没有露出微笑。"按照我族的标准,我不算太老,不过如今没有了巫木,我们再也活不了那么久了。"

"你又没直接回答问题。"

她沉默片刻。"我是第二次放逐后出生的孩子。我族离开阿苏瓦和其他城市后,我才出生。不过,比你祖父还早许多代的鄂斯坦·费科恩第一次带着他的河神妻子来到你出生的城堡时,我已经活在这世上了。你还要知道更多吗?"

一时间,莫根纳只觉晕头转向。眼前的远古城市遗迹已经够令人敬畏的了,而身边这貌似年轻的女子竟比他老了几百岁,更是叫人难以消化。

他们踩着凹凸不平的地面,走进覆盖绿植的墙壁和空洞的门框间。莫根纳脚下一绊,摔进一丛蕨类植物。等他重新爬起,两手已经沾满了粘液。

"你在这里必须小心谨慎。"坦娜哈雅说,"仔细看看较为稀疏的灌木丛，你能发现原本在这儿的东西的残骸。"她往下指着一个地方，透过苔藓能看到下面有暗淡的颜色。她扯了把叶子，扫开上面的泥土，露出被树根盘住的破碎瓷砖，后者有各种颜色，但都已褪色，看不清上面的人物或图案。

"这里是分享场。"坦娜哈雅解释，"也是小船离开大河进入大稚照的位置，人们会聚在这里，有时举办节庆。在岁舞时节，这地方会挂满各色彩灯，河上的小船也不例外。我师父希马努有一次告诉我，他觉得那感觉就像站在高空群星之间。"

说话间，她的语气渐渐露出向往之意，更像自言自语，而非跟莫根纳说话。等她收回目光望向莫根纳时，脸上露出微笑，但那更像疲倦与自嘲，而非快乐。"很快又到岁舞时节了，不知支达亚还能不能聚在一起。如今，我们最后一个岁舞家族全族聚集之地角天华也已被毁，巫木已经消失。我们日渐凋零，瓦解四散，相互更加疏远。"

坦娜哈雅领着他继续深入林间遗迹，直到午后太阳几乎被树叶完全遮挡，河水声消退成遥远的呢喃。由于大部分城市成了瓦砾，很难判断大稚照原本的街道是否宽阔。太多建筑直接被时光、风暴和侵入的森林撕成碎片。所有建筑的搭配都不对劲儿，一片庞大的废墟旁是比农屋大不了多少的小房子。莫根纳无法想象原来的城市是何种模样。

随着二人深入，他渐渐看清，前方乍看起来像是林间空地的区域，其实是三面都有建筑的开阔平地，类似鄂克斯特圣撒翠大教堂前方的广场。有些地方被树根顶起，露出泥土与植物下的瓷砖碎片。

"这是另一个集会点，"坦娜哈雅说，"叫聚言场，因为大家会在这里……"

莫根纳没听到这话是否说完，因为有东西突然砸在他头上，力道并不致命，甚至没有恶意，但足够猛，砸得他头晕目眩，失去平衡，跪倒在地。他摇摇头，不知发生了什么，随即发现自己和坦娜哈雅都被罩在一张厚实的藤蔓网中。

"怎么……?"他还没说完,就见四面八方的森林里、残壁后跑出许多白色的身影,朝他俩涌来,举止同幽灵一般,可怕、安静而迅速。

"莫根纳,别反抗!"坦娜哈雅厉声喊道,语气中既有疑惑,也有他以前从没听过、但让人害怕的情绪,"我们逃不掉的,别刺激他们痛下杀手。"

♛

瓦喀娜猎食去了,茜丝琪的公羊在空地边啃食莎草。宾拿比克脱掉外套和薄衫,享受温暖的夜风,满足地拍拍大肚腩。"我们这趟旅程遇到许多困难,"他说,"但至少你得承认,森林里的雀鸟美味至极。这只松鸡太好吃了!"

茜丝琪没笑。"我觉得有点干,缺乏雷鸟那么香喷喷的油脂。你也许在南方待得比我久,吃习惯了,所以才觉得美味。"

宾拿比克开怀大笑。"亲爱的,你真能扯谎。我知道你每年多么盼望品尝蓝泥湖边的雀鸟和其他美味。还说什么'香喷喷的油脂',我记得你说过,雷鸟吃起来就像破旧的雪地靴,难道我记错了?"

她拨弄着营火。"也许吧,那是很久以前的事了。别以为你轻轻松松就能哄得我不再担心女儿。"

宾拿比克敛起笑容。"我没这意思。我也为他们担心。但齐娜是我知道的最聪慧的年轻人,就连史那那克——虽然他有些笨拙的缺点——但也头脑灵活。他俩也快走进婚姻殿堂了,结伴做些事也说得过去。"

"祖先留下的训诫中,可没说过要在有人谋害你性命的地方走进婚姻殿堂。"茜丝琪用力戳了戳营火,火苗猛地蹿高,一时将头顶的树冠都映成黄色。

"我不是这个意思。"他回答,"但这个世界的大部分地方,不论是我们自家山脉还是在这边的大地，总有某些人或物试图伤害我们坎努克人。"

"我知道，夫君。"

"天气真暖和。"过了会儿，他又说，"不如你也脱掉外套舒服舒服？夏天已经过去，很快又会天冷。自从离开瑞摩加，你一直抱怨天气太热。"

"我不喜欢南方的炎热，"茜丝琪承认，"也不喜欢闷在厚重的衣服里，但我更讨厌蚊虫叮咬。我发誓，这地方的蚊虫比蓝泥湖还厉害！不然你认为我干吗拨弄营火？烟能驱散它们，起码有些效果。"

宾拿比克点点头。"也许我们该做些事分分心。过来陪我躺下，我们互相揉揉脸蛋，然后看情况……"

茜丝琪白他一眼。"我为独生女牵肠挂肚，吸血虫在周围狂飞乱舞，你又想干吗？不行，夫君，今晚不摇帐篷。"

"我是不是该指出咱俩没搭帐篷？"她丈夫拍拍毯子，"只有树木与天空做屋顶。孩子也不在这儿，现在只有咱俩。"

"你明白我的意思。"她说，"反正我没兴趣亲热。也许以后，找个蚊虫比营火烟雾稀少的地方再说。"

宾拿比克一掌拍在胸口，拍扁了什么东西，然后抬手查看，似乎想评论它的尺寸与凶狠，但马上改了主意。"啊，亲爱的，"他改口说，"如果你确定，那就算了。反正我经常一个人旅行，已经习惯了寂寞。"

她又白了丈夫一眼，比刚才那眼更凶。"岷塔霍的宾拿比克，你这蠢话，就算我年轻时都不起作用。"

"肯定有点作用的。"他回答，"毕竟我们结婚了，还生了个孩子。"

茜丝琪差点笑了。"有个办法可以考虑。"她想了会儿才补充道，"咱们别坐在毯子上，而是用它裹住身子，挡住咬人的蚊虫。反正也要凑得近些,呃,也许,用你的话说,再看看情况……"

"这主意太棒了。"他咧嘴笑道,"再拨拨火,让烟雾充满森林,赶走所有蚊虫,然后就执行你的计划。"

"夫君,你还真是个话痨。"茜丝琪起身抖开熊皮毯子,"虽然多数是傻话,但至少能逗我开心。"

* * *

第二天早上,他俩开始攀爬连绵起伏的小山丘。宾拿比克没骑瓦喀娜,因为他要仔细寻找其他旅人的痕迹,于是让大狼跟在旁边。自从与年轻的齐娜分别、往南方出发至今,他们两次差点遇上北鬼士兵。全靠瓦喀娜嗅觉敏锐,提前发出警告,他俩才能及时躲起来。

"我很担心。"宾拿比克打破许久的沉默,"根本想不通。为何北鬼要跑到这里,如此远离他们的家园?他们想干什么?消灭希瑟?可在风暴之王战争中,他们承受了那么巨大的损失,怎么还会有足够的兵力?"

"也许正如你之前所说,他们要去别的地方,碰巧经过这里。"茜丝琪指挥公羊欧吉绕过一丛低垂的树枝。她的坐骑不知疲倦,但从不考虑背上的骑手。

"那时我以为他们没几个。"宾拿比克回答。瓦喀娜顿了顿,扬起毛茸茸的白色脑袋,宾拿比克跟着停步。茜丝琪勒住公羊的缰绳,与丈夫一起静静等待,直到瓦喀娜往前小跑起来。"现在我推测,"宾拿比克继续说话,但声音比刚才低多了,"那个北鬼女王也许又在搞什么阴谋,规划更为宏大的诡计。尤其那个巫木王冠,我们还没弄明白,它到底是物品、武器、宝物,还是什么计划?"

他们快到小山顶了。"我闻到水的味道。"茜丝琪说。

"我也闻到了。也就是说,现在离葛萝伊的湖很近。"

茜丝琪做个懊恼的鬼脸。"有湖就有蚊虫和苍蝇,还有先祖才知道的咬人玩意。"

冬噬

"亲爱的,只要没有北鬼,我就心满意足了。如果她的小屋还在,我们今晚就可以在那儿过夜,还能解决蚊虫问题。"

到了山顶,他俩又穿过一丛茂密的桦树,从另一头出来之后,终于看到了远处的景色。眼前是一圈树木繁茂的小山包,他俩站在其中一个顶上。圈中的深绿色碗状山谷下方,有个如镜面般平静的湖。一只麻鸦鸣叫一声,山谷又恢复了宁静。

"葛萝伊的小屋就在那里。"宾拿比克指了指,"在湖边。"

"我看不到房子。"

"从这里看不见。它被树挡住了。很快就能到了,那时太阳还没下山呢。"他站在原地侧耳聆听,"真安静,这地方总这么安静。不过北鬼也是安静的种族,哪怕是在打仗时,所以我们还是提高警惕吧。"

茜丝琪点点头。"别担心,我不会懈怠。我从来不信任这地方,白狐让我害怕。"

他们沿一条干涸的小溪下山。宾拿比克带路横穿斜坡,走进一丛密集的桤木,走了好一阵子,直至穿过树林,来到一片泥泞的岸边。早已枯死的树木俯在水面上,如同在圣泉中洗手的残疾乞丐。

"恐怕我搞错了。"宾拿比克环顾四周,"我愿意用最好的骨卜打赌,这地方就是葛萝伊小屋的所在地。可你看!周围没有一块木板或木棍。我不明白。你等我一下。"他不顾茜丝琪的抗议,脱下靴子,涉水走进湖中,直到水深及腰,然后沿岸边移动,消失在一片银色垂柳后。过了一会儿,他重新出现,踩着泥泞回到岸上。

"不可能是别处。就是这里的,可是什么都没有了。怎么可能?就算过了这些年,也该留下些痕迹的。可你看,什么都没有。"

"真遗憾,找不到门阻挡蚊虫了。"茜丝琪说,"但我不明白,你干吗非找它不可?葛萝伊已去世多年,她的空屋里会有什么有意思的东西吗?"

"废弃那么多年，可能什么都没有了。但她的睿智异于常人，我本来希望，她可能留下些书本，能解释巫木王冠到底是什么，至少能提示北鬼女王在密谋什么。我知道这希望确实渺茫。"他皱起眉头，用手杖戳着地面。不远处传来瓦喀娜追捕倒霉的小动物，在灌木丛中穿行的碎裂声。

"在我看来，这希望确实不靠谱。"茜丝琪说，"你真觉得，过了这么久，还能留下什么有价值的东西？"

"好多年前我就该来的。"宾拿比克承认，"葛萝伊向来特立独行。有人说，她有庭叩达亚的血统，不知道是不是真的，但她拥有罕见的天赋。我本希望能碰碰运气。"他叹息一声，"看来只能扎营了。我不喜欢在靠近湖边的位置生火，对岸可能有人看见。"

"那是什么？"茜丝琪问，"湖中间那个？"

宾拿比克眯起眼睛。"亲爱的，我的眼力不如你敏锐，那是什么？"

"那里，看啊。你真没看见？一开始我以为是根原木，但形状太规整，更像船舱或小屋的屋顶。只有个有棱有角的屋顶，刚好冒出湖面。那会是葛萝伊的小屋吗？怎么跑那儿去了？有没有可能掉进水里，漂过去的？"

宾拿比克盯着远处的黑色水面看了很久。"我好像看到了。你应该说对了。"

"但我从没听说过这样的事。"茜丝琪说，"她的小屋怎么跑水中间去了？什么力量能把它扫到那里，却没打坏？"

"又是个未解之谜啊。"但茜丝琪觉得他没说完，所以继续看着他。"关于'瓦莱妲'葛萝伊的许多事，可能永远都弄不明白。"他最后说道，"必须承认，这事令我不安，但又说不清为什么。先找个更隐秘的地方生火吧。明天我们就离开这地方和这儿的谜团。毕竟我们的目的地还很远很远，时间却飞快地赶向冬天。"

冬噬

♛

网落到他俩身上时，坦娜哈雅以为被贺革达亚抓住，顿时陷入冰冷的恐惧。她挣扎一下，未能成功挣脱，但看清了藤蔓的编织方式，随即陷入另一种恐惧。

没想到这里仍有这么多纯民，她心想。"兄弟们，姐妹们，"她喊道，"你们干什么？我是你们的同胞！"

但白衣身影并无回应。网裹住她和凡人王子，外面又套上更多绳子，收紧。有东西敲中她的腿，力量不足以打断骨头，但足够疼，直到她明白对方的意思，挣扎着站起身为止。

"起来，莫根纳，"她用通用语说，"别反抗，让我来处理。"

"他们是谁？发生了什么？"

有东西敲了他一下。坦娜哈雅看不见，但能听到他的痛呼声。

"别伤害他。"她用母语大声说，"他不是敌人。如果你们要惩罚谁，那就惩罚我好了，是我带他来的。"捕获者仍没有反应。等男孩笨拙地站起身，他俩被押着穿过聚言场。莫根纳每次绊倒，都会被纯民用长杆惩罚性地敲打。那些杆子是加硬的柳枝，刻有符文，极具弹性。他们每次敲打莫根纳，坦娜哈雅都会抗议，但对方大多带着剑，所以她没反抗。

两个俘虏被驱赶着走下一段破碎的长楼梯，下面一片漆黑，捕获者却还推推搡搡，连坦娜哈雅都很难保持平衡。她用一只手紧紧抓住莫根纳的衬衣，以免他摔倒，同时为同胞的野蛮行径震惊不已。

终于，她和莫根纳被押到一个比较宽阔的地方，仍被绑在网里。脚下是打磨过的石面，各处有昏暗的光芒闪烁，犹如黎明前最后的星星。他俩被逼跪在地上，随后几下心跳的时间，身上绳子被松开，网被粗暴地扯走。

这是个圆形房间，宽阔的屋顶原本是敞开的，但现在被树枝和藤蔓织成的席子盖住，只能漏进少许光线。不过她认出这地方了，房间

Empire of Grass

正中的空底座让她更加确信，这里是大稚照的破晓石室。周围都是拿着武器的白衣人影，多数脸庞上有灰色颜料或灰烬画的水平条纹，但金色的皮肤和眼睛证明他们都是跟她一样的支达亚。底座旁站着个身材高挑的女性希瑟，脸上是活了很久、看不出年纪的沧桑面容。

"雯夜牍尊长，"她对那气度高贵的身影说，"我是支沙陇的坦娜哈雅。"

"我知道你是谁。"雯夜牍瞪着她的目光里是显而易见的厌恶，"你是希马努的弟子，至少是跟他一样蠢的傻瓜。但我不知道的是，你来这里干什么？还有，你发了什么疯，那么多地方不去，却把一个凡人带到大稚照来？"

"那个凡人是无辜的，是我带他……"

"没有凡人是无辜的。"雯夜牍冷酷地断言，"凡人杀害了夜莺之女奈拿苏，杀害了舰船降生阿茉那苏。就算是你把这人带来，也无法为他脱罪，只能证明你是他的帮凶。"

冬噬

敌人的鲜血

♛

奈泽露短暂的人生中听过不少古老之心的传说。她经常琢磨，自己有朝一日能不能亲眼看看这片森林之母。但她绝没想到，与它第一次相逢是在逃亡途中，追兵还是她自己的同胞。刚刚踏入这片宏伟的森林，虽然追兵距她不到一日路程，她还是忍不住勒马停步。

树木种类如此繁多！据她所知，在巍峨的奈琦迦山脉周围，森林里几乎都是松树、冷杉和少许耐寒的桦树。它们就如贺革达亚自己，是修长而苍白的幸存者，在他人无法生存之地繁衍生息。但在这里，大森林北部边界生长的树木远不止常绿植物，有橡树、山毛榉、角树、椴树和无数叫不出名字的树种。它们密密麻麻挨在一起，活像奴隶仓里的囚犯。树下还有数千种绿色植物。到处都有雀鸟歌唱，像笛音、像哨声，叽叽喳喳，同家乡只有乌鸦嘶叫的森林真是云泥之别。弥漫着各种味道的空气同样令她应接不暇，无数种树皮的香气、落木缓缓腐化成泥土的甜味、苔藓和菌类的腥味，甚至还有土壤消化并重塑落在地上的一切时散发的微暖气息。如此生机勃勃，如此变化多端，真让她头晕目眩。

奈泽露骑着偷来的马走进森林深处，第一道月光如银色长矛，穿过纠缠的树枝投射下来。她的心思很难集中在身后的敌人身上，反而琢磨，他们会不会为这壮观的森林屏息赞叹？哪怕最冷酷的殉生武士，面对生命的伟大力量，也会跟她一样目眩神迷、慢下脚步吧？

Empire of Grass

然而奈泽露不能指望这一点。追兵大多不是混血，不像她一样受到凡人缺陷的拖累。他们也没像她一样，经历半年的迷惑，原本以为正确的一切都变得可疑，本该是她死敌之人，却在能轻松夺命时放走了她。

她默默咒骂自己，低下头。刚才她又想起亚拿夫，差点撞上一根低矮的树枝。为何她就是摆脱不了那个奸诈之徒，无法将他赶出自己的脑海？

她的手不自觉按住寒根的剑柄，仿佛亚拿夫出现在她眼前的森林。她向自己保证，若华庭开恩，有朝一日一定要找那所谓的女王猎人算账，并在他临死之前，叫他交代清楚，为何这样坑害自己。她要折磨那个混蛋，逼他解释，然后享受地看着他咽下最后一口气。她不能放任凡人的疯狂纠缠自己一生一世。

* * *

奈泽露骑着马越走越深，认出许多动物的足迹，有鹿、有狐狸，还有比她坐骑更大的动物留下的又宽又深的蹄印，可能是野牛。不过，要么是野兽都在躲避她，要么有别的东西刚刚经过森林这一带，把它们吓走了。但原因并不重要，重要的是她很饿。四天前她就吃光了食物，还在将近两倍的天数里不眠不休地赶路，以致饥饿更加难忍。继续在追兵前方狂奔，迟早她会饿晕，摔下马去，这样对她没有任何好处。

她学过如何野外觅食，身边这片富饶的绿色殿堂，地上铺满落叶和树枝，应该更容易找到食物才对。然而，她连只松鼠都抓不到，不禁琢磨，除了在殉生会的位置，她还失去了什么？她好像连贺革达亚的技巧和力量也一并失去了，只能像个倒霉的凡人一样在森林里游荡。凡人那种生物，没有屋顶遮头、没有营火暖身就活不下去，必须在温暖季节收集并存储食物才能存活。一想到这种可能性，她就气愤难平。可等到她在阿德席特大森林过完第一天，这个问题就像对亚拿

冬噬

夫的刻骨仇恨一样无法忽略。

她开始琢磨,自己是不是要疯掉了。

也许离奈琦迦越远,我就会失去更多理智,她心想,莫非这就是我族在回归之战的遭遇?当我们踏进凡人的土地,身为女王忠仆的所有精神、勇敢、真诚,都会像沙漏里的沙子一样渐渐漏掉,只剩下软弱空虚的躯壳?

她骑马走下一条长满野海芋的悠长斜坡,各种沮丧的念头如咬人的蚊虫,在她心里胡乱扑腾。这时,她闻到了烟味。

她勒马停步,太阳穴突突乱跳,皮肤刺痛。一时间,她以为追兵已逼到超乎她意料的近处。但稍微想想,她觉得不大可能:即便最寒冷的天气,贺革达亚也很少生火,追踪时更是绝对不会。她的心跳略微缓和,脚跟轻磕偷来的坐骑,命它继续前行。她的鼻子闻出,火烧的是椴树,不太好烧。这是先前经过狄莫思侃森林边缘时,亚拿夫教她的知识。她不禁疑惑,在到处都是白蜡树和桦树的森林里,谁会用椴树做柴火?

她又往斜坡下走了一段,再次惊讶地勒住缰绳。伴着木柴燃烧的烟雾,还有隐隐约约的烹煮香味。她开始流口水,心跳也再次加快:煮的是一种她很熟悉的菌类,名叫枯手指,虽然名字难听,却是奈琦迦的一道美味。她刚才用贺革达亚很少生火来安慰自己,有可能犯了个致命的错误。

她纹丝不动地坐了很久,直到雀鸟的鸣唱再次飘荡在林间。她还听到十分微弱的说话声,只能勉强与头上枝丫高处掠过的风声区别开。不过她既惊讶又释怀地意识到,听到的并非贺革达亚语。

她悄悄下马,把缰绳绕在一根结实的树枝上,穿过灌木丛,朝炊烟和人声走去。很快,她走到足够近的距离,看到一群身披深色斗篷的陌生人。烤野菌香味闻得她口水直流,但她仍十分警惕,慢慢爬得更近,直到看清聚在营火周围的脸庞,才放心地认出,他们不是贺革达亚。但他们也不是凡人，手指像蜘蛛，脑袋硕大，仿佛从她母亲讲过的孩童故事里走出来的怪物。一时间，奈泽露差点以为碰上了一群森林妖精。随后她吃惊地反应过来：她认识这种生灵。

庭叩达亚掘石工，大概有十来个。虽然这类换生灵在奈琦迦也很罕见，但山中城市很多地方都有他们留下的印记。掘石工在挖掘和雕刻石材方面拥有难以置信的天赋。凯达亚的大城市，多数是在他们帮助之下，或者更准确地说，是在他们被迫付出的劳动下建造起来的。奈琦迦的庭叩达亚中曾流行热病，夺走了数千性命，如今山里只剩下很少。在古老之心森林深处遇见一群换生灵，就像遇到活龙那么稀罕。

但我也见过活龙啊。

微风转换方向，将烤野菌的香气送进她的鼻孔，把所有念头驱赶得一干二净。她的胃痛苦地抽搐，嘴里口水直流。她站起身，从鞘里抽出寒根，推开面前的蕨类植物走了出去。

她走进空地，所有掘石工抬起头，大脑袋在细脖子上摇晃，犹如太阳下转动的花朵。一对对漆黑的大眼睛惊恐地睁圆，离她最远的几个换生灵站起身，笨拙地逃进森林，剩下那些只能瑟瑟发抖地盯着她。果然如她所料，这些生物不会反抗。

"给我点吃的。"她用母语说，但没一个掘石工有动作，"我知道你们能听懂。我从奈琦迦来，好多天没吃东西了。给我吃的。"她指指营火。那上面用叶子裹着几捆枯手指，放在边缘的余火里面焖烤。

"我能说你的语言。"沉默许久后，一位女性开口回答，"不要伤害我们。我们可以把食物分给你，来吧，想拿多少拿多少。"她伸出一根修长的手指，哆哆嗦嗦指向嗞嗞作响的野菌包裹。奈泽露走上前去，弯腰从余火上抓起一捆。有点烫手，但她顾不上，立刻退回空地边缘，把剑横放在大腿上，用小刀切开树叶，放掉蒸汽，用嘴吹着热腾腾的烤野菌，好让它尽快凉下来。刚才一见她出现就逃掉的几个掘石工回来了，站在树林边缘看着她。

野菌没有味道，没有任何常见的调料。但她接连数日，除了偶尔抓把浆果外什么也没下肚，所以吃起野菌活像吞下一口口纯粹的喜悦。它们还很热，她的嘴唇、舌头和嘴里都烫得够呛，但她停不下来，直到把一整捆全部吞下。她闻了闻包裹野菌的叶子，扫掉上面的灰烬，把它们也吃了下去。

"别伤害我们。"女掘石工重复道。她长着稀稀落落的白发，犹如岩石上的蛛丝苔藓。在奈泽露看来，她就像个皮肤皱缩、骨瘦如柴的孩子，却长到成年人的身量。不过，她的手跟同伴一样，大如浅盘，手指长得离谱。"你想吃多少就吃多少。"

"你是谁？"奈泽露问，嘴里还嚼着最后的叶子。

"我是珍-杉钨。"发言者回答，"他们是我的伙伴。我们没想伤害你。"

"这我不太担心。你们为什么在这儿？"

珍-杉钨转身跟其他掘石工嘀嘀咕咕。趁他们悄声议论，奈泽露又到营火前拿起第二捆野菌，全程紧盯着掘石工，提防任何反抗的举动。不过换生灵除了看着她，没打算做别的，她也没发现对方有剑、刀或弓箭之类。

不带武器穿过大森林，这帮家伙到底有多蠢？

"如果你是贺革达亚，一定知道我们是庭叩达亚。"珍-杉钨终于回答，"我们来自名叫云歇的山脉。"

云歇山位于森林西北方，是伟大城市弘勘阳的所在地。那里曾是她族人最宏伟的家园之一，如今却像废弃的养兔场一样空寂。

"真的，我们没想伤害你或任何人。"掘石工也许被奈泽露的沉默吓到，"我们只想和平地继续上路。"

"你们总这么说。"她吞下满嘴野菌。饥饿已缓解不少，她开始惋惜没有普焗面包，不然这顿会吃得更加愉快。不过正如老话所说，乞丐就别要求有盐了。虽然奈泽露不是乞丐，但这顿饭总归是白来的。"不管你们来自哪座山，显然不属于这里。你们在古老之心深处做什么？"

他们又开始悄声讨论。"我们来这里，是因为受到召唤。"珍-杉鸨回答。她有个同伴说了句像是愤怒的话，但发言者摇摇头。"不，隐瞒没有意义。这位战士有剑，我们没有。没必要隐瞒召唤我们的声音。"她看着奈泽露，眼睑厚重的大眼睛显得楚楚可怜，似乎濒临泪崩的边缘，"勇敢的贺革达亚，你对我们没有恶意，对吗？你没必要伤害我们。你想要什么，我们都给你。"

奈泽露既为基本不用战斗暗自高兴，也为掘石工不愿自卫隐隐有些懊恼。从小到大，她被灌输的理念是：庭叩达亚身为奴隶，本身就证明他们没资格受到更好的待遇。"他们甚至不愿为拯救同胞而战。"在殉生会受训时，有位长官这么告诉她，"如此软弱、怯懦的生物活该被奴役，不仅如此，成为奴隶是他们唯一的生存之道。"眼前这些庭叩达亚数量占优，却如此轻易地屈服，无疑印证了长官的话。她心中又是一阵愤怒的哀伤，痛惜自己离开奈琦迦后失去的东西：同胞、舒适的过去……一切一切。挨饿许久后的第一顿晚餐，远远不足以安抚她。

雨又下了起来，洒在空地，从周围的树叶上滴落。掘石工挤成一团，一颗颗大脑袋活像一丛蘑菇伞。最难受的饥饿感已经消失，奈泽露知道自己必须继续前进。她的追兵不会停下来聆听悲伤的故事，只会紧追不舍。

♛

回营途中，亚拿夫停步观看蛊罡嘎帮忙搭建马车。那是辆巨型马车，准备将活龙运回奈琦迦，木车轮几乎跟巨人一样高，需要六名殉生武士工兵扶着，好让巨人抬起马车，把车轴抬到相应高度并稳住，然后由工兵装上车轮，用裹布的锤子敲打固定在车轴上。马车十分沉重，蛊罡嘎抬得大声吭哧。

终于，巨人获准放下马车。虽然秋日不算炎热，但他仍摇摇晃晃走到一片宽阔的紫杉树荫下，继续哼哼唧唧。

毕竟，亚拿夫心想，他长了一身毛。

亚拿夫一手拿对兔子，一手提只肥鹅——后者是他在池塘发现的，由于起飞太慢而被逮住。他把猎物交给烹饪营帐的奴隶，然后朝蛊罡嘎走去。

巨人半垂着眼帘看他走近，见他在紫杉几步外坐下，才重新靠在紫杉的粗壮树干上。树干被压得像风暴中的船桅一样吱嘎作响，整个树冠都在颤抖，针叶纷纷落下，犹如灰绿色的雪片，但好歹撑住了。

"你最近经常不在营地。"巨人说，"大清早就出去，天快黑才回来。"

"我要娶妻早就娶了。"亚拿夫一边回答，一边解开外套，"肯定能找个比你好看的。"

巨人龇开嘴唇，露出满口像手指那么长的黄色獠牙。"凡人，我只是说出贺革达伽肯定也能留意的事实。"

"我出去打猎。凡人光吃那么点野菌、酸馊的蘑菇汤和多足生物，肯定受不了啊。"

"可你亚拿夫是熟练的猎人，跑出去那么久，拿回来的猎物才这么点，一只鹅、两只兔子？还不够我老嘎一顿吃的。"

他瞪了巨人一眼。"我又不是给你打猎，是给我自己吃的。那只肥鹅够我快乐好几天了。"

如果对方是个凡人，亚拿夫也许会觉得那张皱皮脸上的表情是揶揄。"你生什么气？你要乐意，可以离开这里。至于我嘛……"蛊罡嘎抬手碰碰沉重的颈圈，那玩意厚实得足以套在公牛头上，"……就没那么好运了。"

"你我都是奴隶，只是种类不同，就这样。"

"你要是个奴隶,早在有机会时就逃走了。"巨人看看营地另一边,然后转过微光闪烁的大眼睛盯着亚拿夫,"凡人,你为什么还在这里?你不知道谁要来了吗?"

"我知道。"而那正是他留下的真正原因。但他不信任巨人,就像他不信任贺革达亚一样。"这么说吧,我希望能见见不死女王。我从小就听过她的名号,但从没见过她本人。"

"我见过。"听蛊罡嘎的语气,亚拿夫无法判断他除了陈述事实,是否还有别的含义。

他站起来。"巨人长老,虽然你贬低我的技巧,但我等会儿给你送只鹅油烤兔子,估计你肯定不会拒绝。"

蛊罡嘎又一次龇开牙齿。"你敢靠得太近,我会连你的胳膊一起吃掉,我猜那东西搭配鹅油吃也很美味。"

"你让我觉得很遗憾,因为不论是你还是我,都不愿尝试那种美味。"亚拿夫嘲讽地鞠了一躬,转身走开。"我的手臂还有用处!"他回头喊道,"两条都有!"

* * *

虽然不愿承认,可巨人的话确实令他颇为困扰。贺革达亚当真开始留意他长时间外出了吗?这是个令人担忧的想法,但有些事很快就要发生,并将改变一切。亚拿夫不知道自己会成功还是失败,反正不管如何,他几乎不可能生还。

他回到营地边缘惯常的休息地点,先四下张望,检查有没有人看着自己。他很快发现,绍眉戟正在绑龙的马车前来回踱步,监督它被迫进食。歌者花了很长时间,确保所有人都知道是他抓住了女王要求的战利品,仿佛巨人、奈泽露和亚拿夫本人全都凭空消失了——而他们三个才是千辛万苦将那怪物从山上拖下来的人。不过亚拿夫并不意外,就连奈琦迦奴隶圈里的奴隶,也会为讨主子欢心而勾心斗角、互相举报,甚至编造谎言害死别人,只为确保自己能活下去、有口饭吃。这些僵化、好战、狂热地忠于女王的贺革达亚又有何不同？他们就像黄蜂，致命而狡诈。当然，那种僵化有时对他也有好处：亚拿夫是跟着绍眉戟来的，只要贺革达亚以为，绍眉戟立了大功，就能忽略他身边比禽兽强不了多少的存在，类似亚拿夫的族人觉得某人的猎狗不值得在意。

等我改变他们的想法时，他告诉自己，再想改正就太迟了。

实情是，过去两个星期，贺革达亚在此扎营，亚拿夫每天只花很少时间打猎，其他时间都用来复习一套技巧。不过，以正常标准衡量，那套技巧并不足以让他对成功充满自信。他知道，自己只有一次机会，很可能就在乌荼库女王抵达的头一个钟头内，因为那时，一切都很混乱，所有眼睛都盯着他们的一族之母。

他继续扫视营地，目光最后落在阿肯比车前一个纹丝不动的苍白身影上。那是玛寇，或者说，曾经是玛寇的怪物。大多数日子里，女王之爪的队长都静止不动，整天就用同一个姿势坐在同一个地方，一直坐到深夜，扭曲空洞的灰色面庞没有任何表情，明亮的鹰眼茫然盯着前方。贺革达亚以耐心著称，然而玛寇表现出来的并非耐心。但他也不虚弱，亚拿夫亲眼看到，他拿着别人交给他替代寒根的重剑练习，跳出殉生之舞，灵巧与速度都十分惊人。

亚拿夫回头看那条龙。它正抽动脑袋，想挣脱操控者，再也吃不下更多东西。绍眉戟指挥手下的殉生武士拔出漏斗和装有碎肉、碎骨的袋子，重新绑住并收紧野兽嘴上的带子。显然，这顿饭让龙恢复了力气，它又开始在锁链中挣扎，沮丧地呻吟着，直到绍眉戟往它鼻孔里吹了把粉末才消停下来。一时间，亚拿夫忍不住对那被困的猛兽心生怜悯，但随即想到另一个念头。

即便是小人物，也能打败最庞大、最强横的敌人。说到底，不就是他和几个贺革达亚，逮住了那只硕大无朋的野兽吗？他想起那个银面女王，她如女神般强大，如巨龙般危险。然而即便是她，只要使用恰当的手段——至少亚拿夫希望并祈祷是恰当的——也能被打败。机智、计划、出其不意，他告诉自己，这些就是小人物得以击败大敌人的手段。当然了，伟大的救主，我的上帝，只有在您帮助下才能成功。

亚拿夫知道自己还没准备好，也知道自己时间不多。但不论那一刻到来时会发生什么，他都不大可能继续幸存。这种前景竟有种悲怆的安慰感。

♛

水泼在奈泽露头上，既突然又吓人。她立刻清醒，一跃而起，挥舞寒根，准备自卫。但除了眼前那群掘石工，再没有别人。他们也吓了一跳，都盯着她看。她过了会儿才明白，只是头顶一大片叶子盛满雨水，再也支撑不住，垂下来将水泼到了她头上。

但她惊恐地意识到，自己竟然毫无防备地坐着睡着了，尽管可能只睡了几下心跳的时间。她受过多年训练，然而疲倦的力量如此强大，胃里刚装进一点点食物，就让她变得与普通生物——比如没用的凡人——一样犯起困来。她收起寒根，心中厌恶自己。无论如何，是时候上路了。追杀她的贺革达亚也许只落后她几个钟头。

她的马还在绑住缰绳的地方吃着绿叶。接连数日不停赶路，她告诉自己，这家伙也累了。

她牵起缰绳，横穿空地，走到挤成一团的掘石工跟前。"很抱歉，我吃光了你们的食物。"她对珍-杉鸧说，"我好久没吃东西了。有人在追杀我。现在我要走了，你们也可以自行离去。"

珍-杉鸧摊开两只长手。"我们打不过你。"她哀怨地说，"很高兴你不拿其他东西。我们会去找更多食物。"

奈泽露戴上斗篷兜帽，用树枝挑去靴子上的泥巴，准备爬上马鞍。"你们要去哪儿？"

"不知道，我们只知道我们见过的情景。"

冬噬

"见过的情景?"

"在梦里。她在梦里对我们说话。她在云堡的地下隧道呼唤我们,要我们来这儿。"

奈泽露听糊涂了,把树枝丢到一旁。"你们从弘勘阳来?那座古老的城市?呼唤你们的人是谁?是乌荼库女王吗?"

"不知道,但她的呼唤很强烈,我们无法抗拒,必须服从。"

珍－杉钨转过身,用奈泽露听不懂的语言跟同伴们说了几句。好几个掘石工点点头,原地坐着前后摇晃起来,还有几个发出轻轻的"呜呜"声,她听了一阵子才明白他们在唱歌。"每天晚上,我们躺在黑夜里,她都会呼唤我们,说:'来吧。我需要你们。我需要所有海洋之子。'有时我们看到异象:笼罩在阴影里的山谷,如山脉般巍峨的黑暗身影。我们只知道,它就在我们前方,在这森林某处。"珍－杉钨露出绝望的表情,"战士啊,你无法理解。这些梦境、这些呼唤折磨我们,有些同胞已经被逼疯了。我们再也不能无视这召唤。我们从云堡出发时,人数是现在的两倍。但旅途艰难,好几个同伴死在路上。而召唤一直不停,夜复一夜。我们和你一样,无法停下,无法休息。我们和你一样,必须继续前行。但你是被追赶,而我们是被召唤。"

奈泽露好奇心起,但明白这事对她只能当做个谜团。亚拿夫怎么评论故事来着?所有能思考的生灵,都有个只属于自己的故事?所以,我的故事遇上了他们的故事,但我们都不知道对方故事的结局。

她在一根滴水的树枝下仰起头,打算最后喝点水。水还没咽下,几个掘石工突然大叫,她听到珍－杉钨从后面朝自己扑来,一边咒骂自己轻心,一边抓住剑柄转身,准备面对心中确信的背叛。但女掘石工停在几步外,身子摇晃,一只手朝奈泽露张开,犹如一只大海星,像是在朝她祈求某种恩惠。然后,珍－杉钨脸朝下扑倒在地,背上插着一支黑色箭杆。就在她倒下的瞬间,另一个掘石工也从原木上倒下，仿佛被无形的强大幽灵拍了一掌，脖子上扎着一支还在抖动的长箭杆，伤口涌出鲜血。黑色箭羽，她的心一沉，是贺革达亚。

追兵比她料想中逼得更紧，但她无暇咒骂自己过度自信，立即纵身跃上马背，低伏于马颈之上，用脚跟猛踢它的肚子。马跳出空地，冲入林中。又有好几支箭从她身旁掠过。她能听到，掘石工在身后绝望地发出哨声般微弱的叫喊，但无能为力。

又一支箭飞过，离她只差一指，扎进前方的树干。她从箭旁冲过。至少她的坐骑不需要催促，自觉地用最快速度逃跑，灵巧地跃过落木，冲过及胸的灌木丛。奈泽露听到袭击者在树林间互相呼唤。她知道，这既是为了相互沟通，也是为了吓唬她。

她咬紧牙关。我并非普通的逃亡者，一时间，她胸中燃起炙热的火焰，我是女王之爪。

尽管紧贴在马背上，专注于眼前的逃亡，但她看得出，自己正被追兵往南边驱赶，越来越深入古老的森林，深入她不了解的地方，前面有许多比身后追赶的殉生武士更可怕的东西。也许我该转身应战……

不行，她告诉自己，及时低头靠在坐骑肩上，躲过前方一根突然伸出、滴着雨水的粗大树枝。我必须尽量跑赢他们……尽量活着。即使做不到，也尽量争取一个好结局。她的贺革达亚坐骑遇到一条水沟，但速度太快，来不及停下，于是纵身跃起。下降过程中，奈泽露感觉自己快要飞离马鞍；在另一边落地时，冲击力太猛，又差点把她震下马去，全靠紧紧夹住马肚的膝盖和紧紧缠住马鬃的手指，她才能继续骑在马背上。一人一马继续狂奔，树木从她身旁掠过，触手可及。

我发誓：结局最终到来时，我的剑必将沾满敌人的鲜血，然后再赶赴华庭。

冬噬

灰烬之心

♛

"陛下，这么多年来，我和我的家族都忠于爱克兰的王室，您的怀疑令我灰心丧气啊！"但萨鲁瑟斯的语气不像沮丧，反倒像愤怒。塞斯兰会议厅挤满了人，包括坎希雅公爵夫人、公爵的舅舅恩瓦勒斯等等。但萨鲁瑟斯一直没坐下，只是绕着房间正中摆放的桌子来回踱步，在诸位朝臣间穿行。

"我没怀疑你，殿下。"米蕊茉好不容易压住语气里的沮丧和怒火，"请不要编造我没说过的话。我只要求你再说一次发生了什么，好让我理解。"

"我弟弟被人杀害！我们却在这里闲聊！"

"街上挤满了暴徒。在这城市的每一个角落，英盖达林的人都指控你谋杀。这不是'闲聊'，公爵。"她望向恩瓦勒斯，"大人，请帮忙劝你外甥听我说话。"

老人点点头。"萨鲁瑟斯，王后陛下不是你的敌人。我们都不是你的敌人。"

公爵停止踱步，环顾房间，仿佛是确认舅舅说的是实情。"不管怎样，这事有阴谋。有人试图将我弟弟的死栽赃在我头上。那是我亲弟弟！我是无辜的，如果撒谎天打雷劈！"

"我没怀疑你。"米蕊茉重复，"现在请告诉我，到底发生了什么。你说过，你收到一封信。"

"对，德鲁西斯的信，是他的字迹没错，我还不认得弟弟的字吗？"

"信是怎么到你手里的？"

"我说过了，半夜塞进我门缝的。一个仆人捡到，拿给我。来，您自己看。"他掏出一张折叠的羊皮信纸，挥了挥，展开读道，"哥哥，你我必须谈谈。有些事你不知道。我们有个共同的敌人。十点，在亡宅，跟我见面。"萨鲁瑟斯冷静些，但脸色仍涨得通红，神情焦虑不安。"亡宅，是我和德鲁西斯小时给班尼杜威家族墓地起的名字。你还记得吧，恩瓦勒斯，记得吧？"

他舅舅点点头，微微笑了笑。"是的，很熟悉，你母亲觉得那是严重的亵渎，禁止你俩去那儿玩。"

"正是。除了德鲁西斯，还有谁知道这个名字？另外，看到了吗，是他的字迹！"

"我看到了。"米蕊茉说，"然后你做了什么？再说一次。"

"我不是傻瓜。我不是一个人去的。我没那么信任德鲁西斯。我带了三个最可靠的卫兵，穿过花园，走向马车场，路上看到恩瓦勒斯舅舅在橘园的椅子里睡觉。"他看看老人，"他本该为我们做好参加议会的准备，而你却在睡觉。"

"我当时在等你啊。"恩瓦勒斯简单地回答。

"反正你可以作证，你看见我带着卫兵经过。"

"你刚才说了，我在睡觉，那我怎么证明当时你在做什么？"恩瓦勒斯反驳道。

"够了。"米蕊茉打断他们二人，"殿下，继续说，你经过马车场，走向家族墓地？"

"对。那里没人，既没有德鲁西斯，也没有其他人。卫兵能证明我的话。"

当然，米蕊茉心想，就算他们帮你杀了你弟弟，也会照样帮你作证。但这一刻，她更倾向于相信萨鲁瑟斯，不但因为他返回公爵府时流露的真诚的迷惑，还因为，如果他那布满血丝的眼睛和震惊至极的愤慨都是演戏，那公爵就是她这辈子见过最有天赋的演员。

"我先进去了，当然带了个卫兵，让他走在前面。陛下，不知您去没去过班尼杜威家族墓地，那是个特别大的、名副其实的陵墓。除了逝者，我们没找到任何人。"他又顿了顿，被自己的话扰得心烦意乱，嘴唇因愤怒或某种更伤感的情绪而扭曲变形。他振作一下，继续陈述。"另外两个卫兵真是愚蠢，竟然跟进来帮忙找人。我们正在搜寻那个地方，有人关上了大门，我们甚至连关门声都没听见，直到准备离开，才发现被锁在了里面。"

"所以，我们聚在议会堂期间，你们一直在墓穴里？直到你出现在这儿？"

"是啊，如果我有一个字撒谎，就让神圣的安东把我劈死。我们好不容易破门而出。它被一根木柴闩住。墓地上方斜坡有几间温室，木柴应该是从那儿拿来的。等我回到这里，就发现这一切……这疯狂的一切……"

终于，萨鲁瑟斯如将狂风雨水全都吐光的雷雨云，瘫倒在妻子身旁的椅子里。后者抓住他的手，他一开始想抵抗，但坎希雅不肯放手。米蕊茉觉得，坎希雅的表情活像个困在梦魇中的人。

而她自己也有同感。

"你被锁在墓穴时，德鲁西斯在自家礼拜堂遇害。"她说，"一个人不能同时做出两件事。英盖达林府邸就算骑马也太远，一个人没法在这期间跑去跑回。所以，萨鲁瑟斯，如果你告诉我们的都是真话，那这就是个阴谋。"

"当然都是真话！"

"殿下，我没说你撒谎。冷静点儿。我是说，如果你对时间和环境的记忆都是正确的。"她停下来，打量聚在房里的其他人，他们每一位都跟她想象中的无辜者别无二致，都很害怕，但都尽力控制住自己。她看看坎希雅，后者仍紧紧抓着丈夫的手。"公爵夫人，我再说一遍：我认为你该带着孩子离开这城市。"

坎希雅吃了一惊。"我不去多莫斯·班尼杜檐，我不能丢下丈夫一个人。我必须在他身边。因为我不光是他妻子，我还是公爵夫人！"

"而你孩子是继承人。"恩瓦勒斯说，"王后是对的，夫人。万一达罗煽动他的支持者掀起暴动，谁知道会发生什么事？"

"你真觉得坎希雅应该离开？"萨鲁瑟斯显得晕头转向，似乎直到现在才明白事情能恶化到什么地步。"要是她回了多莫斯·班尼杜檐，我该怎么保护他？那边只有几十个卫兵，而塞斯兰有几百个。"

"我不是说你们在城里的宅邸。"米蕊茉说，"那里离麻烦太近，面对危险也太难防范。不能去那儿。我认为，你妻儿离得越远越好。北边的阿迪瓦力是班尼杜威家族的大本营，把她送到你家的领地去。"

"不！"坎希雅说，"我不去！就算至高王后，也不能强迫我离开丈夫。"

"那你就是个蠢材。"米蕊茉严厉的指责震惊了在场众人，"如果你丈夫听任你的摆布，那他也是个蠢材。"王后怒视公爵，"你还不明白吗？这一切不是随意的攻击，而是制定好的计划，由多人执行。暂时我们无法断言是谁想杀害德鲁西斯，栽赃嫁祸于你。但很显然，这是庞大计划中的一环。如你和孩子们都留在这里，不但你的公爵地位有危险，连你家人都性命堪忧。"

"您说无法断言谁是凶手，这是什么意思？"萨鲁瑟斯问，"您怎能说我是蠢材，又假装不知道谁是幕后黑手？明显是达罗！是达罗·英盖达林那只肥蜘蛛！"

"也许是吧。"米蕊茉说，"然而德鲁西斯刚跟达罗的侄女结婚，时间不到一个半月。对达罗来说，如此轻易就放弃最趁手的公爵继承权，未免有些冒险。"

"可是，陛下，"玛楚乌子爵说，"还有谁能因德鲁西斯侯爵之死获益？"

"也许有很多。"米蕊茉摇摇头，突然觉得心累，很想起身走回卧室。她想念丈夫。亲爱的西蒙也许给不出这些问题的答案，但他只是单纯陪伴在身旁，就能让她冷静下来，继续解谜。"这是我们必须查清的问题之一。坎希雅公爵夫人，我可以用权力逼你违背自己的意愿离开这城市，但我不愿意这么做，因为我是你朋友。为了你的孩子，为了年轻的布拉西斯和幼小的莎拉辛娜，我恳求你听从我的建议。"

坎希雅没有回答，只是倔强地迎着她的目光，眼里噙满泪水。

"殿下，你要确保握有实权的卫兵队长都是你最信任的人。"米蕊茉对公爵说，"还有，看在圣母艾莱西亚的大爱分上，吩咐他们，除非是为保住自己的性命，否则不要与民众起冲突！纳班现在漫天飞舞狂乱的谣言，挤满了愤怒又惊恐的市民。他们不知道发生了什么，不明白为何持续三十年的和平转眼消失无踪。我估计，今晚所有人都会失眠，既因焦虑，也因侯爵之死，而这正是塞斯兰·玛垂府不能让事态恶化的理由。一切都有可能发生，但我们不能自己拿火点燃自家屋顶。"

♛

建元1201年，安涂月19日
善良的提阿摩大人：

向您问安，相信您仍蒙上帝的关爱庇护。我有个天大的好消息告诉您：我发现菲尔拉夫人还活着！

我与您的朋友梅迪和那两个熊孩子依然麻烦不断，两个小罪犯已害我沦为乞丐，两次逼我逃离住处，以免被旅店老板抓去受审。我不会让这些事拖延我给您带去好消息，不过您收到信后，请尽快帮我寄一笔恰当的费用——不少于两个金币——给一家名叫李·堪皮诺的酒馆，对此我将不胜感激。不然我的余生都要在珀都因度过，被关在伊

Empire of Grass

索拉女伯爵的牢房里。

接下来，我将详述这封信的主要内容。

我听认识菲尔拉的人说，她应该还活着，但几年前就离开了安汜·派丽佩，搬到丝塔·蜜洛山另一边的村庄皮嘎·凤图。所以我雇了头骡子，扔下梅迪和他的熊孩子，自己去找人。后来我发现，这是个错误，也是我向您求取那两枚金币的起因，但这事不会妨碍我的叙述。

菲尔拉并没住在皮嘎·凤图，那里也没人认得她的名字，但我听说，有个叫葛兰娣的女人——也有人说她是"女巫"——住在峭壁高处的小屋里，靠种蔬菜、药草，并为愿意尝试的人配制草药维生。于是我骑上骡子，继续上山，找到一间破败的小屋。屋前花园里种满植物，都是我认识的药草，您和您妻子也认识，比如牛膝草和益母草等等。

* * *

老妇站在小屋门口，看着骡子沿蜿蜒的小径走上山。她的白色长发披散在肩头拂动，犹如被秋风吹动的云朵。她表情严酷，带着怀疑，却没有厄坦预料的面对自家门前陌生男子时该有的害怕。

"您是山下村民说的葛兰娣吗？"他问。

"皮嘎·凤图村民对我有许多称呼，'葛兰娣'是其中一个。"尽管她的语气透着厌烦和冷淡，用词却十分准确，通用语说得比厄坦在这一带遇到的大部分人流利许多。这里远离安汜·派丽佩和港口，很少有人会费心学习外语。

"祝您平安。我是鄂克斯特的厄坦修士，想找您谈谈。我有钱，不会浪费您的时间。"但他钱不多，只能希望，万一这次查访又徒劳无功，至少只按照当地市价付费。先前在城里的各种贿赂价格昂贵，已经榨扁了他的钱包。

"你这颗笨蛋光头下的脸蛋还算帅气。"老妇回答，"但我没有请陌生人进屋的习惯。"她指指一根半掩在野生百里香里的原木，"你可以坐在我的长凳上。谈话时我们可以眺望花园。"

听到这么苛刻的嘲讽,厄坦的心跳略微加快。"您太亲切了,夫人。"

老妇斜他一眼。"是吗。我没多少事能告诉你,弟兄,但我对上帝的信使向来以礼相待,哪怕他们是骑骡子来的。你想喝点牛蒡酒吗?"

"想,谢谢。现在是秋天,天气凉爽,但顶着太阳上山还是挺热的。"

她走进小屋。厄坦系好骡子,在原木上为自己清出个空位。老妇拿着两只黏土大杯来到屋外,递给他一杯,自己拿着另一杯回到屋门口。"不好意思,我就不坐了。"她说,"虽然坐下来很舒服,可站起来时很难受。"她喝了一口,抬起眼睛,表情变得严肃。"好了,说说吧,一个旅行修士为何来到葛兰娣门前?"

"老实说,夫人,我想找的并非葛兰娣。"他喝了口酒,直到含进嘴里,才想起这酒可能是某个疯狂老妇用来毒死旅行者抢劫用的毒药。想到这儿,牛蒡酒顿时变得酸涩难喝,但他还是壮着胆子咽了下去,心里安慰自己,上帝把他送到这么远的地方来,应该不会让他死在珀都因山上。"我在找菲尔拉夫人。"

他吃惊地听到,老妇人哈哈大笑,笑声深沉而洪亮,持续了好一阵子。等她终于停下,必须用手擦掉眼里笑出的泪花。

"原来是你啊,过了这么多年。"她说完又开始笑,但这次只笑了一会儿,"是你。"

"不好意思,我们以前见过?"

"没有,没有,但我知道有人会来。我只是没料到,要等这么久,或者说,我没想到信使……来这儿的信使,竟会是……你这样的人。"

这话有点侮辱人,但厄坦的懊恼已被高涨的胜利喜悦冲得一干二净。"所以真是您?您就是菲尔拉夫人?您不知道我找您找了多久、走了多远的路啊。"

"你来自爱克兰。"她说,"虽然你自己没花二十年来找我,但我敢打赌,派你来的人,不管他是谁,已经找我找了很久。"她耸耸肩,笑意早已消失,"但有什么关系呢?无论是二十年前,还是今天,故事都一样。我不会跟你去任何地方,所以,如果这是你的目的,那你还是趁早放弃吧。别想强迫我。"一时间,她脸上露出坚定的表情,固执而愤怒。"我打算死在这里。幸运的话,我想一个人死。我不会跟任何人离开这个地方。在这里,我找到了最贴近安宁的感觉,我要在这里待到上帝带走我的那一刻。"

"我来不是为了毁掉任何人的安宁,而是要为某些人——某些想知道约书亚王子遭遇的人——带去安宁。"

"哈,当然,我就知道,爱克兰没人担心我的身体健康。"

厄坦不喜欢她的表情。"夫人,您误会我的朋友了,他们也找过您,而且正如您的猜测,他们找了很久。但没人知道您的下落。我在珀都因待了两个多星期,一直在找。我很幸运,终于遇上个听说过您的人。"

但菲尔拉不感兴趣。"那个老联盟还剩下谁?派你来的肯定是他们。莫非是史坦异神父?因为你俩都是信徒?"

"史坦异神父数年前死于热病。派我来的是提阿摩大人。"

这次她的笑声没那么苦涩了,但厄坦听出了痛苦的味道。"提阿摩大人?天啊,那个沼泽学者飞黄腾达了。他派你来?还有谁活着?那个小矮怪?我忘记他的名字了。"

"岷塔霍的宾拿比克,是,他还活着。"

"我是很久以前认识约书亚时,认识了那个矮怪。"她抿着杯里的酒,"你真想听我的故事?我警告你,这并不能帮你找到王子。"

厄坦咽下心中的失望,反正他的希望也不算太大。"夫人,请把您知道的一切告诉我吧。"

冬噬

"那好吧。但这是个俗气的故事,没法帮你坚定对上帝的信仰,或诸如此类。"

"菲尔拉夫人,您放心,我能处理好自己的信仰问题。"

"看来这风尘仆仆的修士袍下还算有些风骨。你刚才说你叫什么来着?厄坦?很好,厄坦弟兄,正如我所说,我是认识约书亚王子时,认识宾拿比克的。王子很久以前就宣布放弃继承权。我刚刚加入卷轴联盟那段日子,约书亚邀请当时的卷轴持有者前往他在关途圃的住处。我至今无法理解,他干吗挑那死水一潭的地方定居,跟他妻子经营一家叫'派丽帕之碗'的旅店。"她一边说,一边用罐子倒满杯子,"讨论'派丽帕之碗'会严重偏离你想听的故事,但你想听明白,我就必须从我更早期的人生说起,前提是你不赶时间。"

"您愿意给我多少时间,我都会心怀感激地接受。我是您的仆人,夫人。"

"哈!很久没人当我仆人了。不过我相信你的话。我告诉你,我可不是出生在这种小屋的人。我是珀都贵族阿曼多男爵的独生女,家境颇丰。身为他唯一的孩子和继承人,不谦虚地说一句,我很受欢迎。年轻时我是朝中的交际花,追求者甚多,但你现在不会相信吧。"

她恢复了少许神气。一时间,透过那张风雨沧桑的面庞,透过皱纹、尘土和多年的岁月,厄坦能想象出她年轻时的迷人风采。

"宿尔巍伯爵本人就很喜欢我,可惜没有结果。上门找我父母提亲的对象从来不缺,但我不感兴趣。那时的我已经爱上书本、诗词和自然哲学,根本不想嫁给把我当成漂亮鸟儿、关在笼子里到处炫耀的男人。每次想起那种结局,我就气愤难平。父亲希望我结婚,生个男孩,继承家族姓氏。可风暴之王战争末期,红疫病在安氾·派丽佩肆虐,夺走了我的双亲。于是我变卖家族田地,在靠近大海的位置买了栋漂亮房子,将那地方变成艺术家、琴师和诗人的天堂,不理会任何人的非议。我成了学者,部分是因为,我继承的财产能让我随心所欲地买下任何书本，甚至是人们以为失传的珍本。我有朋友，也有密友，也就是情人吧。但学习，尤其是恢复古老、失落的知识，才是我的挚爱。

"有一天，我收到爱克兰前任王子约书亚的来信。我当然听说过他，但我不知道他战后还活着。他从乌瑟林兄弟会某个朋友那里听说了我的名字。购买和研究珍贵书籍的圈子很小，所以我认识好几个乌瑟斯的弟兄。王子向我提了几个问题，都与古代希瑟的占卜术有关，而那正是我最感兴趣的课题之一。我们开始书信来往，写了很多信！如果说，我的知识与兴趣打动了他，那反过来，他也让我印象深刻。书信交往了一两年，他问我有没有兴趣加入卷轴联盟。我知道那个联盟，也听说了它在风暴之王战争中的作用，所以很感兴趣。但我更想了解约书亚本人。即使在书信中，他也跟我遇到的任何男人都不一样，因此我答应了。

"过了几年，他邀请联盟成员前往他在关途圃的旅店。在那里，我认识了矮怪宾拿比克、乌澜人提阿摩和史坦异神父。那位神父，乍看起来胸无点墨，但很快展示出他有自己独到的专长，以及与众不同的广博知识。但最吸引我目光的，当然还是约书亚。"她沉默了，往后靠去，闭上双眼。厄坦等了好一阵子，不知她想不想再说下去。

"你不会明白的，"她终于继续，但仍紧紧闭着眼睛，"第一次见到他是什么感觉。我在心中想象过他的模样、他的亲切，还有他渊博的学识，因此我本以为，见到他本人会有种幻想的破灭。结果，没有。他当然是个英俊的男人。听说他哥哥埃利加也很英俊，只是意志薄弱，所以才会堕落。约书亚仿如从雕像间走出来的圣徒，高大、平静，灰色眼眸充满善意，令人一不小心就忘记他有多么聪明。虽然失去了一只手，但那只能为他蒙上一层悲剧色彩，更显英雄气概。当时，我爱上了他。其实去'派丽帕之碗'以前，光凭我俩数年来的书信，我已经有点喜欢他了。他在信中除了以同僚相待，从未露出其他感情。他视我为同僚和朋友,但我想得到更多。当年我刚过三十岁,心里还很年轻。

"他妻子渥莎娃当然也在旅店。她是蛮人酋长的女儿,有种狂野、黑暗之美,如雷雨云般饱含怒火与活力。她打一开始就不喜欢我。女人能从其他女人身上看出男人看不见的东西。我敢肯定,她发现了竞争对手。我们卷轴持有者住在旅店期间,不论是大家谈论到深夜,还是一起在城中漫步——那是世上最奇怪的城市之一——她都守在约书亚身边,抓紧一切机会吸引他的注意力,以致我开始怨恨她,就像她怨恨我一样。"

菲尔拉又从罐里倒了些酒。"是啊,我知道。"她说,"我有什么资格怨恨他的结发妻子?她只是努力维护属于她的东西。但我当时很孤单,不仅肉体上,精神上也是。我渴望两颗心灵、两个灵魂的碰撞,那是我从未有机会体验过的感觉。约书亚就像我的理想男人。"她刺耳地苦笑一声,"至今未变。是不是很可悲?"

厄坦一言不发,只是起身,从她的罐子里为自己倒满牛蒡酒。她摇摇头。"你不用说话,判断都明明白白写在脸上。成为修士之前,你有没有试过男人的生活?有没有爱过不该爱的女人?没有?那你理解不了,无论你受过怎样的教育。

"无论如何,我没流露任何情感。大家离开时,我也离开了,回到珀都因的房子。尽管那里客似云来,仆人满屋,却仍显得那么空落。我决定,就算得不到约书亚,至少也该让他知道,我是值得他倚靠之人,能为他提供少许学识。在这方面,他的草原人妻子永远比不上我。于是我投入更深的研究。风暴之王战争蹂躏了许多国家,造成了可怕的损失,但凡人在数世纪以来头一次与不朽者并肩作战的事实,也为这世界带来许多新的研究课题。像你们西蒙国王那样的凡人,竟然还在他们中间生活过,甚至与他们成为朋友——至少我是这么听说的。对于研究希瑟之人来说,那真是最好的时代。

"与此同时,约书亚给我写信仍很频繁,我把它们像宝贝一样珍藏起来,仿佛上面写的不是学问,而是爱情。但信里开始流露出忧虑。看来他与另一位年轻学者也有书信来往。那个学者研究的许多方向跟我一样,而他并非普通书记官或年轻贵族,而是西蒙国王之子,统治奥斯坦·亚德全境的至高王座继承人,约翰·约书亚王子。"

猝不及防听到这个名字,厄坦画了个圣树标记。"约翰·约书亚王子?是哪一年?多久以前?"

菲尔拉皱起眉头,拨开被风吹到脸上的头发。"我记不清了。后来的事发生得太快。但那时,约翰·约书亚十分年轻,可能只有十二三岁。他是个聪慧、内向、自省的孩子,很早就确立了自己的人生方向——至少我是这么听说的。他的名字有一部分来自他叔外公,所以他与约书亚分享自己稚嫩的发现也合情合理。但是,小约翰·约书亚的研究已经涉及大约书亚忧心忡忡的领域——我差点说成'我的约书亚'了。我不记得细节了,但小王子在海霍特发现了某本书籍或文件,与古老的希瑟占卜术有关,而约书亚开始替他担心。'派拉兹就是这样陷进去的。'约书亚写道。这句话把我也吓坏了。派拉兹也曾是联盟成员,但邪恶思想与黑暗魔法腐蚀了他的灵魂。"

"我知道。"厄坦说,"但听说约翰·约书亚这么年轻就卷进这些事,我还是很震惊。"

她耸耸肩。"我知道得不多,只记得约书亚告诉我的情况。我当然想帮他。能得到他的好感,我愿意做任何事。但我自己也有些害怕。无论如何,后来几年,约书亚越来越关心小王子做的事、读的书、想的事。

"由于我自己的研究,我对那些事也保持着兴趣。我认识一位商人,常为我寻找罕见书籍,偶尔还能找到更稀罕的著作。有一天,他给我送来消息,说他找到一件不但异乎寻常、而且格外珍稀的物品,还认为我是最有可能的买家。他的发现的确让人惊骇,虽然花了我一大笔钱——没记错的话是五个金皇帝——但他说得没错,那是件绝妙至极的物品,值得我花的每一分钱。"

"那是什么?"厄坦冒出个猜想,"是书吗?"

菲尔拉摇摇头。"弟兄,我很快给你解释。当晚,我把新战利品带回家,立刻收到约书亚的来信。他说要去爱克兰探望他的侄孙小王子,但途经珀都因时想来看看我,听听我的建议,因为占卜和其他预测术是我的主要研究课题。我高兴极了,简直欣喜若狂,立刻回信,说我欢迎他来。因为能有机会跟约书亚单独相处——他妻子和家人不会跟来——我心里特别兴奋,也想用我的发现给他个惊喜,赢得他的称赞。所以我在信里一个字都没提到那件东西。

"就这样,他来到珀都因。我把客人都遣散了。说'客人'并不准确,他们大多只是住在这里,赖了很多年,白花我的钱。我越来越专注学术,早对他们不抱任何幻想。约书亚发现偌大的房子里只有我和仆人,不免有些惊讶,但我俩见面的第一个夜晚还是相当快乐的。我们聊了很多事,但对约翰·约书亚王子避而不谈,因为我能看出,小王子的事让他心烦意乱,而那晚是我们关途圃一别后的首次相聚,我不想扫他的兴。

"第一晚,我过得心满意足!如果天堂不是那样,我会相当失望,因为我再也想象不出更开心的情景。而且说真的,我认为,约书亚对我的关心不止那么一点点,我当时的感觉更是远远不止。那晚我们喝了好多酒,直到午夜过后许久,才摇摇晃晃回到各自的房间。我祈祷他能来找我,对,我知道,那是道德沦丧。而他始终没来。"

"夫人,我没对您评头品足。"厄坦不大确定这是不是自己的真心话,"但很显然,您对自己已有定论。"

"你懂什么?"她又变得怒气冲冲,犹如被突然的微风重新煽起火焰的余烬,"第二天吃晚饭时,我们再度提起一直小心回避的话题:小约翰·约书亚王子和他那些危险又愚蠢的研究。"

"到底是什么研究?"

她不耐烦地挥挥手。"我会把我记得的告诉你。他沉迷于希瑟跨越长距离对话的技艺。他一直在城堡里搜索古籍,发现了一些东西,不但有书,还有别的。但他叔外公约书亚没告诉我详情,只是非常忧心。"

"他有没有提到名叫《异界密语专著》的书?"

"弗提斯那本失传的书?"菲尔拉突然严厉地瞪他一眼,"不,没有,应该没提过。虽然发生了那么多事,但他提过的话,我肯定记得。"

"那请继续。"

"我知道,我和约书亚相处时间有限。他打算第二天离开,前往鄂克斯特和海霍特。约书亚就坐在我旁边,我却花了那么多时间聊什么王子、死了很久的希瑟,都是些对我遥不可及的事,所以我有点抓狂。最后我跟他说,有东西要给他看,然后把我花高价买来的新玩意拿给他看——那是希瑟占卜用的玻璃。"

"占卜用的玻璃?"厄坦一时没明白她的意思。

"一面镜子,但很特殊,据传是用龙鳞做的。希瑟用它们与千里之外的同族对话,他们称之为谓识。"

"谓识!"厄坦叫道,"啊!现在我明白了。果然。"他自己从没见过谓识,但弗提斯在《专著》里提过几次,提阿摩也曾说过。"我听说,西蒙国王曾有一块。您也有一块!"

菲尔拉脸色阴沉。"是啊,我有过,但很快就没了。我以为约书亚见到它会很高兴。那东西太稀罕了,类似受难树的碎片,或派丽帕端水给救主的碗的碎片。我当时甚至觉得,它就像某种定情信物,想与他分享。然而他却惊恐万分。"

"为什么?"

"他说那镜子很危险,难以言喻地危险。他提到派拉兹,甚至隐士弗提斯，就是你刚才说的那本书的作者。约书亚说，很多人认为弗提斯也找到一面，而且用了，却将自己暴露在神秘的恐怖命运面前，因此离奇殒命。"

"我从未听过这种说法。"厄坦心惊肉跳，"然后发生了什么？"

她露出苦涩的微笑。"你以为我要说，约书亚从我手里拿走了镜子，或者我俩一起使用，然后他就消失了？不，我的故事不是这样。我跟他争执起来，因为他连看一眼都不愿意，我很难理解，也很受伤。我的感觉是，我把自己最珍贵的礼物拿给他，他却直接扔回我脸上。争论愈发激烈，但并不愤怒——约书亚不是那种人——我突然意识到，自己不但未能如愿与他拉近关系，反而将他推开了。就在那时，我犯了个可怕的错误。"

她又沉默了，低头看着一对长满老茧的手互相揉搓。沉默了一阵子，厄坦的耐心开始动摇。"夫人，您的错误是？"

"他们不教森尼各的哲学了？罕蒂亚的森尼各？"她仍然看着自己的双手。

"我当然知道他。"

"那你该知道他对真相的评论：'就像毛地黄。用量适当，它是最有效的药物。用得太多会导致痛苦，甚至死亡。'他说得对。"

厄坦忍不住摇头。"恐怕我没听明白，菲尔拉夫人，您跟约书亚说了什么？"

"你有没有好好听，修士，或者你是个笨蛋？"怒火从她脸上闪过的一瞬间，厄坦看到了旧日的贵族女子，自负、自大、满怀悲伤。"你对男人女人没有一丁点儿了解吗？我把真心话告诉他了，而那样做的结果，是给自己下了诅咒。我告诉他我的感受，说我爱他。"她强忍剧烈的懊悔，脸上犹如戴着承受临死痛苦的面具。厄坦无言以对。等她再次开口，声音已很嘶哑。"那几句话，毁了我人生的所有幸福。"她长饮一口，喝光自己的酒，再倒一杯，但她动作太快、太马虎，一半酒水洒在原木旁边的地上。"除了离开，他还能怎么做？"

两人又沉默许久，厄坦终于冒险提了个问题。"您告诉他时，约书亚说了什么？"

菲尔拉用通红的眼睛望着他。"都是些意料之中的话。说他关心我。说我对他很重要。但他有妻子了，他爱自己的妻子。"她嘴唇嚅动，像个准备哭喊的婴儿，"我既愤怒，又心疼，几乎无法呼吸。他不愿与我这个志趣相投的人共同生活，却与那个……蛮族女人，那个吃醋暴躁、无法理解他的女人绑在一起。但是，最让我难受的是他的温柔。我冲他咆哮、诽谤他的妻子、骂他是个傻瓜，他却没冲我发半点脾气。直到现在，我仍会在半夜惊醒，想起他哀伤的面容，想起当年我终于安静下来听他说话时，他柔声细语地说的那些可怕的话。他说：'菲尔拉，我想继续跟你做同僚和好友。别逼我在友谊和承诺的婚姻间做出选择。'上帝和他的圣子在上，修士啊，我宁可他打我一顿，也不想听他说那种话。我希望他拿把刀子扎在我心上。不对，他确实扎穿了我的心，不过他用的是言语，以及那完美而高贵的温柔。然后，他走了，把我丢在空荡荡的大房子里，因为我想与他单独相处一整晚，晚饭后就将楼下的仆人都遣走了。他收拾行李离开，期间一直在道歉，好像犯错的人是他。

"但错误在于，我是个傻瓜。错误在于，我没法强迫他爱我。错误在于，我单恋约书亚的时间太长，以致无法相信他没有相同的感受，一丁点儿都没有。"

这次的沉默，厄坦没有打破。菲尔拉的目光越过门前的院子，越过那片小小的草药园，望向披覆森林的山坡，犹如刚从猛烈的风暴中逃脱、伤痕累累的小鸟。

"我想，当时我有点疯魔了。"她终于继续说道，"我喝酒，来回走动，徘徊不休。我无法休息。我想再见到约书亚，想收回说过的话。我想告诉他，那都是我编出来的古怪玩笑。只要能阻止他以那种悲惨的决绝方式离开我，要我做什么都行。在那疯魔之中，我拿起了希瑟的玻璃。我满脑子只想着再看看他的脸，看看他的表情。他伤心吗？有没有关心我，哪怕一点点也好？或者我只会看到轻蔑？我盯着那面占卜镜，那块谓识，怀着旋涡般的悲苦和希望开始想他。过了会儿，镜像变了，里面有东西，但不是约书亚。"

"您看到了什么？"

她又挥挥手，动作像垂死之人般软弱无力。"我不记得。我只能记起很少。当时我喝醉了，陷入伤心和爱恋的疯狂。我只知道，镜子里有东西跟我说话，但我听不到言辞，现在也忘了它说过些什么。但它拉住我，我掉了下去。"

"掉下去？掉进镜子里？"

"修士，我找不到合适的词，掉进去、掉过去、穿过去……我忘了。我说了，我记得很少。过了一段时间，我发现自己在屋里走动，觉得自己像石头雕像般又冷又硬、了无生气，手里拿着火把，正在点燃家里的挂饰、家具和床铺。很快，一切都在燃烧。然后我出了门，看着它，仿佛是别人放的火。"她呼吸急促，瘦削的锁骨在破烂裙子的紧身胸衣上方起起伏伏，"没什么好说的，我疯了。

"我度过一段黑暗的日子，活得像只动物，时间长得连自己都忘了有多久。最后，有好心人发现了我，把我送到派丽佩姊妹会。后者收容了我，尽力照顾我。又过许多年，我的理智逐点逐滴恢复。当我恢复到同旧日差不多，我离开了姊妹会，重回世间，然而世上已没有我的位置。我的房子被烧毁，人们以为我死了，我也心如死灰。后来我得知，那晚之后，约书亚就失踪了。我猜想，是不是镜子里的东西伤害了他，或者更糟糕的是，让我伤害了他。"她又用刚才心不在焉的古怪方式扭着手指，"修士，若你有上帝的眼睛，能看透我的心灵，你会看到一颗灰烬之心。但我这副躯壳并未死去，我必须活着，直到救主接我离去。我竭尽所能自力更生，至少我的学识派上了用场，我可以做药剂师、医师。我独立生活了很久，经常回想这些往事。但我依然宁愿，今天你没来过。"

菲尔拉艰难地扶着门框站直。厄坦看得出，她的脚在颤抖。她望向修士，眼神变得冷漠而遥远。"我不知道约书亚遭遇如何，只知道，他跟我在一起的最后时刻将折磨我一辈子，至死方休，甚至死后也不停息。我怀疑你找不到他。他要么死了，要么不想被人发现。现在，鄂克斯特的厄坦修士，我觉得你该走了。"

冬噬

一支箭

弗里墨和乌恩沃是最后抵达缄默石的两个人。弗里墨认为，山王受难地并不适合集会，但乌恩沃坚持如此。

弗里墨想扶乌恩沃下马。山王脸上、胸前和背后的伤口已恢复成一道道深蓝紫色的瘀青，但脚依然瘸得厉害。

"你敢当别人面伸手扶我，看我不砍了它。"乌恩沃说，"眼前这群人，很多不久前还骂我是混血懦夫，大笑着看我被夏日玫瑰抽打。我不会在他们面前露出一丝软弱。"

他自行翻身下马，走上山坡，纯粹凭意志掩饰瘸腿的事实。缄默石旁已有二十多个男人在等待，他们代表西部和南部广阔草原的大部分部族，弗里墨认出林鸭、蜻蜓、蝰蛇、狐狸和山猫部族的酋长。他们望向乌恩沃，大多数谨慎地面无表情，其他人则露出公开的怀疑，只有欧多柏格和高大的长须萨满沃弗拉格显得轻松自在。

但乌恩沃从等待的众人面前径直走过，令他们大感意外。他走到巨大的石头前，上面仍斑斑点点残留着他洒下的干涸血迹。他转过身，盘腿坐在地上，背靠木柱。缄默石耸立在他身后，犹如石民国王的高背王座。弗里墨在乌恩沃右手边坐下，欧多柏格上前坐在他左边。其他人纷纷走近，面对山王坐成个宽阔的新月形。弗里墨望着眼前一众酋长，忍不住回想起那个漫漫长夜，狼群也是这样坐在乌恩沃面前，如同伟大君主座前的臣民。他只希望，大家都能记住那一幕。

下午的太阳已往地平线滑落，倾斜的阳光为灵山诸峰染上恍如异世的光芒。所有酋长默默坐着，眼睛都盯着乌恩沃。后者做了件极其普通的事：取下皮袋，喝了一口，然后递给弗里墨。弗里墨喝口又酸又辣的叶乳，交给下个人，色雷辛湖地蝮蛇部族的酋长安博特。

皮袋从一人传到下一个，弗里墨感觉，酋长们的紧张情绪稍微缓解了些。分享叶乳并非未来君王的姿态，倒是年老的草原酋长会做的事，表示众人平等。皮袋传了一圈，来到欧多柏格手中，他把袋子倒过来，挤出最后一口稠密浓烈的叶乳。这时，所有酋长望向乌恩沃的目光都变了。

沃弗拉格开始吟诵祷词，但乌恩沃抬起手。"在这里，神灵饶我不死，救我一命。"他说，"我们没必要征求他们的准许。若他们不愿将这地方赐给我，我也活不到现在。"

萨满的长须脸庞上没有任何表情。"遵命，乌恩沃山王。"

"即使我是山王，也不是我自己选的。"几个酋长动了动，偷偷交换眼色，"既然所有部族的守护神灵都信任我，那我无法拒绝。我愿将生命献与我的部族，献与诸位部族酋长。"他顿了顿，似乎要求众人做出回报，也将各自的生命献与他。但他说的却是："欧多柏格，支持我们的有谁？"

"就是现在您看到这些。"獾鼬部族酋长回答，"另外还有许多部族，只是他们已带着族人离开血湖，因为第一个红月渐渐变圆，而他们要赶很长的路。当然，并非所有部族都支持您。羚羊和雉鸡部族拒绝宣誓效忠。水獭和野马部族的酋长，以及秃鹰部族的'白胡子'昆勒特都找借口拒绝了，不过他们都是胆小鬼，只要您继续强大，他们就会爬回来求您。"

"强大指什么？"乌恩沃双手按住膝头，后背挺得笔直，像长矛一样倚在血迹斑斑的木柱上。"意思是保护我们的人和土地？那我会很强大。如果是发起对我们弊大于利的战争？那我也许会让某些人非常失望。"

"神灵的任何选择，我们都不会失望。"林鸭部族酋长伊特纹说道,"我们亲眼见证,您是山王。"此人是现场最年轻的人之一。

"那就告诉我,人们需要什么。"

伊特纹没想到会被指定公开发言,迟疑了一下。"他们需要……我们需要……保卫我们的土地免受纳班人入侵。每年他们都侵占更多湖地。每年我们都被迫退往更深的岩石地区。那些地方寸草不生,纳班人却在我们的河边搭建房屋城堡。"

"这些事乌恩沃已经知道。"弗里墨说,"我们是仙鹤部族,记得吗?多年来,我们一直沿浼恩沼地边界上上下下,同石民作战。"

"我不再属于仙鹤部族。"乌恩沃的语气虽无愤怒,但坚定而决绝,"也不属于我母亲和外公的骏马部族。如果我是山王,那就是所有部族的山王。但我不会忘记自己曾经属于仙鹤部族。弗里墨说得对,伊特纹也说得对,我不会无视纳班人的所作所为。我们是男人,理应阻止这种偷盗行为。他们敢朝我们篝火伸手,就让他们带着烧焦的手指回去。"

"让他们带着砍断的手指回去!"蝰蛇部族的安博特说。

乌恩沃露出微笑。"只是个比喻。我不怕流血。任何人都知道,我有能力证明。"

"我亲眼见过乌恩沃杀死许多石民。"弗里墨说,"非常多。我们十几个亲族落进纳班战士的陷阱,也是他救出来的。他战斗起来,犹如铁臂塔司达附身。"他突然意识到,自己是在场最年轻的酋长,不禁为抢话行为感到羞愧,却不愿流露出来。"他打败我哥哥欧里格,那家伙比在场诸位都魁梧,乌恩沃跟他交手前已经打了一场,又累又伤,但仍打赢了。"

"我们都知道他很强大,知道他骁勇善战。"另一个酋长接过话头,"我们都听说过他的事迹,也亲眼见证他熬过别人无法承受的红胡子的折磨。"他望向乌恩沃,"但是,您愿意跟您的族人交战吗?您父亲的族人?"

好几个人紧张起来，甚至有少数人垂手按住武器，预防暴力发生。

"这是个恶毒的提问。"沃弗拉格说。弗里墨头一次见到这位萨满露出一点点情绪，一丝愤怒的火星。他依然无法完全相信此人，因为正如老话所说，沃弗拉格非常迅速地将自己的马车驶出了鲁德的围场。但他是最受敬重的草原萨满，当初鲁德能受到众人的畏惧与尊敬，沃弗拉格的支持起到至关重要的作用。

"冷静，沃弗拉格。"乌恩沃似乎并不生气，"石民并非我的族人。"他平静地回答，"我从小就没跟他们生活过。我父亲，我不会说出他的名字，愿他的名字遭到诅咒，愿他的骨头被秃鹫啄食。他遗弃了我们全家，没有一句交代，也没有一句道歉。我对他和他的世界毫无亏欠。"他抬手阻止想发言的人，"但我对石民的了解，比你们任何人都深。他们人数比我们多，建造城堡并非只为遮风挡雨。他们将那么多石头垒在一起，是为互相防备，也为防备我们。他们的要塞确实很坚固。就算召集所有部族大军进攻那些堡垒，也只是徒劳。"

"所以，我们就像无助的野狗一样坐着，任凭纳班恶狼一口口咬掉我们的土地？"林鸭部族的伊特纹声音发颤，真的动了怒。"我出生在浅湖边，我家的牧场、我父亲拴马的地方、他建造第一辆马车的地方，如今都归了纳班贵族。那人把我们赶出自己的土地，好像我们是垃圾堆后的老鼠。"

"别以为我们会无助地干坐。"乌恩沃回答，"我以破空者和草上惊雷之名起誓，我们会反击。不过我们反击纳班人时，石民会派出如蚂蚁般众多的武装骑士和步兵抵抗。我们不能再用古老的方式作战，否则二十个夏天前那一次，为何我们的人数是对方三倍，依然轻易败在至高王西蒙和他的军队手下？"

一众酋长面面相觑，愤怒却惭愧。上一场战争失败的回忆依然痛苦，即使没参与过的人也不例外。

冬噬

"因为我们还用老办法战斗。"乌恩沃续道,"每个人只听自己部族的指挥,彼此不和。正是这个原因,导致我们很久以前就被赶进这空荡荡的草原。同样是这原因,导致我们一次次被纳班石民逼往东边。除非我们用新办法反击,除非我们聚齐所有人去战斗,而非迫不得已时才把各位部族战士拉到一起。"

好几个酋长点头赞同,但其他人仍面带疑虑。

"说到至高王,"安博特说,"此时此刻,他就坐在我们围场大门外索要东西。听说您在跟他谈条件。但偷窃我们土地的并非只有纳班人。在整条乌舍罕沿岸,爱克兰人也开始蚕食我们的牧场和猎区。除非在他们中间杀出条血路,我们几乎没办法饮马。他们那座叫新盖营所的石城像沸水一样往外漫,您却没提到他们。"

所有目光齐刷刷望向乌恩沃。

"这正是我要说的事。"他回答,"我们草原人就像孩子,注意力总被新事情吸走,然后就忘了前面的事。至高王的人进入我们的土地,是要向我们赎回一个贵族,那人是国王和王后的老朋友,他们愿意付很多钱把他赎回去。"

"多少钱?"一位北方来的酋长问,"如果他们付黄金,那要怎么分?是谁抓的人?"

乌恩沃死死盯着他,直到那人垂下目光。"黄金?黄金对我们有什么用?去哪儿花?当然是石民的市场,我们一直都是这么做的。不行,我不要至高王的黄金。"

"那,要马?"另一个酋长问。

"哈!"欧多柏格说,"爱克兰的马?我宁可像雪山矮怪一样骑绵羊,也不想要那些直不起背、抬不起脚的废物。"

乌恩沃摇摇头。"不要黄金,也不要马。我们要用至高王室的宝贵朋友,跟他们交换协议。签合约。我们要他们确认,乌舍罕以下的一切都属于我们。"

这回好几个酋长公开露出沮丧的表情。弗里墨与欧多柏格对视一眼，示意他做好准备，以防事变。"上次打完仗，我们就签了合约！"安博特喊道，"纳班跟我们签完条约，然后就撕毁了！"

"但至高王室没有，"乌恩沃说，"国王和王后遵守了诺言。"他笑了笑，但笑声中潜伏着怒火。"别像个傻瓜一样做事！也别以为我会信任爱克兰人，让他们一直安逸下去。最终，他们的人会需要更多地方，到时不论至高王室愿不愿意，爱克兰的石民都会侵入我们的土地。但这样能为我们赢得时间，用来学习如何反击他们。我们一边与至高王室维持和平，一边与纳班那些以为不用打仗就能抢走土地的渣滓战斗。你们想在色雷辛北边和南边同时开战？还是先干掉更大的敌人，然后再处理北边的对手？"

说完，乌恩沃静静望向不远处，等酋长们各自低声商量。太阳已消失不见，但余晖仍在西边地平线上逗留，犹如渗入水中的鲜血。

"我的决定是……"他终于开口。所有大胡子男人都沉默下来，用迷信的崇拜目光看着他。弗里墨看得出，乌恩沃刚才不只是煽动，还在进一步促使他们思考。"从这一刻起，部族间的私人恩怨必须终止。不能和平解决纷争之人，来找我，找我们，我们来帮他们解决。我们不能再消耗任何精力内斗。"

"去哪里找？"伊特纹问，"乌恩沃山王，您打算在南边的仙鹤部族营地，还是北边的骏马部族统治？"

"我留在这里。"乌恩沃的语气十分平静，显然已做出决定。这话再次引起酋长们的骚动。"这里是我们所有人的圣地，神灵就在这里选中了我。而且这里是全色雷辛的中心。我不会以上色雷辛或其他任何地方的名义统治，而是以山王的名义。所以，灵山就是我的部族领地。这块石头，这块缄默石，就是我的王座。"

"我从您口中听到神灵之声。"沃弗拉格庄严地宣布。

"我从我肚子听到饥饿咆哮之声。"乌恩沃回答。高个子萨满露出懊恼之色，但众多酋长开怀大笑。

"来吧，我的营地已为所有人备好食物。一场盛宴，"乌恩沃宣布，"由我母亲亲自督办。如果你们以为我是个可怕的敌人，那你们肯定不想拒绝她的盛情招待。我们下山吧，庆祝草原的新生。"他起身是那么轻松。除了弗里墨，任何人都很难相信，仅仅一个钟头前，他光上山都走得十分艰难。

酋长们刚才等他时，人人的表情都像是乌恩沃欠下赌债的债主。可现在，他们簇拥着他，人人都想走在山王身边。

弗里墨暂时放弃自己的位置，跟在人群后，一起沿着马蹄踩出的古老小径走下山。他从一开始就追随乌恩沃，不需要再证明什么。而从现在开始，必须有人时刻守护山王的后背。

♛

关押艾欧莱尔的狭窄马车里只有一盏灯，一盏小油灯。但他反正也没书可看，所以无所谓了。

他被乌恩沃囚禁了两个星期，时间过得实在缓慢。他给穆拉泽地的妹妹写信，也给赫尼赛哈的茵娜温写，谨慎地避开任何可能引发休国王怀疑的内容。不过，他当然没法把信寄出去，只能把收信在钱袋里静等。如果事情如他所愿地顺利，他很快就能亲手把它们交给至高王室的驿站了。

外面的阳光迅速消退，他能看到的一小片天空已变成熟透的葡萄紫色。艾欧莱尔正琢磨晚饭会不会来，突然听见外面有杂音。是呻吟声，好像痛苦的低声哭泣。他走到车门的铁栏窗前，朝外张望，可除了青草和远处的围场栏杆，其他什么都看不见。他刚回座位，就听见有东西狠狠撞上车门旁边的侧板，吓了他一大跳。

他转过身，以为车门开了，但它没有。他再次起身，静悄悄走向门口，刚到门前，窗口就出现一张脸，胡子拉碴，面容扭曲，沾着血迹，吓得他够呛，跌跌撞撞倒退几步，差点摔倒。那张脸在窗前停了一会儿，挤在铁栏上，眼睛往上翻得只剩眼白。接着那脸往下一沉，不见了。

艾欧莱尔瞪着车门，心脏狂跳。另一个人影出现在铁栏窗前，是个男人，但看不清是谁。车门开了，名叫秃头的奴隶走进马车，在身后关上门。他朝艾欧莱尔走来，油灯照在他身上，光秃秃的面庞和粗糙的麻布衣服都有斑斑血迹。

"发生了什么？"艾欧莱尔问。秃头咧嘴笑着，嘴唇紧绷，但伯爵不喜欢他的表情。"刚才门口那个男人是谁？"

"看守我的卫兵之一。"秃头举起一把大猎刀，瘆人的刀刃有半腕尺长，染着鲜血。"第一个卫兵还不知发生了什么，就被我开了膛。第二个跟我打了一阵，才叫我割了喉咙。他们忘记了，格兹丹当奴隶是最近的事，以前我是个战士。"他的嘴咧得更宽，"他们可以在死后的世界，告诉很久以前被我送去的人，我仍是个战士。"

艾欧莱尔没有多少转圜的空间，一路退到马车最里面，站在刚才坐的脆弱小床和放有小油灯的架子旁边。"格兹丹？你的真名？"

"无所谓了。"染血男人回答，"至少对你这个赫尼斯第人无所谓，等你到了那边，随便叫我什么都行。"光头举刀横在身前。除了颤抖的双拳，艾欧莱尔没有任何自卫的武器。

就算忘掉当年夺人性命的一切招式，他告诉自己，也要记住，不能害怕。

他考虑拿油灯砸，希望灯油足够热，能烧伤敌人，但很快放弃了。天色已晚，在漆黑的马车里跟一个武装男人缠斗，对他没什么好处。于是他随手乱抓身边的一切，可为了做他的囚笼，马车里的东西早被清空。他只抓到一张破毛毯，刚把它缠上前臂，秃头便扑了上来，第一下就砍穿了毛毯。艾欧莱尔的皮肤传来一阵冰冷又灼热的刺痛，但仍将刀刃推离身体。他知道自己坚持不了多久，秃头比他壮、年纪比他轻。

冬噬

"为什么这样做?"他喊道。对方眼里闪着疯狂的光,所以艾欧莱尔的提问主要是为分散敌人的心神,而非好奇。"我跟你无冤无仇。"他用脚把小床勾离墙边,推到两人中间,"你敢伤我,乌恩沃会杀了你。"

"我不会待在这儿,等那杂种来杀我。"秃头懒洋洋地用猎刀挥向艾欧莱尔的脸,"你死了,你的国王就会怪他,会跟他开战。石民会来替你报仇,乌恩沃和他那些没娘养的混蛋追随者都会死。"

艾欧莱尔看到缠手臂的毛毯下滴出鲜血。他把床用力往前踢,撞在对方膝盖上,逼他退开一步。但他仍被困在墙边,而秃头很快再次逼近。

有个女人打扫马车时,在角落留下一把扫帚,虽然是用树枝做的,艾欧莱尔还是一把抄起,朝光头的眼睛戳去,希望能阻挡他一阵儿,顺便找机会从旁边绕过去逃出门外。但色雷辛人是老到的战士,早已猜出他的企图,那人不理扫帚,往旁边挪了一步,挡住艾欧莱尔的去路。"够了。"秃头说,"我玩够了。你在浪费我的时间,老头子。"他垂手抓起小床,拍向艾欧莱尔。床脚砸到伯爵的嘴巴,他往后栽倒,小床压在身上。

*天空之布雷赫,原谅您犯错的子民吧。*这是他仅存的念头。

被小床砸蒙的艾欧莱尔听到碎裂声,以为秃头将床踢开了,随即发现自己仍被压在床下,致命的一刀并未砍落。他胡乱踢打,担心猎刀砍在身上,挣脱后,他的目光离开地板往上看,才发现秃头没再理他。马车门开了,外面站个人影。油灯火焰被风吹得乱舞,灯光模糊地照在那人身上。

"上帝的大爱啊,"新来者说,"这光头只有把刀子。欧维里斯,把你的剑给他。"

另一个人影走上那人身后的台阶,比前者足足高一头。"你去死吧,艾斯崔恩。"他看到艾欧莱尔蹲伏在散乱的小床碎片中间,"抱歉，伯爵。Futústite，艾斯崔恩。我才不会把剑给这吃草的家伙。"

"那让他继续用刀子好了。"矮个子叹了口气，拔出长剑，又从袖子里抽出把匕首。艾欧莱尔呆呆地看着眼前的疯狂景象，以为自己摔坏了脑子。秃头愤怒地咆哮一声，纵身扑向矮个子，大猎刀映着油灯的光亮。

猎刀砍下的一瞬间，艾斯崔恩的手往外一弹，同青蛙捕食苍蝇般迅速，匕首扎中色雷辛人的手腕。秃头疼得尖叫一声，另一只手挥出一拳，正中对手的脸，打得艾斯崔恩踉跄后退。秃头站定，喘着粗气，捂住受伤的手腕，鲜血在指间一阵阵涌出。

"石民蠢猪！"他嘶吼道。

"我想公平战斗，结果呢？却遭到侮辱。"艾斯崔恩飞起一脚，踢中色雷辛人的膝盖，矮身避开横扫的长猎刀，顺势往前猛撞秃头的身体，推着他一路往前，直至抵到墙上，震得整驾马车都在摇晃。等矮个子退开，秃头丢下手里的刀，低头看着肚子上的伤口，血刚开始往外流。他顺着墙往下滑，坐倒在地，仍然盯着自己的肚子，眼中的光芒渐渐熄灭。

"你可真帮了大忙。"艾斯崔恩对高个子伙伴说。

"是你想公平战斗啊。"

"你们在这儿干吗？"艾欧莱尔挣扎着站起身，质问道，"我认识你们，我在海霍特见过你俩。可是，冉恩耀眼的女儿在上，你们在这里做什么？"

"看来他不太感激我们，是吧？"艾斯崔恩说，"艾欧莱尔伯爵，我们是来救您的。要是打扰了您在忙的重大事务，我和欧维里斯爵士表示歉意。"

艾欧莱尔低头看看死掉的色雷辛人。"把你的匕首留给我，然后离开这里。我会告诉乌恩沃，人是我杀的。他想跟至高王室谈判，你们在这儿被抓，会毁掉一切。"

冬噬

艾斯崔恩嘟起嘴唇。"大人，我觉得迟了。您可以解释马车里的死人，但外面还有两个死人，外加一个打翻的餐盘。不行，您必须跟我们走。不管您乐意不乐意，我们都得救您回去。等我们到了营地，您的看法就会改变。"

"你疯了吗？乌恩沃已经答应换我回去。他想要和平。"艾欧莱尔愤怒地摇摇头，"他真心想要和平。你们这一闹，只有上帝才知道他以后想要什么。谁派你们来的？"

"欧力克公爵。"艾斯崔恩回答，"您可以跟公爵大人争论这么做有没有好处。可眼下，您若不肯安安静静跟我们走，大人，我们只能把您绑起来强行带走喽。"

"问他王子的事。"欧维里斯说。他的话比同伴少很多。

"啊，对。莫根纳王子真不在色雷辛？那个颤巍巍的老傻瓜波尔图不会连这也弄错了吧？他给我俩指的位置，离这儿超过一里格。"

艾欧莱尔还是无法相信发生的一切，感觉就像高烧时的梦境。"我不知道你在说什么，但莫根纳从未来过这里。我被抓之前，他已经逃回了森林。"

"啊，太糟了。"艾斯崔恩指指车门，"那就走吧？"

艾欧莱尔跟着他们走出马车。矮个子说得对，在一群对外来者充满憎恨的色雷辛人中间，很难解释两具卫兵的尸体。就算山王乌恩沃相信他的说法，也很难说服他的臣民。况且，艾欧莱尔依然能做点事，利用一下这血腥的混乱局面。

他迈下台阶，跨过被秃头杀死的卫兵尸体，立刻朝营地另一边的帐篷走去。不远处躺着第二具大胡子尸体，手里拿着给囚犯的晚餐托盘。

"嘿，大人，您要去哪儿？"艾斯崔恩的语气仿佛把艾欧莱尔当成任性的孩子，"马在那边，树林里。"

"爵士，你想拦我，那就杀了我好了，然后国王和王后会剥掉你的皮。我知道自己在干什么。你要么闭嘴跟我来，要么跟我打一场，草原人转眼就会围上来。"他看看四周，"他们都去哪儿了？"

艾斯崔恩加快脚步跟上。"他们在那边的 setta 搞什么宴会，所以我们觉得，现在时机很好，很多男人都出去了。"

"走错方向了。"欧维里斯说。他没加快速度，已经落在后面。

艾欧莱尔不理他俩，快步穿过草地走向大帐。他听到帐篷里有说话声，掀开帘子进去，只见一大群女人和少数老人，全都忙着准备外面宴会要用的食物和酒水。帐篷中间站个女人，显然正在指挥。果然是他要找之人——短发的渥莎娃，约书亚王子之妻。艾欧莱尔急忙朝她走去。

"渥莎娃！"他喊道，"渥莎娃夫人！"

另一个女人叫了一声，手里的托盘打翻在地。是海菈，伯爵一开始没看见她。"艾欧莱尔？"她说，"草上惊雷在上，你在这里干吗？你身上有血！"

他不理海菈，径直走到渥莎娃面前。后者摇摇头，仿佛自己在做梦。"渥莎娃夫人，"他说，"我知道你认得我。我是穆拉泽地的艾欧莱尔伯爵，是你丈夫最亲密的盟友之一。至高王和至高王后，西蒙和米蕊茉，他们找了你们好多年。跟我走吧。你的朋友都在找你，也在找约书亚。他在哪儿？"

渥莎娃睁圆了眼睛，鼻翼张开，将手里的托盘咣当一声摔在地上。"认得你？我知道你是他们中的一个。我知道你是夺走他的人之一。滚出去。我不会跟你走的。我鄙视你的国王和王后。"

"她不想来。"艾斯崔恩说，"您看不出来吗？"

帐篷里有几人往外跑，一个女子正好撞上刚进来的欧维里斯，双方都吓了一跳。艾欧莱尔知道，不用多久，她或其他人就会呼救。"求求你，渥莎娃。自从被抓到这里，我一直在找你。跟我走吧，跟国王和王后谈谈就好。他们会赏赐你！会让你带上很多礼物，送你回来。他们只想跟你谈谈!"

渥莎娃转过身,从桌上抓起把刀子,虽不如秃头那把猎刀长,但很锋利,是专门切肉用的。"你敢碰我,我就捅死你。滚吧,城市人,趁我儿子没来杀你,快滚。"

艾欧莱尔已顾不上许多,又朝她走近一步,眼睛一直盯着她手里的刀。渥莎娃虽然瘦削,但并不纤弱。他琢磨着,能不能在她扎伤自己之前,把刀夺过来。

"大人,也许可以换个办法,把您的想法写成一封信。"艾斯崔恩提议,语气明显透着紧张,"我听到有人在大喊大叫。"

艾欧莱尔往前一扑,想抓住渥莎娃的手臂,以免她割伤自己,再把她拉出帐外。但后者已做出反应,将长长的刀刃捅向伯爵的上腹。紧要关头,突然有东西挡在二人之间。

"不!"海菈尖叫着挤到二人中间,"渥莎娃,不要!"

太迟了,刀刃扎入血肉,正中海菈胸部上方。她又迈一步,摇晃一下,倒在地上,鲜血染红了裙襟。

有只手抓住伯爵的手臂,把他往回拉。渥莎娃双膝跪地,扑在海菈身边,流着眼泪,愤怒地尖叫,用色雷辛语叫嚷着复仇的话,但太过疯狂,艾欧莱尔一个字也没听懂。

"现在必须逃了。"艾斯崔恩将艾欧莱尔推向帐门口。

"海菈!"渥莎娃尖叫道,"不!我要杀光他们!"

欧维里斯等在帐外,挥手招呼他们过去。艾欧莱尔听到四面八方的嘈杂声,这才意识到自己刚才做了什么,膝盖不由一阵阵发软。艾斯崔恩扶住他,欧维里斯也过来帮忙。两人夹着他穿过围场,逃向树林间的暗影。

♛

"你救了我。"莱维斯想坐起来,但疼得受不了,又瘫回小床上,"赞美上帝,愿他加倍祝福你,波尔图,你救了我一命。"

"公平地说,是那色雷辛人救了你一命。那人叫鲁兹旺,是个萨满。有印象吗?"

莱维斯摇摇头。"没有,但我也祝福他。还有你的朋友们,我记得他们。"

波尔图想起自己骑着那头不听话的驴子,跟在艾斯崔恩和欧维里斯马屁股后的情景。"是,"他有些酸溜溜地回答,"愿上帝也保佑他俩。"

"救主乌瑟斯对我有所安排,我感觉到了。"莱维斯拉住波尔图的手,"对你也有,朋友。所以,你我陷在色雷辛人群中时,他救了你我的性命。慈父上帝有任务要你我去做,神圣的任务。我要心怀欢乐与感激地传扬他的名。"

波尔图点点头。"上帝对你我很好。我觉得挺意外的,以前我并非他最尽职尽责的孩子。"

"他原谅所有人。"莱维斯说着,打了个呵欠,"他要你回头,正如所有父亲都希望儿子回头一样。"

波尔图想起自己的父亲,他虽然犯过错,却是个好人。"我相信这话,也愿意相信。"

"这就够了。"莱维斯又打个呵欠,"我们活在尘世的时间很短,但死后的时间很长,你是想陪在慈爱的上帝身边度过,还是待在黑暗里?"

"我叨扰你太久了。"波尔图说,"看到你康复,我很高兴。但我不能太自私,你需要休息。"

"朋友,你绝不自私。"莱维斯握握他的手,"你对我的大恩,我永远不会忘记。上帝也不会。"

* * *

波尔图在营地闲逛,朝跟他打招呼的士兵挥挥手。他救回莱维斯的事迹引来不少讨论。回来的第一晚,好多人在营火前邀他喝酒,搞得他第二天头痛欲裂，还生出一股陌生的懊悔感。也许莱维斯说得对？上帝是想告诉他，是时候摒弃酒鬼的生活，准备前往天堂了吗？他能不能与死去的妻儿重逢？还有在北鬼领地以那种恐怖方式死去的可怜朋友安德锐？

艾斯崔恩和欧维里斯又不见了，也就是说，他目前有个选择：是否继续放纵？今晚跟莱维斯聊过，他觉得不再像平时那样急切地渴望酒精了。当然，他还是很喜欢喝酒的，甜美的酒水、黑暗和忘掉一切的感觉、少许无所顾忌的快乐……但他千辛万苦带着受伤的朋友逃出色雷辛营地之后，那段经历似乎改变了他对世事的看法。他忍不住回想红胡子鲁德死掉、草原人陷入疯狂的那一夜：男人互相打斗、厮杀，女人被拖进树林强奸，旧日血仇像是突然获得致命的活力。那一晚有如地狱，一群受诅咒之人毫不顾忌地互相仇杀，甚至不用安歹萨里的魔鬼亲自动手。

我们在尘世间制造了自己的地狱，他心想。死亡能终止这个地狱，但另一个地狱仍在等待，等待不知悔改的罪人，不但包括谋杀犯，还包括酒鬼和盗贼。波尔图身兼两罪，那个地狱在等待他。在那里，色雷辛营地那凄惨、恐怖的夜晚将永远持续。

他发现自己游荡到营地边缘。外面就是末指河，爱克兰人在河岸筑起了防御工事。宽阔的河对岸是昏暗、平坦、空寂的上色雷辛，不过它的空寂只是没有大树和山峰而已。波尔图沿防御工事散步时，看到河对面野牛部族的草原人举着火把，朝爱克兰卫兵起哄、嘲讽，有时还扔矛过来，大部分掉进河里，但有一两支力道强劲，矛尖扎进了河这边的沙岸上。

他经过一个卫兵岗哨，有人跟他打招呼。离他最近的卫兵递来酒袋。夜晚太冷，于是波尔图喝了一小口。第二次有人递上酒袋时，他摆手谢绝了。他脑袋里一直在想莱维斯刚才的话。

"上帝仁慈，那个大块头又来了。"一个卫兵说。波尔图抬起脸，看到他们把头探出栅栏，朝河对岸张望。那边的火把光芒被风吹得闪烁不定，照出一个硕大、畸形的可怕身影，正迈开大步朝河岸冲刺，手里的长矛伴着投掷动作消失不见。长矛在黑暗中飞行一段，扎进这边岸上的沙土，发出响亮的咔哧声。

"记住我的话，他很快就能把长矛扔进这里。"另一个士兵说。

"到时候低头就是。"队长说，"该死的蠢材。"

另一个卫兵却站了起来，拉开手里的弓。

"嗨，那边的，你想干吗？"队长说，"放下，不然我抽你。你想跟那些部族疯子干架吗？"

"只想让他尝尝我的箭。"士兵叹着气垂下弓，"切！他就在那儿！真想往那多毛混蛋肚皮上来一箭。"

"又来了。"另一人说，"低头！"

波尔图躲在栅栏后，从两根粗壮的原木中间往外望，看到那个魁梧的色雷辛人又拿根长矛，朝水边跑来，身旁十来个草原人跟着他小跑，挥舞火把，吼叫着给他鼓劲儿。大块头踏出最后一步，投出长矛，却突然抽搐着跟跄几步。长矛只飞出少许距离，便消失在汩汩的河水中。投矛手摇晃着再走一步，瘫软跪倒。其他色雷辛人举着火把围住他。波尔图看到，他肚子上扎着一根带箭羽的长杆。

爱克兰卫兵队长也看见了，惊慌地大叫起来，声音嘶哑。"安东的宝血圣树啊，仁瓦德，你干什么？"

"不是我！"那个卫兵回答，"看，我的箭还在弦上！"他挥舞着手里的弓和弦上的箭，仿佛这样能撤销刚才的事。

"慈爱的乌瑟斯，有人射箭了！"队长叫道，"这回惹上大麻烦了，肯定的！"

死掉的投矛手倒在地上，同伴们在他身边乱转。其中一人发出愤怒野兽般的尖嚎，一手持矛，一手扬斧，愤怒地号叫着，涉水朝这边走来，其余草原人跟在他身后。几次心跳间，他们已稀里哗啦地过了河，上岸冲向爱克兰的栅栏，挥舞着火把尖叫着，犹如波尔图刚才想象中那些受折磨的鬼魂。

"天堂的大爱啊！来人，吹号！"队长喊道，"发警报！有敌袭！"

波尔图听到号角声结结巴巴地响起，哀怨地飘到空中。没多久，营地各处边界的号角声纷纷响应，营地里响起爱克兰卫兵惊讶的叫喊声。

"他们来了！草原人来了！所有人，上啊！拿起武器！"

Empire of Grass

撒向穷人的钱币

♛

　　圣格冉尼大教堂弥漫着火把和熏香的烟雾，同乌云般飘荡在哀悼者头顶，遮挡了彩色玻璃上圣徒和其他救主信徒的画像。米蕊茉盯着窗户，希望能看到一丝阳光，至少能透过遮挡看到些色彩。

　　德鲁西斯的棺椁摆放在高大祭坛前的架子上。她不想看到里面的尸体，不是因为死状太恐怖，毕竟葬礼牧师已把致命伤巧妙地掩藏起来。德鲁西斯侯爵双手交扣于自己的宝剑，仿佛只是在休息，随后就能起身，率领纳班人对抗野蛮的入侵者。米蕊茉不想看，因为她从未如此害怕母亲的祖国，而这死者正是她恐惧的核心。

　　是谁杀了他？为什么杀他？她谨慎地看了眼萨鲁瑟斯公爵。后者不顾米蕊茉的警告，决意出席弟弟的葬礼。整个纳班，萨鲁瑟斯似乎是弟弟之死获益最大之人。所以她并不怀疑，葬礼集会上的人们，哪怕不是全部，也有很多人相信公爵就是凶手。尤其他还说了个古怪的故事，说什么谋杀发生时，他被骗进家族墓地，被人困在里面。不过准确地说，米蕊茉之所以觉得萨鲁瑟斯可能没参与，不是因为那个故事特别荒唐，而是身为纳班最有权势的男人，他本可以安排个更能撇清自己的办法杀死弟弟。

　　但她也很难想象还有谁能从中获益。达罗·英盖达林铁青着脸，离萨鲁瑟斯隔开几个座位。虽说萨鲁瑟斯的地位确实受到动摇,但对达罗来说,他也失去了对抗统治家族最好的工具,所以这不像是个好主意。他侄女刚嫁给德鲁西斯没多久,为何达罗要毁掉自己的好牌?

至于图丽雅的表情,米蕊茉看不到,因为她用黑纱遮住了脸庞。不过也不难猜测,女孩十三岁就成了寡妇,米蕊茉并不怀疑,达罗很快会把她嫁给下一个求婚者,只要那人能在纳班的家族政治斗争中给他带来好处。面对眼前的局面,女孩似乎挺勇敢的,冗长的葬礼期间,米蕊茉还没见过她发抖,或露出任何绝望的迹象。不过,人生变化如此迅速,想必也把她吓坏了吧。

奥西斯神官终于进行到葬礼的最后阶段。米蕊茉在座位上坐了太久,身子酸疼,于是轻轻动了动。教宗韦迪安凑巧离城,去了新纳·嘉维的冬宫——至少对他来说很凑巧——留下奥西斯一人独撑教廷大旗。这位神官明显是韦迪安的接班人,就算以前有人怀疑,现在也没有了。米蕊茉曾琢磨,奥西斯有没有可能是幕后黑手,但这念头转瞬即逝。虽然她不喜欢此人,但也没从他的性格或行动中,看到任何为实现野心而谋杀重要贵族的迹象。

仁慈圣母艾莱西亚,拯救我脱离我这疯狂吧!她祈祷,我怀疑每个人、每件事!当初她答应来纳班时就曾担心,这地方的权力斗争由来已久,你死我活,很可能会把她拖进丑恶的泥沼。事实证明,担心确实成真了。

《奥坦德月盟约》现已形同虚设,我会最后努力一次,逼迫达罗·英盖达林和萨鲁瑟斯签字。但达罗知道,形势已对他极为有利,民众也开始同情他。这会是达罗杀死德鲁西斯的理由吗?她想不通。活着的德鲁西斯是他哥哥不言而喻的继承人,相比之下有用得多。现如今,达罗成了反对力量的领袖,虽然那卑鄙的胖子很自负,但也聪明,知道自己即使在盟友当中也不受欢迎、不被信任。

奥西斯开始最后的祝福,所有人都站了起来,然后德鲁西斯的遗

Empire of Grass

体将被抬回公爵府，安葬在家族墓穴。萨鲁瑟斯公爵画了个圣树标记，带着卫兵走向大教堂后部，准备在遗体队伍前先行离开。米蕊茉十分赞同公爵的警惕。街上全是愤怒的民众，他们看到德鲁西斯侯爵的遗体被抬出，更会群情激奋。她抬起头，一缕阳光穿过教堂中殿，在大祭坛上方绘有圣格冉尼的玻璃窗上停留片刻。那位圣徒正在受难树下祷告，面对倒吊在树上的乌瑟斯，痛苦地举起双手祈求。同样被阳光照亮片刻的圣徒，还有谦卑的圣伊索崔，他的铁铲搁在脚边。圣伊索崔日刚刚才过去——那是西蒙的生日——米蕊茉心里突然涌起一阵爱意与懊悔。她想念丈夫，同时羞愧不已，因为最近发生的许多事都该让他知道，米蕊茉却有好多天没给他写信了。她决定今晚就写信，以便明天赶上早潮时的邮船。

奥西斯神官完成仪式。抬棺人上前，将棺椁搬上前往班尼杜威家族墓地的马车。米蕊茉起身，向弗洛亚伯爵和卓根队长示意自己安好，然后等待人群缓缓走出教堂。她准备打破传统，违背常规，不走在葬礼队伍前面，反而走在后面。因为她感觉，此时的当地局势弥漫着杀意，至高王室应该与之保持一段距离。

* * *

从海面上吹来的云层遮住了早上的阳光。葬礼人群跟随侯爵的棺木，离开圣格冉尼大教堂，冒着雨水的抽打爬上玛垂雯峰，走向班尼杜威家族陵墓，但队伍在公爵府邸前停了下来。

"怎么回事？"卓根爵士问，"为什么停步？"

"有人袭击吗？"弗洛亚焦虑地用手指拨弄胸前的圣树。

"队伍整齐，不像有袭击。"米蕊茉说。

"我们绕一下吧。"卓根说，"可以挤过去，回到府里。"

"除非真的受到威胁，否则你的人不要拔出武器。"她警告说，"这是命令。不能引发骚乱。尤其今天。"

他们从队伍边缘往前挤。队伍比刚刚离开大教堂时人多，因为加入了很多等在教堂外的人。米蕊茉看到,放置德鲁西斯棺木的马车停在塞斯兰·玛垂府大门前。虽然下着雨,但仍能看清府中窗户前有人,而且她相信,那些人中肯定有公爵,因为他是提前离开的,而且他的卫兵正全副武装排在府墙前。看到这些,她的呼吸稍微轻松了些,至少萨鲁瑟斯和他家人是安全的。可葬礼队伍为何停下?达罗在干什么?

答案很快揭晓。几个佩戴英盖达林信天翁纹章的士兵,扶着个肥胖的身影,爬上敞篷马车,站到棺木上。太阳透过厚重的乌云缝隙,达罗伯爵揭开兜帽,俯视哀悼的人群。由于葬礼队伍停下,人群挤得更紧了。

"今天,是所有人悲伤的日子!"达罗声音洪亮,即使远离马车也能听见,"躺在这副棺木中的彻文塔和俄澄侯爵德鲁西斯,在我家礼拜堂里死于邪恶的刺客之手。凶手给他留下十二道伤口,他们用残忍的屠刀捅了他十二下,把他丢在地上等死。而那些凶手,就在我们中间!"

人群的低声议论变成愤怒的号叫。

"仁爱的救主啊,他在干什么?"弗洛亚问,"他想煽动人群冲击公爵府吗?"

"不是。"米蕊茉说,"他向来爱用秘密手段。卓根,剑留在鞘里。我们是纳班的客人。"

"我不会让任何人伤害您,陛下。"

"没人伤害我。暂时没有。"

达罗继续慷慨激昂地声讨谋杀罪行,米蕊茉仔细观察最靠近马车的人群,发现图丽雅夫人站在车后,面纱掀起,苍白的脸漠无表情地看着伯父,不知心里在想些什么。米蕊茉为她感到心疼:如此年幼就卷入这凶险的斗争,同当年父亲发疯后的自己一样。可她相信,无论达罗策划这场演出有什么目的,也肯定不会伤害自己的侄女、还在哀悼亡夫的寡妇。

"最后一个刺客扎穿他的心脏——他的狮子之心,他那颗只为纳班和人民跳动的心脏!"达罗正在枚举德鲁西斯的伤口,"直到那一刻,他才停下对残忍刺客的反抗。直到那一刻,直到高贵的血浸透了礼拜堂的石头,他才放弃斗争。他们杀了个伟人。"

人群的号叫声中多了份难以压抑的暴力渴望与诉求。米蕊茉有些动摇了,达罗是否真打算煽动群众进攻塞斯兰·玛垂府?

"我们站在领袖的府邸门前,"达罗继续道,"我们站在国家的心脏面前,我要问萨鲁瑟斯公爵,杀害你弟弟德鲁西斯的凶手在哪儿?是不是有人把他们藏起来了?为何他们还没受到正义的制裁?"

米蕊茉听到附近有人在喊什么。有人叫道:"烧了它!"卓根吩咐手下卫兵紧紧围住王后、弗洛亚伯爵和其他惊恐的侍臣。米蕊茉也能看出危险,正考虑让卓根带领卫兵强行在人群中冲开一条路。这时,达罗突然抬起双手。

"今天不仅仅是哀悼的日子,"他喊道,"也是庆祝德鲁西斯一生的日子。他关心自己的人民,胜过关心自己。德鲁西斯侯爵不仅为纳班而战,对抗草原上的野蛮人,对抗我们这伟大城市里的所有叛徒和虚伪之人,还留下遗愿,要将他的财富与你们,他最爱的人民分享。"达罗冲手下卫兵做个手势。两个卫兵爬上马车,站在他身旁,抬上一只木箱。木箱很重,就连那两个卫兵也抬得很吃力。达罗掀开箱盖,伸手抓了把东西给人群看。尽管天色灰暗、雨水斜飞,黄金的光芒依然璀璨夺目。"德鲁西斯说过:'如果我早死,就把我的黄金分给人民!'而我,只能遵从他的遗愿。"说着,达罗将手里的金币银币撒向人群。有的钱币在半空就被截住,但大部分落到哀悼的人群脚下,人们纷纷伏倒在地,犹如追逐鲜鱼的水獭,喊叫着、争抢着,追逐翻滚的硬币。

"不要抢!德鲁西斯不希望你们这样!还有很多,足够分给爱他的人!"达罗又抓了一把,撒向人群另一个区域,"德鲁西斯说:'把我的黄金分给人民!'"他喊道。

钱币金光闪闪,在空中飞舞,犹如燃烧的小太阳和小星星,有的被人手抓住,有的落在泥水当中。男男女女在泥巴中互相争抢。米蕊茉站在原地,目瞪口呆。达罗伯爵显然自得其乐,顾不得脚下死掉的盟友,将钱币不停地远远抛出,看着它们落进人群,所经之处扰起一片骚乱。

"我们必须走了,陛下。"弗洛亚慌张地说,"就算他们没想摧毁公爵府,英盖达林的行径也会引发骚乱。我们不安全。您不安全。"

卓根率领卫兵,在躁动的人群间冲开一条路,米蕊茉一边走,一边忍不住回头张望,琢磨达罗想通过这奇怪的表演得到什么好处。他刚才就差直接指控死者的哥哥窝藏凶手了,但他并未煽动众人燃起地狱般的怒火,反而将葬礼队伍变成了泥巴与金钱的狂欢。

这时,葬礼马车周围水泄不通,达罗的信天翁卫兵苦苦支撑,但也很难维持秩序。往那边挤的多数是乞丐,他们无法靠体力抢到达罗撒下的钱币,改而包围马车。一只只贪婪的手臂挥舞着,如丛林般围在达罗·英盖达林和侯爵的棺木周围,少数人甚至突破卫兵的防线,想爬上马车,又被卫兵拖下,弄得马车开始左右摇晃。

米蕊茉看到,一个身披破烂斗篷的乞丐,决绝地爬上马车,沿棺材一侧爬到达罗身边。但他既不抢钱,也不像其他乞丐一样举起双手乞求更多,而是抱住达罗的脚。伯爵摇晃一下,试图把他踢开。斗篷乞丐扬起一只手,抓向伯爵的肚子,仿佛要抱着他,并把他推到一旁。然后乞丐突然放手,翻身滚下马车,消失在狂乱的人群中。达罗站直了,望着那个破衣乞丐落下去的位置,又低头看看自己,两手缓缓举到面前。

一开始,由于雨水和昏暗的光线,米蕊茉以为,达罗手上沾染了深色的泥巴。然而,伯爵摇晃着迈出一步,整个人倒在德鲁西斯的棺材上，鲜血染红了棺木。卫兵在他身旁跪下。马车附近的哀悼人群发出惊恐和警戒的尖叫。

"圣母保佑我们！"米蕊茉喊道，"达罗遇袭了！快，卓根，我们马上离开这里！"

人群蜂拥而上，想看清发生了什么。王后一行在人群中间强行挤过，犹如迎着格兰图瓦克河的激流、逆水而上的三文鱼。最初的震惊已然消失，空气中充斥着恐怖的尖叫和绝望的哀嚎。一个卫兵挤到葬礼马车的驾驶位，扬鞭抽马往前冲，其他卫兵则簇拥着达罗伯爵。许多人避让不及，不是被马蹄踩倒在地，就是被巨大的车轮碾过。

"快！"她喊道，"快点！我们必须回到府里，不然会死在这里！"

太阳又一次消失在云后，天昏地暗，大雨滂沱。周围人群瞪大眼睛，眼白尽露，嘴巴大张。

♛

杰莎回到红猪礁湖家里。小屋的梯子吱嘎作响。外面狂风呼号，雨水抽打着茅草屋顶，但她仍能听见，梯子发出吱嘎—吱嘎—吱嘎的响声。有人在上楼梯。

这回她站在门口。小屋空荡荡的，只有她一个人。不过有人在上楼梯。她先看到一张脸，一张英俊的脸，丰厚的嘴唇，被雨水打湿的卷曲头发。杰莎想告诉德鲁西斯大人，他要找的不是自己，他来错地方了，但言语无法离开她的嘴巴。有人给她下了沉默咒语。她只能从门口往后退，无助地举起双手。

德鲁西斯继续走上楼梯。杰莎看到，他穿着白色的裹尸布，被伤口流出的血染得处处殷红。这一幕没有一丝异样感，只是那张脸上的空白表情吓坏了她。那个人影踩上小屋地板并直起腰时，她看到侯爵手臂朝后，手肘对着她，两手掌心冲外。他是个 dhoota，一个愤怒、饥渴的鬼魂。杰莎想尖叫，但嗓音仍被封在喉间。德鲁西斯朝她走近一步、又一步，脚步声越来越响……

冬噬

杰莎喘着气惊醒,夜晚雷声隆隆。

她翻身下床,站在地上,然后四肢着地蹲伏下来,心脏如被困的小鸟,急于突破她的胸膛。呼吸再度平稳下来,她手脚并用爬过房间,查看莎拉辛娜的摇篮。小婴儿睡得安稳,身子趴着,脸蛋朝向侧面,胖嘟嘟的脸颊被床板压扁,活像一块生面团。杰莎坐在摇篮旁的地上,轻轻哭了一会儿。

她不是第一次做这噩梦了。母亲告诉杰莎,她自己的长辈杰拉维被鳄鱼吃掉后,也曾在她梦里变成手臂朝后的鬼魂出现,追着她穿过沼泽,哭诉说他在礁湖深处躺了太久,感觉太冷。这个故事把孩提时的杰莎吓得够呛,以致她从没见过母亲的舅舅,也不知道他的长相,却在噩梦里多次见到他。

现如今,鬼魂有了张新脸。

杰莎伏在熟睡的宝宝身上,向沙行者和收归者祷告。

求你们指引她一路平安,她恳求道,不要提早收走她。让她活下来体验人生。让她熬过这凶险的日子。

外面劈下一道闪电。过了会儿,她祈祷完毕,雷声轰隆而至,犹如愤怒的鳄鱼。

我们会怎么样?她想,先是公爵的弟弟,后是达罗伯爵。是旱地人的上帝在为公爵清理异己吗?还是说,他打算把我们一个个全都杀光?

"大房子会从里面烧起来……"她脑海里又响起乌澜老妇的声音,字字如刀割般冰冷而疼痛,"很多人会死。"

这栋被诅咒的宅邸,杰莎一刻也待不下去了,但她不能丢下小莎拉辛娜。她走到衣柜前,一直往下翻,找出已打包妥当的逃难袋。就算杰莎私自把小宝宝带去安全地点,公爵夫人也会担惊受怕。想到这儿,杰莎心如刀绞,但她告诉自己,事后坎希雅会感激她救了莎拉辛娜的命。他们怎么可能看不出来?他们的上帝,以及所有神祇,都在大发雷霆，更可怕的事还在后头。

她打开袋子，却听到背后有声音，转身一看，门口站着个白衣飘舞的身影，吓得她发出一声压抑的惊叫。

"啊！"公爵夫人说，"我不是有意吓唬你，但我心烦意乱，睡不着。我想抱抱我的小宝贝。"

杰莎仿佛陷入刚才的梦境，无法说话，只能呆呆地看着女主人。坎希雅穿过房间，抱起摇篮里的莎拉辛娜。小宝宝迷迷糊糊地抱怨着，但没醒来。

"跟我来吧。"公爵夫人说，"亲爱的杰莎，跟我一起睡。我夫君在楼下，他今晚要通宵。他和顾问们正在努力……努力……"她突然跟杰莎一样，说不出话来，只将宝宝紧紧搂在胸前，走出房间。杰莎舒了口气，把袋子塞回衣柜深处，跟上公爵夫人。

♛

虽然有些寒冷，但这晴朗的天空已越来越罕见了。米蕊茉带着女伴们在花园散步，果树都掉光了叶子，她试图振奋大家的精神，可惜没有效果。女人们谈论的都是危机、厄运、宵禁、德鲁西斯和达罗之死、纳班危险的街道……如今，即使有公爵的士兵护送，她们也不敢上街了。

米蕊茉刚刚做出决定：此时她不能离开。至于女伴们，现在把她们送回爱克兰也已经迟了。这时，公爵派来的信使请她去议事厅。

萨鲁瑟斯、他舅舅恩瓦勒斯，还有几个内廷议会成员都在等候。多数人配着剑，以示当前局势险恶。看到米蕊茉率卫兵进门，他们鞠躬行礼，但她似乎看到，好几人脸上有怨恨的情绪，其中包括萨鲁瑟斯公爵本人。她顿时怒火上蹿：这些人觉得都是她的错吗？在这阴云密布的日子，如果没有至高王室的干预，难道事态会变得更好？

"我们收到达罗之子萨林·英盖达林的回应。"萨鲁瑟斯对她说，"您可能想看一看。"

她接过公爵手里的信。"如果我连为父亲举办一场体面的葬礼都做不到,"萨林写道,"那就别指望我签署任何需要交出家族权力与特权的条约。公爵的军队不让我走上我自己城市的街道……"她抬起头,"我明白他的大概意思。难道只有我一人看出,写信人不是那个胖子萨林?"

"谁写的都无所谓。"老恩瓦勒斯说,"萨林签了字。现在他是英盖达林家的族长。"

"全是谎言。"萨鲁瑟斯说,"我没禁止他给父亲举办葬礼,只是禁止他举办公开的葬礼。"

"对英盖达林来说,二者都一样。"总理大臣艾德西斯说。

米蕊茉知道,恩瓦勒斯至少有一点说得对:写信人是谁不重要,不论是伯爵那个只爱打猎喝酒的倒霉孩子萨林,还是某个家族顾问,结果是一致的。教宗韦迪安在近乎胁迫的情况下签署了《奥坦德月盟约》,而那盟约已失去意义。"他们已一无所有。"她焦躁地说,"不论原因如何、凶手是谁,家族首脑已经没了,他们为何还是不要和平?"

"因为愤怒。"萨鲁瑟斯回答,"达罗本来计划篡夺公爵宝座,至少夺得能与我抗衡的权力。现在,什么都没了。"他看着米蕊茉,"陛下,您会留下吗?"

"应该不会。不过若能重新谈判,另起合约,我也会回来。"她叹了口气,用转向厅门的动作做掩饰。"恩瓦勒斯大人,你是否愿意给我点时间?"

公爵的舅舅从凳子上起身。"当然愿意,陛下,我很荣幸。"

她带着老人离开。"卓根爵士,跟我来。"她吩咐卫兵队长,"带上你两个手下,等会儿我有事要你们做。"

回到自己的房间,她将卓根和卫兵留在门外。"恩瓦勒斯大人,陪我喝杯苦都曼尼如何?"她问。

"好的，谢谢您。"他说，"陛下，您真慷慨。"

"不一样的，我慷的是别人家酒窖的慨。"

女仆为二人斟好酒，退回卧室。米蕊茉抿着自己的白兰地，上下打量老人。为了弘扬尚武精神，恩瓦勒斯也佩着一把剑。他年龄不小，但身板结实，所以米蕊茉相信，有必要时，他必定还能挥起武器发挥用处。不过她也看出，对方的姿态中透着不少焦虑。

"陛下，我能为您做什么？"

"我一直在琢磨萨鲁瑟斯被人骗进墓穴那件事，希望你能说说你的想法。首先，那封信不大可能是德鲁西斯自己写的，你同意吗？根据我们听到的消息，那天一大早，德鲁西斯已经死了。就算步行，信使半个钟头内也能从达罗·英盖达林家赶到塞斯兰。而那封信，直到十点才送到。"

恩瓦勒斯扯着胡子。"您说得对，除非德鲁西斯写完信，要求上午迟些送到。"

米蕊茉点点头。"也许吧。可德鲁西斯为何在议会堂的条约签署仪式开始之际，约他哥哥在家族领地见面？公爵当时并未走出塞斯兰·玛垂府的大门，他是怎么赶去墓地的？我叫人调查过，翻墙爬进墓园并不容易。"

"嗯，是啊。"恩瓦勒斯面露困扰，"陛下，您提了个好问题。"

"可那封信不是来自德鲁西斯，那会是谁呢？谁能这么熟悉他，甚至能准确模仿他的字迹？还有，谁能知道墓穴是他们兄弟俩小时的会面地点？——萨鲁瑟斯坚信，只有德鲁西斯知道那个地方。"

"陛下，恐怕我帮不了您。"恩瓦勒斯说，"这些事对我太深奥了。"

"是吗？因为我想到的是你，恩瓦勒斯，塞斯兰仅存的一位看着两个男孩长大之人，唯一对德鲁西斯足够了解、认识他足够久、也许能模仿他字迹写信之人。"

恩瓦勒斯的额头渗出几颗闪亮的汗珠。"我……我没有……"他舔舔干涸的嘴唇,"陛下,您是在指控我吗?"

"指控你杀害德鲁西斯和达罗?不,没有。指控你写了封信,确保公爵在德鲁西斯遇害时无法提供不在场证明?那么,没错,恩瓦勒斯大人,我是在指控你。"她咽下最后一口白兰地,起身走出房间,边走边说,"萨鲁瑟斯看到你在花园睡觉,或者说,他以为你在睡觉。可趁着夜晚送信,然后在花园等到行动开始,很容易做到。"

"这纯属胡说,陛下,我一直是班尼杜威家族最忠心耿耿的成员……!"

"真有趣啊。"她好像没听见老人的话,继续说道,"我的卫兵在宫外寻找进入墓园的途径时,在橘园发现了一扇半掩在常春藤下的旧门。而那橘园,正是萨鲁瑟斯看到你睡觉的地方,在通往墓园和班尼杜威家族陵墓的半路。如果你要跟在公爵及其卫兵身后,等他们都进了墓室,再把墓门关上,闩好,也很容易。"

"您在污蔑我的声誉,若您不是我的王后,我会要求您道歉!"恩瓦勒斯涨红了脸,但米蕊茉觉得,他这愤慨的表演毫无说服力。"您没有任何证据,证明这……这……疯狂的想象。"

"我听说,一旦萨鲁瑟斯认定谁是罪犯,为了问出证据,他会用些痛苦的折磨手段。"她说,"希望你现在就能坦白交代,好让我们查出是谁要你做的那些事,查出真正的幕后黑手,从而省去那些无谓的手段。"

"我什么都没做!太荒唐了!"

"卓根爵士!"米蕊茉喊道。房门立刻打开,卫兵队长带着手下走进房间。"将恩瓦勒斯大人带回房间,锁上房门,禁止外出。如果公爵的人阻止你,给他看看我的印章。"她把戒指交给卓根,"我会向萨鲁瑟斯公爵说明我的理由。"

卓根将恩瓦勒斯带走时,他还在辩解自己的无辜、说着含糊的威胁。但米蕊茉不无满足地觉得，他自己都不怎么相信自己的话。

* * *

接下来两天，米蕊茉察觉到，塞斯兰·玛垂府人投向她的目光，还有她背后的悄声议论，全都透着明显的冷意，而且主要都针对她。萨鲁瑟斯差点当场释放恩瓦勒斯，好不容易才被劝住。他的顾问大为惊骇，只有坎希雅公爵夫人支持米蕊茉。

"恩瓦勒斯一直嫉恨你。"她告诉丈夫，"但他很低调，我也没想到他能发展到变节的地步。不过那恨意肯定是真的。"

"你在胡说什么？"萨鲁瑟斯质问。

"你父亲去世后，至高王室让你继任公爵，当时他十分生气。他认为你年纪太轻，而他身为族中最年长的男性，理应当上摄政王，直到你成年。他对很多人这么说过。这些年来，那些人也告诉了我。"

"谁？谁告诉你的？"

"那不重要，殿下。"米蕊茉说，"但我认为，恩瓦勒斯不是杀你弟弟的主谋。我们知道，那天的前一晚和早上，他都没离开塞斯兰。他甚至有可能以为，自己是替德鲁西斯传递一张他想写又不敢写的字条。"

"没道理啊。"萨鲁瑟斯愤怒地说，但一位传令官走进来，分散了他的注意力。那人穿着天蓝色制服，上面有班尼杜威家的金色翠鸟纹饰。"伙计，你有什么事？"

传令官遵照礼仪，先向王后深深鞠躬，然后对公爵和公爵夫人行礼。"殿下，您弟弟的遗孀，图丽雅·英盖达林夫人，带着六名佩戴英盖达林家信天翁纹章的武装男子，在大门口要求觐见。"

"那孩子来这儿干吗？我为何要见她，尤其她还带了卫兵？"

"只有半打。"米蕊茉指出，"最近这段日子，任何贵族女子都会带人保护自己，这数目已经算少了。也许她想讲和。"

"我干吗跟一个孩子讲和？"萨鲁瑟斯阴沉着脸，"好吧，带她进来。但她手下必须卸下武装。如果她连这点信任都不能给我，就叫她回家去。现在那地方，算上萨林那个笨蛋，也还缺少男丁。"

没多久，传令官回来了，站在议事厅门口宣布："俄澄和德瑞拿女伯爵，图丽雅·英盖达林夫人驾到。"

女孩一身黑衣，穿着兜帽斗篷挡雨。米蕊茉看得出，她那身丧服做工精致，布料是罕蒂亚丝绸，精细的刺绣是微微闪亮的磷铁丝线。图丽雅进门后立刻停步，朝米蕊茉行屈膝礼，然后挺直腰杆。"您的传令官喊错了，"她的声音又细又尖，却能传遍大厅，"我是公爵弟弟的遗孀，图丽雅·班尼杜威。"

萨鲁瑟斯竭力掩饰心中厌烦。"抱歉，弟妹。我们对你伯父的死深表遗憾。"

图丽雅冲他冷冷一笑。"我代表达罗伯爵的家族感谢您。现在，距您颁布的宵禁令还剩一个多钟头，我不想被您的士兵逮捕，所以，萨鲁瑟斯公爵，我想觐见……"

"我很忙，图丽雅夫人。"公爵赶紧说，"不过，我当然可以为弟妹腾出点时间……"

"您没听我说完。"这话带着讽刺，令在场朝臣睁大眼睛，窃窃私语，"我要觐见的不是您，而是米蕊茉王后陛下。我请求一次私人谈话，避开其他耳目。"

米蕊茉很意外，但尽力掩饰。"当然可以，夫人，如果公爵没有意见，我可以在他的书房跟你谈。"她望向萨鲁瑟斯，"公爵，你觉得可以吗？"

萨鲁瑟斯跟她一样吃惊，还有些恼羞成怒，涨红的脸衬得胡须更显稀疏、头上新出的白发更加显眼。过了会儿，他用力挥挥手。"随您喜欢，陛下。不过为了您的安全，我会在房门外安排卫兵。"

米蕊茉皱起眉头。"我认为没必要，萨鲁瑟斯公爵。我跟这位刚刚失去亲人的年轻女子单独谈话，不需要其他人。"

Empire of Grass

公爵很没风度地耸耸肩。王后和图丽雅夫人走出大厅时,他同艾德西斯·珂莱瓦说了些什么,米蕊茉听到身后传来他们的大笑。

来到公爵的书房,忠诚的卓根站在门外守卫。米蕊茉走进房间坐下,指着一张刺绣长凳,示意图丽雅也坐下。"你要喝点酒吗?"她问。

图丽雅摇摇头。"不用了,陛下。我不会坐很久。我只有一条简单的消息要带给您,但它很重要。"镶嵌在她兜帽上的皮毛里仍沾着闪亮的雨滴,一头黑发上戴着闪亮的钻石发圈。米蕊茉估计,那一小圈钻石足够买下一座乡村小别墅。但王后看不懂图丽雅的表情:乍一看她很平静,但平静下有某种扰动。是愤怒,还是忧愁?"那好吧,"她说,"请跟我说说你的消息。"

"很简单,"女孩回答,"您是时候离开纳班了。"

她的语气像在陈述事实,以致过了很久,米蕊茉都没理解对方是什么意思。等到终于确认自己的耳朵没听错,米蕊茉用尽全部自制力才维持住表面的平静。"图丽雅夫人,你这是建议、警告,还是威胁?"

"当然是前两者。"女孩的黑眼睛迎向她的目光,与她对视良久,最终还是米蕊茉首先移开了视线。"陛下,第一次见面时,我就跟您说过,我尊敬您、佩服您。那是真心话,至今未变。但您身处的这个地方,您已不再了解,也许您就从未了解过这里。如果您不离开,我无法保证您的安全。"

米蕊茉强忍心中愈发旺盛的怒火。这孩子疯了吗?失去丈夫和伯父的悲痛摧毁了她的理智?"不好意思,你刚才对奥斯坦·亚德全境的至高王后说,你无法保证我的安全?老实说,图丽雅夫人,我不知对你这种侮辱说什么才好。"

"那就不要视为侮辱。"女孩又露出微笑,唇间白牙形成的细长白线一闪而过,犹如屠夫刀下剔出的骨头。"把它视为真心诚意的警告。米蕊茉王后，您不了解纳班。您也许有这地方的血脉，却没有它的心。您不了解 vindissa。"

在怒火之下，米蕊茉渐渐生出另一种情绪，一种类似担忧的情绪，但她说话时仍带上一丝怒气。"夫人，你是说我不了解何为'复仇'，还是说我不了解这个纳班词汇？"

"恐怕您不明白，复仇在这里意味着什么。在纳班，我们不会等待国王与王后解决我们的问题。家族有人流血，我们就要复仇。我丈夫被人谋杀，我就要为他 vindissa。即使激怒上帝降下责罚，即使焚毁整座城市，我都要确保杀害德鲁西斯的凶手受到惩罚。"

她说得如此干脆、如此决绝，米蕊茉竟无言以对。"图丽雅，你说的这些话很可怕，你满怀悲伤与愤怒……"

"不，我没有。"

"……但你不知道你在说什么。就算我想走也走不开了。这城市和国家正悬在刀尖之上。我会留在这里，直到恢复和平。你以为我不想回家，不想回到丈夫、孙儿身边？"她想起失踪的莫根纳，突然担心得如有刀扎，以致无法掩饰，呼吸急促，过了好一阵子才平复下来。"不行，图丽雅，这种烧尽一切的怒火解决不了问题。我们还不知道是谁杀了你丈夫。"

"我知道。"她说得真心实意，"我知道我该知道的一切，我要杀害他的人付出代价。"

"那你伯父呢？他也遇害了。你也要找出杀他的凶手，继续 vindissa？纳班所有国民，都要眼睁睁看着家族仇杀、血债血偿，没完没了地持续下去？就因为你觉得自己的复仇特别重要？"

图丽雅哈哈大笑。那充满稚气的颤音，本该属于在欢乐的节日聚会上绕着雅蔓索树跳舞的孩子。在这种气氛下听到这样的笑声，感觉真是瘆人。而且，图丽雅的黑色眼眸依然冷漠而空洞。"复仇不是我自己的选择，正如呼吸不是我自己的决定，是命运为我选的。而您不

Empire of Grass

是唯一一个无法理解之人。您说到我伯父的死。他想说服我，为德鲁西斯复仇是小事，必须等到这事那事结束后才能做，只要我耐心等待……诸如此类。他像风箱似的吹个不停，全是些没用的废话。

"米蕊茉王后，我不需要为伯父的死做什么vindissa，因为，他是我杀的。他想阻止我复仇。如果您想做同样的努力……那么，不论对您，还是至高王室，局面都会变得相当难看。陛下，我不是在威胁您。"这次她的微笑有些羞涩。米蕊茉仍无法完全相信，刚刚听到的这些话出自这样一位长着玫瑰色脸蛋的漂亮女孩。"我说过，我敬佩您。我也不想跟至高王室发生冲突。但纳班是我的。证明这点需要数月或数年，但我年轻，有耐心。就算您留在这里，也无法拖慢我的行动，只会让所有人都更难办，并将您自己置于危险的境地。"

图丽雅突然起身，行了个屈膝礼。而米蕊茉还在努力消化她刚才的一番话。"你杀了达罗伯爵？"

她轻轻耸了一下肩。"他想指挥我做这个、不做那个。不过嘛，即使您告诉公爵或他的朝臣，我也会坚决否认。就算他们相信您，把我关在这里，明天我家族的支持者也会拆掉塞斯兰的围墙，将我救出去。到那时，除了凶手萨鲁瑟斯，还有很多人会死，很多很多人。我不希望那样。没必要。"

"没必要？"

"是啊，我只向错待我的人vindissa，不想牵扯更多人。但想不伤及太多无辜就取得成功，估计很困难。而且我等得越久，损失的人命就会越多。王后陛下，这座城市的愤怒已濒临爆发，那是我伯父花了很长时间培育的怒火。如今他那愚蠢的儿子、我堂兄萨林，以为可以利用那怒火获取他自己的利益。他以为英盖达林家族属于他了，但他很快会发现，他错了。"

"住手！"米蕊茉站起来，"图丽雅，你疯了。你在这样的家族长大，我真为你心疼。我现在看出来了，达罗已经毒害了你的心智，污染了你的灵魂……"

"达罗教会我很多我该知道的事。但他缺少决心。"她点点头，戴上兜帽，"陛下，我来这儿是为给您一个公正的警告。我的复仇不会等待。在纳班杀死您之前，离开这里，把它交给我们这些了解它的人。"

图丽雅打开门走了出去。一时间，米蕊茉很想命令卓根拦住她，拉住她，逼她听自己讲明道理。一时间，米蕊茉告诉自己，她能说服图丽雅恢复理智，女孩刚才说的那些可以撤销、改变。可想到对方冰冷的眼眸，说到过去和未来的谋杀时由衷的大笑，米蕊茉就知道，自己是在自欺欺人。

"我犯了个错误。"她盯着在图丽雅身后关上的房门，对着空无一人的房间念叨，"我犯了个非常严重、非常可怕的错误。"

离开

♛

桃灼葭又在感谢能想起来的所有神祇——受难的安东、骏马部族的草上惊雷,甚至艾斯塔兰姊妹会那隐而未现的神。她感谢诸神救下自己的眼睛,就算明天变瞎,也会永远铭记这一刻。她抖如筛糠,必须抓住车窗沿才能站稳。没有人,包括长寿的贺革达亚,都没见过这一幕。

乌荼库女王要离开奈琦迦。

她把身子探出车窗,不由呼吸急促,心惊胆战。她这里位置有利,能看到前面的队伍一直延伸到远处,最前方的殉生武士军团已接近遥远的大门,而桃灼葭和沃蒂丝等人还在圣山阴影下的掌旗苑等候。古老的王家大道两旁,里三层外三层站满了奈琦迦居民,都希望能看一眼他们那近乎于神的女王陛下。许多贺革达亚已多年没见过太阳,他们悲叹、哭泣、呼喊,因这史无前例的大事振奋不已,也惶惑不安。

数百殉生武士骑着强壮的黑马,跟在步兵后面,再后面是一驾驾载满贺革达亚贵族的大车。车子大如房屋,每驾都要十二匹奈琦迦山羊才能拉动。那些山羊长着粗糙的毛发,腿脚古怪但粗壮有力。乌荼库的移动王宫跟在一众朝臣车后,由六驾更大型的巨车组成,全部连在一起,长如商船。六支羊队齐齐戴着挽具,拉着王宫车队吱呀作响地往前走,沉重的车厢压着车轮,碾过已被前车压碎的石头。有些旁观者——大部分是凡人奴隶——被人群无助地推来挤去,最终扑倒在巨大的车轮前,但巨车并未因此减速。另一些奴隶拿着带钩的长杆跟在车后,拖走压烂的尸首。

冬噬

队伍前锋缓缓穿过奈琦迦旧城外沿的古老城门，搭载桃灼葭、沃蒂丝和另外六个凡人奴隶的车子也开始移动，摇晃而颠簸地缓缓经过一堆堆碎石——都是当年围攻和山崩后堆起来的。桃灼葭听到车夫鞭子的抽打声和吆喝的咒骂声。车子经过步道里一个崩塌的大坑，差点把她晃倒，而车子只停顿了一小会儿。鼓声响起，更多马鞭抽打，奴隶们竭尽全力拉动沉重的缆绳，唱起屈辱和绝望的歌，车子再度碌碌往前。

"你看到什么？"沃蒂丝问。她和其他凡人都坐在地板上。

"全部。"

"给我讲讲嘛。"

桃灼葭竭尽所能描述她看到的队伍。这时，大部队已延伸到奈琦迦旧城外的荒野。聚在路边的人群突然狂乱地尖叫、哀嚎起来，打断了她的话。

"怎么了？"沃蒂丝听到骚乱声，也跟着惊慌起来。

"我不知道。我……"桃灼葭没说完，只能呆看着外面。

先前就有谣言，说女王不在巨车宫殿里，甚至连奴隶都听说了。但桃灼葭猜测，队伍出发时，一族之母总该坐进大车吧。然而此时此刻，她回头望着绵长的车队，却看到幽暗的山体间现出惊人的一幕——乌荼库女王骑在一头奇形怪状、狰狞可怖的野兽身上。桃灼葭从未见过、也想象不出那样的生物。

有位艾斯塔兰姊妹给她讲过一个故事，说传说中的罕蒂亚女皇每年都会骑着巨兽出行。那巨兽叫颚狛，有三个人高，鼻子像蛇，耳朵像翅膀。桃灼葭不相信这样的怪兽真实存在，但北鬼女王座下、从奈琦迦山体走进昏暗阳光的怪兽，足能让曾经存在过的颚狛相形见绌。

那东西像是生活在奈琦迦黑暗地底的钻洞兽的同类，身上也披着一节节油黑闪亮的硬壳，但身长超过任何钻洞兽，长着无数腿脚；前端呈钝圆形，众多眼睛明灭闪烁；恶心的嘴巴里有许多东西抽搐不停，也许是更多嘴巴，或者更多足肢。巨兽头上固定着一顶帐篷似的东西，里面坐着女王陛下、几个贵族和几名女王之牙护卫。巨兽爬进阳光，围观者开始惊叫，不知是被乌荼库的怪物坐骑吓坏了，还是因为女王的起驾方式如此绝无仅有。

一个低等贺革达亚女子见多足怪物经过，将自己的孩子高高举起，也许是想得到女王的祝福。然而那硕大的钝头朝她一甩，将她与孩子叼起，一口吞了下去。周围人群惊恐地四下逃窜，以免遭遇同样的命运。走在怪物旁边的驱兽人挥起长矛，用烧得发红的矛头戳它的眼睛。多足怪兽瑟缩着躲开，没再吃掉其他围观者。

"他们为什么尖叫？"沃蒂丝问，"发生了什么？"

"是女王陛下。"桃灼葭瞠目结舌，"女王陛下出山了。"

* * *

女王的队伍浩浩荡荡，往东南方向走了好多日，虽不如刚出奈琦迦时迅速，但速度依然惊人。黑山羊队定时更换，换下来的山羊不再负重，只是跟着走，权当休息。而女王的巨车从不长时间停留。

出了环绕奈琦迦核心区域的城墙，乌荼库女王就放弃了多足怪物头顶的帐篷，一直待在她的巨车里。驱兽人赶着怪物，在队伍后面跟了一天左右。冬天的第一场雪开始漫天飞舞，巨虫速度减慢，再也跟不上了。桃灼葭最后一次看见它，是跟沃蒂丝一起乘坐一辆小车，前往女王巨车途中。巨兽倒在车队后方的路边，也许已经死掉，也许濒临死亡，总之蜷成一团，纹丝不动，活像被丢弃的缎带，白雪堆积在各节间的裂缝里。它的出现只为一场盛大的演出，如今演完了，女王的队伍便将它迅速丢弃。

桃灼葭应召去过几次女王的车队，每次都跟沃蒂丝或其他医士一起过去，但每次也都留在外围，跟其他医奴一起等候，并未参与照顾女王。她开始琢磨，为何女王把她从藏身之处抓来，免去确凿无疑的死罪，却又不再理她呢？

随后有一天，她受到了单独召唤。

"你不在，我怎么办？"她问沃蒂丝，"如果我听不懂女王的话怎么办？我的贺革达亚语不如你好。"

沃蒂丝伸出清凉的手，抚摸她的脸。"别害怕，亲爱的朋友，我族之母会让你明白她的意图。等待吩咐，做她要你做的事。虽然可怕，但你聪明又勇敢。"

桃灼霞没觉得自己聪明，也知道自己不够勇敢，但她明白，自己别无选择。她任由一个面无表情的贺革达亚卫兵将她从不停移动的车厢提起，放到他的马鞍上。那匹马身材高大，一身厚实黑毛下长着强健的肌肉。她已很多年没骑过马了，上次是在艾斯塔兰姊妹会时，偶尔骑匹凹背老母马进桦树林，为"瓦莱妲"罗丝卡娃采集有用的药草。现在这匹马比老母马魁梧得多，让她再次慨叹自己的命运多舛：在关途圃度过的童年，逃出色雷辛后在爱克兰度过的短暂时光，艾斯塔兰姊妹会那段梦想中的满意人生，甚至在奈琦迦与维叶岐度过的意料之外、但也相对安逸的日子……每次安定下来，总有人将她的好日子再次夺走。

为何您为我选了这样一条路？她不知自己在问谁，也不知算不算祈祷，但这问题在灼烧她的心，为何不能让我拥有幸福？

她来到女王车队后方，被移交给另一个卫兵，然后被送进一群医士当中。后者默默地帮她沐浴，做好觐见女王的准备。清洗完毕，穿上干净的袍子，她带上蒙眼布和面具，由一位医士领进下一驾大车。车里潮湿、温暖又安静，而且这次没有德鲁赫的歌声。除了呼吸和车辆走动的声响，她什么也听不见，以为自己孤身一人。

过来，一个冷冰冰的声音突然在四面八方同时响起。桃灼霞打了个哆嗦，差点倒在车门上。过来，声音又说。她觉得声音像从所有地方传来，却不是通过耳朵传进她的大脑，所以不知该往哪个方向走。她好不容易控制住颤抖的双脚，往远离车门的方向走了一步。

这边。

她头晕脑涨、心脏如黄蜂的翅膀般跳得飞快,一边伸出双手摸索前方的障碍物,一边一步步往前走。过了会儿,她摸到某种结实坚硬的东西,停下脚步,用手指小心翼翼地摸索,随后意识到,那是高起来的床铺或桌子。

别害怕,凡人。我叫你来这儿,不是为了伤害你。

声源似乎近了些,但桃灼葭感觉,指尖前方不远处有什么东西。她迟疑一下。"伟大的女王陛下,我不知该做什么。"她无法控制自己的声音,"我不知该如何服侍您。"

我难受。这话直接在桃灼葭脑海中响起,仿佛是她自己想出来的,但那力量和威势绝不属于她。很痛苦。我的医师无法帮我。按你族人教你的方法做吧。如果你成功,便能得到奖赏。

这一刻,她只想要一种奖赏:放她离开,回到沃蒂丝和其他奴隶的车子里藏起来,再也不要靠近前方这威压逼人的可怕生灵。但她不敢这么说,也几乎无法思考。"那我……我必须碰您,伟大的女王陛下。"她最后回答,"我必须在您身上找到不适的征兆,不然就了解不了任何情况。"话刚说完,她心中突然生起希望,因为一族之母绝不会容许凡人之手碰她。

做你该做的事。

桃灼葭咽了咽口水,然后再咽一下,提心吊胆地往前伸手,直到指尖碰到薄若无物的蛛丝毯子。毯子覆盖着乌荼库女王冰冷的身躯。她仰面躺着,活像一具准备下葬的尸体。桃灼葭第一次真心感激脸上的蒙眼布,若让她如此近距离与女王四目对视,她的心脏一定会停跳的。

她的指尖在高贵的身体上轻轻游走,但只在毛毯外触摸。她的手指落在窄小的肋骨上,感觉到女王缓慢的呼吸——女王每吸一次气的时间,她自己要吸六次。她摸到冰冷的金属面具下方,找到女王颈部的脉搏，感受对方的心跳。起初，她既害怕又羞愧地以为自己做错了，因为她什么都没摸到。过了会儿，她终于感觉到了——咚、咚。她松了口气，一边等待下一次心跳，一边数着自己飞快的心跳次数。又一次咚咚声响起。慢，真慢！可她如何判断，对于长寿到不可思议的女王来说，这缓慢的心跳是否正常？她甚至猜不出女王的年纪，据传闻，乌茶库可能活了一千，或者一万年。

她愣了好一阵子，因这不可能完成的任务而不知所措。她，一介普通凡人，该怎么帮助这长生不老的生灵？可是，如果做不到，她就是个没用的奴隶，而维叶岐跟她讲过许多无名苑的故事。

她的指尖往下移动，触到女王的臀部，发觉一族之母的身材不比她自己魁梧多少。也许高一些，但更瘦，纤细的骨架犹如空中飞翔的小鸟。这种感觉真是古怪到难以言喻。

终于，她把手伸进毛毯，艰难地压制住双手的颤抖，抚摸女王的皮肤。她不知自己会摸到什么，有点害怕摸到类似蟒蛇的鳞片，或像蚯蚓一样潮湿的黏液。但实际上，指尖传来的触感与普通女子无异。女王身材纤细但凹凸有致，皮肤干燥而清凉。她把手指放在女王腹部，轻轻按压，寻找器官发炎的迹象，但觉得一切正常，而且不管她怎么按，女王似乎都没有痛感。

"我……没发现明显的问题。"最后她说，"而且，无论如何，伟大的女王陛下，我必须先采集药草，然后才能帮您。我在奈琦迦没有草药园，好久没行过医术，如今又是晚秋。不过，我仍能找些药材，舒缓您的痛苦。"

准你去找。但第二个更加凌厉的念头随之而来。会有卫兵时刻跟随。

"还有……我需要其他东西。"她的心仍像兔子般乱跳。即使在最疯狂的梦境中，她也不曾相信会有这一天、这一刻。"我需要检查体液。"她咽了咽口水，"陛下您的体液。"

我的医士会为你提供。帮助我，你能得到奖赏。辜负我，你将体会漫长的悲伤。

桃灼葭如遭火烫，猛地缩回双手，但很快强迫自己，重新伸手触摸女王的身体，全凭意志迫使它们不再颤抖，心里猜想，女王是不是能看穿自己每一个念头。就像上帝，她心想，他们所说的上帝，看透一切，知晓一切……

"我拿到了！"一个声音在她身后响起，动静之大，吓得她心惊肉跳，差点儿扑倒在女王身上。"熟了！哦，看呀！曾曾曾祖母会非常满意，肯定会给我更多……"

吉吉怖！闭嘴！女王的愤怒如雷劈般砸进桃灼葭的脑海，震得她跪倒在地，头颅抽痛。

"孙儿听话，您不能生孙儿的气！"新来者喋喋不休，"看，最后一个也熟了！像血一样漂亮！"

出去，凡人。这句话毫无疑问是说给她的。桃灼葭手忙脚乱地爬起，拼命回想车门的方向。她感觉有人从旁边经过，闻到一股奇异的混合味道——桃花、烂肉和血腥味，全都集中在一股从最低级的奴隶圈里出来的奴隶妓女常有的甜腻香气里。她的思绪在混乱中转得很慢，但终于反应过来。来人是吉吉怖，女王的后裔，隐人跟她说过的能拯救他们之人，至少是他们的主人——梦王。

她笨手笨脚摸到门前，又撞上一个人。是个医士，一定是听到女王沉默的呼唤赶来的。两人在门口纠缠片刻，桃灼葭的面具被撞歪了。医士粗暴地推开她挤进门，让她跟跄绊倒在高高的门槛上，面具掉落，把蒙眼布带下一截，露出她一只眼睛。她吓得魂飞魄散，立刻跪倒，在车辆外室的地板上慌慌张张寻找面具。找到后，她正往脸上戴，却听到一个声音，下意识地转过身去。

门没关，车子的晃动更将它甩得大开。一瞬间，桃灼葭看到整间内室的人都凝固在一个动作上，犹如她在北方教堂见过的宗教绘画。

冬噬

一个戴面具的盲眼医士，正扶着女王从小床上坐起。除了脸上戴着面具，乌荼库全身都裹在毯子里，形如一具尸体。一个衣衫褴褛的奇异身影跪在她身旁，向她举起一样东西。那是个圆形的果实，比圆润的的李子大不了多少，呈日落时天空的粉橙色，仿佛自带光辉。

桃灼葭将面具戴回脸上，转过身，用最快的速度爬出女王的休息室，爬过贯穿整驾巨车的通道。在她身下，巨大的车轮颠簸着碾碎轮下的一切。另一个医士将她拉起，带她离开。一切如梦境般迅速消散。

♛

连日来，"爬高的"卡夫白天在奈格利蒙废墟搬运沉重的碎石，夜晚同其他奴隶一起挤在泥坑里。在他四周，垂死的人呻吟，活着的人哭泣，真叫人难以入睡。但每天晚上，精疲力竭的他总能很快沉入梦乡。

而且每晚他都会做梦。

卡夫从小就被遗弃，在那之后，他唯一比别人强的事就是攀登。他的小短腿十分强壮，手臂修长有力，跟教堂铁匠阿特弟兄一样。孩童时，卡夫每次犯错并惹火别人，就会逃走爬到屋顶。长大一些，他能爬上守卫塔，甚至要塞的高墙。有时他会在高处逗留几个钟头，被他惹怒的牧师等人跟在身后，从一间建筑追到另一间，吆喝着叫他下去受罚。终于，善良的希瓦德神父意识到，卡夫高超的攀爬技巧是上帝的赠礼——牧师说，那是"赐予没有其他长处之人的礼物"——并督促大伙给年轻的卡夫分派些能发挥他特长的任务。不久之后，卡夫开始为城堡修补屋顶瓦片，为山下的镇子修理茅草屋顶，敲响圣卡思博特教堂尖塔上的大钟，或为教堂装饰的圣徒雕像驱赶鸽子和白嘴鸦。人们开始喊他"爬高的"卡夫。每次听到这个称呼，他都倍感自豪，就像铁匠阿特弟兄、车轮匠革斯弟兄一样，他也有了自己的工作，他在履行上帝派给他的职责。

Empire of Grass

卡夫也很强壮，攀爬把他的双手练得坚韧有力，他的手指就像猫头鹰的爪子，能抓住树枝或屋檐不放。有时候，城堡高塔的士兵会叫他用拇指和另一根手指夹碎核桃，甚至跟没见识过这招的士兵打赌。卡夫有点担心上帝不允许打赌，所以没敢告诉希瓦德神父，但他一直乐意展示自己的能力。有朋友很好，即使他们有时会捉弄他。如果他做错事，他们也会骂他，但卡夫并不责怪他们。他知道自己脑筋转得慢，舌头也不大灵活。他的名字是被遗弃后按教堂的名字起的。希瓦德神父总说，卡思博特是残疾人与弱势群体的保护者，所以给他起了同样的名字。可从小到大，尽管他的名字与那位圣徒一样，卡夫却没法读对。有些音调他发不出来，只能念成"卡菲"，而"卡夫"相对就更容易了。

卡夫并不总是那么快乐，但他似乎是个可用之才。他相信自己明白并做到了上帝的要求，将来有一天就会被迎进天堂。他一直相信这一切……直到白脸恶魔袭击他的家，杀死了他的朋友，把他抓作奴隶。

每晚在潮湿地面瑟瑟发抖地睡着后，他会做梦。但梦里并非快乐时光——毕竟那也算一种解脱。在梦里，有人在呼叫他、召唤他。这个梦早在奈格利蒙陷落前就开始了，现在更如河水漫过堤岸，化作咆哮的洪水，从他合上双眼那一刻起，一直奔涌到眼皮重新睁开。它的内容总是一样的：黑暗中传来一个声音，是个女声，呼唤他过去，恳求他去找她。"我们需要你。"女声夜复一夜告诉他，"我们在等你。"可每天他醒来后，依然身处泥坑，依然是白脸恶魔的囚犯，除了跟其他人一起，在崩塌的教堂与堆得越来越高的碎石间来来回回地搬运，任何地方都不能去。但怪梦从不放过他，甚至在他清醒时也不例外。虽然卡夫的脑子转得比较慢，但他一开始琢磨某件事就很难停下。

他听到的声音，是不是圣母艾莱西亚呼唤他去天堂呢？卡夫把自己的梦告诉给其他奴隶，请他们帮忙解梦，但没人能回答他的问题。

有些奴隶只是盯着他看，另一些则冲他发火。所有人都在慢慢死去，挨打、劳累、挨饿，被毁灭他们家园、杀害他们亲人的黑心怪物奴役。很多人愿意付出更多代价交换卡夫的梦，因为那至少是一点点希望。

♛

维叶岐暗自承认，看来一切都逃不过森雅苏的慧眼。蓝灵峰的诗人曾经写道：

> 不要轻易施舍。
> 你给饥饿的孩子一块面包，
> 那你很快，会对忘记给浴盆添加香油的仆人心生怜悯。
> 你也许不再鞭笞用无爱的目光瞪你的奴隶。
> 所有美好都将踉跄着崩塌，
> 就从一块面包开始。

他一直以为这首短诗是为了讽刺：森雅苏对奈琦迦底层居民的同情，是他作品被罕满堪家族封禁的主要原因之一。可现在，维叶岐觉得，诗中蕴藏的含义远比他猜测的更为真实。因为，准许了一次例外，他心想，如何阻止下一次？又如何才能停下？

维叶岐忍住有失威仪的叹息，抬起头。"努闹，"他吩咐书记官，"告诉主师匠，别再殴打那个凡人奴隶。"

努闹喊出命令。主师匠转过身，满面怒容，可看到在楼梯上观望的大司匠，立刻丢下鞭子，双膝跪地，额头贴在潮湿的地面上。

维叶岐按符合身份的步幅走下楼梯。第一部分工程进行得十分迅速，工程师用上锤子和吊车，不到两天就把凡人神殿拆成一堆堆散乱的碎石。但维叶岐知道，清理石块就没那么快了，而他的工匠要等所有石块清除之后，才能挖掘地下的古迹。就算多了几百凡人奴隶，也

Empire of Grass

只能加快一点点,因为那些奴隶多是女人、老人和孩子。女王陛下即将驾临,维叶岐此时的感受,就像丰收季前的农夫面对正在逼近的风暴。

但我们必须做到。我族之母没有森雅苏的同情心。她若不满意,会将我们全部处死,毫无犹豫。

他走到主师匠跪地的位置。刚才被打的奴隶是个男性,虽然双手抱头缩成一团,但明显健康而强壮。在维叶岐看来,这地方能幸存至今的男人实属罕见,打死一个着实可惜。"发生了什么?"他问道。

主师匠抬起额头,但仍趴在地上,不敢迎接大司匠的目光。"大人,万分抱歉。这人是个奴隶,他跟其他人说话,分散别人的心神。据我所知,他在煽动别人反对我们。"

"大人啊!不要杀他!"另一个女性奴隶恳求道,"他只是听不明白。他是个傻子。"

维叶岐对凡人语言的掌握不足以听懂女人的每一个字,但他听出了"明白"和"傻子"两个词,也猜出了其他意思。他低头打量挨打的奴隶,后者正透过指头缝偷偷看他。

"他叫什么?"他问女人。

"卡夫,大人。大伙都这么叫他。他是个傻子。没有恶意的。"

维叶岐挥手制止更多解释,仔细查看缩在地上的男人。奴隶长了一对强壮的长臂,正缓缓放下双手。维叶岐看到他的面容和迷惑的表情,知道自己没理解错女人的意思。

"卡夫,"他问,"你叫卡夫?"

奴隶连连点头,咧嘴微笑。嘴咧得太开,露出几颗缺掉的牙齿。"卡夫。"他重复道,由于舌头太大,说起话来拖沓别扭,"'爬高的'卡夫。真的!卡夫是个好孩子。"他突然往前一扑,书记官、主师匠和维叶岐自己都来不及阻止,他就爬过来抱住大司匠的脚,趴在面前。"不要伤害卡夫!我努力干活儿!很努力!"

冬噬

主师匠赶忙上前将奴隶拖开，但已经迟了，维叶岐的总督袍粘上了泥巴。主师匠将冒犯者拖到远处，扔到地上。奴隶仰面朝天，哭泣着蜷起手脚，挡在身前保护自己，活像一只垂死的虫子。主师匠从腰间抽出把锋利的扁斧，望向大司匠，请求准许送他上路。

"努力干活儿！"奴隶拖长声音，痛苦地哀嚎着。

数千年来，为了捍卫女王陛下的神圣血脉，保证全族如离开华庭时一样纯净，每有畸形婴儿诞生，贺革达亚都会处置掉他们。可现在，他们生活在不同的时代。贺革达亚贵族受到鼓励，与凡人混血。维叶岐的女儿就是个混血儿。那些孩子将成为种族的救赎。正如森雅苏所说，维叶岐从小到大一直信奉的法则已然动摇，而且他很清楚，自己就是亲手撼动那些根基的贺革达亚之一。那位对被弃者充满同情的叛逆诗人也许早就看清了真相，而贺革达亚贵族们——包括女王本尊——依然视而不见。怜悯之门一旦开启，无论门缝有多窄，都很难再度关上。

它会在哪里停下？维叶岐无法想象。但他也知道，目前时间紧迫，女王本尊很快就会驾临，他需要每一个从骐骐逖的殉生武士手中救下的奴隶。

"跟这人一样健康、强壮的奴隶，我们必须尽量留下。"他告诉主师匠，"让他独自干活儿，他的胡言乱语就影响不到其他人了。"主师匠一时竟忘记掩饰，惊讶地望着他，但很快恢复镇静，恢复了顺从的表情。

"遵命，大司匠阁下。"主师匠将长柄扁斧收回腰间，粗鲁地抓起奴隶的手臂，拉着他远离其他奴隶正在工作的地点，走到另一堆碎石前，用手势比画，拍打奴隶的头和肩膀，指示他干活儿。

其他奴隶回头继续工作。"凡人都是畜生，"努闹说，"比野兽更低贱。看，大人，那畜生把泥巴抹到您的袍子上了。"

"我们都必须为更大的利益做出牺牲。"维叶岐说，"为了我族，为了孕育我们的华庭。"

"我听到您话里的女王之声。"书记官回答，但听上去并不完全信服。

就从一块面包开始。维叶岐心里想着，暗暗诅咒那诗歌。

♛

自从那天经历了蒙眼布滑落的惊吓，桃灼葭的睡眠就变得断断续续，充满噩梦。但过了几天，女王并没有再次召唤她。所以，贺革达亚要么不知道那件事，要么没在乎。

身为奴隶的唯一好处，她心想，就是不够重要，没人注意。她祈祷现状能持续不变。

她甚至没把那事告诉给沃蒂丝。但那天她回到车里，朋友就察觉到她很害怕，并出言安慰。"第一次侍奉我族之母，我们都很害怕。"盲女说，"无需忧虑，会过去的。很快，侍奉就会变成我们的第二天性。"

桃灼葭无法想象，这种事怎么可能变成第二天性？但她乐于受到女王的忽视，若能被她彻底遗忘，那可太开心了。然而那是不可能的。

照料女王大概四五天后，一个女王之牙出现在车前，用手势表明，他只找桃灼葭一个。她心惊胆战，如坠噩梦，无助地走上前去，不知自己是被带去见女王，还是带去执行简单的死刑。卫兵像提布料般将她提起，放在坚硬的马鞍上。天空高远，阳光明媚，寒风阵阵。卫兵抖动缰绳，战马迈步向前。桃灼葭举目四顾，不知这会不会是最后一次看到天空。雪已经停了，东北方的山峰上积着白雪，她心不在焉地琢磨，车队现在处于什么位置。此时他们肯定进了凡人的领地，这点似乎很明显。可具体是哪儿呢？距离"瓦莱妲"罗丝卡娃和艾斯塔兰姊妹会收容她的村子有多远？那好像都是半辈子前的事了。在那些女人当中，有人幸存下来吗？也许司卡利帮离开后，她们又重建了姊妹会——她真心诚意希望这样。如果罗丝卡娃的追随者能继续活在某个地方，忙碌、欢笑、相互分享，那桃灼葭觉得，就算这时叫她去死，她也能轻松一些。

虽说她很害怕再见女王，可卫兵调转马头离开队伍时，一种更冰冷的感觉缓缓浸透了她的全身。看来，是死刑。她将被带到外面杀死。如果在奈琦迦城内，他们会把她丢进无名苑。可在外面，她的遗骸会被野兽啃食、被雨水浇灌，四散在冰冷的大地上，除了白色碎末，什么都不剩。

沉默的卫兵一直骑马，车队只剩下远处的一条长影。他们来到一片桦树林。卫兵勒马停步，翻身下马，将她从马鞍上提起，放到地上，指指地面。在那近乎眩晕的一瞬间，她想到逃跑。刽子手卫兵穿着一身上了白釉的巫木盔甲，肯定很难追上她！然而，风向变了，冷风吹来一阵白色花瓣，掠过她脚前的地面。是风信子，她心想，鼻子里闻到叶片散出的麝香味。

我不跑了，她决定。

卫兵又指一次。于是她双膝跪下，开始祈祷。风信子叶片的味道、头顶桦树枝丫的摩挲声，充斥了她自以为确定无疑的最后时刻。颈后感觉到轻轻的触碰，但她一动不动，平静地等待致命一击的到来。

又一下触碰，这次更为坚决。她抬起头，看到卫兵低头瞪着自己，透过头盔缝隙露出的少许面庞现出困惑的神色。他又指指地面，再指指树林，张开双臂，最后指指桃灼葭。他的剑还在鞘里。

她这才明白：卫兵是奉女王之命，带她出来采集药草和野生植物的。

桃灼葭还有时间多念一次祷词，然后才摇摇晃晃站起身，走进修长的白桦林中。

* * *

Empire of Grass

这时来采已经晚了，她哀怨地看着摘到的植物：毛蕊花叶子、紫色接骨木、两棵拳参的根，还有一块瑞帕铃花的根茎。这些草药能舒缓女人的疼痛，但在不老不死的北鬼女王身上不知能不能发挥作用？而且这次的收获少得可怜。现在已是年末的火骑月，任凭哪个医师，都采不到她需要剂量的百分之一。

不对，她纠正自己，我已经不在奈琦迦了。按我母亲族人的说法，现在是第三个红月。用失踪父亲的族人叫法则是挪文德月。我已重回凡人的世界。她环顾四周。刚才绝境逢生的奇异梦幻感仍未退去，此时阳光明媚、冷风拂面，另有种疯狂的喜悦。奈琦迦远在一个世界。她头上有天空——天空啊！

这也许是她一生中最奇异的时刻、最古怪的感受。桃灼葭发现，这也是许久以来，她最开心的时刻。

* * *

短暂的自由令人陶醉，可惜秋日将尽，白日渐短，虽然她不愿意，但太阳很快西沉。周围山上有狼号叫，无需卫兵打手势招呼，她也知道该回去了。

车队刚好停下，正在更换羊群，刚刚摘下挽具的山羊在附近小溪喝水，所以，她和卫兵不用骑很远就赶上了车队。但她惊讶地发现，押送她的卫兵直接从队伍后部的奴隶马车旁经过，继续往前。她心情顿时低沉下去，以为要被带去见女王。但卫兵走到乌荼库车队另一辆大车旁，勒马停在通往车门的台阶前，一动不动。桃灼葭不知发生了什么，也在等待。但卫兵依然不动，即使她小心翼翼拍拍他的巫木盔甲，对方也毫无反应。

他不会动，除非我释放他。一个声音在脑海中响起，吓得她一个激灵，寒意掠过全身。声音响起的方式跟女王一样，但并非女王的声音，听起来更奇异、更冷漠，仿佛从遥远孤寂之地传来的轻声叹息，在桃灼葭脑中回荡。我凝固了他的思维，他就像雪堆下的甲虫。完事后,我会温暖他,让他复活。进来。到我跟前。最后一句并非请求,而是命令。她笨拙地爬下马鞍,刚才美梦般的满足感突然被撕得粉碎。她登上车阶,却不敢伸手推门。但无所谓,门自己开了。

她走进大车,立刻被热量和熏香的烟雾裹住。车子没有窗户,黑暗中渗着道道红光。她能看到的唯一光源是地板上一盆闷烧的煤块。盆后有个身影,像乞丐似的盘腿坐着。看到那个身影,桃灼葭顿时觉得,吸入的气息卡在了嘴巴与突然损坏的肺部之间。

人形身影包裹在兜帽斗篷里,仿佛在这热气蒸腾的车中,依然冷得缩成一团。斗篷下露出的身体,像是准备下葬的尸体一样,裹着老旧的布条,边缘烧焦,从破旧的孔洞间泄出红光。除此之外,桃灼葭只能看见它的眼睛,但那儿只有两个灼热的光点,她只看一眼就吓得抖如筛糠,立刻挪开目光,盯着那盆煤炭,勉力支撑以免晕倒。如果她还能指挥自己的双脚,早就逃了,但此时此刻,她的双脚就像两根无用的棍子。

你来了。声音在她脑中沙沙作响,如掠过芦苇的风声,如空寂街道上互相追逐的枯叶。光是听见它,桃灼葭就差点像个孩子似的哭泣起来。我一直想见见你本人,因为你不光是挂毯上的一个绳结。承载我的凡间躯壳正日益灼烧,很快我就看不到门这边的世界了。

桃灼葭再也站立不住。同一天里的第二次,她跪倒在地,将命运交付给更强大的力量。

所以,我的三一姊妹将你召到了身边。对此我并不意外。

"您……您是谁?"桃灼葭终于挤出一句,但声音走调,差点连她自己都没听懂。

你并非女王队伍中唯一的异客,遥远的声音回答,我是一直等在门外的那一位,是三位之一,我的塑形将带来最终的答案。我曾走出门外、又回到门边。另有一位站在门口,第三位永不跨过门槛。我们是三位一体,我们是终结。而你,是石与草结合的凡人之子。你要知道，一切塑形都遵循一个原则。这个原则，只有跨过死亡之墙，才能明白。

兜帽阴影下，那对红光闷燃的空洞在瞪着她，桃灼葭不敢与之对视。可她垂下目光，又发现这披着斗篷、裹在布里的身体飘浮在距地板一掌高的空中，犹如一束燃烧的灰烬。她闭上双眼。

"您为何叫我来这儿？"她流着眼泪轻声问道，"您想要我这样的人做什么？"

回答穿过不可思议的距离，飘进她脑海。因为你和你的存在交织在即将发生的一切之中。透过我所在的永恒暗影，我已看到一切，但我仍存有好奇之心。你的血脉如条猩红的丝线，贯穿了我们三位编织的伟大宏图。死者不能撒谎，所以我告诉你：你的命运之线，就连我也无法完全看清。

现在，走吧。终结之前，我们会再次见面。凡人男女之子，这点我向你保证。

余烬闪烁几下，熄灭了。烟雾从炭盆中升起，将那身影笼罩在盘旋的黑影中，只剩少许明灭的红光证明它依然存在。桃灼葭突然恢复了对肢体的控制，转过身，跌跌撞撞走出大车。

女王之牙骑在马背上，等在外面，骑手和坐骑仍纹丝不动。桃灼葭等了一会儿，想等呼吸平顺、心跳减慢。可一想到那悬浮怪物就在车门另一边，她又觉得难以忍受，急忙爬回卫兵身后的马鞍，心想拍他一下，也许他就能醒来。过了一阵儿，女王之牙抖动缰绳，调转马头，走向车队后方，仿佛刚才什么事也没发生。车夫们已各就各位，挥鞭驱使黑色大山羊再次拉动车队。他们从桃灼葭身边经过。她听到鞭子抽响，山羊恼怒又悲伤地咩咩叫着，只觉子宫抽搐、胃部绞痛。因为她意识到，她生下并带到世间的孩子面对的是个无穷恐怖的世界。

卫兵把她扶下马鞍，将装有采集植物的袋子递给她，僵硬、笔直而沉默地骑马离开。

　　桃灼葭一阵剧烈的恶心,弯下腰,将胃里的少许食物全都吐在车阶和下面的地上。

Empire of Grass

古思之尘

♛

莫根纳一辈子都被人叮嘱,要乖乖坐着、轮到他时才能发言,而他一直很讨厌这种吩咐。此时此刻,他和坦娜哈雅被一群自称纯民的愤怒白衣希瑟抓住,他什么都不能做,只能默默看着同伴与那群希瑟的领袖争辩。不过,从第一次遇到精灵到现在,数月间他至少学会了一件事:这个世界上,他不懂的事还有很多,所以有时还是先闭嘴,等了解更多再开口比较好。他紧紧咬住牙关,咬得下颌生疼,手也一直远离斩蛇剑的剑柄。他的命捏在别人手里,更准确地说,悬在别人话语之间。两个女子用流利、快速的希瑟语你来我往地争论,他听不懂,但心脏跳得飞快。

坦娜哈雅一定从他的脸色看出来了。"别担心。"她说,"就算担心也没用。"然后转头又跟雯夜胰及纯民争论。令莫根纳意外的是,这次她用的是瓦伦屯通用语。"所有学者都知道,舰船降生阿茉那苏上次在桠司赖发言时,用的就是凡人的语言,因为备受她推崇的雪卫塞奥蒙也在场。"

雯夜胰用自己的语言说了一句,听起来不像赞同的意思。

"而您面前这位凡人,是鄂克斯特的莫根纳,那位塞奥蒙的孙子。"坦娜哈雅续道。虽然雯夜胰及其追随者并未做出睁大眼睛或屏息惊叹之类的反应,但莫根纳能感觉到,他们投向自己的目光变了,第一次在直白的厌恶之外,加上了同等程度的好奇心。"他有权听到关于他……以及反对他的讨论。"坦娜哈雅继续说道,"岁舞家族的森立之主,我族在这片土地最伟大的支达亚,曾宣布他祖父有这权力。莫非纯民要否认阿茉那苏的智慧?"

雯夜牒站在原地,默默地思考回应。其他纯民盯着莫根纳,看得他很想开口说话。然而坦娜哈雅的表情明白无误地告诉他:危险,别掺和。他只好竭力忍耐,保持沉默,憋到浑身发抖。终于,雯夜牒再次开口对他们说话。

"支沙陇的坦娜哈雅,你竟利用我对始祖母的尊敬来反驳我,对此我不会原谅。"她说起话来字斟句酌,有些字的发音特别奇怪,但莫根纳仍惊讶于她对通用语的掌握程度。"为了表示对阿茉那苏的怀念与敬意,我会用他能听懂的语言,但我并不关心凡人的国王与王权。这孩子的祖父进入角天华,只给我们带来了死亡与毁灭。"

"雯夜牒,我们家园毁灭,不是因为雪卫塞奥蒙的出现,"坦娜哈雅说,"而是乌荼库女王和贺革达亚的背叛,这点你我都心知肚明。"

"都一样。"雯夜牒说,"我坚持自己的立场。我能说苏霍达亚动物般的语言,不代表我们原谅这次的入侵行为。我们纯民已与所有背弃古道之人断绝了联系。我们拒绝与凡人建立任何联盟。若我们对你的回答不满意,坦娜哈雅,你仍会被逐出这片森林。至于这个年轻凡人……"她意味深长地看了莫根纳一眼,看得他再次心跳加速,"……为了坚守原则,也许我们仍需毁灭他。"

"那就连我一起毁灭吧。"坦娜哈雅平静地说。

"我做过比这遗憾百倍之事。"雯夜牒回答,"你们为何来这儿?为何来找我们?"

"我们别无他法,才来寻找你们。我担心的不光是我自己,更是我们全族。森林里到处都是贺革达亚,包括迷雾溪谷边界。"

"这个我们知道。"雯夜牒说。

"贺革达亚殉生武士杀害了我师父希马努,烧了他在花山的家,这个您知道吗?"

雯夜牍沉默不语。虽然莫根纳永远读不懂不朽者的石头脸,但他觉得,对方应该很惊讶。房间里其他几个希瑟对她说了几句,她用支达亚语飞快地回答,然后转过头。"你怎么知道是贺革达亚下的手?"她问坦娜哈雅。

"他们的痕迹到处都是。如果是凡人军队发起袭击,您觉得我导师会没有防备吗?"

"多久以前的事了?"

"说不准。最多一个月前,肯定不会更久。埋葬他和他目前带的学生之前,我检查过他们的遗体。"

雯夜牍坐下,沉默良久。"Tsi anh pra Venhya!"最后她动容地说了一句,"众所周知,我和希马努在很多事上意见相左,但我仍哀悼他的去世。贺革达亚已完全失去理智,比我族最愚蠢的成员还要迷失。"她眯起双眼,"但这仍不能解释你为何来这儿,为何跟一个凡人在一起,不管他祖上是谁。"

坦娜哈雅从她在胡兰古角开始,把所有发生的事快速讲了一遍。雯夜牍用他们的语言复述一遍,讲给聚在周围观看和聆听的希瑟。此时聚集的希瑟足有三打,莫根纳仿佛身陷由冷漠的脸庞和注视的金眸汇成的大海,连呼吸都提心吊胆的。

雯夜牍转述完坦娜哈雅最后一句,转头看着他俩。莫根纳惊讶地看到,她纤薄的嘴唇微微扭动,嘴角上翘,竟然露出一丝微笑的影子。"你真对堪冬甲奥说了那些话?还是说,你为让故事精彩而夸大其词?"

坦娜哈雅冷冷地回答:"雯夜牍夫人,我和您,还有您可敬的姐妹一样,都是学者和历史学家。我会竭尽所能真实描述我的经历。"

微笑消失了。"别拿我姐妹说事。真嘉珠的路是她自己选的。她和其他族人一起去协助凡人,也就是这小子的祖父,因此葬送了性命。"雯夜牍哽了哽,等她继续说话时,莫根纳已听不出任何感情。"所以你来这里,是想找个谓识,好把发生的事告诉给理津摩押的儿女。这个理由还算合理,但吉吕岐和亚纪都对我们无关紧要。他们藐视古道。而我们已净化了自己,摒弃了那一切。"

"你们的净化能摒弃贺革达亚和他们的疯女王吗?"坦娜哈雅质问。

"我们不需要回答你,年轻的支达亚。"雯夜牍站起身,"你并非纯民。从这个角度讲,你与乌荼库并无不同。她派凡人谋害了阿茉那苏,凡人!"

"别拿这种蠢话妨碍我们的对话。我和她有天壤之别。"坦娜哈雅说,"无论您怎么想,我始终相信我们是同一个民族、同一条血脉。您刚才说,贺革达亚和其他支达亚没有区别。乌荼库的北鬼也认为,你们和我们一样,在他们看来,你们的下场该跟凡人和其他希瑟一样,都该毁灭。所有凯达亚的后裔,除非崇拜乌荼库,否则都将被她杀害。"

雯夜牍摇摇头。"文字游戏。"

"没错,但文字是我们建造世界的工具。"坦娜哈雅把手伸进外套。周围好几个白衣纯民立刻抬起弓,她停下动作。莫根纳的双手握成拳头。"我不是要拿武器。"她平静地说,"女学士雯夜牍,既然您说到文字,那我有些文字想给您看看。"她从外套里拿出一卷被压平的羊皮纸。莫根纳认出,正是她从希马努遗体取出的那卷。

雯夜牍盯着她。"这是什么?你先前没提过。"

"我没有机会,因为我不断受到死亡和驱逐的威胁,还要应付你们认定我们与贺革达亚无异的论断。"她把羊皮卷递给雯夜牍,"这个压在倒地的希马努身下。他身中数箭,被丢在路边等死,像狗一样。"

雯夜牍小心翼翼展开羊皮纸。"上面没什么血迹。"

"算我们运气好。上面的字符是古老的贺革达亚文字,我学识不够,没法完全看懂,只认识这里一个词、那里一句话。"

"我研究一下。"雯夜胨缓缓说道,"看能不能找出希马努带它逃走的原因。"她环顾四周,"但我们不能一直留在聚言场。我们跟你一样清楚,最近贺革达亚变得肆无忌惮,虽然暂时不敢侵入我们的城市,但不等于他们不会靠近到能放箭的距离,尤其是他们听到动静的时候。去案卷厅吧。"听到她的话,周围的希瑟开始走出房间,如潜行的猫一般悄无声息。"但你俩仍是我们的囚犯。"雯夜胨补充,"忘了这点,你们会有危险的。"

♛

榛树、蕨类和火棘混成密密麻麻的灌木丛,小史那那克用斧头砍了一个钟头,可惜没什么进展,反把手掌和手指划得鲜血直流。

"瞧你把自己弄成什么样。"齐娜对他说,"过来,我给你包扎双手。天很快就黑了,今天没必要再往前走了。"

史那那克做个鬼脸,听话地让她为自己清洗双手,从袋子里掏出草药叶,揉搓手上一道道划痕和磕伤,再缠上从爱克兰带来的干净亚麻布。他越过未婚妻的肩头往前张望。

"那条河肯定在附近!"他沮丧地说,"我闻得到!还能隐约听到!"

"我也闻到了。"齐娜说,"但山羊很累,你也是。"她看看两人的坐骑,史那那克的法尔库和她自己的欧吉正在咀嚼干枯的秋草,侧着脑袋,一副生气的表情。"昨天你打猎收获颇丰,还剩两只鸟。我们生火吧。你先休息,等木柴烧成炭。我用木蒜叶子包好小鸟,那样会有香味,你闻着就不至于心烦意乱。"

史那那克露出微笑,亲亲她的鼻子,站起来。"我同意,但要先做一件事。我要爬上那棵高树,看看这片讨厌的荆棘和蕨类有多大。它拦在我们和那条河中间,也许得找条更容易的路穿过去。"

冬噬

"你的手还在流血,不应该爬树。"齐娜嗔道,"绷带松了,我还得重新缠一遍。还有,要是你的血味引来什么饥饿的野兽,我连一根手指头都不会帮你。"

他握起拳头敲敲胸膛。"听到了,牧者和女猎首的外孙女!我会万分小心对待你的绷带。还有,为防野兽顺风闻到我的气味,想拿我当晚餐,我腰间会挂上斧头,遇到袭击时,用它劝告敌人别干傻事。"

"最好先把它打磨锋利。"齐娜说,"砍了那么久灌木,它可能跟你的舌头一样钝。"

他挑起一边眉毛。"我的未婚妻呀,它永远不可能像你的舌头那么锋利。"但他还是拿出磨石,将斧刃磨利,然后开始爬树。

齐娜听到他在高处枝丫间攀爬的沙沙声,吵得像只困在篮子里的黄鼠狼。她凑近篝火,将木柴拨开,好让它们烧得更快。"你还好吗?"她喊道,"看到什么了?"

"树叶!"史那那克回答,"脏兮兮的树叶,多到你无法想象。不过我再爬高点儿,也许爬到上面,就能……"没动静了。也许他没再说话,但齐娜仍能听见他往高处爬的哗啦声。"哈!"这回他的语气透出胜利的喜悦,"这下我看到那条河了!不太远。我还看到一条更好的路,可以穿过这片讨厌的灌木丛。"

齐娜叹了口气。篝火烤得她开始冒汗,于是往后远离火焰。"有没有其他路绕过去?"她听到头上传来吵闹的沙沙声。"史那那克?"

"什么?群山之女啊,齐娜,我在努力找你要的路!"

她头顶的树冠间仍有东西在动,而且不是史那那克爬的那棵。"树上还有别的东西!"她喊道,"史那那克,小心!"

"你说什么?我听不见。你在摇树吗?想让我摔下去,把身上有用的部位都摔烂?"

"不是我!那棵树上有东西,很大!"她顿了顿。此时她能看见,树冠附近的树叶在抖动。过了会儿,一个大家伙从一棵树爬到另一棵,已经来到史那那克旁边的树上。"快下来!有东西在靠近你!"

"你说什么?什么东西?"

树枝在摇晃,但那是一棵新长的鼠李,枝叶茂密,齐娜很难看清树上的东西,只看到一些动静。她来不及再次警告,那怪物已从刚才的树冠滑到史那那克藏身的大树,一路窸窣作响。"下来!"她喊道。

没有回答。片刻后,史那那克那棵树的上半截开始抖动,树枝被踩得剧烈摇晃,有重物从上面经过。她听到史那那克惊讶地叫了一声,然后大声咒骂。她从篝火里抓起一根闷燃的木柴,捡起刚才清理雀鸟用的小刀,跑到树下。

"史那那克!是什么东西?"她喊道,"我在这儿!我上来了!"

"别!"他叫道,声音嘶哑,充满惊慌。更多骚动和沙沙声传来,然后是树枝折断的声响。她未婚夫大叫一声,随即有东西穿过众多树枝一路坠落,撞上一根树枝、又撞上另一根,粗树枝被压弯,细树枝被折断。齐娜看到史那那克撞上离地十来尺的最后一根树枝,在那儿停了停,然后滑下。她急忙往旁边跳开,看着他砸上苔藓地面,发出一声闷响。

"史那那克!"她惊呼着扑上去。后者眼睛睁着,脸上有血。"你还活着吗?哦!祖先保佑,千万别死啊!"

他看看齐娜,又看看她肩后,眼睛瞪圆,突然抓住齐娜,将她推到一旁,翻身半趴在她身上。与此同时,怪物头朝下,沿着树干飞窜下来,纵身落地。史那那克闷哼一声,发力将齐娜往后一扯,带着她离开纠缠的树根。

那东西靠着后腿人立起来,高度是齐娜的两倍,个头跟平地人相当。齐娜的心脏惊惶而疯狂地捶打着胸骨。她从未见过这样的怪物——它形状像人,但有着非人的外表,光滑灰暗的皮肤有棕、绿、泥灰三种颜色,黑眼睛呈球根状,粗钝的鼻子下长了张颤抖的嘴,整张脸仿佛僵硬而惊恐的面具。它扬起前肢——或者手臂——每只末端都长着诡异的爪子，既像凡人的手，又像某种爬树蜥蜴扁平的脚掌。

它朝二人扑来，后者根本无暇思考。它先抓向齐娜，史那那克抽出斧头，虽然来不及握好，但还是用斧背砸了它一下。他砸得够狠，一条扁手胳膊立刻垂到身侧，显然已经废掉。怪物另一只爪子已抓住齐娜的头发，开始往后拖。它的力气太大了，齐娜根本招架不住，只好举起闷烧的木柴，用尽全力戳进那张扭曲的嘴巴。木柴嗞嗞作响，冒出蒸汽，怪物放开齐娜，发出哨声般恐怖的惨叫。

这时，史那那克已把斧头转到正确的方向。他一跃而起，扑向怪物，用斧头一下下砍中怪物的脑袋和脖子。怪物受伤的嘴巴发出嗡嗡和咔哒声，狂吐白沫。史那那克又无情劈砍它披甲的身躯，可惜没造成多少真正的伤害。

"去拿……！"他喊道。齐娜已手脚并用，飞快地爬向营火，找她的女用猎矛。等她赶回来时，怪物一只爪子已捏在史那那克的脖子上。她不敢攻击怪物的腹部，生怕误伤爱人，于是瞄准它的后颈，两手举起猎矛，用力扎进披甲头部和后背硬壳间薄薄的皮肤。尖锐的石制矛头穿透目标，从怪物脖子前方戳出，带出一缕浅色液体。齐娜往后拉扯猎矛，将挥舞肢体的怪物从史那那克身边拉开。它拼命挣扎扭动，从齐娜手中扯脱猎矛，好在史那那克总算自由了。他跌跌撞撞跑到先前砍伐灌木的位置，抱了块大石头回来，高高举起。怪物正想努力站稳，不料石头砸下，将那恐怖的脑袋像鸡蛋一样敲碎。它瘫倒在地，肩部以上只剩一摊黏糊糊的烂肉，长有关节的四肢抽搐一阵，渐渐静止不动了。

他俩四肢着地，大口喘气，活像两条生病的小狗。终于，齐娜站起身，迈开颤抖的双脚走向未婚夫。"你伤得重吗？"

"有些瘀青，估计要疼几天。"他回答，"但不严重。你呢，我勇

Empire of Grass

敢的 nukapika①？"

"脖子被抓了一道，"她说，"休息前得把它洗干净。那是什么恶心的怪物？"

史那那克站起来，拍拍衣服上粘了最多泥巴和树叶的位置。"不知道。"他走到尸体跟前，用脚踢了踢。

"甲壳像螃蟹，"齐娜说，"或者甲虫。"

"是泔蟹。"他惊叹道，仿佛在天上发现一颗新星。"诸位先祖之心啊，我发誓这是泔蟹，但跟我以前听说的不一样。而且，它怎么跑到阿德席特大森林来了？"

"那是南方沼泽的生物，对吧？我听父亲说过。"

"从没在这么北的地方见过它们。"史那那克同意，"在我研究的所有开化民族的故事里都没听说过。风暴之王战争期间，米蕊茉王后等人曾在乌澜与它们交过手。米蕊茉和艾奎纳公爵闯进泔蟹的巢穴，拯救被掳走的提阿摩大人。不过那些泔蟹没这只这么像人，也没有这么大的块头。这只几乎有正常尺寸的两倍大。"他从齐娜手中接过还在闷燃的木柴，拨弄怪物头部的残骸，查看残存的脸。"看，眼睛在前面，像人。还有，你看，这些很像人手，但真正的泔蟹据说长着昆虫似的爪子。"他皱起眉头盯着它，"我很想更仔细地检查一番，但不想让这尸体留在营地附近。我们把它抬远些吧。"

"我才不要碰它。"齐娜坚决地说，"我捡些树枝，把它包起来，然后滚到一边。"她弯腰想查看一下，但无法忍受那嘴巴大张的碎裂脸庞。"你听到它发出的怪声没？像要说话似的——像人一样使用语言。"

"真是这样也别说出来。"史那那克说，"今晚已经很难睡个好觉了，我可能连胃口都没啦。"

---

① nukapika：坎努克语（矮怪语），意为"订婚对象"。

冬噬

"看来你是真挺难受啊。"

史那那克从黏滑的残骸里拔出她的猎矛，在地上擦拭。"羽翼之父奇卡苏特在上，我是挺难受的！"他把猎矛递给齐娜，"我的未婚妻啊，你打得真棒。但伊坎努克所有圣山作证，如果这怪物住在树上，那我们就该庆幸快到河边了。真不知这沼泽魔怪跑到森林里想干什么？"

♛

莫根纳现在知道了，大稚照远非他见过的那片广阔的废墟那么简单。雯夜牒领着他俩走进城市深处，来到下层，穿行在迷宫般的地底房间和通道中。这些建筑并非凡人矿工草草挖出的矿道，也不是攻城时由工兵修筑的稳固地道，而是地面建筑的延伸，有着同样的精巧设计。此时出现在莫根纳眼前的通道，大部分遮在苔藓和黑色地衣之下，有些地方的表面受到保护，尽管周围在风化影响下如阳光下的杏仁糖般慢慢融化，但本身的模样依然清晰，雕刻边缘清清楚楚，仿佛昨天才刚刚刻好。莫根纳看到手、脸、叶子、鲜花，以及数十种被苔藓和泥巴遮住、无法看清的样式。

这些惊鸿一瞥的细节，如此精致美丽，充满异族风情，勾起了数月来一直盘桓在他心中的思乡之情。凡人可能从未见过这些地方，他本该惊叹不已，事实上却自惭形秽。与这些被遗弃的古老景致相比，他自己的人生——甚至凡人的整个历史——似乎只有一瞬长短，犹如夏日阳光下扇动的蜻蜓翅膀，出生即死的短暂瞬间。

一行人终于来到一个宽敞的地底大厅，面积几乎跟聚言场一样大，但屋顶相对更低，只有四个莫根纳那么高。墙上布满精致的雕刻，但地衣和苔藓已被清除或阻挡在外。壁龛里放着数十盏油灯，投下足够的光芒，他无需猜测就能仔细欣赏古老的雕刻。不过他的注意力被聚在房间里的上百个希瑟吸引了，而他们都像鹿一样安静。以雯夜牒为首的众人走进案卷厅时，众多希瑟纷纷抬头，莫根纳几乎能想象出,他们被突如其来的声响惊吓而四散奔逃的情景。

见到这么多不朽者,他不可避免地联想起亚纪都和吉吕岐在胡兰古角的营地,但那里的希瑟都忙于村内的日常事务,工作、跳舞、欢笑,而这里的纯民却像处于半梦半醒之间。案卷厅里的希瑟,有少数一些聚在一起,或站或坐,却没有谈话的迹象。另一些或单独、或几个聚在一起哼着歌。其他希瑟营地里的音乐能为莫根纳的心灵带来欢乐,这里的乐曲却更像哀悼者的呜咽。

"他们在这里做什么?"他悄声问坦娜哈雅。

"大稚照居民之多,超出我的预料。"她回答,"在艰难的时日里,就连我的同胞也会受到迷惑,嘴上宣称拥抱历史,实际却在拒绝。"

大部分希瑟都是严酷而冷漠、拒人于千里之外的表情。所以听雯夜朦用通用语宣布:"我们要单独待一会儿,以便我阅读希马努的羊皮卷。"并示意莫根纳和坦娜哈雅跟她走时,莫根纳不由松了一口气。

"看到我们,他们好像不大高兴。"莫根纳说,但这玩笑话在他听来也显得异常空洞。

"几乎每个人都乐意看我们死掉。"坦娜哈雅回答,"最危险的敌人,往往就是隐藏恨意的家伙。"

父亲的宝剑在莫根纳腰间轻轻晃动,他想用这剑安慰自己,但收效甚微。他见过希瑟敏捷的速度,知道就算传说中的凯马瑞爵士,也无法一口气打倒这么多希瑟。他也很清楚,自己不过是个凡人小王子,已将太多时间浪费在怪女孩酒馆,跟艾斯崔恩和欧维里斯掰手腕了。

他们来到一个较小的房间。一进门,原有的十来个希瑟全都抬起头,看到雯夜朦,又低下头继续阅读。莫根纳猜测,这里一定是案卷厅最核心的房间,墙壁上的蜂窝状壁龛里摆着一卷卷羊皮纸,有些壁龛摆了好几卷,但更多要么是空的,要么只有散碎的尘土。

冬噬

思想的尘土，莫根纳正在想，突然感觉寒毛倒竖。很久很久以前，思想留下的尘土。无人记得，就连希瑟也忘了。写下那些文字、思考那些问题之人，如今都去了哪儿呢？

无所谓了，他有点恼火地告诉自己，他们不在这里。他们已经死了。而我还活着。我要继续活下去。

雯夜牍走向一张桌子。桌面由一排灰色石板拼成，平滑而有光泽，与莫根纳进城见过的石材都不一样。她拿出坦娜哈雅的羊皮卷，在桌上展开，用两颗大概从河床里捡来的鹅卵石压住。"我没法一边阅读神秘的奈琦迦古语，一边翻译成凡人的语言。"她说，"所以我要安静一段时间。我会叫人送来食物。你们凡人吃什么东西会中毒吗？"

莫根纳不确定她是不是在开玩笑。"我不知道该不该告诉你。"

雯夜牍竟然露出一丝微笑，但也只是抿紧嘴唇、嘴角朝高高的颧骨微微翘起而已。"我是说，我们不想给你吃下能让你中毒的东西。要我猜，水、面包和蜂蜜总不会伤害你吧？"

"你有酒吗？"

笑容敛起。"我不会给你喝酒的，凡人小孩。"她朝旁边一个静静等待的希瑟做个手势，后者转身滑出房间，犹如顺风而行的帆船。

* * *

数个钟头内，莫根纳经历了从生命威胁到百无聊赖的转变，感觉真是古怪至极，但事实就是这样。

他依然不信任希瑟，至少不信任这群穿着白衣、皱着眉头的特殊希瑟。不过吃饱喝足让他的心情平静了些。吃完东西，他无事可做，只能坐在那里，看着坦娜哈雅和雯夜牍从蒙尘的壁龛间取出古卷，翻看，用流水般的希瑟语讨论，再把古卷放回去。

至少坦娜哈雅享受这一刻，他心想。她多次自称学者，但在过去两人同行的日子里，她所有精力都用来保住性命了，如果莫根纳坦率地承认,坦娜哈雅是为保住他的性命而费尽心机。此时此刻,看着她忙于自己最喜欢的事,莫根纳就像看到一个战士终于能抽剑出鞘,与敌人决一死战。她身处陌生之地,举手投足却充满自信,就连雯夜胰也有同感。莫根纳不敢假装了解不朽者,但他觉得,年长的希瑟不再把坦娜哈雅当做敌人,而把她视为平等的同僚。她俩的讨论有时也很激烈——至少对高冷的不朽者来说是这样——但雯夜胰脸上不再只有轻蔑。

莫根纳只希望,这种转变意味着纯民不会杀他——雯夜胰显然是他们的领袖之一,她的意见可能左右着他的生与死。他不想死,所以一直老老实实坐着,甚至不敢请求到案卷厅外散散步。

"诶!"雯夜胰突然大叫一声,音调之高,惊得莫根纳挺直了腰板。坦娜哈雅迅速扫他一眼——是警告?难道希瑟没发现,他一直小心翼翼、安安静静地坐着吗?

"发现了什么,尊长?"坦娜哈雅用通用语问道。

银发希瑟抬起头,似乎有些意外,像是忘了房间里还有个凡人。"我应该找到答案了。我说过,这是第十任大司祭时期的宫中密文,只是我没见过。现在我找到密码了。"雯夜胰指指面前石桌上铺开的羊皮纸。

莫根纳在原地坐得无聊,于是起身走到桌前,但谨慎地隔开一段距离。

"真幸运。"坦娜哈雅说,"这些文字很老了。《朱鹭隐士密码》?我没听说过。"

"它留下的记录很少,大部分学者都不知道。当时贺革达亚内部产生严重分歧,秘密传信是家常便饭,于是声名狼藉的贤哲夜挞敌创造了这种密码。"雯夜胰用修长的手指划过一排排文字,但莫根纳一个字也看不懂,只觉得它们更像昆虫而非字符。"它并非源自语言,而是……我忘记那个词怎么说了……华庭在上,我非要用这凡人小孩能听懂的语言解释一切吗？它源自 kayute。"

"笔画？"

"对，每个字符都根据笔画数产生，从只有一笔的 A 到十三笔的 HIN[①]。具体不费劲解释了。让我们看看，希马努的羊皮卷解码后写的是什么。我来解读密文，你记录下来。"

解码花了不少时间，两个希瑟怀着新的热情专心致志地忙碌着。莫根纳在她俩身后缓缓踱步，猜测解出来的文字究竟有何含义。也许那羊皮纸只是坦娜哈雅的师父临死前碰巧阅读的文章而已，只是发现敌人并逃跑时忘记放下罢了。就算它真的意有所指又如何？坦娜哈雅的师父也没法复活了，莫根纳的处境也不会改变，依然深陷在远离家园和家人的森林深处。

"好了，读吧。"雯夜牍解码完毕。

坦娜哈雅查看写下的文字，表情微微一变。虽然只是眼睛略微睁大，但在莫根纳眼里，经历了无所事事的几个钟头，这轻微的变化仍如一声断喝。"你发现了什么？"他开口问道，立刻被雯夜牍甩来一个冷酷的眼神，吓得紧紧咬住嘴唇。

"是阿苏瓦的建造史。"坦娜哈雅从头再看一遍，缓缓回答。"莫根纳王子，阿苏瓦就是你出生的城堡，凡人称之为海霍特。"

"但海霍特已有数百年历史。"

"告诉你吧，早在你们凡人来到这块大陆之前，我们已经在那里建成了大城阿苏瓦。现在，安静，听我读。这张羊皮纸上写的，就是你和艾欧莱尔向吉吕岐提过的那件物品。"莫根纳还在努力回想自己跟吉吕岐说过什么，坦娜哈雅先用原本的语言读了一遍，然后翻译成他能听懂的通用语。

"'但那时，凯达亚两个……'"坦娜哈雅顿了顿，"不知道你们

---

① 虚构的古代贺革达亚文字的笔画。

语言中哪个词能准确表达这里的含义,我觉得'备受尊崇'或'权势显赫'可以……'权势最为显赫的家族结下了血海深仇。一个是'斩虫'罕满寇。另一个是他妻子,庇护者森立。伟大的罕满寇未能活着见到新世界,他的遗体在华庭陷落时被虚涅吞噬,但后裔从陵墓里救出了给他陪葬的巫木王冠。如今,建造阿苏瓦宫殿时,罕满堪家族将他的王冠秘密埋在城市基石之下,并在周围安置数十颗从华庭带出的巫木种子。寓意任何灾难,也无法将神圣的果实、神圣的叶子、在我族发源地孕育的圣树,从我们手中夺走。'"

"巫木王冠!"莫根纳想起来了,"就是我祖父母和艾欧莱尔他们一直调查的东西。巫木王冠!"数月前他们讨论的一切,如今自他记忆深处纷纷涌现。"有个凡人与白狐同行,他给我们送来一张字条。"王子仔细回想,"他说,北鬼想取回巫木王冠。这张羊皮纸上说的王冠,就是它吗?"

雯夜朕盯着文字,仿佛里面还藏着其他含义。坦娜哈雅望向莫根纳,脸上的表情令他心里发寒。"恐怕没别的解释了。"她说,"不然我师父希马努为何带着这张古卷逃走?他一定找到了它,并读懂了其中含义,却不知为何被贺革达亚发现。于是他们杀了他灭口。为了隐瞒真实目标,他们杀害了我师父。"坦娜哈雅咬牙切齿,但莫根纳也从她脸上看到了担忧。"乌荼库女王要找当初与罕满堪王冠一起埋下的巫木种子。它们一定是如今仅剩的巫木种子了。一旦复活巫木,乌荼库及其最强大的追随者就能重新获得不老不死、无穷无尽的力量。现在我们知道该去哪儿找那些种子了。王冠,来自华庭的最后一批巫木种子,就埋在你出生的城堡地底,莫根纳,就在海霍特地下深处。"

冬噬

主教的忧虑

♛

帕萨瓦勒穿过秘门，走下楼梯，半路才发现自己没戴厚皮手套。他放下托盘，从腰间摘下手套。忘做预防向来不是好事，何况地底深处属于那只红怪物。他不确定那家伙会不会在什么地方藏下淬毒的缝衣针或家用铁钉，刮伤粗心的访客。他和那潜伏者有协议，帕萨瓦勒一直坚持自己的承诺，每次都带食物给它，正如今天，偶尔还会送来年轻女子。尽管如此，他仍无法百分百确定那红怪物通人性，甚至不清楚对方是不是活物。谁知道它哪天会不会厌倦了他俩间的协议？

他戴好手套，来到以往留下托盘的老地方。如他所料，几日前被他扛下来的女仆已踪影全无。不论红怪物如何处置他送来的年轻女孩，都没留下任何痕迹，让人无法猜测她们最后的结局。

放下托盘时，他隐约听见头顶高处传来窸窸窣窣的响动，仿佛老鼠在房梁快步走过的声音。

"是您吗？"他问道。他没指望回应，结果确实没有。"我从厨房给您带来食物，有肉，希望您喜欢。"他在一个宽阔入口前找到一块翻倒的飞檐，坐下。门里的黑影被众多倒塌的木头、石料阻挡。这部分地底城堡介于凡人建筑的最深层和古老希瑟遗迹的最顶层之间，既有古老的地窖，也有更古老的阿苏瓦宫殿残骸。红怪物允许他去的地方，帕萨瓦勒全都探索了一遍，但他不太喜欢深处的废墟，总感觉在那儿会受到监视，即使明确知道隐秘的主人在别处忙碌也不例外。他能听到莫名其妙的说话声，在不该有风的地方感觉到空气流动，还能闻到从未在活人居住处闻过的气味。

"我又在想您的事。"他对头上的黑暗说，"您是什么存在，您的身份，您如何来到这里。不，不用担心，我没想找您出来，不想终止你我的……友谊。所有人都有隐藏的秘密，所有人都有权按自己的愿望隐匿在黑影中。

"但这种思考对我是一种游戏，一种思维的锻炼。就算我猜对了，我也不希望您告诉我。我的思维，就像舌头舔舐拔掉烂牙后留下的洞，总会不停地琢磨。

"您穿红衣，格外关照派拉兹的塔，尤其是它下面的地底深处。很多人亲眼见证红牧师的死亡，他被曾经的主人风暴之王烧成了灰烬。若有凡人能在那样的遭遇下存活下来，那一定是红牧师。可他会藏起来吗？我觉得不大可能。

"也许您是王后的朋友，修士柯扎哈。绿天使塔倒塌后，人们一直找不到他的尸体。当然了，很多人的尸体都没找到，其中好几位是最后一天死在塔里的。它留下的深洞只用石头、泥土简单地填埋，然后在废墟上做了场祭奠仪式。

"或者您是另一种存在？派拉兹是否打开了通往异世界的门，将您释放出来？而他的死又将您困在陌生的世界里？这也是有可能的。我看过红牧师的许多研究，但大部分没看懂。"

他坐了一阵，享受着宁静。就连那红怪物——假如它还在听——也陷入绝对的沉默。

"您知道，我一直在想很多事。"他终于开口继续，"那些事，同以往一样，我从来不会跟上面的人说。我和您一样，必须将大部分自我隐藏起来。您用黑暗和深度做斗篷，我用大方得体的言行举止和无休无止的谨小慎微掩住自己的秘密。但总这么遮遮掩掩，我已经累了。您心中有追求光芒的渴望，即使只能看看星光也好。没错，我知

冬噬

道您找到了通往耶尔丁塔屋顶石堆的路。我和您一样,也有种渴望,想与别人分享心中的所思所想。只能对自己说真话,感觉真累。

"您知道,我一直在考虑王室,也就是至高王室的事。许久以来,我只想推翻那些不配拥有、只靠别人的赠予坐上王座的家伙,或慢慢破坏他们的统治,正如您设法搬开沉重的石块,为自己找到通往耶尔丁塔的自由之路。多年来,我除了想夺走上帝赐予平民国王及他那冷面妻子、疯王之女的一切,再无其他想法。那两人是因我父亲和伯父的牺牲,才得以统治天下。我被人从自己家里赶出来,屈辱地走在街上,形同乞丐和小偷。他们却舒舒服服坐在奥斯坦·亚德全境的王座之上。

"一开始,动手拆散他们的帝国,目睹儿子之死对他们的折磨,似乎已经足够。可后来,他们将孙子立为继承人。那时我就想到,若我鼓起勇气大胆行动,也许有一天,我能通过那孩子统治国家。哦,我觉得,操纵敌人的孙子,让他按我的音符舞动,那会是多大的讽刺啊。那个醉醺醺的傻瓜,只要任他放浪形骸,他就会对我言听计从,成为我的傀儡。

"可现在,沉默的朋友,我开始觉得,自己把目标定得太低了。国王与王后的统治手段向来不够强横,总是太快原谅敌人,总在安抚最贪心不足的家伙。尤其是西蒙,一个出身卑微的贱民,编瞎话说自己是鄂斯坦国王的后裔。他和他妻子的失败,都是他们自己播下种子结出的恶果。后来,笨蛋草原人袭击了护送莫根纳的军队,将我的计划搅得一塌糊涂。身为王室信任的顾问,却无人听信我的建议,这有什么好处?将王子培养成傀儡,他却在继承王位前死掉,这又有什么好处?

"可是,神秘的朋友啊,我跟您一样,并非轻易认输之人。我没打算只把他们毁掉就罢手。那样太简单了。任何人都能杀死国王与王后。而我要他们眼睁睁看着自己的统治分崩离析。我要把他们宝贝的

Empire of Grass

至高王国一点点拆散,每拆一片,都让他们哀恸于它的失落。我要逐个杀死他们的家人与盟友,以他们二人之死作为复仇的终结。然后,莫根纳就可以登基了,而他能信赖的顾问就只剩我一个。可现在,莫根纳失踪了,就连我也不知道他的下落,更不知他是否活着。"

他再次陷入沉默,但这一次,他心中燃起难以遏制的怒火。此时此刻,那些招惹麻烦的野蛮人如果站在他面前,他将把他们撕成碎片,享受他们每一声哭泣、每一次惨叫。那些愚蠢的畜生,竟然破坏了他多年的精心策划……!

他紧闭双眼,直到怒火稍减,才深吸一口气。"啊,不过,您知道的,我的新想法就是在这时产生的。我为何要哀悼一个傀儡的失落?如果国王夫妇失败或死去,总得有人坐上至高王座。到那天,总得有人代替他们。

"那么,何不让我来呢?"

他站起身。"请您明白,我并不要求您做什么,也不会暴露您。就算我赢得了坐上龙骨椅的权力,也不会将您从藏身之处拖出去,甚至不会说出您的存在。但我向您保证,我并没有坐上那把独特王座的幼稚梦想。在我追逐目标途中,您帮过我,我很感激。刚才那些想法只是娱乐而已。不管您是派拉兹本人不灭的灵魂,还是钻进海霍特地底废墟的普通乞丐,我都不在乎。我不想、也不需要知道您的秘密。我们有个约定,我为您带来食物,以交换使用主谓识'月云'的权力。我不会改变这个约定,也请您记住,我履行了我的所有承诺。没有我,您将被迫冒着被抓捕、被拖入光天化日下的风险,去外面寻找所需的一切。

"我要提醒您,我们是盟友。我今天不想从您这里得到更多,请安心享用我带来的食物。我保证会送来更多。只要您真诚待我,永远会有更多。"

一时间,他似乎看到,头上横梁的阴影间有眼睛的反光,但那也有可能是他手中火把造成的错觉。帕萨瓦勒朝想象中红怪物蹲伏的方向鞠了一躬,转身离开地底。

♛

提阿摩在楼梯上遇到妻子。他要外出,妻子则是回家。

"先别走。"她说,"我有个问题要问你,还有个口信。"

提阿摩有些焦急地停下脚步。"他们正忙着帮我搬书,"他解释说,"如果我不到场监督,我不敢想象他们会对一些古老的典籍做出什么事来。"

"搬去哪里?我以为图书馆已经暂时停工了。"

"是啊,吾妻。但杰瑞米大人很热情,要为伊索拉女伯爵的仆人们腾出更多房间,所以我原来存放书本的地方也要清空,必须把它们搬走。不过它们必须受到保护,不能放在有漏洞的橱柜里,只有我才能确保这种事不会发生。你肯定不会相信,我能把这任务放心地交给杰瑞米和他的仆从吧。"他顿了顿,"你有个口信要给我?"

缇丽娅怀疑地看他一眼。"你只记得口信,而不是我想问的问题?我刚才先提到问题。"

"好吧,先说问题。"

"行。你的面包炉还能用吗?"

他莫名其妙地看着妻子。"我的什么?"

"你知道的,就是你称为面包炉的东西。你的炼丹炉,放在温室里那个。"

"你说炼金炉吧?吾妻,你要它做什么?我还以为你的宗教信仰不允许你做这类蠢事?"

"别再跑题啦。我不想炼金,只想做些调查。我找到铺盖了,明白吧?"

"我彻底糊涂了。什么铺盖?"

"就是之前的玛瑞斯月,那个希瑟女子被抬进寝宫时,床上那些铺盖。某个女仆在某个亚麻布箱底下找到的。我听说这事时，她正打算洗净它们，我差点没来得及阻止。"

"为什么阻止？"

缇丽娅眯起双眼。"夫君，你有没有用心听啊？你那敏锐的智慧跑哪儿去了？我们一直没找到差点夺走希瑟女子性命的箭头，仍然不知那上面淬了什么毒物。但那些铺盖上留有黑色的污渍，我猜想，那会不会是厄坦取出断箭时，毒物留下的痕迹。断箭随后失踪，铺盖则被丢到不显眼的地方。也许是哪个女仆偷懒，不想清洗，所以把证据藏了起来。"

"或跟所有理智正常之人一样，不想沾染上面的毒物。而你打算处理它们？"

"我当然会很小心。你娶的可不是笨蛋。"她差点笑起来，"但我不知怎么给你那个破炉子点火，我要做的实验需要控制温度。我该怎么做？"

提阿摩尽了最大努力，将四散在各种事务上的心神收拾起来。"去找希奥巴特弟兄。他接替了厄坦的位置，虽然不太胜任，但能教你怎么做。不过嘛，你必须全程盯紧他，免得他把整个温室都给烧了。亲爱的，务必万分小心，好吗？无论放倒希瑟的是什么毒物，都绝对不可小觑。"

"我说了我会小心的。我这辈子处理过的毒物，至少跟你差不多吧。现在去照顾你那些书吧，我去找希奥巴特。"

"缇丽娅，这回是你在逗我吧。你说过有口信带给我……"

"啊，对。必须声明，这口信是通过十分曲折的途径传到我这儿的，而且我认为，博兹主教希望保密。他不愿把它写在纸上，而是派了个仆人悄悄告诉我。"

"悄悄？"

"我夸张了，但意思差不多。博兹主教想见你一面，希望你有空就马上安排，地点在施赈院，不在这里。"

提阿摩叹息一声。"沙行者啊，请赐予我耐心。我估计'有空'是说，'就算笨拙的仆人正在胡乱处置那些无法估价与替代的藏书，也要马上去'吧？"

"我可没这么说。但我觉得博兹是个好人，没事不会随便麻烦你。"

提阿摩踮起脚尖，亲吻妻子的脸颊。"我保证，等我确保他们不会把类似森尼各作品的无价古卷烧掉后，立刻就去见他。说到烧掉……"

"我会盯紧希奥巴特弟兄的，放心。去吧。去看你那些宝贝古书吧。"

"它们没你宝贝，吾妻。"

缇丽娅扮了个鬼脸。

* * *

一位出纳牧师将他带进施赈院后面的房间，博兹起身迎接。"提阿摩大人，原谅我给你送去那么不正式的口信。你要吃点东西吗？"说完，他扫视桌上的文件，好像它们下面藏着葡萄酒和蛋糕似的。"我叫人送来。"看了一会儿，他补充道。

"谢了，不用麻烦。"

博兹绕过桌子，边走边用袍子擦拭眼镜片，然后架回细长的鼻梁。他有点斜视，说话时习惯往前伸着脖子，仿佛想凑近细看，让人觉得他似乎不太确定自己正在跟谁说话。"那好吧，"他说，"我们直奔主题。大人，陪我散散步好吗？"看牧师的神色，他好像听说了十多件重要事务，很想将它们记在脑中，结果又做不到，因此心情沮丧。至少从这个角度来说，他有点像提阿摩的老朋友史坦异神父。虽说提阿摩不太了解博兹，但仅凭这点，他已经很喜欢眼前这人了。

"主教，我还没有机会恭喜你的……晋升，不知我用词是否准"

确。"他说，"要是说错了，请宽恕我这无知的异教徒。"

博兹满不在乎地摆摆手。"我们是说'授任'。老实说，那是歌威斯主教的功劳。他没法容忍自己的继任是个普通牧师，但我相信国王不在乎。反正，我就这样成了主教。"他停下脚步，似乎忘了自己在做什么，又摘下鼻梁的眼镜擦拭起来。"我们说到哪儿了……啊，对，你愿意陪我到歌威斯主教的花园散散步吗？呃，要是计较头衔之类的问题，歌威斯已经是神官了。提阿摩大人，我们一起去歌威斯神官的花园散散步吧？"

这一日天色灰暗，天气寒冷，但没下雨。提阿摩裹紧身上的斗篷，瘸着腿尽力跟上主教轻快的步伐，但不太成功。博兹终于发现不对，急忙慢下脚步，连声道歉。

"没事，"提阿摩说，"是旧伤了。天冷时更烦人，仅此而已。"他环顾周围密实的树篱和在风中摇摆的树木。"阁下，你有什么烦心事？"

博兹在路中间死死站定。"我永远听不惯'阁下'这个敬称。"他说。

提阿摩哈哈大笑。"我也过了好多年都听不惯自己的头衔。不用担心。头衔、荣誉之类并不能改变我们，只有相信自己当得起它们的想法才能，但通常是往坏的方向改变。"

主教也笑了，但笑容微弱而忧虑。"很高兴你来了，大人。我有些事，但不敢对其他人说。也许国王是个例外，但他最近被各种问题缠身……"他清了清嗓子，"你明白吗，我跟你说也是在冒险，不过，在诸位可能……呃，在诸位能够……"他再次恼火地擦起镜片来，"请原谅，我的脑子都乱成一锅粥了。"

"不如从头开始吧。"提阿摩建议。

"是，当然。你能猜到吧，过去几个月来，我一直忙于理解歌威斯主教——呸，又说错了！——是歌威斯神官留下的账本。我不是说，他和手下牧师写下的记录不够多，事实上，他们把所有账目都记下来了，不仅包括收入和支出的条目，还有无法计数的小标注，解释这里或那里的各种事务。而它们的组织方式非常……古怪。歌威斯把这项工作先后交给几个不同的出纳牧师，我坦诚地跟你讲，我认为他们之间似乎不经常交流，更别提制定一套全员遵守的组织方式了。所以我的工作进展缓慢，让人颇为沮丧。"

"我明白这种感觉。"

博兹点点头。一阵清风吹来，拂动他头上的短发。"我该戴顶帽子。"他说完，纠结于自己的疏忽，沉默了许久，直到提阿摩再也等不下去。

"施赈院的账目……？"

"对对，当然。我看得越多，就明显觉得，账目有些……出入。由于每人有每人的记录习惯，我一开始没注意这些，可现在，我再也没法否认自己的发现。而能跟我商量这问题的人都会落进一个圈子，其中也包括你，大人，请原谅我这么说。那个圈子的人都能……呃，你明白的……"

"我不明白，主教阁下。你发现了什么问题啊？"

博兹似乎在给自己鼓劲儿，像要从高处跳下，却不确定落点是否牢靠。"钱啊，大人，很多钱，毫无记录地消失了。"

提阿摩好不容易才没露出厌恶的表情。滥用钱财的问题几乎无法避免，即使在至高王室的心脏之地，也会有各种贪婪之人想方设法钻空子，但这并非他厌恶的真正原因。他有些后悔丢下挚爱的书本跑过来了。"博兹主教，我很遗憾听到这种事。多少钱？你知道它们去哪儿了吗？"

"最近一次审计结果，缺口共约两千金王座，差不多吧。"

片刻前，提阿摩还觉得厌烦，此时却有如雷劈。"两千！那是笔巨款！观塑者在上，怎么丢了这么多？"

"不是一口气消失的。"博兹回答,"那样很难掩饰。我说过了,我还在努力理解那些账目。不过每隔一段时间,钱就会少一些,很规律,源头很多,这里支付二十个金币、那里拨款五十个。我之所以能发现,完全是因为这类数额整齐的付款太多了。"博兹又一次摘下眼镜,但只在手里拿了一会儿,便戴回鼻梁,结束短暂的走神。"不管怎么说,你能想象吧,要调查每笔购买或拨款的真相有多么困难,尤其过了这么多年,多达数千条记录。可现在,我发现了规律,就不会再轻易漏掉。你想听我解释一下它们的规律,以及伪造支付记录的方式吗?"他满怀期待地问道。

"不用了,谢谢,主教阁下。虽然好像很有意思,但还是以后再说吧。"提阿摩停下脚步,打量冷清的花园,确保周围没人偷听。"跟我说实话吧,你觉得是歌威斯干的?"

博兹面露悲痛。"仁慈的上帝啊,我真希望不是他!但我也说不准,提阿摩大人。十分坦诚地说,也有可能是你做的,但我认为可能性极低,所以我选择告诉你,而不是其他人。"

"你怎么如此确定不是我?"尽管提阿摩对挪用钱款惊诧不已,听到主教的话依然暗自惊喜,"我是个异教徒,是外来人,多多少少算是个蛮族,全靠国王与王后的赏识才得到史无前例的权力。多数人会认为,我就算不是犯人,也是嫌疑犯。"

博兹专心致志地皱着眉头。"我对你刚才说的情况并不了解,只知道你的个人生活出了名的勤俭节约。老实说,这种品德在某些圈子是个笑料。你打扮得像个修士,夫妻俩住在海霍特一套小房间里,尽管你们的头衔足以担保你们获得田地并赚取丰厚的收入,但你俩对那种事都没有任何兴趣。"

"钱,尤其是数额如此庞大的支出,不一定只用来购买衣物或土地。"提阿摩提醒他,"也可以买别的东西,比如权力和影响力。"

"我知道。万一我猜错了,估计你会用乌澜人的异教手段杀我灭口吧。"博兹眯起眼睛,挑衅地瞥他一眼,"但我总得信任某人。"

"为何不告诉国王?他是唯一没有嫌疑的人。至高王没理由偷自己的钱。"

新主教挑衅的表情突然变得尴尬,过了好一会儿才开口回答。"因为,大人,说真的,我也不相信国王。不是!"他抢在提阿摩愤怒地反驳前辩解道,"不是你想的那样。我是说,西蒙国王为眼下的各种麻烦忙得……焦头烂额,而且可怜的陛下很容易因此大发脾气,所以我不相信他能对这事保持沉默。犯人能把偷窃行为做得如此隐秘,想哄他自行现身可不容易。大家都知道,国王生气快,原谅也快,这两点都不适用于我发现的罪行:有人在偷至高王座的钱财,持续数年,金额巨大。有权自主取用国库之人都没出现大笔支付的行为,所以这些钱肯定用在别的地方了,存起来或藏起来,不然就花在我们暂时无法理解的目的上。大人,我认为得先查清犯人是谁、为何挪用财物,然后才能明言我们掌握的情况。"

提阿摩再次对博兹心悦诚服。"你的推理无懈可击。不过我认为,我们还是得尽快告诉国王。"

"是啊,我同意。不过,首先……呃,坦白说,我不知该从哪儿下手。"

"肯定是继续研究。但国王他们会告诉你,我对一切问题的回答都是这句。"提阿摩自己都觉得,这句玩笑并不好笑,但博兹还是勉力挤出一丝笑容。"还有谁能动用至高王室的国库?"

博兹又开始散步,忘了提阿摩瘸腿的事。后者只能咬紧牙关,快步跟在他身旁。"呃,我算一个。还有首相艾欧莱尔伯爵、总理大臣帕萨瓦勒大人,当然还有歌威斯神官。"

"自从歌威斯和艾欧莱尔离开城堡,还有偷窃行为出现吗?"

"很可惜,没有。不然我们就能缩小调查范围了。但我刚才提的那些,并非全部有可能涉案之人,甚至还不到一半。国王与王后当然是有权的，尽管你我都无法想象他们为何要那么做。"他若有所思，"欧力克公爵是治安大臣，管理大笔军费，不过他的钱出问题，会更加难以掩饰。我认为，他会需要千理院或施赈院的人帮忙。当然还有扎奇尔爵士等人，他们负责发放爱克兰卫兵的薪饷，以及其他代表欧力克支付的费用。杰瑞米大人是宫务大臣，也有一笔预算，涉及很多方面和物品。还有马房总管、海务大臣和印章主管。"博兹想了一会儿，又列出五六个有权限从王室金库拿到钱的人。"此外，千理院和施赈院有些人，虽然地位不高，无权动用国库，但能接触到账本，可以为自己或城堡外的任何人篡改记录。事实上，如果内部有同谋，真正的幕后黑手完全可以不在爱克兰境内。"

提阿摩拉住博兹的手肘。"你慢点，我喘不上气了。"

"哦！对不起，提阿摩大人。我这人没法同时想两件事。请原谅，来，我们在这张长凳上坐坐。"

"所以，这十多个人都有可能涉及此事。"提阿摩坐下，歇歇疼痛的瘸腿，"你知道他们哪个最近有大笔花销吗？"他皱起眉头思考，"我们还应调查他们喜不喜欢赌博。欧力克喜欢，但只是小赌，我没听说他玩过大额赌注，应该不会用这么多钱偿还赌债。"

"我也没听说。虽然其他人的生活不像大人你这么简朴，但也没什么显著的花费。帕萨瓦勒的庄园交由城堡总管打理，他已有一年半没回去看过了，庄园的状况没什么改变，也没买新的土地。歌威斯，说起来有些难以置信，但我们的前任主教虽然喜欢华丽的神官服饰，却不是恣意挥霍之人。我从这个角度调查过，没发现明显的贪污行为。"

"所以更值得警惕。"提阿摩隔着袍子揉搓小腿，"如果有人盗用国库，却没用于个人享受，那他们会花钱做什么？"

"大人，这也是我的忧虑，所以才想找您谈谈。我没法独自承担这副重担了。"

冬噬

结果它成了我又一副担子,提阿摩心想,又一件忧虑,又一个秘密。

光秃秃的榛树上仅剩几片黄叶,他看着秋风将其吹落,卷到空中跳舞,最后弃在石头小径上。

诸神啊,你们曾为我指引方向,此刻也请降下指示,他向自己的神祇祈祷,助我找到脚下的沙地,因为我眼前的路都不可靠。

♛

海霍特王座厅挤满了服饰华丽的朝臣。

躲不过的罗森当然在场,浑身上下散发着富裕笨蛋的气息,头上戴顶椅垫似的时髦新软帽,胸前挂着大如暖手盘的黄金纹章。内尔妲公爵夫人也来了,她丈夫欧力克公爵前往草原执行危险任务,她虽满怀焦虑,但也暂时咽下悲伤,穿了件镶满珍珠的奢华长裙,梳个新月发型,只是看起来太像牛角,不免有些引人侧目。

西蒙不知他们是对珀都因的伊索拉女伯爵感到好奇,还是想在寒冬之前抓紧最后的机会享受正常的宫廷生活。歌威斯神官、普特南主教、新晋的博兹主教、托司提格大人、杜格兰大人、伊弗里大人……几乎所有朝中重臣都到场了。就连平常爱穿暗色调的帕萨瓦勒——当然做工都很精致——这次也穿了件昂贵的海绿色外套。似乎所有人都下定决心提醒南方客人:鄂克斯特虽不是最大、最富裕的城市,但凭借至高王室的加持,它一直是最重要的城市。

西蒙穿了件崭新的硬身外套,杰瑞米不断拉扯他的袖子,试图把它拉到完美的位置。国王忍了一阵儿,终于抬起空出来的手,温柔但坚决地拨开杰瑞米的手指。

"这袖子真荒唐,你再怎么弄也改不了了。"他告诉宫务大臣。

"珀都因人人都穿硬身外套。"杰瑞米不满地说。

"几个星期前你刚刚说过,珀都因人人都穿一种模仿鱼鳞的衣服,不是吗?你还把小金属片缝到我的紧身衣上,弄得我活像一袋锌锑硬币。"

"陛下，那是一年多前的事了。"杰瑞米又想拉扯西蒙的袖子，但忍住了，"差不多有两年了！潮流会变的。"

"好吧，但我不会。"

提阿摩携缇丽娅走到西蒙另一边。国王高兴地看到，他们夫妻穿着得体的长袍，但没有任何多余的饰品。"午安，陛下。一切可还安好？"

西蒙决定不提烦人的硬身外套。"挺好的。但我希望……"

他没说完，王座厅外就响起一阵嘈杂和三下庄重的敲门声。西蒙抬手，卫兵拉开大门。

扎奇尔爵士先率一队爱克兰卫兵进场。他们身穿绿色制服，帅气又威风，就连西蒙也油然而生一阵自豪感。然后是群珀都因朝臣，总共十来人，很多穿着颜色斑驳的硬身外套，有蓝、有绿、有黄，一时很难分清谁是谁。他们进门的同时，先进来的卫兵已在大门两边排成两列，朝臣们也按某种秩序站定，只留下一个人影站在大门正中。

"珀都因女伯爵，伊索拉阁下驾到。"传令官喊道。

"那就是她？"西蒙原想悄悄说，没想到声音太大，"仁慈的圣瑞普啊，杰瑞米，你怎么没说她这么年轻？怎么会？"

不过伊索拉抬头直视他的眼睛时，西蒙对她身份的疑虑统统消失了。面对至高王，她没有丝毫畏惧，就跟在街上遇到乞丐差不多。她身穿一条镶有猩红条纹的黑裙，搭在肩头的斗篷兜帽边镶着皮毛，染成与黑裙相衬的颜色。西蒙身边的朝臣已经在悄悄议论她的大胆着装了。

她顶多也就三十来岁，西蒙看着对方修长优美的脖子和坚定的下巴，惊诧地想道。伊索拉没戴帽子，甚至没梳新近流行的发型，只将一头金棕色长发绑成简单的辫子，垂在背后，用一条纤细的银链固定。她鼻梁坚挺，脸是细长的椭圆形，眼睛很大，一时让他联想到亚纪都。

"陛下，"杰瑞米焦虑地提醒，"她在等您。所有人都在等您。"

西蒙回过神来，伸出一只手。"女伯爵阁下，我们欢迎你。"她应声上前，高昂着头，仪态庄重，来到高台脚下优雅地行了个屈膝礼，然后抬起手。西蒙走下高台，接住她的手，拉到唇边行吻手礼。

"小姐，非常欢迎你的光临。"

"陛下，感谢您的亲切问候。"女伯爵回答，"我为您带来了珀都因臣民的问候。"她没有丝毫口音，但西蒙并不意外，珀都因人向来擅长强大的邻居们的语言。

他惊讶于对方的年轻与优雅，以致忘了所有该说的话。"相信你的航程一切顺利？"他好不容易才想起这么一句。

"一般吧，但不是船长或船员的错。"她回答，"我不知道，如今北方也有这么多淇尔巴。您知道吗，有天晚上，我们走到万途关附近，竟然有三只淇尔巴爬上了我的船。幸好船员把它们赶跑了，所以也算一切安好。我本以为，只有南方水域才需要担心那种怪物。"

西蒙皱起眉头。"我不喜欢这种现象，看来它们的活动范围在扩散。"他又忘记自己该说什么了，"好吧，我们要感谢上帝，保佑你和使团安然无恙。"

"确实，我们不停地祈祷，"她说，"在船舱里缩成一团，直到水手告诉我们安全为止。"

西蒙不大相信女伯爵真如她自己形容的那么怯懦。虽然她身材纤细，但西蒙觉得，她更像拿起棍子、帮水手一起打怪物的人。"无论如何，鄂克斯特和海霍特欢迎你。"他告诉女伯爵，"请让宫务大臣带你和使团前往你们的住处。希望你们跟我们共进晚餐。我听说，厨房已准备好特殊菜品，对吗，杰瑞米？"

听他当着访客的面喊出自己的名字，老朋友脸上微微抽搐一下，但仍勇敢地走上前去，华丽地鞠了一躬。"陛下说得对，女伯爵，厨房已创造出一系列令人惊叹的菜品。"

"谢谢。"她回答,"但我希望,不会全是鱼吧,我在船上已经吃够了。"

宫务大臣的笑容消失了,赶忙再鞠一躬掩饰过去。"我相信您不会失望的,女伯爵阁下。请随我来……"

珀都因众臣簇拥在女伯爵周围。杰瑞米转身吩咐一个仆人,在他耳边严厉地吩咐,厨房最好为今晚的晚宴准备一些不是海鲜的菜式。然后他回过头,换回笑脸,引领客人走向寝宫。

"希望很快能有机会跟您谈谈。"伊索拉对西蒙说,"当然,是你我二人的私下对话,不受人群、顾问和其他好事之徒干扰。这不算过分的要求吧,陛下,您说呢?"

"一点也不过分。"他回答得太快,几乎能感觉到提阿摩不满的目光。"我保证安排一次这样的会面。"

"米蕊茉王后不在,我深表遗憾。"伊索拉补充。西蒙觉得,她的嗓音真像乐器般悦耳。"我从小就很崇拜她。"

"我也很遗憾。"他回答,"但你知道,此时纳班的形势错综复杂。"西蒙感觉有必要多说一句,"她能跟你见上一面,也会非常开心。"

这是今天下午以来,他说出的第一句有些言不由衷的话。

冬噬

光荣战死的义务

♛

"向属下展示如何迎接死亡,是每个贵族的义务。"霭林的父亲以前常把这话挂在嘴边。此时此刻,霭林带着手下从奈格利蒙另一侧下山,身后是从老故事跑出来的恶魔白狐追兵,脑子里一直回想着这句话。

他父亲霭瑞尔却没机会光荣牺牲,而是染上流行疫病,七窍流血而死。尽管如此,他仍尽了最大努力恪守自己的信条,临死前只喝水,拒绝任何食物。死神渡恩的牧师来为他祷告,想帮他把脸涂成靛蓝色,也被他赶走。

"我去见诸神时,如果他们认可我这一生,即使不用把脸涂成靛蓝色,他们也能认出我来!"他当时是这么说的。霭瑞尔性情刚烈,哪怕死前也不肯屈服,最后连妻子和小霭林也都赶走了,因为他俩哭得他心烦。

现在,霭林得到了父亲梦寐以求的机会,能在战场上英勇战死,成为下属的榜样,只可惜他的下属已所剩无几。侍从雅乐斯在奈格利蒙外墙废墟牺牲,霭林身边只剩两个同伴——安东教徒伊万和黑胡子马库斯。北鬼从城墙瓦砾开始,就一直在他们身后追杀,此时已逼得很近,散开在山坡上,互相用鸟鸣般的奇异叫声沟通。只因树林茂密，北鬼才没大量放箭。伊万的肩胛骨已经挨了一箭，虽然马库斯帮他把箭拔出，但他仍流血不止，几乎没法继续骑马。霭林知道，他和队友们很快会被赶进开阔地带，接受屠戮。

透过下方密林间的缝隙，他瞥见树林里立着一座折断的石塔，塔后似乎还有崩塌的石墙。霭林从舅公的游历故事中听过，奈格利蒙山峰背面藏有古代遗迹。他没亲眼见过，但心中涌起一阵希望：如果他们能穿过纠缠的灌木丛和拥挤的树木，也许能在那片残垣断壁间找到个地方，当做据点。

"下面！"他指着那个方向，急促地轻声吩咐，"下马，牵着往那碎石堆走。"

"那是异教徒的地方，"伊万虚弱地回答，"是个古老的无神之地。那里有恶魔。"

"身后也有，"霭林提醒他，"它们手里还有弓箭。所以我选废墟。快！"

他把年轻人扶下马，拉起坐骑染血的缰绳。三个赫尼斯第人跌跌撞撞翻过树根，穿过划破衣服与皮肤的黑莓荆棘，弯腰钻过如女巫手指般扫过脸庞的树枝。霭林听到山坡处处传来北鬼的吆喝声，他们正在迅速包抄。他领着属下和战马经过一堵残墙，进入一片蕨类丛生的破败庭院，却发现里面已有五六个头戴兜帽、拉弓搭箭的身影在等待。

"扔下武器！"个子最高的身影命令。他的瓦伦屯通用语很别扭，但能听懂，音量低得出奇。

霭林正准备冲上去，但失血过多的小伊万晃了晃，瘫倒在他身边。马库斯眼见没希望，弯下腰大口喘气，剑尖垂向潮湿的地面。

"扔下武器。"头目更严厉地重复一遍，"保持安静。"

外面的鸟鸣声更近了。数下心跳后，霭林听到回应的鸟鸣，但这次听起来在更远的山下，而且听得出，声音越来越弱。

冬噬

他不确定发生了什么,低头看看马库斯,又看看伊万。后者人事不省地躺在地上,雨水流过他苍白的面庞。"那好吧。"霭林说着,扔下宝剑,"放过我的人,你想怎么处理我都行。"

"我们想怎么处理你们所有人都行。"高个子回答,"决定权不在你手上。"他揭开兜帽,露出一张高颧骨、眼角上斜的长脸,看上去是不朽者,但皮肤并非霭林预料中的尸白色,说明对方不是北鬼,而是希瑟。他表情冷酷,嘴唇绷紧,如同赫尼斯第某位严肃旧神的雕像,一头短发黑白相间。"但我们的任务不是伤害你们,而是要带你们去见我们的女族长。她听巡逻兵报告说,有凡人遭到贺革达亚追杀。"俘获者拍拍胸脯,"我是'椋鸟'厉篾。你们现在是我的俘房,敢发出噪声或企图逃走,不会有好下场。"

霭林听糊涂了。"我们没别的选择。但你的女族长是谁,为何关心我们这样的凡人?"

"她关心什么轮不到我说。"黑白发色的希瑟回答,"我只知道,高贵而古老的安吾久雅女族长吩咐我找到你们,带你们去见她。凡人,收起你的问题,我不会再回答了。"

♛

河里全是色雷辛人,他们像狼一样号叫着,水花四溅地扑向爱克兰营地。有些人还牵着马,用来阻挡缓慢但有力的水流,以免自己被冲走。最前面的草原人已抵达充当营地最外围屏障的深坑和尖桩,挥起斧头砍伐木桩。

警报已扩散到整个营地。爱克兰卫兵纷纷赶来,多数没穿盔甲,或者只戴了顶头盔。有些人连武器都没拿,听见哨兵呼叫,随手抓起身边的东西,石头、树枝,甚至篝火中的铁叉,就这么来了。

波尔图担心莱维斯,但来不及冲回朋友养伤的帐篷,就见一个大胡子部族战士吆喝着翻过矮墙,后面还跟着几人。波尔图旁边几个爱克兰人忙着拉弓射箭,没准备好自卫。波尔图一边庆幸自己带了剑,一边担心除了在保护同袍时被砍成碎片,大概也不会有多少贡献。

我太老、太累,在荒野中流浪了太久,他一边想,一边双手握剑挥出第一下,砍中一个全力攻击卫兵队长的草原人的脚。那人用斧柄卡住队长的长剑,转身望向波尔图,涂了油彩的面庞扭曲成痛苦和愤怒的可怕面具,举起斧头想要反击。但卫兵队长拔出匕首,扎进他身侧,又拔出来往他肋骨捅了两下。草原人晃了晃,双膝跪地。

队长飞起一脚,沾满泥巴的靴子正中那人的脑袋,将他踢翻在地,再也不动了。

"我们需要更多人!"队长喊道,"他们踩着同伴的尸体翻过护墙了。"

波尔图已经喘不过气了,但他看得出,队长说得对:用粗大原木搭成的围墙把河岸上的一块巨石围在了营地里,因为那石头比马车底板还大,既挖不出来,也打不进木桩,工兵只好把它留在围墙内,形成一个内倾的斜坡。两边卫兵冲过去防御斜坡,但草原人也发现了这个弱点,开始成群地涌过来。这还不是唯一的危险。从河里冲上来的野蛮人开始放箭、投矛。正当波尔图左右张望,看看该去哪儿求助时,他身边一个卫兵脸上中箭,朝后倒下,像被烫伤的孩子一样惨叫着。

"这里,战友们!"队长吆喝,"爱克兰人,到我这儿来!这里,把那些混蛋赶回去!"

听到呼喊的卫兵们聚到围墙前。这种时候,波尔图已顾不上酸痛的四肢、无助地躺在营帐里的莱维斯、失踪的莫根纳王子,或者其他一切。身穿动物皮革的壮实身影不断翻过围墙,满脸胡须的脸庞如恶魔般尖叫着,从黑暗和雨幕中浮现,朝他扑来。他与队长并肩作战,尽力而为。

对年迈的骑士来说,此时的感觉并非噩梦,而是场热梦:诸多混乱迷惑的景象在他眼前飞速掠过。咧嘴、涂彩的面孔仿佛没完没了,

冬噬

似乎北方每个色雷辛人都在攻打营地！有一阵子，草原人从墙外涌入营地，如海浪漫过堤岸般，将波尔图冲离了队长及右边的所有人。他听到身后好多人在齐声呐喊，但不敢回头去看发生了什么。过了一会儿，从他旁边冲过去的色雷辛人跟跟跄跄地跑回来，一边撤退一边互相磕碰。波尔图用剑扎中其中一人的身侧，但那大胡子野人好像没有感觉，因为一大群武装整齐的爱克兰卫兵正将入侵者逼回围墙。新来的军队冲进野蛮人群大肆砍杀，波尔图终于有机会抬头查看，顿时高兴起来。

是欧力克公爵，他亲率一队新来的爱克兰卫兵，挥舞长枪加入战斗。多数色雷辛人已将手里长矛扔了出去，没几人能抵挡一大群戴着头盔冲锋的士兵。欧力克高高站在队伍中间，是唯一一个没戴头盔之人，头发被雨水浇得贴在头侧，湿润的秃顶映着火光。色雷辛人被逼得往后退，与自己人互相推挤。公爵的长枪一次次扎向敌人，每次收上来，叶状枪头都滴着在夜色中发黑的鲜血。欧力克仿佛戴了张纯粹的愤怒面具，眼睛睁得溜圆，即使在雨水和黑夜中，波尔图也能清楚地看见他的眼白。

他就像安东抚慰人性前的古代旧神，波尔图心想。一位战神，用血与火惩罚所有与他信众为敌之人。直到后来有时间回想，波尔图才意识到，公爵脸上并非只有愤怒，还有疯狂，无法靠一次战斗就平息下去的疯狂。

袭击者终于败退。所有爱克兰卫兵都出动后，数量远远超过草原人。后者转头逃回河面，有些人陷在河中，被箭射死。其他人穿过黑暗的草丛，逃回树林和自己的营地。

战斗终于结束。波尔图疯狂喝水，直到快吐为止，然后去找莱维斯。他朋友很安全，一直在睡觉，把外面的嘈杂当成了高烧的梦境。两人一起感谢上帝后，波尔图回到帐外，累得差点站不起来。

第一缕晨光将地平线染成朦胧的紫色，再变成粉色，天色开始发白，波尔图拖着脚步走过营地。雨总算停了。泥泞的地面到处是小溪，汇成越来越大的水流，流向下方的河。有些地方，波尔图必须涉过脚踝深的溪水。在围墙旁边几个激战地点，人们开始清理尸体，有些尸体被踩在泥泞中，仿佛不属于凡人。波尔图听说，色雷辛人在营地里留下八十多具尸体，爱克兰的死亡人数还不到对方四分之一。告诉他消息的士兵似乎觉得，这是件值得庆祝的事，但波尔图知道，事实并非如此。昨晚袭击营地，只是色雷辛人临时起意，并没做好战斗准备。很多骑兵甚至来不及赶来，所以大部分渡河的野蛮人都是步行作战。再看那些尸体，几乎都没穿盔甲。对，爱克兰人打退了袭击，但那是场偶然的冲突，并非真正的战斗。而且波尔图这方占据高地，有着防御工事。

他们还不理解对手的强横，他心想，也猜不出这片荒原上住了多少敌人。他心情阴郁。也许我太老了，不适合战斗，他继续想道，也许我只是太老了。

他来到营地中心，看到欧力克公爵和几位骑士军官围着一丛熊熊燃烧的大火正在讨论。有人认出波尔图，知道袭击发生时他就在现场，于是喊他过去报告情况。当他提到，从营地某处射出的箭引发了昨晚的战斗时，欧力克似乎没把这当回事。

"野蛮人天天往我们的屏障投矛、射箭，"公爵用高脚杯喝了一大口酒。他依然穿着盔甲，上面点缀着英勇作战留下的血迹和泥巴。"好像是某种节庆。"他啐了口唾沫，"迟早有人会回敬他们的。那些都是野蛮人，野蛮人只认识一样东西——铁拳。"他举起戴着金属护套的拳头，像做演示般，重重砸在他坐的原木上。"我们尊奉国王的命令，为和平而来。现在要让他们瞧瞧，在和谈中不守信用会是什么结果。"战斗结束至少已一个钟头，之后波尔图一直喝水，没敢喝酒，欧力克公爵的脸却始终涨得通红。他忍不住暗想：公爵醉得不轻啊。

他继续绕着营地周边散步，看到人群将战斗和大雨打乱的东西重新摆好。走到背对大河的营门前，他发现一群卫兵簇拥在刚刚抵达的二人周围。他与那群人还隔得很远，但已经认出了马背上的矮个子。

是艾斯崔恩，他高踞在马鞍之上，像个凯旋而归的将军，接受众人的赞誉。欧维里斯站在他自己的坐骑旁，因为他马鞍上坐了别人。那人身材瘦削，穿着脏兮兮的破衣。

"嘿，看呀，那是我们的老朋友！"艾斯崔恩见波尔图走来，大声喊道，"我们听说，你们刚刚打赢了一场激烈的战斗。但我们也没闲着！看，我们带人来参加盛宴了。这人你该认识，是艾欧莱尔伯爵，至高王座的首相！"

波尔图看见了。那个柔弱消沉的身影确实是艾欧莱尔，但他不像获救之人，更像仍然被囚的犯人，面容憔悴，已经多日没刮过胡须，眼睛四周挂着黑眼圈，眼神茫然，仿佛懒得关心自己身在何方、要去哪里。

"都是艾斯崔恩一人的功劳。"欧维里斯在旁冷嘲热讽，"问他就好。我甚至没跟他在一个地方。"

"波尔图参加了一场战争！"艾斯崔恩的好心情没受丝毫影响，"我相信他跟你一样，我沉默的朋友，也在后方找到个安全地点，勇敢地取得了胜利。"

"你看啊，他一点儿都没变。"欧维里斯说，但波尔图的目光一直紧盯着伯爵。艾欧莱尔的年纪跟波尔图差不多，脸上每一道线条都在述说这个事实，他的姿势好像再也没法挺直腰杆，目光茫然涣散，像是看腻了这个世界及世间百态。

"很高兴你俩回来了。"波尔图说，"还有您，我的艾欧莱尔大人，您能平安归来，我们都该感谢上帝。"他对伯爵鞠躬行礼，然后转身离开，走向莱维斯的帐篷。

"站住！"艾斯崔恩喊道，"我们还要大肆庆祝呢！我们要开一壶公爵的白兰地。你去哪儿？"

"去睡觉。"他头也不回,"愿乌瑟斯·安东保佑你们身体健康。"

波尔图灰心丧气,却说不清是为什么。他慢吞吞穿过营地往回走。此时热血已经平复,身上每一处疼痛都愈发尖锐。回到营帐,受伤的莱维斯又安详地睡着了,拳头里捏着穿在皮绳上的圣树标记。波尔图蜷起修长的四肢,在莱维斯的小床尾部躺下,头刚挨着胳膊,立刻陷入熟睡,如同毫无防备的小鱼被梭子鱼一口吞下。

♛

弗里墨低头盯着海菈的脸。她脸色苍白,像是蛋壳,或者煮过的骨头。一个钟头前,她还发起高烧,脸色发红,辗转反复,喘息不停,此刻却又白又湿。弗里墨以前在浣恩见过一个被人从深水坑里打捞上来的女人,她全身湿透,肤色像鱼肚一样白。此时的海菈跟那女人一模一样。全因海菈的胸膛仍在缓缓起伏,怒火才没把他彻底淹没。

"她情况怎么样?"乌恩沃的脸向来少有情绪,但紧握的拳头指节发白,"你能救活她吗,沃弗拉格?"

萨满摊开厚实的双手,做了个"不能怪我"的手势,嘴唇扭了扭,仿佛连君主的询问也让他厌烦。"伟大的山王,这要由神灵决定。邪灵从她胸前的伤口入侵,而她为了自己的性命,正与它们交战。现在只有天上的神灵能帮她。我已向所有神灵做过祷告,尤其是她的部族守护者草上惊雷。"

"继续祈祷,再诚恳些。还有,也替凶手祈祷一次,不管那是谁。"乌恩沃命令。

海菈的姐姐、乌恩沃的母亲渥莎娃看了沃弗拉格一眼,眼神中既没有同情,也没有赞成。她把大多数女仆赶走,只留下几个,自己亲自照看妹妹,像母狐狸守护受伤幼崽般守着海菈。"我跟你说了,"她说,"是艾欧莱尔和阴险的石民干的。我不跟他们走,海菈为了保护我,替我挡了一刀。"

冬噬

乌恩沃递给她一个奇怪的冷漠眼神。"真像你说的那样,他们要带你去见国王与王后,那为何用刀扎你?"

渥莎娃擦去妹妹额头的汗水,没有抬头。"我怎么知道?他们都是疯子,全都是。艾欧莱尔和他的士兵企图偷偷带我走。只有疯子才会那么做。他们干吗要抓一个老婆娘做俘虏?"

弗里墨相信自己知道答案。"为了威胁山王。"他说,"伯爵想把你抓去做俘虏,强迫我们听从石民的命令。"

"也许吧。"乌恩沃似乎不想再谈。他朝母亲略略点头,站起身。沃弗拉格留下来为海菈祈祷,弗里墨随山王走出帐篷。真奇怪,他心想,山王不肯叫渥莎娃"母亲",甚至很少喊她的名字。那可是生他的女人!渥莎娃是部族酋长的女儿,她父亲费克迈虽不讨人喜欢,但实力强大。她丈夫是强盛的石民王国的王子,因此,乌恩沃的混血血统不算太大的耻辱。然而他们母子间却有道无法逾越的鸿沟。乌恩沃尊敬渥莎娃——给了她仆人和她一切想要的东西——但与她相处时总是很别扭。弗里墨无法理解。

"我们做什么?"弗里墨边走边问。

"去跟其他酋长谈话。你忘了吗?他们在等我们。"

"没忘。但我不知有什么好谈的。您母亲的妹妹遭到袭击,差点送命!您没感觉吗?"

乌恩沃又走了好几步,才开口说话。"我该有什么感觉?愤怒?我多得很。我以为艾欧莱尔跟其他石民不同。我小时候,父亲说起过他,有一次还告诉我:'再没人比艾欧莱尔伯爵更值得我信任。'可他却辜负了我的所有信任。"

"那就惩罚他!惩罚所有石民。就在这一刻,他们国王派来的军队还在我们的边境,对我们指手画脚,拿我们当小孩子看。我们光明磊落索要赎金,他们却密谋抢走我们的人质。给他们的营地送去铁与火吧,让他们瞧瞧真正的男人是什么样子。"

乌恩沃又沉默片刻。弗里墨这时能看到，欧多柏格和其他酋长正在等候山王，他们站在一丛旺盛的篝火周围，以驱赶灰暗早晨的寒意。

"弗里墨，你似乎很在意我母亲的妹妹。"乌恩沃最后说，"你只是为了对我表示尊敬？还是藏有别的心思？"

弗里墨血气上涌，只希望已经被风吹红的脸颊能掩饰住脸红。"我不该担心您母亲的妹妹死在城市人手里吗？"

乌恩沃只是挑起一边眉毛，转头望向营火方向。

"好吧，我说。"弗里墨终于开口。他不明白为何这么难以说出口，只知道自己必须咽咽口水，才能继续说完。"她是个好女人，不该受这样的罪。"

"我同意。"乌恩沃的目光仍然盯着前方，"但我觉得，你还有实话没说完。"

"我关心她。您想听的就是这个？我关心海菈。我曾想求您把她给我……我是说，正式嫁给我。"他急忙补充，"破空者作证，您不会以为我有别的意思吧？"

一时间，乌恩沃严酷的脸上露出一丝笑意。"我没想过别的意思。不过，她年纪比你大多了，弗里墨，差不多是你的两倍，可能没法给你生儿子，恐怕连女儿也不行。"

"我不在乎。"说完他才意识到，自己是真心实意的。多年来，他受到哥哥的压迫，只想逃脱欧里格的重压。但突然间，世界在他面前摆出诸多选项。既然仙鹤部族已属于他，有没有儿子又有什么关系？草原之子在遥远黑暗的过去被赶出自己的土地，可现在，很快就能夺回来了。到那时，所有人都能记住他的名字：乌恩沃山王麾下的伟大将军弗里墨。他还要儿子做什么？

乌恩沃仿佛猜出弗里墨脑中宏伟的幻想，摇摇头，但只是说："你说了实话。她是个好女人。如果你愿意娶她为妻，她也愿意嫁给你,那我会同意。"

弗里墨差点脱口问出,为何要考虑海菈愿不愿意?但他立刻想起哥哥是如何强迫姐姐库尔娃——乌恩沃的恋人——嫁给另一个男人的。他能感觉到,那是乌恩沃心中永远无法愈合的伤口,所以不再追问。

只要海菈能活下来!他心想,我的幸福就圆满了。但这念头无法舒缓腹中的冰冷和沉重,海菈可能会死的担心将他的肠胃揪成一团。

酋长们一直看着他俩,见他们走近,于是上前迎接。

"您母亲的妹妹怎样了?"欧多柏格问,"能救活吗?"

"能。"乌恩沃回答。

"都是石民干的好事。"弗里墨补充,"他们竟然用刀扎一个无助的女人,还怎么有脸自称是男人?"

"尤其是,用我母亲自己的刀。"乌恩沃声音很轻,似乎只有弗里墨能听见。但他不确定山王是什么意思,只能琢磨自己有没有听错。

"那我们怎么做?"林鸭部族的伊特纹问,"他们派来的武装部队不但过了河,还一直杀到血湖这边,攻击我们的心脏。现在只有神灵才能阻止这次袭击成为史上最阴险的谋杀。"

"她会活下去的。"弗里墨吃惊地听到,自己的声音里带着突然蹿起的怒气,"她会活下去。"

几个酋长谨慎地打量着他。乌恩沃招呼众人围坐在火前。

"现在有几件事必须谈谈。"他说,"侮辱、流血和复仇。"

* * *

弗里墨感觉,乌恩沃的措辞虽然严厉,但与石民开战这件事,他始终有种奇怪的抗拒感。但他不想在这个时候质疑山王,况且其他酋长的意见足够弥补他的沉默了。

"欧多柏格说得对。"安博特说,"最起码,在这个艾欧莱尔成功逃回指未河①岸的爱克兰营地前，我们得把他抓回来。"

乌恩沃半闭眼睛看着他，似乎厌倦了这场讨论。"你以为我听说这事之后，没派人立刻去追他？"他问，"你以为我是个傻瓜？"

"不是，伟大的山王。"安博特不敢正视他的眼睛，"我绝对没这意思。"

"那就听好了：我已派大鸦部族的巍蒙特带着十几个骑手去追了，现在或许已抓住了那几个石民。这是我并不急着做决定的原因之一。如果他们能带他回来，那情况跟先前也就没什么变化。"

"除了他企图杀害你小姨之外！"弗里墨说。

乌恩沃不耐烦地瞪他一眼。"有些事我还没查明白。况且这不是普通的部族纷争……"

"那是谁？"一个酋长望向北边的平原，"看！有骑手来了。"

所有人都站起来观望。弗里墨年纪最轻，很为自己的眼力自豪。"他身上有歪斜的羽毛装饰。"

"是巍蒙特的手下。"欧多柏格说，"也许他们抓住石民了。"

他们站起来，看着那人越来越近，直到完全看清他的样貌。

"是小哈拉特。"欧多柏格说，"瞧瞧那一人一马，说不清谁更累。"

骑手来到众人面前，翻身下马，双脚落地。"山王万岁！"他说，"巍蒙特派我来，因为我是最快的骑手。"

"你的马确实最快。"欧多柏格插嘴，"我当然知道，因为是我卖给你的。"

哈拉特他皱皱眉，但没分心。"爱克兰人袭击了指未河边的野牛部族。"他说，"据说杀了两百人。"

酋长们一片哗然，同时愤怒地追问细节、咒骂石民。"整个野牛

---

① 指未河：色雷辛人对末指河的称呼。

部族加起来也不够两百人。"乌恩沃说。弗里墨听得出他话里蕴含的怒火。

年轻人并未退缩。"有人说,当时还有雀鹰和鞭蛇部族的人跟他们一起扎营,交换新娘,也许那些人也被杀了。伟大的山王,我说的都是巍蒙特要我传达的话。"

"怎么发生的?"乌恩沃质问。

"我没听到全部经过,但听人说,野牛部族的人测试臂力,往石民的营地投矛、放箭。本来是闹着玩的,已经玩了好几天,结果对岸士兵射死了他们几个人。其他部族战士就向营地发起冲锋,随后发生激烈战斗。"

"他们把爱克兰人从河边赶走了?"一个酋长急切地问。

哈拉特怜悯地看他一眼。"对方有数千人。野牛部族这边只有几百。"

"几乎所有人都被杀了?"乌恩沃问。

年轻人耸耸肩。"我只知道,野牛部族酋长失去了两个儿子,气得暴跳如雷。巍蒙特酋长派我来询问,伟大的山王,您打算怎么做?他们的酋长说,如果您不愿协助野牛部族,他就自己去报仇。"

"一个小小的酋长,敢用这种语气对山王说话。"欧多柏格开口,但乌恩沃抬手制止了他。

"召唤所有一两天内能赶到的酋长,"他说,"带他们来这儿。我们将前往指末河。如果真是石民干的,他们不会有好下场。"

"为什么说'如果'?"弗里墨问完才注意到其他人的眼神,震惊地意识到自己是在质疑山王的权威。"抱歉,乌恩沃山王,我失礼了。但您还需要了解什么?您母亲的妹妹被人捅伤,您的囚犯未付赎金就被偷走,现在又发生这事。爱克兰的国王在嘲笑我们。"

他看到乌恩沃的表情,以为对方针对自己,只觉得血管里的血液都凝固了。片刻后,他明白自己猜错了,不禁松了口气。那凶神恶煞的表情,针对的完全是另外一个人。"是吗,他在嘲笑我们?那就看看,等爱克兰人的尸体堆得像他们的石屋那么高时,他还能不能笑出来。"他转向其他酋长,甩开斗篷,露出皮革与金属混合的盔甲。弗里墨觉得,那宽大的甲板就像浼恩鳄鱼的鳞甲脊背。石民唤醒了一头怪物,他心想。然而他心中突然涌起的并非胜利,而是不安。

"如果石民以为能把我们当成畜生看待,那就叫他们尝尝我们的牙齿。"乌恩沃的双眼眯成缝隙,布满疤痕的长脸看得人胆战心惊。他从鞘中抽出弯刀,指向苍白的天空。"拿我的战争油彩来。"他的喊声冰冷而凶狠,如同最严酷的冬夜。"召集所有战马和所有酋长!我们受到袭击。现在,草原帝国的战士要上战场了!"

冬噬

庭院

米蕊茉看着仆人和侍从为公爵穿上镶金盔甲的最后一个部件，开始扣胸甲。"最后说一次，萨鲁瑟斯，"她说，"我请求你不要出去。"她几乎听不见自己的说话声，因为牧师们正在不停地祈祷，可就连那帮纳班老人的念叨也掩盖不住墙外的叫喊，低沉的隆隆声如海浪拍打岩石。一声犹如海鸥啼鸣的愤怒尖叫瞬间压过一切喧闹，随即消失在牧师的呢喃声中。

公爵府已被愤怒的市民包围了两天。他们相信是萨鲁瑟斯谋杀了亲弟弟和达罗伯爵。公爵、公爵夫人、他们的孩子，甚至米蕊茉都成了囚犯。

公爵正拿起头盔，闻言停住。"有些暴徒已经闯进来了，陛下，他们正在破坏坎希雅的花园，很快就会闯进我们的大门口。"

"因为塞斯兰·玛垂府就不是为了抵御围攻建造的。"米蕊茉愤怒地说，"留在这儿很蠢，但现在出去就更蠢。要说有谁该出去跟市民对话，那也该是我。我是至高王后，他们会听的。"但这话连她自己听来都觉得空洞。

萨鲁瑟斯摇摇头。"陛下，我不能让您去冒险。外面那帮野兽不是我们的人民——不是真正的纳班臣属。他们是萨林·英盖达林花钱雇佣的暴民，是懦夫、罪犯和码头地区最烂的人渣。他们除了暴力，什么都不会。"

米蕊茉盯着公爵的盔甲，肠胃揪成一团，沉重地压在腹中。"那你至少别戴头盔，大人，凭那上面的装饰，半里外就能认出你来。"

他用手指抚过头盔上蓝色的翠鸟羽毛。"是啊，并且会提醒制造这疯狂混乱的家伙,他们到底在干什么。"

"圣母艾莱西亚在上,你为何如此固执?"她再也坐不住了,起身离开凳子,站在公爵面前。"想想你妻子,萨鲁瑟斯,想想你的孩子!留在这里保护他们。等暴徒情绪稳定再说。如果他们全靠英盖达林家族支持,那他们来这儿就只为捣乱和收钱,而不是推翻一个统治家族。钱迟早会花光的。"

"那我更该给他们点颜色看看。"公爵回答,"陛下,您离开这里太久了,不了解我臣民的本性。他们只崇拜勇者。他们了解他们的公爵,知道我为他们做过的事。"

米蕊茉已经厌倦了别人自以为是地说她不了解什么事。"他们认为你做过的事,就是杀害了自己的亲弟弟。"她说,"唉,要是你肯听我的话,根本也不会发生这些。"

萨鲁瑟斯谨慎地望着她。与米蕊茉刚刚抵达时相比,他的面容仿佛老了十岁,脸颊塌瘪、眼窝深陷、眼圈发黑,就连胡须都失去了光彩,白色比金色更多。终于,他点点头。"也许是吧。"他过了一会儿才说。牧师们念完一篇祷文,安静片刻,又重新开始。"不管我犯过什么错,都只能祈求上帝的宽恕。我从未宣称自己完美无瑕,但我不能容许后人说我萨鲁瑟斯身为纳班公爵,面对最黑暗的时刻,却因为害怕一群农夫而躲在府邸里。这里全是我祖先的纪念品,我怎能站在这里,什么都不做?"

不等米蕊茉回应,公爵已在她面前跪下。

"陛下,在我出去之前,请祝福我。不论您对我有何看法,我向您发誓,我没杀我弟弟,也没杀害达罗——尽管我不会为他污秽的灵魂流一滴眼泪、说一句祷告。"

"我知道。"她曾怀疑,恩瓦勒斯把萨鲁瑟斯及其卫兵锁起来时,很可能是遵循公爵本人的指示。但那怀疑禁受不住理智的考验,因为公爵明明有个更具说服力的选项:只要去议会堂,坐在众多证人中间,等待弟弟出席就行。她已经知道是谁下令杀了达罗·英盖达林,但没告诉萨鲁瑟斯或任何人,因为她担心公爵会做出行动,令事态更加恶化。"我知道这些事不能怪你。"她说。

"那么,米蕊茉王后,请祝福我吧。"他低下未戴头盔的头。

米蕊茉轻触公爵的额头,画了个圣树标记。"当然可以。我全心全意祝福你,萨鲁瑟斯公爵。愿我主上帝和救主乌瑟斯庇护你、保佑你平安。"

萨鲁瑟斯在闪亮的胸甲上画个圣树标记。"陛下,我还要恳求您,无论发生什么,请保护我的妻子儿女。"

你这随便相信别人的傻瓜,她心里想着,既生气又想哭。万一发生冲突,暴徒突破了你和卫兵的防线,那时不管是我还是任何人,都无法阻挡他们。救我自己?也许可行。但救你和你的家人……?

这个想法的结局太过可怕,她想不下去了。她看着萨鲁瑟斯派队长到前厅召集公爵卫队。随着厅门敞开,祈祷声涌了进来,愈发响亮。萨鲁瑟斯边走边戴上头盔,蓝色的羽毛高高飘扬。侍从随他而去,其中两人在最后关上厅门。留在房里的几个卫兵赶忙放下门闩。

愿上帝保佑你,萨鲁瑟斯,她心想。你这勇敢的笨蛋,现在只有他能救你了。

* * *

卓根爵士在楼梯上遇到她。"陛下,您的车驾已经备好。只有一条路能出去:公爵府东边,出了马车房,门外只有少数暴徒。我派了十几个人守在那里,以便开门时保护您。您的马队是从全纳班最优秀的草原马中挑选出来的。只要出了门,没人能追上我们。"

"谢谢。"她说,"但我还有事要做。跟我来。"

"可是,陛下……!"

"跟我来。"

她走到塞斯兰寝宫三楼,那里是公爵及其最亲近的家人、顾问的住处。

"您想带上坎希雅公爵夫人?"卓根一身重甲,爬楼梯时有些喘不上气。

"也许吧。但我要先办另一件事。"她领着卓根穿过走廊,在一扇门前停下,"我要进去。"

"但房门锁着,我没钥匙。"卓根回答。府外人群的喧闹声更加响亮。米蕊茉听到愤怒的尖叫从走廊尽头的窄窗飘进来,根本不像凡人的声音。

"那我建议你即兴发挥。"她说。

卓根盯着房门看了一阵儿,抬起靴底去踹。过了会儿,米蕊茉听到里面有人惊叫,但仍挥手示意卓根继续。踢了五六脚,门锁松脱,房门往里歪了一些,门框和门闩间露出一条缝。

"我要进去。"她说,"至少把里面的人带出来。如果我没错得太离谱,这扇门很快就没用了。破门吧。"

卓根又使劲儿踹了几脚,房门终于倾斜歪曲,像折断的鸟翅般朝内开启。米蕊茉看到,恩瓦勒斯大人蜷缩在卧室角落里,眼睛惊恐地睁得溜圆。

"陛下!"他半是害怕、半是放心地喊道,"怎么了?您找我做什么?"

"给你看点东西。"她说,"卓根,带他出来。"

卫兵队长抓住老人的手肘,将他拖出走廊。米蕊茉走向尽头的窄窗。"到这儿来,好心的恩瓦勒斯舅舅,看看你干的好事。"

"别扔我出去,陛下!"恩瓦勒斯老泪纵横地喊着,被卓根拖到窗前,"我做的一切,都只想为纳班争取最大的利益!"

"你连谎都撒不圆!"她抓住老人的后颈,那个位置手感冰冷,沾满汗水。"看看你干的好事。看呀,老东西!"

米蕊茉把老人的头压到窗前,自己也看清了下面的状况,只觉胸腔中的心脏冻成了冰块。公爵府的外墙主要是为气派而建，此时已处处缺口。有人带了梯子，正在爬墙。同时爬墙的人太多了，公爵和卫队无法一一阻拦。花园里挤满了人，很多举着火把，几乎人人都拿着木棍、草叉或其他临时武器。正在指挥暴徒往前冲的头目们装备更好，多数手持长剑和战斧，那可不是寻常恶棍该有的武器。她看到萨鲁瑟斯的蓝色羽毛仍在舞动，暂时松了口气。公爵率领卫队背靠通往内庭的大门进行防守，但他们只有一百来人，却要阻挡多出数倍的人群，想来会有场恶战。

"哦，慈爱的安东，救救我们吧！"恩瓦勒斯喊道，"发生什么事了？"

"你外甥正在外面，为自己的生命而战。就因为你。但你不是一个人干的，对吧？"

"我什么都没干！"恩瓦勒斯尖叫起来，"我只是听人吩咐而已！我不知道，我没想过……！"他大口喘气，像条吓坏的狗。

"那是谁？谁指使你把萨鲁瑟斯锁在墓室里？回答我，不然上帝作证，我会把你扔出窗户。这种高度都摔不死你，那就算你运气好。但你会躺在下面，骨头摔断，无法逃走，等着被暴徒发现。"

"我不知道有人会死啊！他告诉我，这样就能阻止某一方获得优势！"恩瓦勒斯红着眼睛望向米蕊茉，"他说必须这么做！"

"谁？谁说的？"

"帕萨瓦勒大人！"他的泪水又一次夺眶而出，下巴抖个不停。"陛下，不要杀我。我以为我是在……"

"帕萨瓦勒？"压在她胸中的沉重冰块变成冰寒的无底深渊，"你是说至高王座的总理大臣？"

"上帝救我，我不知道啊！我以为听从吩咐，就能得到嘉奖，得到我应得的……！"

米蕊茉又惊又怕，放开恩瓦勒斯的脖子，踉跄着后退几步，离开窗前。

"陛下?"卓根爵士震惊得连声音都嘶哑了,"他……说的是真的?"

米蕊茉用双手压紧太阳穴,各种念头在她脑海横冲直撞、左支右突,搅得她无法思考。为什么?帕萨瓦勒?真的吗?他为什么这么做?

另外,他还做了别的吗?新的疑问如冰水当头浇下。哦,慈爱的救主啊,我们怀里揣了条怎样的毒蛇啊?

她头晕目眩,直等到最剧烈的眩晕散去才开口说话。"看住他。"她命令卓根,"把他留在这里。我会回来的。"

"可是,陛下,您必须离开公爵府!"卓根伸手想拦她,但被她一掌拍开。

"我知道!我会走的。但这毒药若来自我们的朝廷,我必须竭尽全力阻止它扩散。"

她转过身,疾步穿过走廊,经过恩瓦勒斯的烂门,来到另一个尽头,然后数算房门,找到公爵的卧室。房门锁着。她用力砸门,大声喊话。"开门!我是王后!坎希雅,开门!"

开门的并非公爵夫人,而是那个年轻的乌澜女子,坎希雅的伙伴和保姆。她一边退开让路,一边轻声道歉。米蕊茉没理她,进门后快步穿过客厅,走进内室。坎希雅坐在床上,怀里搂着小女婴。男孩布拉西斯趴在她脚边的地上,正在翻看插图华丽的《安东之书》。米蕊茉进门时,他好奇地抬眼看了看。一时间,米蕊茉仿佛从梦境中醒来,回到了理智正常的世界。但她知道,这个正常的梦不属于她,也不可信。

"走!"她喊到,"下楼去马厩,马上。只带你们身上的东西。"

"陛下,您这是什么意思?"坎希雅没有起身,反而往后靠去,护着小莎拉辛娜,仿佛米蕊茉才是真正的威胁。

吞噬

"你听到没有？赶快起身，下楼去马厩。圣母艾莱西亚在上，坎希雅，我们没时间了。如果你想救孩子的性命，就给我起来！"

"可我丈夫……"

"公爵的命在上帝手里。"米蕊茉抱起坎希雅怀里的婴儿。公爵夫人只稍微反抗一下就松手了，但似乎还不明白发生了什么。保姆刚才跟进房间，所以米蕊茉将小婴儿交给她。婴儿已经醒来，被突如其来的吵闹吓得哇哇大哭。"杰莎，你叫杰莎，对吧？抱上婴儿，快。你知道马厩在哪儿吧？"女孩点点头，"你带上小男孩，等一等公爵夫人，她也要去。然后你们赶紧下楼，不要停。"

黑肤女孩转过身，只花了一点时间，从门后拿出个袋子，便抱着小婴儿快步走出卧室。米蕊茉拉起男孩的一条手臂，将他提起，往保姆离开的方向推。"走，布拉西斯，跟上你妹妹。"他出去后，米蕊茉回头看看坎希雅，"你还要我说几遍？起来！你必须跟我一起，坐上我的马车。"

坎希雅仍盯着她，仿佛米蕊茉说的是她从未听过的语言。"我们必须等萨鲁瑟斯……"

米蕊茉耐心耗尽，抬手给了她一耳光。坎希雅脑袋后仰，抬起手摸着脸颊，望着王后，睁大眼睛，泪水涌上眼眶。"笨蛋，你一刻也不能多等了。"米蕊茉抓住她的手腕，扎好马步用力拉扯。坎希雅只能起身，否则就被拖到地上了。等她起身，米蕊茉绕到她身后，将她推进客厅。保姆带着布拉西斯和小宝宝在等候。小男孩凶巴巴地瞪着米蕊茉。

"爸爸在哪儿？"他质问。

"他有空就会跟上。现在，你必须保护好你妈妈和小妹，这是你的职责，布拉西斯，这是骑士该做的事。"

米蕊茉又对坎希雅说："公爵夫人，我随后就来。万一你我分开了，你必须坐我的马车离开。车夫会带你去爱克兰，你在那里很安全。我有句话要你带给我丈夫,且只能告诉他一人,听明白没有?你要告诉他,是我说的:帕萨瓦勒是叛徒,必须立刻逮捕。"可她俩分开的话,米蕊茉不能到场印证坎希雅的话,帕萨瓦勒也许能说服西蒙相信,是公爵夫人弄错了,甚至是她失去神智,产生了幻觉,才编造了这条罪状。

哦,夫君,我能像希瑟那样跟你说话该多好,跨越距离,心与心直接交流!

她灵机一动,摘下手上的结婚金戒指,塞进坎希雅手中。"好好保管。见到国王之后,把这个交给他,把我刚才说的关于帕萨瓦勒的话告诉给他。"

公爵夫人看看戒指,又抬头看看米蕊茉。"可您该跟我们一起走!"

"我还有一件事,办完才能去找你们。他们要放火烧府,坎希雅,现在没空聊天。"

她卷起对方的手指,握紧戒指,然后赶着他们进入走廊,一直送到楼梯井,催促他们上路。

"告诉车夫,做好准备,随时出发!"她冲着一行人的背影喊道。

米蕊茉转身跑回走廊,回到卓根和恩瓦勒斯待的地方,吃惊地发现老人趴在地上,像溺水一样挥舞着手脚,嘴里喊着救命,而卓根爵士稳稳压在他背上。

"他想逃走。"卫兵队长解释,"我不停地抓他,已经抓烦了。"

"带他一起走。他可以把那故事讲给我丈夫听,然后吊死给他下令的叛徒。"

卓根拖起哭哭啼啼的俘虏。为让老人专心听命,队长终于决定抽出匕首,抵住他的肋骨。米蕊茉快步走到窗前,下面的情况惊得她两脚发软:暴徒已突破内庭大门,涌入窗户下面的庭院,近到她能看清一张张脸。几个公爵卫兵退到寝宫门前守住,但有几个狂徒已冲进塞斯兰侧翼，其他人跟在后面，蜂拥而入。烟雾从窗口飘出，火舌在窗户里向上蹿动。她完全找不到公爵的翠鸟头盔。

她正准备离开窗户，这时突然看到了萨鲁瑟斯。他的头盔不见了，但米蕊茉认出了他那身闪亮的盔甲，上面出现凹痕、沾着血迹。他被一群男人拖着，往他祖先的雕像走去。雕像刻的是第三王朝的创立者班尼杜威大帝。米蕊茉惊骇地张大嘴巴，看着那些人取出绳子往上甩，搭在雕像伸出的手臂上。

一时间，雕像下的人群是如此扰攘，米蕊茉看不清他们在做什么。然后，有几人合力拉扯绳子，萨鲁瑟斯被猛地扯上半空，绳子另一头在他脖子上打了个结。人群尖叫着、嘲讽着，公爵在他们头顶双脚乱踢，身体抽搐。好几个人伸出手，想把他的腿拉直，但他的垂死挣扎是那么剧烈，他们根本拉不住。

米蕊茉被泪水模糊了双眼。她转身追上卓根，却说不出话，无法回答队长的问题。

公爵府主要房间挤满了四处乱跑的朝臣，仆人们要么哭天抢地，要么跪在地上祈祷，没人留意米蕊茉三人。他们穿过宏伟的入口大厅，奔向后院，半路突然被人拦住。

"赞美天堂，陛下，见到您我由衷地高兴！"玛楚乌子爵略微屈膝，然后挺直腰，"公爵夫人和孩子呢？我到处在找他们！"

米蕊茉立刻心生怀疑：如果这人真那么积极地寻找他们，为何没在寝宫楼上遇见他？"我不知道。"她说，"你该去公爵的寝宫找。"

"我先前去过了。"他说，"我使劲敲门，又道明是我，但没人回应。"

米蕊茉左右为难，不知该不该相信此人。但她可以确定，自己不希望他知道坎希雅和孩子们的去向。"那你必须先保住自己的命，相信上帝会保佑无辜者。"她说。

玛楚乌看着软绵绵靠着卓根爵士的恩瓦勒斯，回头对米蕊茉说：

Empire of Grass

"那陛下您呢？那些人被混乱和鲜血冲昏了头，您不能留在这里。"

"我有保护自己和逃离的计划。"可她知道，这么一句话不足以遣走对方。"反倒是你，我要给你一道王室命令。若你完成这任务，我和至高王室将感激你、记住你：将这哭哭啼啼的老狗恩瓦勒斯带走，关到安全的地方，别放跑了。他是这场暴乱重要的参与者之一，必须为他的罪行受到惩罚。听明白了吗？他必须活着，但我没法带他走了。玛楚乌子爵，你能趁现在不算太迟，把他带出公爵府吗？"

她看得出，玛楚乌眼里闪烁着思考的火花，但他只迟疑了一两下心跳的时间。"当然，陛下。我会将他安全带出公爵府，让他成为我父亲府邸里的囚犯。您确定不需要其他帮助吗？"

"确定。"

"那么，陛下，愿上帝保佑您。"

"谢谢你，子爵。"她说，"愿上帝保佑每一个真诚、忠实的灵魂免受今日的恐怖磨难。"

卓根将老实听话的恩瓦勒斯交给玛楚乌。然后，米蕊茉和卫兵队长快步穿过宽敞吵闹的大厅，走向通往马厩的边门。她能闻到西翼飘来的烟味，听到有人大喊失火了。她不想回头看，因为担心玛楚乌会跟在后面。等到她终于忍不住回头，那人和恩瓦勒斯已经不见了。

* * *

马厩仿佛疯人院一般。从公爵府逃出来的仆人和贵族都想到挤到门前逃走，米蕊茉的卫兵只能奋力阻挡。人们尖叫着相互推搡，卫兵们差点拦不住。马棚里的马匹闻到烟味，也在嘶鸣跺脚。马厩门已经敞开，王室马车候在门前，马队戴好挽具，车夫和三个爱克兰卫兵全部就位。米蕊茉透过车厢后的小窗，看到坎希雅的后脑和婴儿毛毯的一角。自从她和卓根走下寝宫楼梯，她就一直憋着一口气，如今看到公爵夫人和孩子们平安上了车，终于把气吁了出来。

但她还来不及走向等待的马车，就听见响亮的铁链哐当声和木轮转动声。通往府外的大门缓缓打开。

"他们干什么?"她喊道,"失心疯了吗?"

卓根把她拉到一旁,公爵府的居民终于冲破爱克兰卫兵的阻拦,从他俩旁边涌进马厩。大门继续打开,过了一会儿,米蕊茉才看清,转动绞盘的并非门楼里的卫兵,而是一小队暴徒。他们离开破坏庭院和东翼的那群人,冲上门楼。里面的几个卫兵被他们推下,摔在鹅卵石地上,流着血一动不动。府外的入侵者高举火把、铁铲和锄头,从敞开的大门涌入,尖叫着"杀人犯!"和"德鲁西斯!"

绑在王室马车挽具上的马队见此情景,扬起前蹄尖声嘶鸣,马蹄在空中乱踢。人群如旋涡般包围了马车,有些人伸手去拉挽具,车上的爱克兰卫兵挥剑砍向那些手,于是那些人后退,转身,去找更容易得手的猎物。但马队已经受惊,再也不受控制。转眼间,一匹马率先冲出,扯着与它同一副挽具的同伴一起跑。随后,所有马匹冲入人群,速度太快,拉得后面的车厢无助地在车轮上摇晃,眼看就要侧翻。可它还是稳住了,被马队拖着冲出马厩,朝大门驶去,沿途将许多人碾到轮下。车夫狂乱地挥舞马鞭,却是白费力气,就连他自己也只能勉强留在车座上。

米蕊茉瞠目结舌地看到,马车像箭一样飞出敞开的大门,转上大路时剧烈歪斜,差点再次翻倒,然后加速前冲,消失在公爵府墙后,只留下飞扬的尘土和哀嚎的伤员。

"陛下,上我的马。"卓根爵士脸色煞白,"我相信,欧恩的速度全纳班最快,就算驮两个人也行。他们谁也追不上我们。"他抽剑出鞘,带着米蕊茉走向马棚,挥剑在前方开路,无暇顾忌对方是马夫、公爵的卫兵还是愤怒的农民。他的坐骑是匹高大的灰色骏马,此时正眼珠乱转,见他上前拉住挽具,并且贴脸过来说了几句安抚的话,才稍稍镇静。卓根翻身上马,弯腰来拉米蕊茉。

"来,陛下,让我帮您。"卓根下楼梯时还戴着头盔,但不知什么时候掉了。米蕊茉接过他的手，让他将自己提上马鞍，心中暗叹卫兵队长年纪之轻。他出生时，我已经成年了，她心想，如今他救了我一命，我要封他爵位来报答他。

就在这时，有东西从侧面飞来，砸中卓根的头，将他砸下马鞍。米蕊茉差点被坠落的骑士连带着跌下马背。她低头查看，砸中卓根的是把鞋匠锤子，此时就落在他旁边的干草上。她无法判断卓根是死是活，只看到他额头有个凹痕正在冒血。她知道，自己不可能把他搬上马鞍，而她自己很快也会被从大门涌入的暴徒扯下。

她从紧张不安的骏马背上滑下，抽出卓根的佩剑，立刻爬回鞍上，捞起裙摆跨坐在上面，双脚勉强够着马镫。她抬起脚跟，使出全力狠踢马肚。灰马纵身一跃，撞开没上闩的马棚门，奔向敞开的马厩出口。

前方掠过不同的面庞和伸来拉扯缰绳的手，但她挥起重剑朝它们乱砍。然后，她紧紧抱住灰马的脖子，跟着它一起冲进最密集的人群。有些入侵者试图让开，但被马蹄踩倒，另一些人飞扑到旁边让路。等灰马跑出大门、冲上大路时，已将大部分破门而入的暴徒甩到身后。

愿上帝赐你安息，卓根爵士，她心里只有这一个念头。她伏在欧恩的脖子上，躲过几块暴徒扔来的石头。其中一块砸中灰马的侧腹，欧恩疼得跳了几步，但再度找回节奏，继续撒蹄飞奔。此时半个西翼已经着火，火焰沿着窗口往上舔舐，贪婪地扑向尚未着火的楼层。东翼也开始冒烟。她看到寝宫主体楼顶上有人，正把壁龛里的雕塑砸向下面的庭院，在屋顶瓦片上跳舞，犹如狂乱的群魔。

愿上帝赐你安息，卓根爵士，她又想，没有你，我死定了，西蒙会成为鳏夫。愿上帝保佑公爵夫人和孩子们。愿上帝的慈悲临到这名为纳班的渎神地狱。

冬噬

丰饶大道

♛

从黎明前一个钟头，亚拿夫就等在窝里，准备夺命或受死，也许两者都有。他的神经绷至极限，哪怕有人碰他一下，他也可能像琴弦一样发出嗡鸣。

他花了几个星期为今天做准备，一次次祈求上帝赐下力量、自信、视力和悟性，免得浪费这唯一一次机会。

他的弓有两道弯，出自经常在马背作战的色雷辛人的手艺。他在爱克兰一个弓箭匠人手里买下它，那人精通草原人的制弓技巧。为此亚拿夫花了不少银锟，但从不后悔。

尽管手握如此强弓，他也知道，从这位置射出的箭要很远、很久才能飞进营地，所以，他在山坡高处的树上搭了个平台。他每天只悄悄工作一个钟头，以便带回足够的猎物，消除任何因他离营产生的疑虑。平台搭好并牢牢固定后，他练习了无数次，先往远离营地的方向射，测试风、高度、周围植被对箭矢飞行路径的影响，然后爬下树，不辞劳苦地把飞箭都捡回来。他知道必须把弓和肢体练到极限，做了那么多准备，终于确信能精准地命中目标了。他从未听说乌荼库女王穿戴盔甲，即使她被一群迅捷的女王之牙武装卫兵簇拥着，亚拿夫仍相信自己能将钢铁箭头射进她的心脏，而那些卫兵甚至搞不清发生了什么。

此时，他的弓就放在身边的平台上，裹在护布里，旁边放着箭和卷起来干燥温暖的弓弦。时机到来时，他会给选中的箭头添上最后一笔，然后将所有赌注压在一箭之上。

如果上帝大发慈悲，我的心也足够纯净，那个混蛋女王就死定了。我将实现对父亲、对世界之主的誓言。贺革达亚也许会抓住我、杀死我，但无所谓。我在天堂一定会受到欢迎。

* * *

过了中午，营地突然活跃起来。亚拿夫坐直了，搓着双手取暖，看着贺革达亚战士和其他民众在空地上忙得像蚂蚁一样团团转。显然有事发生，同样明显的是，女王一定抵达了，所以他们才会乱成那样。

他从护布里取出弓，在一头缠上弓弦，然后用脚顶住，把它压弯，绑上弓弦的另一头。最近的日子里，他一次次重复练习这个动作，并在脑海里把每一步都反复思量过好多次，以致现在仿佛是在做梦。

绑好弓弦，他一边用指尖轻触选好的箭头，一边观察远处忙碌的山下。他会等到准备射箭时，才把龙血抹在箭头上。因为龙血腐蚀性太强，在箭头上停留太久，会把金属侵蚀殆尽。不过黏土罐就放在手边，用来涂抹龙血的石块也准备好了，时机一到，他就能迅速把那黏稠的黑色龙血涂上去。

可看着看着，亚拿夫突然心生疑虑。如果北鬼军队要迎接女王尊驾，为何拆掉阿肯比及其他贵族军官的营帐？难道他们没打算在这儿停留，甚至不给女王车队饮马、休息的时间，就要立刻出发？

一大群殉生武士正给绑住睡龙的巨型马车套上八匹马的马队。一个白色身影——亚拿夫肯定是绍眉戟——领着巨人蛊罡嘎走到大车后面，给巨人戴上并扣好木头大轭，用链子绑在大车后部。巨人没抵抗，说明绍眉戟在用水晶杖控制他。

亚拿夫明白了，蛊罡嘎要推马车，因为光凭马队的力气拉不动龙车脱离泥地和车辙。也就是说，贺革达亚不但要拆营，而且很快准备离开。但他没看到女王的车队,也没看见阿肯比及其他恭候大驾的仆从。事实上,部分殉生武士已集结成队,安静地离开营地,往东南方行进,继续深入爱克兰的凡人领地。

他不能继续干等了,于是把弓箭等工具全都留在平台上,飞身跃过树枝,落到地面,快步下山返回营地。

他在来来往往的贺革达亚间穿行,多数人懒得看他一眼。但蛊罡嘎发现他了。

"嗨,小凡人!"怪物吼道,"这里还有地方给你,也许他们能找到足够小的轭,套到你肩膀上,好让你给老嘎搭把手,把这蜥蜴推去奈格利蒙。"

奈格利蒙!亚拿夫听过这地名,却猜不出巨人的用意。那座城堡在回归之战时发生过惨烈的战斗,先被贺革达亚占领,后被凡人夺回。对很多人来说,那是个不祥的名字,而且那地方现在是凡人的要塞。

他看到绍眉戟指挥五六个歌者,从阿肯比的马车里搬出书本、箱子、袋子,堆在另一辆运送行李的车上。亚拿夫忍不住琢磨,那些藏品涉及到多少性命、多少灾祸、多少毒药、多少致残和致死的魔咒。曾是玛寇的活尸站在绍眉戟旁边,独眼灰蒙蒙的,毫无生气。自从阿肯比把他复活,亚拿夫一直躲着他。现如今,他不能再躲了,因为他得知道今天出了什么事。

"绍眉戟大人,"他边走边问,随即才想起要鞠躬:自从他们带回活龙,绍眉戟一直以贵族姿态自居。"今早真热闹,能否告诉我发生了什么?"

绍眉戟身穿白袍,肤色也深不了多少,望向亚拿夫的眼睛如小太阳般闪闪发亮。

"我们要走了。"

"可是,为什么?我以为我们要在这里恭候女王尊驾和她的

Empire of Grass

军队?"

"你有什么资格打听我族之母的去向?"

"我没有,绍眉戟大人。我只希望获得之前帮助你和玛寇队长的奖赏。"

"哈!"绍眉戟嗫嚅着嘴唇,露出恶毒的笑容,扭头望向旁边那一动不动的殉生武士。"玛寇队长!现在他不是队长了,但他赢得了更多。女王陛下不会来这儿。我们要去别处迎接她。时光飞逝,计划有变啊。"

"你们要去奈格利蒙迎接她?"

绍眉戟的表情同百叶窗般敛起。"你在哪儿听说的?"

"巨人喊的。但我不知那地方在哪儿。"他在撒谎。

"巨人以为自己必不可少,但他很快就没用了。"绍眉戟嘟起嘴唇,掩饰不住脸上的厌烦,"对,我们要去凡人称为奈格利蒙的地方。如果你还想得到王室的奖赏,那就备鞍,准备出发。"

亚拿夫心念飞转。在这里等待女王本就是一场冒险,一旦绍眉戟或阿肯比断定再也用不着他,随时有可能要他的命。他已琢磨多次,自己为何能跟这群贺革达亚待这么久?这帮殉生武士能不能见到女王,谁又说得清?更别提能不能靠近,好让亚拿夫按计划行事?不行,如果要完成任务、履行誓言,他必须另想办法、另寻机会。

"事实上,"最后他说,"我不想深入凡人领地了。我已完成对女王陛下的职责,但也有太长时间放任其他任务不管了。"

这话引起了绍眉戟的注意。他仔细打量亚拿夫,仿佛像他主人一样,能看出脸庞下隐藏的思绪。"所以,你要回去当女王的猎人?"

"我接受训练,就为了执行那个任务,我一直做得很好。"要把谎话说圆,他还要做一件事,"可我离开之前,还有个问题,关于……银子。"

"银子?"

冬噬

"玛寇答应,我给你们女王之爪带路,每天可收一个银滴。就算你斤斤计较,只愿支付前往雾沙穆雪山那段路,银滴也是不少的。但我依然希望,您愿意支付我帮你们把活龙搬运下山的每日费用。我已超额履行了承诺。绍眉戟大人,你有机会将那野兽献给女王陛下,得到赞誉和晋升。而我只想得到我应得的报酬。"

"我追求的并非晋升。"绍眉戟的话里有股奇怪的味道,更像渴望,而非生气,"我只希望自己的忠心能得到认可。"

"大人,我相信您能如愿以偿。但我希望回归宁静的生活,追踪、抓捕逃走的奴隶。您愿意履行玛寇的承诺吗?"

绍眉戟似乎想说什么,但最终没说,只是戴上贺革达亚用来面对世界的石头面具,藏起了自己的心思。他朝一个仆从招招手,做了一系列手势——亚拿夫看不懂咒歌会的手语——仆人鞠躬离开。

"他会送来你的银子,凡人。你为我们工作,每天算一个银滴。等你回到猎人中间炫耀财富时,记得告诉他们,贺革达亚主人言而有信,即使是对奴隶。我族之母慷慨大方。"

"大人,我从未怀疑过女王陛下的善心。"亚拿夫回答。

♛

奈泽露这一天充满意外。

第一次是在日出之前,她正在等候追兵。她那偷来的马已不停不歇奔跑数日,耗尽了力气。她也观察得足够仔细,知道追赶她的殉生武士是个六人小队。她明白,即使受过女王之爪的特训,也不可能在正面交锋中打败这么多贺革达亚。所以她把马留在更高的山上,自己在长满石楠的山坡上找到一块如蛇信般突出地面的红色板状花岗巨岩,藏身在岩板后等待敌人。

是的,敌人,她悲哀地心想。但我并非自愿。都怪那个亚拿夫,族人竟然更相信他,而不相信我。还要怪那个歌者,他跟我一样是混血,却说我是叛徒,所以百战伯劳才会追杀我。这笔账也要算到歌者头上。可她怀疑自己活不到日出了,所以也不敢相信这辈子还有机会报仇。

她紧紧贴在岩板后,凝视下方雨中的森林。她已发现黑暗中有动静——抖动的树枝、马蹄踩在湿润地面上的声音。她十几次心想,手里要是有弓、有足够的箭,就能把追兵送回华庭。然而,除了玛寇的剑和腰间的刀子,她手上再无其他武器。

不,它不光是玛寇的剑,还是凤奴酷的,她提醒自己。凤奴酷是我族最伟大的将军之一,她突破了北方人的战线,拯救了数百同胞。

但凤奴酷战死了。那就是英雄故事的结局。女将军在奈琦迦山门前,被崩塌的山石压得粉身碎骨,即使唱再多赞歌、往伊瑶拉家族墓地送再多鲜花,也无法让英勇的凤奴酷再度复活。

而且没人给我唱赞歌。谁会赞美叛徒呢?如果死在这里,我在族人的记忆中就永远是个叛徒。绍眉戟和亚拿夫从她身上夺走的,是远比生命宝贵的名节。

此时此刻,她在昏暗的晨光中盯着下方的森林,发现第一个追兵,也收获了第一个意外。她看到苍白的面庞:他们确实是贺革达亚的殉生武士,这一点毫无疑问。可他们经过树冠下的间隙时,她也看到了黑色臂套上的纹章。

不是百战伯劳。

他们臂上佩戴着发音为"Zo"的符号,代表诅狩军团。这名字来源于矛隼,它生活在奈琦迦广阔边缘的露弥亚湖,是那里的百鸟之王。

所以,追杀她的贺革达亚军团不止一个,难怪追兵的马匹那么精神。可这怎么可能?除非他们是从比百战伯劳驻地更近的要塞派来的。她一直听说,那些土地在很久很久以前就被凡人夺走了,那里到底建了多少贺革达亚要塞?就算他们认定奈泽露是叛徒,但她一个孤零零的殉生武士,为何要派这么多战士出来追杀?

冬噬

她一直无法弄清,追兵是否闻到她的气味,有没有发现自己的其他漏洞。认出对方是矛隼军团后不久,她发现他们下了马,将坐骑留在树林中,开始爬上她藏匿的山坡。她看得出,对手并非单纯地爬山:他们的动作像刺客,贴紧地面,利用浓密的深色石楠掩盖行踪。看来,他们不知道奈泽露没有弓箭,不敢冒险,害她差点笑出声。

他们有些成员,年纪比我大好几个大年,可这模样像把我当成了林间最危险的野兽。

她忍不住琢磨,自己是否配得上如此郑重的礼遇。她想起凤奴酷,不光记起那位伟大将军的牺牲,还记起当年贺革达亚在回归之战落败后,长途跋涉退回奈琦迦途中,曾对凡人用过的一条计策。她翻过身,查看岩板周围和上方山坡的情况,却没找到合适的石头,更无法撬松真正能对追兵造成打击的巨石。刚刚燃起的希望之火迅速熄灭。

那就用剑吧。虽然奈泽露估计,生还希望不大,但她至少能挥舞凤奴酷的宝剑光荣战死。

她一边默默背诵遗歌,一边聆听矛隼近乎无声逼近的脚步。她再次往前挪动,查看他们的数目。五个,也就是说,剩下一个大概在下面看马。

既然不能成为英雄,那也可以考虑做个臭名昭著的恶徒。只可惜,我可能活不了那么久,无法成就后一种传奇,被他们用来吓唬殉生武士小学徒:"晚上好好睡觉,别溜出去,不然会被奸诈的奈泽露抓走……"

下方传来一声轻呼,吸引了她的注意力。一开始,她以为是追兵的进攻指令,做好了跳起来战斗的准备。但她往下望去,却发现一个矛隼士兵滚下山坡。这不可能,训练有素的殉生武士不会如此轻易失足。紧接着,另一个矛隼士兵也摇晃着侧身倒下,同时捂住流血的胸口。是箭!哪儿来的?

其他矛隼士兵躲进最近的树丛，取下肩上的弓箭。他们放箭的方向并非石头上的奈泽露，而是山坡下方。

她吃惊地看着矛隼士兵与隐身的敌人交战，心中五味杂陈。周围只有虫鸣声，还有许久才响起一次的箭矢呼啸声。

又一支箭矢飞出，下面安静了一百多下心跳的时间，她终于断定，自己该趁对方僵持的当口逃走。她蹲伏下来，准备奔向山坡上坐骑的位置，下面突然有了动静：斜坡下密集的树丛中窜出几道身影，朝先前矛隼士兵藏身的松树丛冲去。

支达亚，她吃惊又困惑地想道，*那些战士是支达亚！*

矛隼战士不等黎明之子靠近，立刻离开树丛，边跑边发出模仿猎禽的响亮鸣叫。支达亚的动作迅捷而安静，继续在山坡上追赶。双方都没用弓箭，估计是把箭射光了。

此时贺革达亚数量不占优势，奈泽露只数到四人，其中两个有剑，另外两个带着手斧——因其弯钩状斧刃而称为"狎锐"，意思是"蝎子"。支达亚却有七人，分别带着剑和短矛。

下一个意外很快出现。贺革达亚也许从昨晚深夜一直追踪她到现在，因而感到疲倦，但他们都是唱过遗歌的殉生武士，本该轻松打退支达亚才对，哪怕对方数目占优。她这辈子都被灌输了一个信念：住在森林里的支达亚又软弱又怯懦；贺革达亚坚韧不拔，而那温和的亲族却屈服于奈琦迦外的腐坏世界。

然而，她眼前的支达亚战斗起来并不软弱。

此时天刚刚亮，天色昏暗，但她仍能看清双方的动向。矛隼战士穿着统一的深色军团制服，支达亚却穿着深浅不同的棕色、灰色和绿色衣服，就连发色也不尽相同。黎明之子唯一的共同之处，就是肩膀上都别着闪亮的领针，不过隔了太远，就算奈泽露敏锐的视力也看不清上面的纹章。

他们并未缩成一团依靠数量优势，而是在斜坡上一路跳跃，近乎随意地扑向贺革达亚,犹如扑向久违的爱人。战团收缩后,双方短兵交接,武器微光不断闪烁,交击声也不断响起。贺革达亚往更高处撤退,又留下一个成员一动不动躺在岩坡上。支达亚奋力追赶。矛隼已不再喊叫。双方在沉默中再度交手,辗转腾挪数个回合,情势很快明朗:矛隼会被包围起来群歼。尽管奈泽露被这意料之外的结局惊得目瞪口呆,但也很快反应过来:支达亚杀完追兵,只会把她看做另一个敌人。她转过身,疾步跑过岩坡上山,一路压低身子,保持安静,希望能瞒过山下的战士,找到自己的马匹。

她没成功。"Hike!"下方传来喊声——意思是"云!"——支达亚看见她了,果然认定她也是敌人。

奈泽露冲到坐骑前,满怀难以言喻的庆幸:下面双方都没有多余的箭。她跃上奈琦迦战马的后背,后者没发出一点声音。她必须再次逃亡,只希望还在拼死作战的矛隼士兵至少能拖慢支达亚的脚步。

华庭在上,我亲眼看见,黎明之子的凶狠程度不亚于任何一个殉生武士!她催马翻过山峰,冲向下方的密林山谷。他们是类似女王之牙的特种战士吗?还是说,她一直以来接受的关于支达亚的教育,都是在撒谎?

她又想起亚拿夫。那人曾想方设法摧毁她对女王和族人的信念,想说服她相信,她这辈子信奉的真相都是谎言。听了他那些冷酷无情的话,奈泽露的感觉如同中毒。

万一他说的是实情呢?

* * *

奈泽露越来越深地逃进森林。她不知那些支达亚是从哪儿冒出来的,只知道贺革达亚追兵的来处,所以一整晚都往南走,放任坐骑在林间自己找路。午夜过后没多久,她听到远处有追兵的动静,隐约的马蹄声顺着潮湿的空气传来。支达亚肯定解决了矛隼战士,取回了马匹。她必须假设,对方的马比自己的更加精力充沛。

Empire of Grass

月亮渐渐落下，奈泽露找到一条小径。起初她以为是条兽径，虽然满是障碍，比如低垂的树枝、长在凹凸路面中间的树，但总比周围的森林稀疏许多，走起来速度更快。可惜，追杀她的支达亚也能享受同样的好处。

她伏低身子加速赶路，希望尽量长久地抢在猎人前方。走着走着，她发现这条路太长、太清晰了，不可能是普通的鹿或野牛踩出来的。这一定是条古路，十分久远的古路。她绞尽脑汁，努力回想跟它有关的记忆。

同大部分殉生武士一样，奈泽露对书记官、史官要学的知识接触不多。她学过的历史只有一系列战争与战役、胜利与撤退。不过，她沿着古路往前飞奔，前有雨水抽打在脸上，后有马蹄声越追越近，她知道脚下一定是古老的遗迹。幼年时，父亲教她的诗歌片段从记忆深处渐渐浮现：

"古老之心，群山背后……"

小路在山坡上蜿蜒，往下穿过小山谷，持续至少两里格，变成一条直路。两边的树木似乎不愿长到路上，只是伸出枝丫，在道路上方纠缠，形成一条昏暗的通道。

"古老之心，群山背后，避风遮阳之处，坐落着……"

突然，前面树木上方出现了高耸的残破石柱。坐骑纵身跃过横躺于古路的拱门碎片，她必须拉紧缰绳才没摔下，随即不假思索地勒马减速。拱门中央的碎片上有个镶有螺旋状射线的圆圈，像太阳，也像花，或者……星星。

是星门，她想起来了。刚才走的路一定是丰饶大道，曾经从北方进入城市的道路。她想起来了。她似乎听到父亲的声音，听到儿时的那句诗歌：

"古老之心，群山背后，避风遮阳之处，坐落着歌风树，我族九城之一的废墟。"

冬噬

这一定是逃城大稚照。她从未想过有朝一日能亲眼看到它,更未想过会如此远离幽暗、熟悉的奈琦迦。如今她身陷此处,后面追兵的声响渐渐逼近。看样子,她这一生最后的战斗将发生在这片残垣断壁与倾覆高塔之间。

♛

自从吉吉怖带着那颗奇异的发光果实去见乌荼库,桃灼葭再没被女王召见过。她倒也不在乎。光是与那古老女王共处一室,已经是她不敢想象的恐怖经历了,就像同致命野兽一起锁在黑暗的笼子里一样。

日子一天天过去,每次车队停下,她就出去采集药草,每次都有个沉默的女王之牙看管。每一次停留,周围的景色都在变化。虽然冬天即将降临,但他们在往南方走,雪山下寒冷的平原渐渐变成雨雾山峰和金黄夹杂暗绿的树林。

天歌月的月亮圆了又缺,虽然桃灼葭并未被召唤到女王身边,但沃蒂丝经常要去,顺便带回来许多故事,多数是跟贺革达亚女子聊天时听来的。

"旅程快结束了。"她说,"这里是霜冻边境,我们已深入凡人的领地,即将进入爱克兰。"

"但那怎么可能?"桃灼葭问,"为何没有凡人来阻拦我们?我在那些人中间生活过,他们痛恨贺革达亚,说他们是恶魔,如何肯放这么一支庞大的车队驶进爱克兰?"

沃蒂丝摇摇头。"我不知道,桃灼葭。也许那些人同主人已经和解。"

桃灼葭严重怀疑,但她知道,不管怎么措辞,这话说出来都很危险。"你知道吗,我不是一直叫桃灼葭的。"她换了个话题,"那是主人维叶岐第一次在奴隶圈挑中我时,给我起的名字。我出生时叫戴菈。"她笑了笑,"真有意思,两个名字的意思都是'星星'。"

"那'星星'一定是你真正的名字。"沃蒂丝露出微笑,"就算在奈琦迦,也有人认可这一点。"

这句话,以及沃蒂丝陪在身边的事实,给了桃灼葭一种奇异的安慰作用。自从第一次被北鬼女王召见,她就有种大祸即将临头的感觉。然而此时此刻,那种感觉舒缓了不少。多年前在艾斯塔兰姊妹会被劫掠到奈琦迦至现在,盲眼女孩是她交上的第一个凡人朋友,她一直没意识到自己竟如此怀念友谊。当初在奴隶圈,那里根本没有容纳忠诚和友谊的空间。后来被带进维叶岐的府邸,那里的凡人奴隶对她受到的优待只有妒忌,甚至憎恨。

车窗突然映出一片红光,立刻吸引了桃灼葭的注意力。"天上,"她说,"有东西着火了。"

沃蒂丝被突然转变的话题弄糊涂了,但桃灼葭并未解释,而是起身跑到窗前,顺着车队前进的方向,久久地望向远处那片红光。

"我们要去哪儿?"她问道,只觉喉咙发干。

"医士们说,要去一个叫乌棘大桁的地方。"沃蒂丝回答,"意思是'作茧自缚之地',但我没听过这个名字。凡人管那儿叫奈格利蒙。"

桃灼葭熟悉这个名字。在她住过的北方,每个凡人镇子中的每一个人,都知道这个名字。那是贺革达亚与凡人一处惨烈的战场,充满黑暗魔法与死亡之地。但她前往爱克兰之前,凡人早就夺回了奈格利蒙。

她伸长脖子,往窗外张望,发现车队正穿过一道河谷。河对面是连绵的高山,在昏暗的星光下幽黑一片。河与山之间有许多残破的墙壁,仿佛牙齿残缺的骷髅怪脸。再远些是破败的城垛与要塞,摇曳的红光便由那里的数百丛火焰——烽火和火把——汇聚而成。废墟上笼罩着一团灰暗的烟雾或尘土,底部映着火光,犹如红色的闪电。

是地狱,她想起安东教罪人的最终下场,那不是奈格利蒙,那一定是地狱。

那座声名狼藉的城堡本身就是战争与毁灭的代名词,但毁灭似乎刚刚发生。仿佛在这山谷里,风暴之王战争在片刻前才刚刚结束,而非过了数十年之久。桃灼葭呆呆地看着,无法移开目光,心中既寒冷又焦虑。在她看来,时间如罕满堪家族纹章上的巨蛇,吞下了自己的尾巴。奈格利蒙陷入火海,过去回头吞噬了现在。

Empire of Grass

龙骨粉

即使是在海霍特土生土长的西蒙，也不知半数房间的名字从何而来。什么迪恩通道、蓝骑士走廊、牧师散步堂……活人都想不起这些名字是多久前定下的。西蒙坐在王室礼拜堂楼上的主教冥思室里，看着伊索拉女伯爵在屋顶房间四处观看，心不在焉地琢磨，这名字里的"主教"是指哪一位？他为何经常冥思，以至找了这么大的房间来做冥思室？房间下方是小乐园。那是个四面有墙壁的花园，靠近城堡核心深处，几乎只有花匠来此，偶尔也有寻求私密空间的小情人。但现在，花园里空无一人。

女伯爵先看了一遍墙上挂的宗教绘画和教徒画像，最后停下看了会儿花园。时值深秋，树叶落光，棕色树篱显得稀稀拉拉，花园并不美丽。"我感觉，每年冬天都夺走了更多生机，"伊索拉说，"在这场漫长的战役中，生者正在落败。"

"但生命总是更多，这是肯定的。"

"是吗？"她从窗前转过身，回到桌前。仆人上前为她扶住椅子，随即退回门边的阴影里。"也许是吧。但这世界对我来说，正变得越来越陌生。"

西蒙喷了喷鼻子。"不好意思，小姐，但你的年纪比我年轻不少啊，这种话难道不该我来说吗？"

伊索拉露出一副美丽而忧伤的笑容。"也许吧。或许是我们处境不同所致。您有孙子做继承人，还有个可爱的孙女。您知道，她同样可以统治天下。"

吞噬

"我当然知道。要是你们招惹了她，那就祈求上帝保佑吧。那个小家伙，性子像草原寡妇一样刚烈。"他嘴上说着玩笑话，心里却为至今仍迷失在爱克兰边境的莫根纳一阵揪痛。他不知伊索拉掌握了多少情况——珀都因人以善用奸细著称——但他决定不去寻求答案。"恕我冒犯，女伯爵，你为何一直不婚？"他改变话题，"你哀叹没有继承人，可我猜想，愿意与你携手白头，且高贵而富裕的男子一定有几十人，不，应该有数百人之多吧。"

她抬起手，用修长的手指轻轻掸去那些追求者。"陛下，当然有。就算我长了扁鲨的脸蛋、公牛的身段，也会有很多追求者。珀都因的宝座是很多人想要的战利品，但我另有追求。我不想嫁给野心勃勃的男人。"她的标致脸蛋露出严肃的表情，"我忍受寂寞和小人的责骂，为臣民辛勤工作，可不是为了将权力交给丈夫，沦为养育下一代的哺乳工具。"

她的话里隐藏着深沉的怒火，光从她的外表完全预料不到。"那么，你和你父亲宿尔巍很相似。他不允许任何人命令他，宁愿亲自去跟魔鬼交易，而且还能胜出。"

"您也许猜出来了，我是他晚年生下的孩子。"伊索拉说，"但您也许不知道，我母亲只是他包养的几个情妇之一。有些情妇甚至给他生下了儿子。但他没与任何女人结婚。原因之一是，他只想要私生子。他养了整整一窝私生子，但没一个能成为他的继承人，除非他自己选中。他那些儿子啊，没一个有他想要的特质。而我，他跟您刚才一样，在我身上看到了他的影子，所以我成了他的继承人。"

"其他孩子呢？你不怕有人跟你抢？"

"有几个试过。"她回答，"但您根本没听说过吧，说明他们的挑战很快就失败了。别误会，我没把他们全杀光！"一时间，她像个无辜无知的年轻女子般睁大了双眼，很容易让人忘记，他们正聊的是如何消灭竞争对手。"考斯坦特，我最亲近的异母兄弟，我也必须承认，他是众多竞争者中最出色的一个。但在父亲把他列入候选名单之前，他已经被送上了前往未知南方的航船，再没回来。"她露出微笑，笑容中的哀伤显得真心诚意，"我想念他，愿上帝保佑他的灵魂。小时候我们是亲密的朋友。"

继承人的话题已安全转移，西蒙于是说道："显然你父亲选得对。珀都因的臣民正过着繁荣而和平的日子。"

"我们一直很和平。"她笑了，"如果我们选择阵营，又怎能——按您的说法——繁荣起来？"

"我明白了。"突然间，尽管面前坐着端庄大方的美人，西蒙却觉得心力交瘁，"那么，女伯爵，告诉我，你为何来爱克兰？为何要跟我单独谈话？"

"因为您错待了珀都因的臣民，西蒙国王。"

"是吗，女伯爵，如何错待？"

"陛下，您是至高王座的主人，请赏我个恩惠，别假装您不知道。您的王室法令是一年前才签发的。"

见她摆出谴责的架势，西蒙更加佩服：就连火力全开的米蕊茉也做不出如此沉静的愤怒姿态。"你要知道，我只代表半个至高王室。不过，既然你说的事如此重要，那么，不论那是什么事，我认为米蕊茉王后不会背着我做出决定。"话虽这么说，西蒙心里却有些担忧：米蕊茉对他抱怨过很多回，说他对国家琐事不够上心，总把事情留给她做。不过每有重大决定，米蕊茉一定会跟他讨论——他不敢相信她的做法会有改变。

"我说的是爱克兰您这边的中立港口，比如格兰尼弗、末指河口、麦尔芒德等等。您想起来了？"

"我得承认，没有。"

她猛然起身，西蒙还以为她会抄起手边的东西砸过来。守在门边的一个武装卫兵甚至跨出一步，但西蒙抬手示意他后退。伊索拉转过身，带动长袍飞扬，走到窗前，俯视窗下。"陛下，珀都因是个岛国。我们依赖自己的智慧、快捷的船只和船长的技艺生存至今。我们从不祈求他国的恩惠，只做公平交易。但您这条法令，如同扎在我们心上的一刀。"

"我发誓，女伯爵，我不知道你在讲哪条法令。告诉我你为何生气，我才知道我该做什么。"

伊索拉回过身，怀疑地看他片刻，渐渐收起脸上的愤怒。"有可能吗？那好吧。"她说，"《王室海港法令》，您亲自签署并盖章，您亲手做的，陛下，不是王后，也不是其他贵族。它表面上声称是为中立港口制定法律，可那花言巧语之下，隐藏着令人不快的意图，字里行间想尽办法限制珀都因财团的自由。您剥夺了我们把货物卖到纳班边境以北地区的一切权利，却容许北方船盟搞垄断。没有竞争对手，他们可以随心所欲地定价，结果是伤害您自己的臣民啊。"

西蒙连连摇头。"我向你发誓，即使这法令真是我签发的，也是我在没正确理解它的情况下签的。"

"身为君王，说出这样的道歉，毫无诚意。"她的语气里是浓浓的嘲讽。

"那你想怎么样？"他的疲倦已转化为怒火，竭尽全力才没掀翻桌子，将葡萄酒、面包和杯子统统摔到地上。"女伯爵，你想要我怎么样？我只能告诉你我知道的事，而这事我一无所知。也许是我的错。宝血圣树啊，我妻子常说我不专心聆听该听的事，她已经说得够多了！但这不等于我说的是假话。我不知道这件事！"他怒视伊索拉。而后者回敬的目光出乎他的预料，既非害怕、也非愤怒，虽然她的表情——眯起双眼、脸颊涨红、双唇惊讶地微微张开——有可能是那两种情绪之一，但西蒙看到的却是另一种反应。伊索拉随后说出的话，证明他猜对了。

"看来，平民国王果然容易发火。"她回到自己的椅子。仆人们刚才被西蒙的怒吼吓得缩在门边，还没恢复过来，所以没上前帮忙。"陛下，我不会道歉，因为我说的都是实话。不过，也许您并不了解所有以您的名义做的事。"

他阴沉着脸。"恐怕确实如此，而且严重程度超乎我的意料。我可以保证，我会调查这件事的来龙去脉，查清这条法令的真相。"他看到自己的双拳紧紧握住，压在桌上，于是松开，"我会召集全体顾问，一查到底。"

"如果我在场，我怀疑他们不会告诉您实情，至少有些人不会。"她站起身，"但是，西蒙国王，我期待与您下一次见面，期待您把发现告诉我。"她飘向房门，脚步如乘晨风而行的航船般轻盈而平静。走了几步，她回过身。"啊！我忘了！请您原谅，陛下，您给了我这么多时间，容许我如此坦白地发言，那我能否再占用您一点时间呢？"

西蒙已冷静了些，竭力展现大方的一面。"当然可以，女伯爵，有你陪伴的任何时间都是愉快的负担。"

她玩笑般地行了个小小的屈膝礼，露出笑容。"但需要您陪伴的人不是我，而是与我一起前来的同伴。他一直在外等候，希望跟您说几句话。他发誓只要一点点时间。"

西蒙不知道还有别的珀都因人想跟他说话。"他一直在等？"

"他属于很有耐心的种族。"她回答，"我离开时，可以叫他进来吗？"

西蒙有些措手不及，不确定自己掉进了什么陷阱，只能点点头。"当然可以，小姐。"

"西蒙国王，您真亲切。我觉得平民国王的礼貌，该成为某些贵族的榜样。"说完，她行了个完整的屈膝礼，飘出房间。

西蒙坐在她走后的安静房间里，再次心生倦怠。有时他感觉，自己又回到了年轻时去过的阿德席特大森林，在积雪中跌跌撞撞，饥饿、劳累、没有希望。有那么多事要做，却没一件是他真正想做的。

他只想叫米蕊茉回家、统治一个安宁的国家、家人与国民都平平安安。

房门打开，他盯着眼前戴兜帽的陌生人，一时竟生出一股迷信般的恐惧感。访客摘下兜帽，西蒙更是大吃一惊。"圣瑞普啊，"他叫道，"……你是呢斯淇！"

陌生人点头认可。他的肤色有点像提阿摩，但那对眼距宽阔的大眼睛，还有脸颊和脖子上粗糙的皮肤，都证明了他的种族。"是，您说得对，塞奥蒙国王。"

西蒙惊讶地笑了。"很少人叫我这个名字，这么叫我的几乎都是希瑟。你是谁？"

"我叫忒·塞索，是伊索拉女伯爵的旗舰'李·佛丝纳号'的观海者……但我本人并不重要。我有个来自巨桅会的消息想转告给您。"

西蒙觉得快被不知道的事淹没了。"什么巨桅会？"

"就是我族的长老会。他们叫我单独通知您，连我主人伊索拉女伯爵也不知我要跟您说什么。"他瞟了眼旁边的仆人们，"我只能跟您一个人说。"

西蒙仔细打量信使。忒·塞索身材矮小，但很结实，拥有他们那一族修长强壮的手臂。圣树在上，西蒙责备自己，我连这样的小个子都不敢同处一室，那还不如躲回床上，永远别下来了。他只留下两个门卫，遣走其他卫兵和所有仆人。"好吧，"等众人退下，他说，"阁下，现在只有你我了，你有什么秘密消息？"

呢斯淇点点头。"我们敬爱您的妻子，因此与您的家族休戚与共。她在纳班时，曾与我们的长老见面，因为他们有忧虑想告诉她。但那忧虑并非我接受任务的原因。"他像青蛙似的眨眨大眼睛，"珀都因与纳班的观海者是同族，国界对我们没有意义。我们在安汜·派丽佩，每天都能听到乘船从南方赶来的兄弟姊妹的消息。我的任务是甘·拉蓟亲自交付的，她是巨桅会的主要长老之一。我要告诉您：纳班局势险恶，米蕊茉王后留在那里会有危险。"

西蒙的呼吸哽在喉头。"什么意思？什么危险？"

"彻文塔与俄澄侯爵，也就是公爵的弟弟德鲁西斯死了。被人杀了。"

西蒙好不容易才忍住没扑上去抓住呢斯淇的衣领，把他扯到眼前。"死了？怎么死的？什么时候的事？"

"两个星期前。他在达罗府邸的礼拜堂，身中数刀而死。许多人相信他的公爵哥哥是凶手，城里到处都是暴乱和火灾。呢斯淇小镇——某些人如此称呼旧码头一带的地区——受灾尤其严重，每次局势动荡都是如此，但那不重要。巨桅会相信，愤怒的操纵者也许是英盖达林家族。"

西蒙试图理解自己听到的一切，但他更为妻子担忧。"她必须离开。米蕊茉必须离开！她怎么还待在那儿？"

忒·塞索扭动身体，做了个古怪的耸肩动作，犹如鳗鱼试图挣脱捏住它的手指。"我们不知道塞斯兰·玛垂府的内部情况，只知道纳班船上发生的事。王后逗留的原因，您只能问其他人了。巨桅会的长老们也替她担忧。"

"就算我现在集结士兵，登船启航，也要好几个星期才能到纳班。"

"塞奥蒙国王，我们不是为您提供建议，而是我的族人首先收到消息，相信应该转告给您。纳班已陷入火海，多数人认为，那里的事很难善终。"

信使完成任务，鞠躬退出。西蒙在主教冥思室来回踱步，直到敲门声传来，才想起忘了召回仆人与卫兵。他打开门，吩咐他们去通知提阿摩、帕萨瓦勒、扎奇尔爵士和其他军官，立刻前来觐见。

♛

消息虽然可怕，提阿摩却很振奋，因为国王恢复了往日精力充沛的神态。西蒙迫不及待地让众人汇报：往纳班派兵最快要多久。

"陛下，我们与纳班和珀都因人不同，"海务大臣柯弗德说，"我们没有随时待命的战船。"

"而且我们的精锐兵力大多随公爵殿下前往边境了。"扎奇尔大人补充。最近因欧力克公爵不在，他的职责愈发重要，因此获得了男爵封号。

"我知道。"国王凶狠地瞪了他俩一眼。没几人在他脸上见过这种眼神，更没人愿意看到第二次。"上帝的宝血圣树啊，我只要知道，将士兵装上船送去纳班要多久？没人能回答这么简单的问题吗？"

"我们必须征用商船改装。"帕萨瓦勒提议，"各大公会将会不满，包括北方船盟。"

"叫公会见鬼去。"西蒙说，"我们讨论的是王后的安全。该死的，我们讨论的是我妻子！"他望向提阿摩，"至于船盟，他们地位最高的船商，不是正住在我屋檐下吗？吃着我的鹿肉和烤鸡，喝着我的葡萄酒。"

提阿摩差点笑了，但他知道，那样很可能会被国王踹一脚。"陛下，您说的是安格斯·艾-卡皮滨。是，他在这儿。"

"上帝啊，这名字真够拗口的！告诉他，我需要他的帮助，马上就要。叫他知会船盟，以后想在我的朝廷捞到好处，就必须提供协助。"

提阿摩保证，内廷会议一结束，就马上去转达命令。"我肯定他会帮忙的，陛下，安格斯是个好人。"

"我不需要好人，我要有船的人，我要士兵。我要我妻子赶在萨鲁瑟斯对事态完全失控之前，离开那该死的蛇巢。"西蒙怒视桌前众人，仿佛有人会提出反对意见。

"若由我担任队长，率领救援队，我将十分荣幸。"罗森侯爵说。提阿摩还来不及插话，西蒙已对罗森发难。

"你？罗森？我妻子生死未卜，你以为我会派你去救？自从色雷辛人战争之后，你就没打过一场仗，而且你现在又胖又软。"

"陛下，这不公平……"他开口争辩。

"闭嘴！你再敢不经我同意就开口说话，等我们的旗舰驶往纳班之时，我会把你的人头钉在船首！"

罗森的脸唰地白了，张大嘴巴，似乎想当场测试国王的威胁。但最后，他只是抓起桌上的天鹅绒帽子，转身走出了王座厅。

"陛下，您本可以处理得……更柔和。"提阿摩低声说。

西蒙看着他，脸色通红，头发已抓得蓬松凌乱，整个人看上去有些疯狂。"我不在乎罗森怎么想。他是个笨蛋。米蕊茉有危险，而我不会纵容笨蛋。"

"没人指望您真派他去，西蒙……"提阿摩开口，但没机会说完。

"很好。我宁愿派个最迟钝的小马倌去纳班，也不愿派他。"他转头望向桌子周围。所有顾问都小心翼翼地看着他。"你们还在等什么？"西蒙质问，"王位继承人被色雷辛人绑架，北鬼在爱克兰北方游荡，你们的王后身陷险境。去啊！给我找船、找兵！我很快会指定队长人选。上帝啊，我真希望能亲自去！我很乐意亲手将达罗撕成碎片喂海鸥！去啊，你们都去！去看看能做什么！"

* * *

提阿摩尽职尽责地把国王的话转达给安格斯，并提醒他说，国王现在的心情就像火药桶。后者通情达理，并未提出太多问题，答应立刻联系当地的船商。提阿摩一边走回自己的房间，一边琢磨下一个坏消息会是什么。

先前我在霜冻边境的预感是对的，他心想，我的神给我送来了预兆：前方时势险恶。但我绝没想到，危险的数量如此之多、范围如此之广。

回到房间，他发现妻子正拿着一只玻璃烧杯，借着油灯的亮光，观察里面的内容。

"会议开得如何?"她头也不抬地问,"我错过了吗?有没有替我向国王道歉?我当时正处于调查的最紧要阶段。"

"亲爱的吾妻,老实说,国王压根没发现你缺席。西蒙火冒三丈,骂了罗森侯爵,差点没把他踢出王座厅。"

"切,"缇丽娅摇摇烧杯,眯起双眼,"罗森是个著名的白痴。"

"别这么摇!"提阿摩真想伸手把容器抢过来,"那是安氾·派丽佩最出色工匠的作品!贵得离谱,恐怕得等半年才能换个新的。"

"冷静,夫君,我保证不会弄坏的,最糟的部分已经完成了。"她终于抬起头,"你的脸色很阴沉啊。"

"你都听说了吧?"他把内廷议会的意见和西蒙的急躁向妻子简单说了一遍,"现在,"讲完后,他问,"亲爱的吾妻,让我们把糟心的国事放到一边。你拿我最好的玻璃器皿到底干了些什么?"

"啊!"缇丽娅的脸色突然开心地亮堂起来,"我觉得,我有个极其稀罕的发现,就算是夫君你也会大开眼界。还记得吗,我在床单上找到了毒倒希瑟女子的黑色毒药污渍?"

"我记得你找到些脏床单,"他淡淡地回答,"其他一切都是你的推测。我就记得这么多。"

"你们这些异教徒个个都这样,应该抱有信念的时候,就要求证据。"缇丽娅宠溺的语气像在数落一只爱惹麻烦的宠物,"与此同时,我听从信念指引,却有了新的发现!"

"什么发现?"

"看,提阿摩,把这烧杯举到油灯火光前看看。"

他放下喝了一半的酒杯,接过妻子手里的烧杯,斜着凑近火光。"里面云雾缭绕。"他说。

"因为你晃了它,"缇丽娅说,"等它平静下来。这是我把毒药放进你的面包炉,烤一个钟头剩下的灰烬。除了你看到的云雾状灰色粉末，其他都烧光了。"

他想质问妻子，周遭一切都面临威胁，眼前这把湿灰似的粉末有什么大不了的？但他忍住了。西蒙骂人没事，因为他是国王。可在这只有两个人的房间里，提阿摩绝不是统治者。

事实上，我能有一半的话语权就算走幸了。他心里嘀咕，但注意力立刻被烧杯底下的情景吸引了。"请把我的放大镜递给我。"

缇丽娅转眼便将放大镜塞进他手里，她自己肯定也在用。"看到什么了？"她简直像个孩子似的充满期待。

"你这语气真像小莉莉娅。"提阿摩说道，眼睛眯缝起来打量烧杯底下飘浮的微粒。"是水晶，"他最后说，"但我没见过这样的。"他前后移动放大镜，以便看得更清楚些。"很长，形状古怪。你是在烧完的灰烬里发现这些的？"

"是啊。"她绕过桌子，拿来另一只烧杯，"现在看看这个。"

"两只最好的烧杯？两只？"

"闭嘴，仔细看。"

他只好照做。第二只烧杯里的灰暗尘埃渐渐落定。在杯底，他看到少许和第一只烧杯里相同的长条形水晶，颗粒比南方岛屿出产的小米更小。"我看到了。这又是什么东西？你第二次用面包炉烤出来的毒药？"

"不是。"她走过来收回第二只烧杯，"不，夫君。我没法告诉你这到底是什么东西。但我可以明确地说明，我是从哪儿得到第二杯灰烬的。"

"要我猜吗？从月亮上来？今天下午你搭了张长梯爬到天上了？"

"别傻了。答案比你的胡说更离奇：两只杯子——你的两只宝贝烧杯——里面盛的，都是龙骨烧过后的残留物。"

提阿摩呆呆地看着她。"你说什么？你怎么知道？你说是邪恶的毒药，黑色、黏稠。"

"我这话描述的是希瑟床单上的污物。但第二份样本,呃,我知道它以前是龙骨,这可是事实。"

"这怎么可能?"

"因为我拿了些来做比较啊。第一只杯子里是毒药,第二只杯子里是龙骨。"

"你从哪儿找来……?"话没说完,提阿摩恍然大悟,"哦,吾妻,不是吧!"

后者讪笑一下。"王座背后全是裂缝、裂纹,像迷宫似的。老天呐,提阿摩,国王和王后根本就不坐上面!"

"你从龙骨椅上抠了一块?"

"从背后一个洞里刮了一点儿。"她没有半点惭愧的意思,"但是夫君,你搞错重点了。我在你的书里看过,龙骨的残渣里含有带棱角的细小水晶。所以我看到毒药烧过后的残留物,呃,你说我还能怎么做?我需要样本来做比较啊。"

提阿摩不知自己该哈哈大笑,还是该惊慌大呼。"所以,你就从圣王约翰至高王权最神圣的宝物上抠了一块?"但另一个更让人心烦意乱的念头,从最幽暗的记忆深处渐渐浮现。

缇丽娅得意洋洋地给自己倒了杯葡萄酒,心满意足地抿了几口。"乌澜的提阿摩大人,你可不是唯一一位拥有自然哲学天赋之人。"她这时才看清丈夫的表情,"你怎么惊慌成这个样子?你不会真以为,国王会因我刮了一点点王座就生我的气吧?"

"不是。"他想挤出个笑容,结果失败了,"不是。我估计啊,就算你抄起战斧砍碎那把椅子,西蒙也不会碰你一根手指头。可你的发现一旦属实,如果希瑟女子中的毒里有龙血,那我害怕的事又多了一件。"

"什么事,提阿摩?你的脸色好难看。"

他摇摇头,暗暗责备自己,在最需要头脑清醒时竟然喝了这么多浓葡萄酒。"我跟你说过,我们找到一本曾经属于派拉兹的书。我还给你看过约翰·约书亚的宝盒,我认为盒子是希瑟的造物。"

"珠子、镜框,我记得。"

"我还怀疑,它们来自城堡底下的隧道,甚至来自耶尔丁塔。"

"最后一种可能性不大,红牧师的塔已经封闭,用石头填了啊。但我还是不明白,我的龙血水晶为何让你如此难受?"

提阿摩瘫坐在桌子旁的长凳上,两脚发软。"那你听好了。很久以前,在风暴之王战争期间,西蒙曾有一段时间被困在耶尔丁塔里。"

缇丽娅睁圆了眼睛。"被派拉兹囚禁了?"

"不是,那次不是。但西蒙在那座塔里到处游荡,寻找出路。他告诉我,他看到一幅场景,而我听后永远不会忘记。他看到派拉兹在某个房间支起一口大锅,底下用火烧,锅里煮着某种巨兽的骨头。西蒙说,他觉得那只能是龙骨。我认为他说得对。"

缇丽娅摇摇头。"我还是不明白。"

"西蒙的儿子,约翰·约书亚王子,很可能也探索过城堡地下的通道。他死于我不认识的疾病。如今回想起来,他那些病症,与受伤的希瑟女子一模一样,只不过希瑟女子的发病状况慢得多。我现在觉得,约翰·约书亚很有可能在可怕的地底深处接触到同一种毒药。"

缇丽娅呼出一口气。"太可怕了,夫君!那都是七年前的事……"

"关于希瑟的伤,我们知道,那支箭是色雷辛人而非北鬼的。这让我有所怀疑,并感到前所未有的忧虑。如果毒药是用龙骨熬制的,那就说明,约翰·约书亚王子死后,还有别人到过城堡地底。"

缇丽娅望向他的眼神渐渐明白过来。"你觉得毒药可能来自……?"

他此刻才真正难受起来,仿佛刚刚吞下妻子发现的微小水晶。但他知道,掐住自己的是恐惧,而非毒物。"是啊。我认为我们忽略了一种危险。差点杀死希瑟信使的毒药可能来自城堡内部,是红牧师某个可怕魔法的遗留物。但派拉兹死掉很久了。所以,如果毒药来自海霍特,那很有可能,我们中间出了叛徒。"

♛

"可是,内尔妲外婆,我厌倦了祈祷!我只想知道莫根纳什么时候回来。"

"莉莉娅,你说厌倦了祈祷,等于说你厌倦了做个好孩子。"

公爵夫人房里其他贵妇面面相觑,有人摇摇头。内尔妲刚到不久,朝中所有最乖戾、最年迈的贵妇人就聚到她身边,犹如簇拥蜂后的蜜蜂,赶都赶不开。她们除了刺绣、抱怨仆人、嘲讽其他贵妇的穿着打扮,几乎什么都不干。

"外婆,我没说我厌倦了上帝,这不公平,我没说过这样的话!"

公爵夫人放下绣花圈,严厉地瞪了莉莉娅一眼。其他贵妇一边刺绣一边窃窃私语。大部分人在绣《安东之书》里的字句,但内尔妲外婆只绣花,华丽、光滑的花朵更像脸上的面纱,而非莉莉娅在花园见过的真花。"你想做个好女孩,对吧?"内尔妲问,"你想让上帝照顾莫根纳和欧力克外公,对吧?"

莉莉娅背过身去,以免被公爵夫人看见自己皱眉,因为她听说过好多次,内尔妲外婆不喜欢这个。"我只想知道哥哥什么时候回来!我一直祈祷,但我不知道!"

"我们都希望他们回来。你以为我不想让你外公平安回家吗?别这么自私。"

其他夫人附和地哼哼鼻子,其中一人甚至轻声说:"真自私。"

"好了,亲爱的,"公爵夫人说,"你知道的,你该做个好女孩。"

莉莉娅知道,这种争论她赢不了。要说城堡里还有谁像她一样固执,那就是内尔妲外婆了。

外面又一次响起隆隆的雷声。莉莉娅放下手里的圣徒故事,走到窗前向外张望。倾盆大雨砸下石头色的天空,像小瀑布般滴落高塔屋檐，涌出滴水嘴。早上她本想去花园玩，但荣娜尔阿姨告诉她，要等太阳露头才能出去。然后荣娜尔阿姨走了，去忙那些无聊的成年人事务。到现在，晚餐已经吃完一个钟头了，整个下午都没见太阳，天色越来越黑，显然到明天之前，太阳都不会露头。可能到明天也看不见。

她望着雨滴在屋顶跃动、从圣树塔的雕像嘴里流出，心里又开始琢磨鬼魂的事：下雨了，它们会被淋湿吗？

"外婆，妈妈真在看我吗？"

"哦，孩子啊，这是什么话！她当然在看。别说了，你会把我惹哭的。"

"如果她在看我，那她也许能来见见我，告诉我莫根纳什么时候回来。"

"别傻了。她在天堂看着你，那是非常遥远的地方。"公爵夫人摇摇头，"我可怜的艾黛拉，她还年轻，太年轻了！想起她，我就心疼得无法承受。而你又勾起了我对她的思念，真是调皮。"

"可她在非常遥远的天堂，又怎能看见我呢？如果我在屋子里呢？如果我没走到窗前呢？她在上面怎么看我？"

"孩子，你这话很傻。她跟上帝在一起。她能看见上帝让她看的一切，上帝会让她看见你。"

莉莉娅很久以前就发现这说法有瑕疵，但她知道最好不要指出。也许上帝确实如《安东之书》所说，能看到每只第一次在温暖阳光下舒展翅膀的雏鸟，但那本圣书并未提及死人能不能看见东西，除非他们是圣徒。有些圣徒甚至在双腿被皇帝的士兵砍断后还能奔跑。她从圣恩戴斯的传记中看到这个可怕的事实，那是她真正喜欢的故事之一。但鬼魂是另一回事，它们一直在周围，只是你看不见罢了。莉莉娅对鬼魂相当了解，都是从仆人、保姆那里听来的。逃走的女仆塔芭塔说过，她小时候一天傍晚，在路上见到一个人的鬼魂牵着一匹马的鬼魂。她之所以知道那两个身影是鬼魂,因为能透过它们看到后面的树,于是她转身逃走了。就连荣娜尔阿姨,也跟她说过辛奈哈王子的故事,说他的魂魄有时会出现在战死的战场旁边的小山上,吹响鬼魂的号角。所以莉莉娅确信,书里的圣徒死后也许能上天堂,站在上帝身边;但也有很多人死后,因为各自的原因徘徊在地上。马倌当中有一个奇怪的男孩,有只眼睛蒙了层影子,他告诉莉莉娅,海霍特到处都是鬼魂。"而且不止凡人的鬼魂。"他悄悄说道。

所以,如果她妈妈真像每个人保证的那样在看她,那合理的推测是,她就在城堡某处。鬼魂有住处吗?夜里睡着后,妈妈会不会整晚看着她?不大可能。妈妈以前总急着把她送上床,因为妈妈有事要忙、有人要见。如果妈妈的鬼魂留在城堡里看着她,就一定会藏在某个地方,不让别人发现。这也是塔芭塔言之凿凿的另一点:鬼魂不喜欢被人看见。

这个问题她琢磨了很久,直到雷声再次响起,把她吓了一跳。

"孩子,离开窗户。"外婆喊道,"不然会被闪电劈到。"

莉莉娅叹了口气,回头坐在外婆旁边的地板上。外面雷声隆隆,雨水不断。莉莉娅盯着手里的书,却无法专心看里面的圣徒画像。她在十分严肃地考虑藏身处的问题,她在思考:城堡里的鬼魂,尤其是她妈妈的鬼魂,可能会藏在哪儿呢?

Empire of Grass

天空之网

♛

　　奈琦迦羊皮纸里讲述的阿苏瓦古城下埋有巫木种子的故事,犹如远方迅速逼近的风暴,即将翻天覆地,却只有坦娜哈雅看见了它。

　　巫木?她简直无法相信,来自华庭的圣木,就是这场新冲突的起因?仅仅为了活久一些,乌荼库就要跟整个凡人世界开战?

　　她当然会了,她随后意识到,那个罕满堪女巫早被消逝的时间和悲伤困住了,满怀对凡人、甚至亲族的仇恨。她只有报仇雪恨才能死。可没有巫木,再怎么长命也有终结的一天。她当然要竭尽所能寻找最后的种子。

　　吉吕岐和亚纪都必须尽快知道这事。他们必须把乌荼库的残忍计划通知给其他支达亚家族。光凭我一个人的声音没有足够的分量,没法说服堪冬甲奥或安吾久雅和纹南苏两地的守护者。她对雯夜牍说:"您有谓识吗?我必须把我们的发现通知给森立家族。"

　　"看这儿!"雯夜牍好像没听见她的话,"这一页盖着古老的罕满堪印章,是女王自己的符文。这张羊皮纸不是普通的抄件,而是从奈琦迦案卷厅偷出来的。谁能做到这样的事?"

　　展开的羊皮纸底部印有黑底白纹的华丽符文。坦娜哈雅早就看见了,但不知道是乌荼库亲手盖下的印章。一种不祥的预感掠过她全身。"您确定吗,尊长?"

　　"这是女王自己的纹章,不是她那些大臣的。"

　　此时听雯夜牍一说,印章的含意已然明了。但史官的名字和盖在上面的印戳仍有种说不清的感觉,牵动着坦娜哈雅的思绪。"是谁写下了这段历史?我不认识'旎津'这个名字。"

"决裂①之前,旎津是乌荼库宫廷的史官之一。"雯夜牒回答,"这是我第一次看到由他署名的真实文件。他死于第十任大司祭在职期间。"

坦娜哈雅对这羊皮纸还有尚未想通之处,但她再也无法忽视脑海中害怕的声音。此时此刻,情况已经明显,野火正在大地蔓延,继续放任不管,扑灭的难度将越来越大,甚至有可能太迟了。"我刚才问过,现在要再问一次,"她说,"尊长,您这里有谓识吗?我来这里就是为了它。无论您对岁舞家族有何看法,他们必须知道这事。"

"敌人的敌人一定是朋友,是这意思吗?"雯夜牒面露讽刺,"纯民必须让步,以免妨碍你那些跟凡人绑在一起的族人?"

"不,纯民必须明白,你们的血脉和传承都来自支达亚,奈琦迦军队分不出你我的区别。乌荼库疯了,除了自己谁都不关心。她不会区分谁是谁,只会把我们一起毁灭。"她发现莫根纳在听她俩激动的争执。"别担心,"她改用王子的语言对他说,"我们今天有了重要的发现,也许能帮到所有人,尤其是你的族人。坚强些。"

"即使在争论途中,你也要花时间安抚一介凡人。"雯夜牒挖苦道。

"任何被困在陌生人中间、听不懂对方语言的无辜者,我都会安抚。雯夜牒,至少在这一刻,放下您的仇恨吧,我对您没有恶意,我相信森立家族的吉吕岐和亚纪都也没有。"

"貌似公正的话语背后,隐藏的是污秽的历史。"

"我却认为,您对凡人的仇恨蒙蔽了您对乌荼库罪恶的认识。她是敌人,岁舞家族不是。"

---

① 决裂:指凯达亚分裂为支达亚和贺革达亚两支。

"也许吧。但你与日暮之子的羁绊，同样蒙蔽了你的双眼。为什么你觉得，他们要秘密夺回阿苏瓦地底埋藏的巫木种子？仅仅数年前，那个凡人牧师曾给了贺革达亚出入整座城堡的自由，他们几乎成了那里的主人。为何当时乌荼库的手下不去收回巫木种子？"

"也许因为，当时的危机还不算严重。"坦娜哈雅说，"他们称那场战争为回归之战，当时乌荼库和贺革达亚在山中栽培的巫木树还很茂密、健康而安全。那时的华庭之根尚未枯萎。"

"你说的也有道理。"雯夜腆承认，"但在如今艰难的时日，谓识跟巫木一样稀罕，你却要求使用我们的谓识。你说你必须警告森立家族，但当初，角天华不正是因此才遭受大难吗？吉吕岐带去了凡人，从而将乌荼库的毁灭引到他们头上。尤其讽刺的是，那个凡人就是这小孩的祖父！"

"不是那样！"坦娜哈雅说，"贺革达亚袭击角天华的目的，是为封住睿智的阿茉那苏的嘴。当时不能怪这孩子的祖父，现在也不能怪莫根纳。因为乌荼库想要她的计划保密，我们才必须马上告知吉吕岐和其他族人。"

雯夜腆似乎想更激烈地反驳，但只是抬起手，紧紧抿住双唇，沉默许久后才说："我无法一边思考接下来怎样做，一边跟你争论。你和凡人留在这里。我需要时间安静地想想，想好再回来。"说完，她转身离开案卷厅。其他纯民目送她离开，忽闪着金色大眼睛盯着莫根纳和坦娜哈雅看了一阵儿，如朝向太阳的鲜花一样沉静，然后回头继续阅读。

"她想杀了咱们？"莫根纳问。

坦娜哈雅从希马努的羊皮卷上抬起目光。"老实说，我不知道。纯民与我认识的世界脱离得太过彻底，很难判断他们的想法和做法。"她看到王子的表情，"抱歉，莫根纳，是我害你落入陷阱。但你是王子，是帝王之孙。你应该明白，有时多数人的危险优先于少数人。"

他点点头，但显然闷闷不乐。

*　*　*

案卷厅的房门悄无声息地打开。是雯夜膑，身后跟着六名手持弓与矛的白衣纯民。坦娜哈雅充满愤怒和遗憾，抬起双手，决心奋战到底。

"别担心，"雯夜膑说，"他们跟我来，只是为在前往静默场途中保护我们。外围哨兵传话进来，说城外森林有贺革达亚。虽然不是什么异乎寻常的现象，但今天我不想冒险。"

"坦娜哈雅，发生了什么？"莫根纳做好了逃跑或战斗的准备。

"不好意思，"雯夜膑改成通用语，"我忘了说凡人的语言，以照顾那个凡人小孩。"她走进房间，纯民士兵留在外面，"我反复思量。坦娜哈雅，你的话我很多并不赞同，但也不至于那么自私，要将从你们那里收获的知识据为己有。"

"尊长，你我可是同族啊。"

"也许吧，但我厌倦了这个话题。我来告诉你们，你可以使用谓识，但只能联络森立家族。"

坦娜哈雅放下心头大石。"谢谢您，雯夜膑尊长，我赞美您的智慧和慷慨。"

"我不怀疑自己的智慧，但这决定并非慷慨。"雯夜膑换回支达亚语，做了个表示华庭会忍耐的手势。"而且我祈祷这不是犯傻。不过，记住，你只能在我监督下使用谓识，一旦我说停，不论发生什么，你都必须停下。你能如此承诺，我才准你碰它。"

坦娜哈雅看看莫根纳。后者焦躁不安，显然觉得眼前这一幕仍是致命的威胁。"不用担心，莫根纳王子。"她说，"烟虽大，火却小。我保证，一切都会有好的结局。"

"别这么快就给出你无法确定的承诺。"雯夜膑对她说，这回用的是莫根纳能听懂的语言，"跟我去静默场吧。但我不能放任这凡人

Empire of Grass

小孩不受监管地四处游荡，所以他必须跟我们一起。"

莫根纳巴不得离开窒闷的案卷厅，一言不发跟在他们身后。

"从观天场穿过去是最快的途径。"雯夜牍领着他俩走上地面，解释道。六个纯民卫兵簇拥着他们。"当年繁盛时，我们可以走回忆堂，但那地方在我们回来前就塌陷了。现在必须先上再下。"

坦娜哈雅还在梳理自己的思绪。她已有两个月没跟吉吕岐或亚纪都联络了，突然觉得要告诉他们的事太多。她甚至不知自己的坐骑有没有平安返回胡兰古角，有没有带回她与莫根纳同行的消息。

一行人到达地面，走进观天场。雨水透过崩塌的穹顶落在他们身上，溅上地面的光秃碎石，砸得蕨类植物点头舞动。曾几何时，穹顶外除了天空别无他物。但多年之后，古老之心已蔓延至近前，高耸于城市之上，穹顶上方挤满了茂密的绿色植物。坦娜哈雅抬头看着半球状的石头架子，虽然它有不少破损，但仍像渔网或蛛网般笼罩在大厅上方。她真想看到它鼎盛时的模样。在她身后，莫根纳也停下脚步，抬头张望。雨水落在他肩头，沾湿了他的头发。

"你看到的框架上，曾经镶满叫夏冰的水晶窗板。"坦娜哈雅告诉他，"可惜它的制作技艺已经失传了。"

"你说的是你们那群支达亚。"雯夜牍站在通往地下房间的楼梯井入口说道，"我们纯民已经找回了秘技。总有一天，我们能获得需要的材料，将它重建，让大稚照重获新生。"

坦娜哈雅目送她消失在楼梯井。入口掩藏在大片蕨类叶子之下。整个圆形大厅，从地面到穹顶网架，都被植物覆盖。墙上刻着代表各个月份的动物，多数雕工粗糙，每只都在吞噬下一只：山猫吞下仙鹤，仙鹤吞下乌龟，乌龟吞下公鸡，组成没有开始、也没有结束的环形，寓意季节与年岁的流转。

莫根纳还盯着穹顶，但坦娜哈雅察觉，卫兵有些不耐烦了。

"请快一点。"她告诉王子，"我不希望雯夜牍改变主意。"

冬噬

"我好像看到树里有人。"年轻凡人回答,"就在上面。"

坦娜哈雅看了看,但在笼罩穹顶、茂密纠结的枝丫间,她什么都没看到。"你听到她说森林里有北鬼了吗?你自己也看到了,纯民擅长战斗。所以不用担心,至少不用害怕几个北鬼士兵。"

莫根纳只是摇摇头,跟着她穿过古老大厅起伏不平的地面,走向楼梯。

他们走进宽阔的地底房间,负责守卫的纯民战士在门边散开。坦娜哈雅只顾观察新环境,并未留意他们的举动。观天场是个开放的地方,华丽但破碎,直面森林与风雨。而静默场与之相反,圆形房间没有窗户,朴实无华,只有少许油灯照明。墙上不像穹顶大厅那样布满石刻动物,唯一的装饰是一条条水平线,绕着房间组成一连串同心圆,沿着圆柱形墙壁一直爬上低矮的屋顶。莫根纳和坦娜哈雅仿佛站在巨大的石头蜂箱里。房间墙壁上每隔一段距离有直接从墙里挖出的壁龛,但里面的架子上空无一物。壁龛共有十三个,每个前面都摆着一张空长凳。虽然所有长凳都面向房中央,但那中间只有泥土和一个破碎的石柱基座,半立半躺在地上。

"那是……?"坦娜哈雅刚开口,但雯夜朕没让她说完。

"破晓石的底座。没错,是它。"纯民族长懒于掩饰自己的心疼,"大稚照的主谓识。当年洪水来袭、族人逃离城市时它就失踪了。有人说被洪水冲走,永远消失了。我们能确定的只有一点:它和津叁门的翠柱、弘勘阳的言火一样,随着城市崩塌,永远脱离了我们的知识与能力范围。"

"这些悲剧我们都知道。"坦娜哈雅说,"没人比我师父希马努更深切地感受到这些损失的痛楚。但我不需要主谓识。一个小谓识就能满足我的需要。"

雯夜朕下一个动作出乎坦娜哈雅的意料:她把手伸进袍子,拿出一样物品,大概有两只张开的手掌那么大——这是坦娜哈雅见过的最大的谓识镜子。它原本是片龙鳞，被打磨得光滑透亮，镶嵌在历经岁月而颜色发黑的巫木镜框里。

"它很古老。"坦娜哈雅虔诚地说。

"是在这放逐大陆最早制作的虫镜之一。"雯夜牍把镜子递给她，"拿去用吧。"她说，"但要记住我的条件。"

坦娜哈雅掂量着手里的镜子，它很沉，如有生命般充满活力。"这要花点时间。"她告诉莫根纳，"请你安静地坐着。你不会受到伤害。"

王子的表情并不像她自己那么确信，但仍在墙边找了个没有碎石的位置，坐在地上等候。

坦娜哈雅打量着镜子，心里不禁琢磨，这块鳞片所属的野兽拥有何等庞大的身躯？龙鳞泛着银色光泽，层层叠叠，反复折射，将她的容貌映出虚幻的效果。她举起镜子，凝视着它，心中默默吟诵《联结咒文》。师父希马努曾教导她，使用谓识时，她不是对任何人歌唱，而是对自己歌唱。她尽最大努力整理自己的思绪和渴望，以便探入镜中，寻找想迫切联结的对象。

在微微闪亮的鳞片表面下，有种类似水流的扰动。她任由自己滑入镜中，经过层层水流，直达最深处。那里只有黑暗，空无一物，只有思想在流动。

森立家族的吉吕岐，她呼唤，或者歌唱道。在这里，言辞不再是言辞，而是种难以描述的活动。吉吕岐，你能感应到我吗？现在我需要你。跟我联结。但是，除了安静和空虚，她收不到任何回应。她继续提炼自己的思绪，把它压得如刀刃般锋利。柳鞭①！我需要你。如果你能回应，请尽快跟我联结！

然后，她感觉到了。先是阵暖意，然后有某样东西渐渐浮现，从

---

① 吉吕岐的名字在希瑟语里是"柳鞭"的意思。

吞噬

小变大,最后充斥整个空间。他来了,就在中间。

火花?是你吗?再次感知到你的思绪,让我满心欢喜。你还好吗?

一股喜悦的浪潮朝她扑来。亲爱的朋友,很好,我身体很好,但心中充满忧虑和必须告诉你的消息。虽然她担心,自己剧烈起伏的思绪会让对方很难受,但她无法压制它们。我在歌风树,跟纯民在一起。你朋友雪卫塞奥蒙的孙子,年轻的莫根纳,也跟我在一起。他活着,目前还算平安。

这确实是让人欣慰的好消息,火花。吉吕岐的愉快与释怀突然传来,如光秃的树枝萌发新芽。

可我还有令人忧虑的消息必须告诉你。

那就说吧,我听着呢。但我希望你能慢点儿说。我们想你。

我的导师希马努去世了。她等待对方送来无言的同情与惊讶。云之子干的。他带了卷羊皮纸试图逃走。纸上用贺革达亚古语写了些文字,我相信师父想把它藏起来,以免被敌人抢走。但他们追上我师父,残忍地杀害了他。

乌茶库的罪恶无穷无尽,火花。我满怀悲戚。

希马努师父现已脱离这世界的苦海,但你的凡人朋友还在受苦。羊皮纸上写道:乌茶库追寻的巫木王冠,正是许久以前罕满寇的王冠,它与十几颗巫木种子一起,埋在如今的凡人城堡、古老的阿苏瓦地底。

她能感觉到,对方的惊讶愈发强烈,且伴随着渐渐冻结的忧虑。你确定吗?

坦娜哈雅尽可能严谨地将自己和雯夜媵的调查结果告诉给吉吕岐。讲完后,二人的联结空间陷入沉默与空寂,过了许久,坦娜哈雅才再一次感觉到吉吕岐的存在,但后者的思绪变得微弱模糊,仿佛跨过悠长山谷飘来的回声。

……糟糕，但我们不能……

吉吕岐？柳鞭？我听不明白……马上，我们担心……

但她感觉不到吉吕岐了，只有虚无横亘在二人中间。坦娜哈雅再次念起《联结咒文》，琢磨自己是不是做错了什么。但她收不到任何回应，龙鳞似乎突然失去了力量——尽管她从未听说过这种事情。

正在她思索时，一股新的力量突然侵入她的思绪。坦娜哈雅几乎能看到它，并切实无疑地感觉到它的存在，那就像一道道虚无的绫罗，在谓识把她送来的空间中伸展，填满了黑暗，缠绕住她的思绪，将她缚在其中，犹如翅膀被粘住的小鸟。绫罗无处不在，刚才无边无界的空间都被它们裹住、收紧。坦娜哈雅惊慌失措，试图放弃联结，回到外面的世界，但她既感觉不到自己的双手，也感觉不到手里握着的谓识。尽管睁着双眼，但她什么也看不见。

绫罗渐渐汇集在一起，形成一张得意洋洋的面具，空洞的嘴巴和眼睛里闪着猩红的光。

然后，新来的陌生嗓音侵入了她的思绪。

所以，你是坦娜哈雅？希马努的小学徒。真遗憾啊，在他最后的时刻，你没能在他身边。你会不会因此难过？想不想陪他一起承受痛苦，死在他身旁？

冰冷的嗓音用绝望将她渐渐包裹，此时她唯一能感觉到的部分，就是跳得越来越快的心脏。

滚开！她说。然而她的思绪如此薄弱，就像暴风雨中的喃喃低语。这里不欢迎你。你输定了。奈琦迦已陷入黑暗，而黑暗可以驱散。

那声音哈哈大笑，恶心的愉悦感快把坦娜哈雅逼疯了。小学者，你知道什么叫黑暗？你根本不了解黑暗，除了你自己的无知。来，我带你去看希马努做梦也想不到的东西。到我这儿来，改投我的门下。你会明白，黑暗将延续到永远，它将教你学会你永远无法想象的

冬噬

知识！

谓识另一边的存在太过强大，坦娜哈雅无力反抗，只觉对方将自己的意识扯离了躯壳，往那疯狂笑声背后隐藏的冰冷深处扯去。那是死亡的冰冷、无尽虚空的冰冷。飞快跳动的心脏如震耳欲聋的雷声，连续不断，仿佛许多张鼓同时在敲，鼓声之间毫无停歇。她的自我意识越来越弱，被拉长、拖向那回归之地，离那儿越来越近。

然后，有东西像割断绳子一般，掐断了那股拉扯的力量。黑暗化作飞散的碎片，光芒涌入，明亮而耀眼。她过了好一会儿才渐渐认出，那是静默场里点亮的几盏小油灯。与刚才差点吞噬她的黑暗相比，它们简直亮得刺眼。

坦娜哈雅四肢着地，脑袋嗡嗡作响，身体麻木，像从遥远的高处坠落到石头地面。前方模糊的影子缓缓凝聚成雯夜牒。另外有人蹲在她旁边，想把她扶起来。

"不用。"她的声音气若游丝，"等我缓过劲儿，可以自己起身。"她发现想扶她的人是莫根纳，心中涌起一股意料外的宠溺。"别担心，"她喘着气对王子说，"我会恢复的。"

她终于起身，改成蹲伏姿势，发现谓识已回到雯夜牒手里。"我必须从你手里夺下它。"后者解释道，"有东西抓住你了。"

"对，没错，是某种黑暗的存在。我猜是'偷脸贼'阿肯比，以我对他的了解，肯定是他，傲慢、残忍。"

"傲慢、残忍，而且十分强大。"雯夜牒说，"他不用巫木或青铜武器，却能成为乌荼库最心腹的仆从。你很幸运，因为我在你跟前。但我扯断了你与谓识的联结，对我自己没有任何好处。现在我全身疼痛，有如火烧。"雯夜牒叹息一声，语气中第一次流露出真正的担忧，"今天我们受到惨痛的教训：谓识再也不安全了……"雯夜牒的话没能说完，因为有人在上方的观天场大厅里喊叫，声音透出警惕。

"云之子！城里有云之子！通道发生打斗！"

雯夜牒狠狠瞪了坦娜哈雅一眼。"你跟森立家族联络的迫切需要，向敌人暴露了我们的位置。"

"不对，"坦娜哈雅喊道，"不可能！就算是阿肯比，也不可能这么快找到我们！"她转身对莫根纳说，"抽出你的剑，紧紧跟上我，无论发生什么都不要离开我身边。"说完，她拔出自己的剑，带着他走到通往上方雨水和城市的楼梯前。

♛

雨下大了，砸得头顶树叶噼里啪啦乱响，风抽打着树木。名叫厉篾的希瑟领着属下和霭林等人，走进古老森林深处。

不朽者扣下他们的坐骑，厉篾几个手下骑马走在前面，穿过昏暗潮湿的树林。其余希瑟带着霭林、马库斯和受伤的伊万，横穿湿滑的高地，沿着长满蕨类植物的山坡迅速前行。俘虏们跃过刚刚形成的小溪，冲过泥泞的斜坡，奔向下方茂密的山谷。轰隆的雷声威吓他们，闪电偶尔点亮树冠上的天空，仿佛天上有只不可思议的巨兽正拎着提灯搜寻他们。

终于，他们来到一段悠长斜坡的半途，这里树丛密集、点缀着凸起的岩石。领头的厉篾慢下脚步，等其他人跟上。霭林庆幸终于有机会喘口气。不朽者似乎能不知疲倦地永远跑下去。

"安静，现在我们进屋。"厉篾严厉地吩咐他们，"我先进去。你们跟着进来，保持安静，懂吗？"他得到满意的答复后，发出一声鸟叫。转眼间，他们脚下地面隆起。霭林又惊又怕，差点摔跤，然后才看清，地上的开口是用木板之类盖住，又在上面铺了泥土和叶子做伪装。地面之所以隆起，因为下面有个希瑟推开木板，他又爬上来几步，半开半合地扶住它。

"黑卡姆在上，"黑胡子马库斯轻声叹道，"我可能经过十多次都不会发现这个。"

厉篾突然敲了一下马库斯的后脑，力气不大，赫尼斯第人不会受伤，但足以让他惊讶地愣住。希瑟队长再次用指尖扫过嘴唇，指指地洞。

身边是全副武装的希瑟，己方武器和坐骑都没了，更危险的敌人还在森林间游荡。正如艾欧莱尔舅公所说，霭林心想，如果选项都很糟糕，那就选择相对最好的吧。他颤巍巍吸了口气，脚下头上，跳进黑暗。

隧道虽陡，但很短，霭林缓缓滑落地面，除了自尊，其他没有一处受伤。马库斯和伊万随后也要下来，于是他往前爬了几步，眼前豁然明亮。光芒来自木头三脚架上一颗发光的圆石，虽然它并不如他刚刚从黑暗隧道爬出来时感觉的那么亮，但足以让他看清，厉篦说的小屋原来是古老石灰岩中一个有棱有角的低矮长形洞窟。他听到两个属下从隧道里爬过来，但没回头，因为他被眼前的景象镇住了：他看不出洞窟有多深，但目力所及处都有希瑟。有的在磨剑，不过剑身并非寻常金属，而是石头或打磨木材般的材料。其他希瑟或安装箭羽，或独自坐着，或三三两两聚在一起但没说话。这么多希瑟却如此安静，感觉真是诡异，霭林不由心跳加快。

"椋鸟"厉篦一言不发离开他们。霭林看到，他在跟洞窟一侧一个戴兜帽的身影说话，然后鞠躬行礼，走向洞窟深处，消失在视野之外。

"爵士，伊万流了不少血。"马库斯说。霭林转身看到，年轻的安东教徒脸色煞白、身子颤抖、目光涣散。他站起身，打算寻找材料包扎伤口，不料差点撞上刚才跟厉篦说话的兜帽身影。后者揭开兜帽，露出一张标致的希瑟面庞，是个女性。

"你的同伴失血太多。"她说，"我孙子该早点告诉我的。"她的语速缓慢温柔，通用语毫无瑕疵，比厉篦好多了。她转过头，轻轻呼唤一声。另一个正在灰泥中打磨什么东西的希瑟起身走来。希瑟女子用他们的语言对后者说了几句，然后帮霭林脱下伊万的链甲。链甲下的衬衣已经湿透，后来的希瑟试图解开上面的结，试了一会儿，干脆从袖子里掏出一把细长的小刀。马库斯惊讶地叫了一声，伸手想去拿已被没收的武器。

"住手，"霭林说，"别动。他不会伤害伊万，只想割开他的衬衣。"

"说得对。"希瑟女子的白发犹如日晒下的亚麻布，赋予她一种苍老感。但她的脸棱角分明，又让霭林觉得，她更像处于生育年龄的女子。"我们不会伤害你朋友。"她看着那个希瑟掀起伤者的衬衣。伊万的后背鲜血淋漓，但伤口似乎不太深。"很好，没有中毒迹象。"她说。

"我们是囚犯吗？"霭林在旁边看着问道。

"不，"她回答，"我认为不是，但严格来说，也不算客人。"她古怪地看了眼霭林，目光不算友善，"我孙子带你们来这儿，他做得对。这片山地不适合凡人。我们在这里的阴影中跟族人交手多年，如今已发展成致命的对抗。"

"你们的族人？是说北鬼吗？"

她点点头。"对，你们是这么称呼他们的。而你，凡人，你是谁，为什么来这儿？厉箧担心你们是来偷窥我们的奸细，但我认为，贺革达亚不会自找麻烦，找些格格不入的凡人来做奸细。"

霭林压住心头怒火。"奸细？贺革达亚在奈格利蒙屠杀我的同胞，杀了数百人啊，就在山那边一里格外。夫人，跟他们打仗的人不光只有你们。"

她的嘴角翘了翘，像是露出微笑，但眼神依然严厉。"也许吧，但你还没告诉我名字，凡人骑士。"

"我是穆拉泽地的霭林爵士。"他回答，"您是谁？"他朝伊万摆摆头，其他希瑟正为伤者清理伤口。"您帮助我的同伴，收容我们，我最起码欠您一句感谢。"他摊开双手，"请原谅我笨拙的言行——"

我是第一次与你们打交道。"

"母亲给我起名叫阿雅美浓。"希瑟说,"而我对你们凡人的了解,远超我自己所愿,霭林爵士。"

Empire of Grass

墓室

♛

要拆掉凡人神庙、挖穿其地窖下的石头和泥土，是项艰巨且危险的任务。为了使唤工匠和凡人奴隶完成这一切，维叶岐要解决上千个问题。他忙得焦头烂额，还要招待过来视察的圣祠亲王菩逊岐。

"很抱歉，最近都没来跟你谈谈，大司匠阁下。"菩逊岐走进维叶岐设在寝宫的临时指挥部，那原本是奈格利蒙一个小贵族的卧室。"殉生会和咒歌会有好多事需要我去斡旋，他们都对挚爱的女王陛下忠心耿耿，深知此次任务贴合她的心愿，所以都想一马当先。"

维叶岐点点头，尽量做出同情的表情，但圣祠亲王到访实际上让他忧心忡忡。"尊贵的殿下，您一定很难办。我们刚好夹在殉生会与咒歌会之间，他们的工作都至关重要，而我的工匠们也有很多事要做。"

"这正是我要跟你讨论的问题。"菩逊岐抬起修长的手，"别担心，我没有抱怨和指责，你在困难重重的环境下做得十分出色，大司匠阁下。"

"谢谢您，殿下。"维叶岐虽然疏离于这些大贵族，但还不至于讨厌他们的赞赏，"我一直全心全意，尽可能高效地完成女王陛下的吩咐。"

"依你的计划，很快就能揭开航渡者的墓室石盖吧。"

"是，圣祠亲王。一切顺利的话，明天上午就可以。"

"你这时机选得再好不过。我们收到消息，女王尊驾将在后日抵达。"

乌荼库女王在奈琦迦居住了数不清的岁月，如今竟离开那个地方。这本是梦里才会发生、意识清醒就该消散之事。直到现在,维叶岐仍觉得震惊不已。"她能来到我们身边,我们感到超越前人的无上光荣。真是史无前例啊。"

"是啊,但与此同时,确保一切顺利可是重中之重。我相信你能理解,我族之母不想坐等。也就是说,一切都必须准备就绪,一切都必须……"他停下来寻找词汇,这种表现向来意味着敏感时期。菩逖岐若缺乏感知危险的天赋,怎么可能在蛇巢般的罕满堪宫廷挺立如此之久?"一切都必须井然有序。"

"您是说,把奴隶藏起来?"虽然凡人奴隶的工作多已完成,但维叶岐仍不愿处死他们,他们大多是些女人、孩子和老人。当然他也不敢流露出抗拒之意。菩逖岐也许对暴力手段不感兴趣,但他仍是贺革达亚。

"不,大司匠阁下。我担心的是别的事。我见过你们用来提起承重石块和砖块的大吊车,猜想你也会用它揭开墓室顶盖。"

"对,我是这么计划的。不然就得破坏墓室的石盖,但女王陛下想要的战利品就在里面,这样可能遭到毁坏。"

"正是。不过,你现在是用庭叩达亚搬运工推动吊车的转轮。"

"是啊,他们力气很大。用他们转动滚筒,吊车就能提起相当大的重量。更大的好处是,他们不会抱怨。"

菩逖岐摇摇头。"但不能让他们继续推动滚筒了。事实上,我认为不该用搬运工提起墓室的石板。"

维叶岐吃了一惊。"殿下,您这是什么意思?那八个搬运工能抵数十个普通工人。没人可以代替他们啊。"

"恐怕这要由你想办法了,大司匠阁下。我们不能用他们揭开努言的墓室石板。"

他心念飞转,开始思考:在最后一步放弃至关重要的劳力,该如何弥补?但他嘴上只是问道:"为什么,殿下,为什么?"

"因为他们是庭叩达亚。"菩逊岐说,"这里许久以来都是他们的圣地。对他们来说,航渡者努言的意义,不下于我们的女王陛下,那可是他们全族的象征,是他们的信念的试金石。"

"但搬运工是弱智!他们温顺听话,智商比公牛和拉车的山羊还低。"

"若是其他时候,我同意,大司匠阁下。"菩逊岐示意他的书记官和卫兵到帐外等候。等他们退下,圣祠亲王探身往前,谨慎地收起脸上的所有表情。"大司匠维叶岐阁下,事实上,所有庭叩达亚都出现了失常现象。在奈琦迦,许多庭叩达亚焦躁不安、行为失当。我离城之前,好几个庭叩达亚发了疯,必须毁灭。另有许多会说话的挖掘工和家奴,在传说什么大日子即将降临。另一些庭叩达亚却说法相反,说梦见了他们种族的毁灭。好几个贵族要求觐见女王陛下,向她报告换生灵的反常,但陛下只传出话说,这些情况'早在意料之中'。"

"这是什么意思?"

菩逊岐摇摇头。"我不知道,但女王陛下已经发话,那么就该由仆从设法处理这些不是问题的问题。"他这话说得狡猾,而且有些耳熟,但维叶岐对菩逊岐的要求过于震惊,无暇细想。

"所以,您担心这里发生类似的事?搬运工可能发狂?"这是个可怕的念头。那些家伙跟多毛巨人一样魁梧,甚至更有力气。如果其中一个突然发狂,势必伤亡惨重。万一在女王面前发生……维叶岐打了个哆嗦。

"重要的是,"圣祠亲王续道,"我们不能冒这样的风险,尤其我们都知道,我族之母极其看重此次行动的成功。打开努言之墓时,必须把搬运工和其他换生灵隔离在外。"

"那该找谁代替他们呢?他们的力气需要几十个殉生武士才能补上,但滚筒里没那么大空间!"

吞噬

菩逊岐厌烦地嘟起嘴唇。"梦海在上,大司匠阁下,找殉生武士代替?想都别想。我无法想象说服骐骐逊答应,让他的殉生武士代替换生灵奴隶。他会认为那是种侮辱。为免受辱,他会杀了我,然后自杀。不行,你得想办法用你的凡人囚犯代替。"

"他们只是女人和孩子!而且饥肠辘辘,被先前的劳作耗尽了力气,身体十分虚弱。"维叶岐强迫自己吸了口气,"我还必须在一天之内解决?"他很震惊,且越来越担忧。要换人,就要改装大吊车及绞盘滚筒。就算工程师轮班上阵、通宵达旦也要花费数天。

"大司匠阁下,很抱歉没能及早通知你。我要调度的事太多了。"菩逊岐站起来,伸手按住维叶岐的肩膀。以他的高贵地位,这样的动作十分罕见。"我明白,我给你出了道艰巨的难题。如果你能成功,而且女王陛下满意我们在此的辛勤付出,那我绝不会忘记你的忠心。"

如果办不到,维叶岐心想,女王陛下肯定会杀了我。而你,圣祠亲王殿下,大概也无法跟陛下相聚,甚至要跟我一起去无名苑报道了。然而,就算知道罕满堪家族成员也许会跟他一起倒霉,维叶岐的心情也好不了多少。

* * *

维叶岐召集工程师,不顾一切,绞尽脑汁,直到深夜悄悄降临奈格利蒙,总算想出了也许能按时完工的方案。大绞盘滚筒的中空轮子转动时,能抬起吊车棘齿踏板上的任何重物。要用凡人替代巨硕的贺革达亚奴隶转动滚筒,至少需要数十人之多。而滚筒是按搬运工的身材建造的,因此不够宽敞,容不下那么多人。经过大量计算后,维叶岐断定,在原来的轮子里面再造第二套轮子,用更长的滚筒,并在轮子和吊车两侧加装更多支撑扶墙,就能容下转动轮子所需的凡人。他立刻派数十个工匠开始改装,在这期间,他们必须停用吊车,但凡人奴隶可以继续清理墓室上方的泥土和碎石。

维叶岐和主师匠们彻夜未眠,拼命工作到天亮。这一日,太阳一直藏在不祥的乌云背后，等它爬到中天，大绞盘终于再度准备就绪。

只耽误了几个钟头，维叶岐心想，如果我未能保住自己的性命，那也是因为，我接到了一个不可能完成的任务。可惜这念头没多少安慰效果。他检查了工程师交来的最后的计算结果，工匠们也完成了对大吊车的加固。他发现自己在思念每一个珍爱之人。假如新滚筒和扶墙抬不起沉重的石板，也许他就见不到他们了。

我的女儿奈泽露，他心想，万一我失败了，希望你能成功保护自己周全。前些天，菩逖岐曾私下告诉他，他女儿所在的女王之爪小队取得了伟大的成功。维叶岐渴望从孩子口中听到全部经过，但他既不知道女儿在哪儿，也不知道自己有没有机会再见到她。还有桃灼葭，我亲爱的桃灼葭，他哀伤地想，希望女儿的胜利也能保护你的平安。我本想一直保护你，可现在，谁知道呢？

雨水落下。石匠事先在厚重的墓室石板两侧凿出凹槽，绑上维叶岐手臂那么粗的缆绳，连接在吊车上。几乎所有无需实际参与项目的工匠都聚在大坑边缘，骐骐逖将军辖下的少数殉生武士也在围观。只有漱鸽玉的歌者未曾出现，因为他们的重大任务还未开始。

维叶岐发出信号，首席主师匠喊出命令，被选出推动轮子的奴隶们开始在较长的内轮中走动。每次他们转动足够圈数，卷起特定长度的吊车缆绳，机关齿就会咬合，阻止轮子往后反转。缆绳收紧，发出响亮的吱嘎声，听着就让人揪心，但总算没断。奴隶们在数个工匠挥鞭指挥下，继续缓缓地转动轮子。绳子承受的拉力越来越大，终于，大石板开始脱离墓室。几个围观的工匠发出欢呼，但维叶岐忙于祈祷一切都能坚持住，直到完成下一步。接下来的操作最容易出岔子，也最容易威胁到他的任务和性命。

此时的墓室墙壁不再支撑石板的巨大重量。大吊车安装在旋转底座上，还装有大量配重用的石头。他们必须转动吊车，好在旁边放下石板，露出下方的石棺。失去支撑的石板随时可能将整个吊车坠到散架，将厚达一腕尺、宽如小屋地基的碎片砸进下面的人群，杀死数十工匠，并将墓室重新埋住，绝不可能在女王抵达前清理干净——后者才是更恐怖的结果。最糟糕的是，坠落的石板还有可能毁掉努言墓里的东西。维叶岐看着工匠们又推又拉，缓缓转动巨大的吊车，双手紧紧捏成拳头，指甲扎进掌肉里。

墓室内侧露出时，人群又响起一阵欢呼。维叶岐和菩逖岐耐心等待奴隶往坑里铺设木板，以便他们靠近调查。即使站在远处，他也发现里面有东西，在跳动的雨滴中闪着湿润的光芒。

"盖住那东西！"他喊道，然后沿梯爬到坑下。等菩逖岐也下来，他俩一起踩着木板走向墓室。木板被雨水浇得湿滑，二人走得小心翼翼，随后在墓室边往下张望。

工匠已在石棺上盖了层厚布，保护里面的内容。此时几个工匠上前，为他们揭开厚布。维叶岐蹲在木板边缘，以免挡住菩逖岐的视线。一时间，他害怕自己看到的东西，害怕所有辛苦都是徒劳。"圣祠亲王，您看到想要的东西了吗？"

菩逖岐虔诚地回答。"看到了。是努言·伏的盔甲，已有数个大年未曾现世。我们有福了。女王陛下将这伟大的任务交给我们，分明是种祝福。"

维叶岐也看出来了，在一堆或破碎、或腐坏的陪葬品碎片中，在迅速被雨水冲成泥泞的尘土下，有一副盔甲的形状。盔甲里没有传说中那位航渡者的遗体，因此是扁的，不过，它显然有两条手臂和两条腿。随着泼溅的雨水洗去更多尘土，维叶岐还看出，整套盔甲的材料并非巫木或金属，而是某种透明水晶般的鳞片，用金线穿成，在雨水中晶光闪烁，仿佛昨天才放在这里。头盔已往前滑下，仿佛努言将下巴贴在胸前入睡。那头盔是金色的圆筒形，上面的装饰图案粘着泥土，一时看不出是什么。头盔的眼洞里填着与其他部位一致的水晶。

"我从没见过这样的东西。"他声音发颤，心中生起迷信般的敬畏。他从未有过这样的感受,从未如此强烈地感受到往昔的沉重,即使在不老不死的乌荼库女王面前也没有。"这就是伟大的航渡者的遗物。"

"女王陛下抵达后,"菩逊岐说,"我建议你换成'罪大恶极的叛徒'。"

"这真是努言·伏吗?他的遗骸去哪儿了?"维叶岐问。

"毫无疑问,化作尘土了。"圣祠亲王回答,"无论伟大还是卑微,凡人还是所谓的不朽者,最终都是同样的结局。"

"除了我族之母。"维叶岐尽职尽责地接上话头,眼睛盯着那堆被雨水打成深黑色的尘土。

"当然,除了我族之母。"菩逊岐赞同地说。

♛

卡夫昨晚睡得很糟。他不太记得梦里的情景,只知道晚上醒了好几次,心脏狂跳,泪水哗哗流下脸颊。

眼下,奈格利蒙幸存的凡人都站在奴隶坑对面的墙边,想看清北鬼用巨型提吊器械在以前的圣卡思博特教堂废墟上做什么。那地方多多少少算是"爬高的"卡夫的家,所以他独自坐在远离人群的墙角,既难受又害怕。

"不对,"卡夫一遍遍念叨,尽管没人听,"不对,推倒教堂,挖地洞。不应该。希瓦德神父会这么说。"但希瓦德神父跟许多人一样死了,被烧、被埋,或在奈格利蒙陷落的疯狂夜晚被人杀害。

再次孤身一人的绝望让他在许多个夜里辗转难眠。但他此时用长臂抱着膝盖,一个人坐在泥泞里,前后摇晃,被雨水淋得衣服湿透,却不是因为失眠,而是因为一种整天压在他心头、令他胆战心惊的感觉。其他人虽然害怕、饥饿,却没有这种感觉。此时此刻,他的感觉愈发强烈。

其他奴隶闷闷不乐地看着白皮北鬼在教堂废墟碎步疾跑,如同腐肉里的蛆虫。卡夫的恐惧越来越浓，以致无法思考其他事情，仿佛有人揭开他的天灵盖，打开他的头颅，将他暴露在阴沉的雷雨云下，让某种隐形的存在能看见他，甚至看穿他的思绪。他感觉有什么人或东西，在审视他想过的每一个私密、羞耻的念头。无论那是怎样的存在，它都不喜欢"爬高的"卡夫，觉得他是只虫子、是只蠕虫。

但这还不是最糟的。

奴隶们窃窃私语，有些人甚至将衣衫褴褛的瘦削孩子扛在肩头，活像围观圣徒游行一般。卡夫却觉得，身边的空气在收缩，压得他胸腔生疼、耳朵刺痛。有东西要来了，虽然他不知道那是什么。有东西正在降生，虽然它不该存在。他身上每一块肌肉、皮肤上的每一个毛孔都能感觉到，他只能竭力压制自己，不然就得脸朝下扑倒在泥地里，乞求别人杀死他。

是罪，我知道是罪，神父啊……我难受！太难受了！

这时，奴隶们沉闷地喊了一声，外面发生了什么事。但卡夫看不见，也不关心，因为就在那一瞬间，他感觉天灵盖终于被人揭开。他毫无保护、赤裸裸地站在憎恨他的愤怒天空下。一个黑色大漏斗从云后高处探下，将他体内使他成为卡夫的一切都吸了出去，撒在风中。他感觉自己被撕成碎片，每一片都被可怕的黑暗急流冲走。

"它来了！"他尖叫道，但没人听见。周围只有风，不知从何而来的风，凶狠地呼啸着，没完没了。"他们要我！他们要我！母亲要我！那三位！"他不知自己在说什么，但停不下来，尽管他已被扯成千万碎片，被卷上天空，什么也看不见、什么都不知道。他只听见自己反反复复地高喊："三位！"他的身躯仿佛被自己丢到身后。

然后，另一个存在出现了。与呼号不息的黑暗不同，它是人形，仿佛由许多烛光汇成。它给卡夫的感觉，就像教堂祭典时，在祭坛上点起、在描绘审判日的乌瑟斯的大幅绘画前摇曳的熟悉的光辉。

它飘浮而来，身上穿的并非布料，也不是教堂绘画里呈现的天堂的长袍，而是星星，数不胜数的钻石般的光点。

"我们尚未完结——尚未。"人影告诉他。那声音并未穿过耳膜，而是直接传入他心中，"我族尚未完结。"

然后，卡夫回到了自己的身体，躺在湿漉漉的地上，听到有人在他身旁说话。

"又发作了。"其中一人说。

"可怜的家伙，他撑不了多久了。"另一人说，"我们都撑不了多久。"

卡夫睁开双眼。一时间，他以为身边是天使，满身泥泞的天使。然后他认出，身边只有一男一女，是与他同为奴隶的凡人。"别、别、别害怕，"他一边告诉他们，一边伸手搓搓自己冰冷的脸庞，感觉牙齿间有沙砾泥土，"星星天使要来了。"

"可怜的家伙。"女人说。他俩一起将他扶起、坐好，然后回到奴隶人群，留下他单独坐在泥泞和雨水中。

"要来了。"卡夫又说一次。但再也没人听到他的话。

♛

维叶岐此时面临的难题，比平衡不同距离、不同重量的最复杂的工程计算还要烦人，而这问题失败的惩罚，比算错石头重量更加可怕。

致庵度琊的棘梅步夫人：

我的好妻子，家族的女主人，向你问候，愿你身体安好。我在远离奈琦迦的地方给你写信，但我的心永远在奈琦迦，与你和侍奉我们的人在一起。

他盯着自己写下的字，感觉很不满意。字迹一如既往地工整，每一行都很清晰且节省空间，那是他从小在匠工会学来的习惯。令他心烦的并非字迹，而是它们的感情太过平淡。如果连他自己都感觉到了，那棘梅步——古老的高贵家族之女，从小在各种宫廷奉承中长大——岂不感受得更加深切？但维叶岐此时既没有诗兴，也没什么消息可说，至少没有能与妻子分享的消息。他真正想做的，是向棘梅步询问小妾桃灼葭和女儿奈泽露的情况，却不知如何开口。他一直无法理解桃灼葭如何对棘梅步极度畏惧，而且没把那当回事。但他不想给妻子增添更多憎恨那凡人小妾的理由。

他甚至考虑只给桃灼葭写信，但又担心，信件不可能瞒过棘梅步，直接送到桃灼葭手中。一旦妻子发现密信，肯定会大发脾气。

棘梅步上一封信写于炎热的听石月，信中故意没提奈泽露，更别提她那凡人母亲了。信里全是琐碎的抱怨：对仆人不满，认为朝中贵妇待她不善。表面看来只是陈述情况，但文字背后的含义简单明了——她认为，这一切都怪维叶岐。他知道自己蹚进了一片深不见底的水域，肩负着对女王极其重要的责任，却没得到用于实现任务的权威。回头再看妻子的来信，他更觉心烦意乱。妻子的家族古老而富裕，自从离开华庭，一直是罕满堪家族最坚定的支持者。而现在，维叶岐正需要妻子家族善意的帮助。

哄哄她，他告诉自己，*应该不难，她毕竟是你的妻子。在我族的诗歌作品里，安抚的诗句比比皆是，挑几句出来就能安慰她。*

但维叶岐与妻子的隔阂，并非两人之间的地理距离那么简单。他惊讶而不安地发现，自己最近想起棘梅步的时候并不多，却很思念那个凡人小妾。

我真正想念的人竟是桃灼葭，他惊讶又羞愧地明白过来。*在这陌生的凡人土地，我很寂寞。即便在庵度琊家族府邸，我也经常孤独。但桃灼葭的陪伴总能抚慰我的心灵。*

傻瓜，他暗骂自己，*找些能打动棘梅步的诗句，冷淡的语气就不成问题了。*

Empire of Grass

他甚至考虑去找菩逊岐寻求建议。毕竟，圣祠亲王是诗歌艺术方面的学者和知名赞助人。可在罕满堪贵族面前暴露自己的弱点，无论是战场还是情场上的弱点，只可能导致无法预知的后果，且没一个会是好结局。

他想起菩逊岐说过的一句话："不是问题的问题。"他确信那是一首诗里的句子，但想不起作者是谁。不知为何，那话当时听着就有点古怪，后来一直在他脑海里盘桓不去，嗡嗡作响，但他就是说不清为什么。

正当他冥思苦想时，突然察觉临时房间的门外有人等候。"是你吗，努闹？进来吧，我还未歇息，在写东西。"

"很高兴听您这么说，大司匠阁下。刚刚有一队殉生武士和一列车队从北方抵达。"

所有写信的念头瞬间消失，维叶岐一跃而起。"什么？女王陛下驾临了？我还以为她今天很晚才会到！"他的心跳得飞快，"真是华庭保佑啊，我们昨天第一次尝试就把石板揭开了。"

努闹礼貌地皱皱眉头。"我这卑微的旁观者认为，新来的队伍太小，也许并非女王陛下。有人根据最大的那辆车上的符文推断，应该是阿肯比大人的车驾。"

维叶岐的心跳缓和了些，但胃里开始泛酸。"啊，何其幸运，咒歌会大司乐也来了。毫无疑问，他是为确保一切妥当，以迎接我族之母。"

"毫无疑问。"

维叶岐卷起羊皮纸，收进写字盒。"来吧，"他说，"帮我穿上外袍。我得去迎接女王陛下的心腹。"

* * *

迎接咒歌大师的队伍很小，只有菩逊岐及其卫兵、维叶岐、骐骐逊将军及其麾下的几名殉生武士。他们穿过城堡废墟，走到崩坏的城门前。阿肯比明明很熟悉维叶岐，但菩逖岐做介绍时，他只按最简单的礼节微微鞠躬。可维叶岐发现，站在阿肯比旁边的混血歌者听到自己的名字时，似乎大吃一惊，但不知道为什么。

并非所有问候都这么简略。咒歌会大司乐与圣祠亲王菩逖岐就上演了一场短暂的礼节交锋，互相抛出精准却空洞的恭维话，用溢美之词和一连串华丽而亲切的手势，夸张地赞美对方在女王心中的价值、对贺革达亚全族的重要。但对旁观者的眼睛和耳朵来说——维叶岐可是耳聪目明——两位贺革达亚对彼此的厌恶程度简直令人发笑。不过他俩都位高权重，即使像维叶岐这样的贵族，只要动动手指就能摧毁，所以在场之人谁都笑不出来。

女王的至亲与咒法师，维叶岐心想，我知道谁更可靠一些。但理智告诉我，谁都不能轻易相信。

比起菩逖岐，还是阿肯比的耐心首先耗尽，突兀地结束了这场礼节性问候表演。"圣祠亲王殿下，现在就带我去墓室吧。"他的声音像铲子挖掘沙砾，"我们必须做好迎接我族之母尊驾的准备。"

漱鸫玉领着一群长袍歌者，在墓室前迎接他们。阿肯比将琐事都交给那个混血助手去安排，自己跟漱鸫玉窃窃私语，打着只有歌者才能看懂的手势。阿肯比带来的黑袍仆从涌进墓室，脸上蒙着纱巾，手上戴着厚实的皮革手套，动手将努言的水晶盔甲搬出石棺。

菩逖岐与他们隔开一点距离，站在墓坑旁搭起的布帐篷边。月亮早已落下。雨云被狂风吹拂，在他们头顶流动，遮住了星光，所以维叶岐只能勉强看清圣祠亲王的脸。他觉得，菩逖岐的表情并不喜悦，反而令他困惑。看到这一幕，刚才一直无法记起的句子终于回到了他的脑海：

当爱民之人必须在沉默的恐惧中前进

当诚实之人发现重大问题，而当权者说它不存在，

Empire of Grass

> 那么，心中保有荣誉之人必须无视谎言，
> 解决不是问题的问题。

那不是诗句，而是仙尼箧·杉－罕满堪离开奈琦迦时写下的《放逐函》。尽管女王及其家族已想方设法清除了有关它的所有记忆，但直到今天，仍有人在十分隐秘地传诵它。维叶岐想起来了，《放逐函》是臭名昭著的叛逆之作，全因他老师雅礼柯的教导，他才知道这篇文章。老师只能口头传授，他自己也只是收入记忆之中。因为仙尼箧离开后，谁都不敢将它抄写下来。

菩逖岐为什么说这个？他先对我引用森雅苏的作品，现在又说这个？他真那么自信血统能保护他？他是否怀疑我是个叛徒，试图哄骗我暴露身份？或者他有更深层的谋划？

维叶岐震惊于自己的发现，以致没太留意漱鸽玉那些歌者在忙什么。此时他才看见，他们已从墓室取出盔甲的所有部件，正在抖落上面的尘土。那些尘土，曾是最伟大的庭叩达亚、航渡者努言的躯体，如今却被抖落在地，消失在雨水汇成的小溪中。

他感觉胆子壮了一点点，但跟圣祠亲王说话仍十分谨慎。"歌者对努言遗骸的处理十分随意，不担心他的魂魄会来报复吗？"

"女王陛下无所畏惧，更别说是努言的魂魄。"菩逖岐淡淡地说。

"可我仍不太明白，"维叶岐承认，"努言的盔甲对女王陛下有何用处？"

"你会看到的，大司匠阁下。"菩逖岐的回答还是那么冷淡，"伟大的女王陛下将用它把风暴之王伊奈那岐的哥哥哈卡崔带回世间，并取得凌驾一切的胜利。这将是史无前例的复活壮举。就连我族之母复活伊奈那岐都不能与之相提并论，因为风暴之王的灵魂还是在奈琦迦地下的流琴井受到了污染，所以凡人才能阻止他的彻底回归，将他再次逐入黑暗。这一次，我们的女王陛下将兴起一位盟友，他会遵从君

王的命令前往任何地方,给企图毁灭我们的凡人带去恐怖与死亡。"

"可是,为什么选择哈卡崔?"维叶岐知道自己问了太多问题,但他想尽可能利用圣祠亲王此时这心不在焉的古怪情绪,"哈卡崔属于支达亚,并非我们贺革达亚。而且,早在他弟弟被凡人杀害之前,就离开了这块大陆。他能为女王陛下做什么?"

"他能帮我们拿到巫木王冠。"菩逊岐说,"我只知道这么多——我只需要知道这么多,大司匠阁下。"

他最后的话有"到此为止"的意味,维叶岐不敢继续追问。他有了许多需要考虑的问题。他静静地站在圣祠亲王身旁,看着那些戴了手套和面具的歌者收起盔甲部件,小心翼翼地放在一个担架上,然后按咒歌大师的指挥,抬起来,穿过雨幕,走向阿肯比的马车。

Empire of Grass

浓烟

♛

  米蕊茉的脚够不到卓根坐骑的马镫，所以一开始，她只能紧紧攥住缰绳，等马自己跑下玛垂雯峰。欧恩的马蹄敲打着鹅卵石地面，颠簸得像是有人用手杖不停地揍它。前方道路空无一人，但所经之处的屋子里都有人，或站在屋顶，或探出窗外，往上方的玛垂雯峰顶张望。随着道路往下，她时不时能看见人们在看什么：塞斯兰·玛垂府的火焰往天空吐出黑色烟雾。太多人看见她了，米蕊茉十分不安。她调转马头，离开宽阔的喷泉路，穿行于首都的后街，直到离开城市中心，再穿出安图勒路，往北奔去。

  最初的恐慌渐渐消退，米蕊茉开始考虑自己的处境。她没发现明显的追兵，因为许多转弯挡住了身后大部分道路的情况。眼下她没有掉下马鞍的危险，于是让欧恩放慢速度，改为小跑，以休息片刻。

  我必须离开这城市。要是被抓住，拖到图丽雅·英盖达林面前，那可真是场噩梦了。想到自己被押到那个奶油脸蛋、年纪比她孙子还小的小女巫面前，她就觉得既愤怒、又害怕。

  她稳步前行，临天黑前来到首都边界，心里琢磨，能否找艘船送自己到万途关，那里就是爱克兰的领地了。但她不想在任何可能被英盖达林的奸细监视的地方停留，因为米蕊茉对图丽雅有了全新的认识和忧虑：英盖达林家族完全有可能给奸细放出消息，监视在塞斯兰·玛垂府毁灭期间出逃的任何人。她只能祈祷，坎希雅公爵夫人及其儿女有足够的时间，能一直跑到北部边境，不要被人追上。

  另一个选项是独自骑马，一路北上。她知道，这段路将花费两个多星期。如果天气糟糕，或要躲避追兵，可能需要一个月，但没有困在纳班港口的风险。

她已下定决心,要尽可能抢在塞斯兰陷落的消息正常传出之前,用最快的速度穿过半岛,而穿过半岛要赶好几天路。所以她打算缓一缓,观察一下再做选择,同时希望卓根的骏马确实像骑士宣称的那么能跑。

想到卫兵队长,绝望涌上心头,随之而来的是炙热的怒火。小图丽雅,你欠我卓根的命,你欠我所有因你追逐权力游戏而失去的无辜者的命。身为王后,我永远不会忘记这些。

日落时,米蕊茉已离开城墙很远。路上她几次遇到卫兵,但谁也想不到王后会独自骑行,所以没人认出她来,只有几个问她,是否确定要在天黑后跑到城外的郊野去。离城一里格左右,她找到一个葡萄酒商的谷仓,在那儿过了一晚。葡萄发酵的味道十分浓烈,米蕊茉感觉,以后再闻到这种味道,一定会想起这次的绝望逃亡。但她太累了,再难闻也得睡觉。葡萄酒商的马匹已进棚过夜,于是她跑进马棚,给欧恩偷了一抱干草,作为它辛苦赶路的报偿。然后她蜷在一堆稻草上,睡着了。

黎明前,她被噪声吵醒,但只是欧恩在拉扯拴绳,焦虑地踱来踱去。她牵出坐骑,警惕地搜寻是否有人监视,不过只看到山顶酒商宅邸的厨房点着一盏灯,估计是最早起床的仆人开始了一天的忙碌。她牵着欧恩走到路上,翻身上马。马鞍太大、太硬,她仿佛坐在倒扣的小船龙骨上。但坐上马鞍,总比直接骑在马背上安全。

到了早上,安图勒路看起来跟平时差不多,农夫马车不合时宜地堵塞道路,数百行人来来往往,有牧师、农夫、小贩,都在忙碌自己的事。数里格外,塞斯兰·玛垂府的烟雾还在天上,经久不散。

他们不知道出事了吗?还是说,日常生活各类所需更为重要?米蕊茉猜想,如果她要养活孩子,或赶在作物坏掉前收割上市,可能也会在这条路上跋涉,即使面对内战阴云也无暇理会。

Empire of Grass

她在卓根的鞍囊里找到少许食物，包括陈腐的面包和一块跟马鞍一样硬的奶酪。她骑马走在郊外路上，边走边把食物嚼烂吞下。在她眼前，古老的安图勒路沿途全面生动地展示了纳班各种类型的居所，从穷人小屋，到高踞山上往下俯瞰的富人庄园。米蕊茉忍不住猜测，议会堂成员里有多少贵族离开了城市，此时正遥望着至高王后骑马路过而毫不知情？其中一些可能怀有同情，毕竟公爵在五十家族有超过半数的支持者。如果选对了，她会受到欢迎，得到食物和庇护，无疑还能得到帮助逃回爱克兰。但那是一次不能尝试的冒险。就算萨鲁瑟斯最忠实的盟友，肯定也看见了玛垂雯峰上的烈火。要他们收留英盖达林家族的敌人，哪怕是王后本人，估计他们也会考虑再三。

到了中午，米蕊茉又饿了。她知道，想抵达最近的安全海港，不弄点钱是不行的。于是，她在一个叫阿比·撒卡的小镇找了个规模颇大的市场，来到广场附近一条销售珠宝首饰的街道，挑了间看上去生意兴隆、但相对低调的房子。它楼上是住家，楼下是店铺。米蕊茉把欧恩拴在屋外。

店主是个圆胖的小个子，肤色黝黑。他看到米蕊茉进门，仔细地打量她，显然断定破烂的裙褶和凌乱的头发比不上衣服的做工重要，所以对她的态度谨慎而礼貌。

米蕊茉把东西放到桌上：镶有圆润绿宝石的女式圣树珐琅胸针、从剩余的戒指里挑出来的一只黄金小环。接下来讨价还价的时间虽然再正常不过，米蕊茉却觉得仿佛拖了几个钟头。她知道，虽然这地方远离都城，却仍有可能被人认出，而在同一个地方停留越久，被认出的可能性就越大。

最后，珠宝店老板夸张地展示了自己的慷慨大方，接受了她的要价。米蕊茉肚子很饿，但拿到珠宝商给的钱，她立刻回到马鞍，决意把钱花在别处。拜黎但镇离此不远，而陌生贵妇出现的消息很快会传出去，米蕊茉只希望自己跑得比它快，饥饿问题可以暂时不管。她牵

冬噬

着欧恩离开小镇,只觉得每一道门、每一扇窗后都有敌意的面庞在看着她。

终于,在这阴霾灰暗、炎热潮湿的中午,她抵达了拜黎但。这是个规模较大的定居点,她小时候来过。她在市场买下一件深蓝色兜帽斗篷,以及能在坏掉前吃完的尽量多的食物,然后再次上路。

上次我来这儿,她走出镇子大门,回想道,是跟笛尼梵神父和柯扎哈修士一起,而他们都已辞世。一股难以忍受的渴望涌上心头,啊,艾莱西亚,温柔的圣母,我多希望立刻回到爱克兰。我多希望能跟西蒙躺在我们的床上!我多希望……!

然而希望没有意义,祈祷或许能有回应,于是她向圣母艾莱西亚送上真心实意的恳求,也向圣母之子、神圣的救主说了一遍。

救主啊,请让我回家、回到家人身旁,帮我找到离开这可怕危机的道路。

* * *

她骑马走了几天,来到纳班东北部山区,夜里就在无人看守的谷仓或山坡的杂树林里小睡,只有斗篷充当毛毯抵御寒冷的秋风。她知道,自己即将抵达宽阔的维亚·裴垂斯路与安图勒路的交叉点,到时就必须决定:该往西去海岸乘船返回爱克兰,还是继续北上。

欧恩驮着她,行走在蜿蜒起伏的山路。她时不时在高处停下,观察周围地形。有一次停留期间,她望见先前经过的路上出现了令她汗毛倒竖的一幕:虽然离得尚远,但一大队骑手正走在安图勒路上,远远望去估计有二十来人。米蕊茉敢肯定,那是图丽雅或其他人派来的追兵,目标要么是她,要么是坎希雅公爵夫人,或者两者都有。自从逃离塞斯兰·玛垂府,她一直没见到那辆王室马车,只能希望公爵夫人及其儿女能遥遥领先,最好快到爱克兰边界。而米蕊茉自己距离骑兵队还不到半里格,她已骑马走了几天,欧恩很累了,要它全速也跑不了多远。

Empire of Grass

她看到前面有条通往东边的路，以前能到维亚·欧特姆。那是条古老的大道，由于最近与色雷辛人的冲突而变得不太安宁，但最终能把她带到柯梅斯山谷另一边的北滨路。岔路口窝在群山之间，很快就能赶到，所以她只有少许时间考虑。既然她发现的骑手来自南边，那他们不大可能对她没兴趣。要跟他们赛跑到边境，尽管她有匹强壮的骏马，胜算也很渺茫。

她指引坐骑，走上通往东边的路。那曾是条宽阔平坦的大路，如今却比泥路好不了多少，刻满车辙，两边是渐渐入侵的树木和灌木丛。一个藏身的好地方，她心想，也是伏击的绝佳地点。天色渐晚，远处传来隐隐的雷声。她戴上兜帽，催马前行。

* * *

她对伏击的担心是对的，但地点猜错了。

米蕊茉在中午时分抵达维亚·欧特姆，转上这条老路。以前帝国时期，这可是主要的大路之一，但如今只是色雷辛湖地外缘一条蜿蜒的贸易小道。她经过几辆马车和一些步行的路人，除此之外，仿佛彻底离开了城市和人迹。老路沿柯梅斯山东边斜坡而行，由于在多雨的年份受到洪水冲刷，路面比下方的平原高出一截。随着老路越爬越高，树木由橡树转为松树，她能俯瞰下方广阔的草原。

难以置信，这地方竟引出这么多麻烦，她咬着干羊肉心想，这片色雷辛地区看上去如大海般空寂。此时，方圆数里格的青草已枯黄一片，太阳划过天空，朝山顶爬去，远处的溪流湖水在斜阳下闪着银光，有种奇特的美感。

终于，太阳转到山后。天气仍然闷热潮湿，有种风雨欲来的感觉。天空已是石头般的灰色。快到山顶时，她走进一小片长满松树和迷迭香的树林，空气中弥漫着它们刺鼻的气息。这时，强盗出现了。

他们从树木间走出，看着她。米蕊茉意识到对方是什么人，立刻拉起欧恩的缰绳想调头，但身后也有几人走出藏身处，截断了她的退路。不过他们并非她在安图勒路发现的骑手。这些人穿得太少,武器太差,也没有马,估计只是普通强盗,为了躲避正义而逃进荒野,过上无法无天的生活。此时,前方有六人拦住去路,其中几个手里有弓。她让欧恩在貌似头领之人面前几码处停下。那人个子高挑,以布蒙面,留出两个眼洞,做成个临时面具。他弓上搭着一支箭,正对着米蕊茉。

"你想干吗?"她用纳班语质问。

"你说呢?"持弓面具男回答,"下马,交出钱包。"

这些人衣衫褴褛。米蕊茉一边平复狂跳的心脏,一边考虑自己的处境。她没下马,反而催促欧恩上前几步。骏马讨厌强盗的臭味,不太乐意,迟疑一下才遵命。"你们可以拿走我的钱包。"米蕊茉对他们说。她钱包里没剩多少钱,但被人打劫的滋味让她特别生气。"只要你们让路,我就扔给你们。"

面具男哈哈大笑。过了一会儿,几个同伙也笑了。"夫人,你觉得我们是傻瓜?下马。我们也要它,它看上去是匹好马。"

就算这些人除了抢劫别无他图,米蕊茉也不敢在离家这么远的地方放弃卓根的马。她环顾四周:荒无人烟的山坡,被风吹得歪歪斜斜的树木。她知道,只要这群人愿意,完全可以把她先奸后杀,而她根本没得选择。

"你们不会伤害一个女人,对吧?"她用微弱而害怕的语气问道,而她的实际感受也差不多。"我只是个孤独的旅客,除了上帝没有其他保护。"

"上帝送你走错路了,女人。"头领回答,"赶紧下马,不然你就死在马背上。"

米蕊茉却扑倒在马颈上,大喊一声:"欧恩,驾!"同时用脚跟狠踢马肚。骏马人立而起,扬起镶着蹄铁的前蹄踢中头领的胸膛。那人应声倒下,手里的箭飞到空中。欧恩纵身一跃,将他踩在蹄下,穿过一众强盗。米蕊茉为了自己的性命，死死地抱住它。

欧恩往山顶狂奔，箭矢从身后飞来，其中一根穿过米蕊茉的斗篷，擦伤了她的手臂。但不久之后，再无箭矢飞来，欧恩全速奔跑，冲到顶峰，跃下另一侧的山坡。米蕊茉仍紧紧攥着欧恩的马鬃，缰绳无用地缠在拳头上。她刚才孤注一掷，心里估计，就算那些强盗有马，可能也留在了别处。此时她回头观察，感觉自己猜对了，后面没有追兵的迹象。但她仍不敢放松，虽然在马鞍上换了个比较舒服的姿势，脚跟还在不停地踢着欧恩的肋骨，催促它沿蜿蜒的山路下山。头顶雷声轰鸣，落下几滴温暖的雨水。

过了很久，还是没人追来，米蕊茉才敢收起缰绳，让欧恩慢下脚步走路。雨下大了，在泥地上砸下一个个深色小坑，有些地方甚至汇成小水洼。她在马鞍上转身查看身后，查看目力所及的山坡及弯曲的山路，还是没有追兵。她看得出，胯下的欧恩已精疲力竭，脚步已颤颤巍巍，知道必须找个地方让它休息。

可再回头，她却看到了别的东西：身后的路上有条断断续续的湿润痕迹，比雨水更有规律，最近一道是鲜红色的。

她的喉咙顿时担忧地收紧，急忙勒住缰绳，用最快的速度爬下马鞍，同时紧紧抓住缰绳。欧恩的肚子上，就在马镫后面，松松地扎着一支箭，伤口流血不止。米蕊茉吓坏了：它受了这样的伤，自己却催它狂奔，就这样跑得多快、跑了多远？它还能不能活下来？她震惊地盯着伤口，欧恩突然往山路外侧的陡峭斜坡踉跄几步。米蕊茉想放开缰绳，绳子却缠在手腕上解不开。

眨眼间，欧恩又歪一步，嘶哑地哀鸣一声，滑出山路，跌落山崖。米蕊茉还没明白发生了什么，已经被扯得飞了出去。

欧恩沉重的身躯在山坡上翻滚，将她推来撞去，像锤子般敲打在她身上，直到她的手终于脱离缰绳。他们滑进一丛松树。骏马像石弹般撞在树上，米蕊茉继续往前滚，在草丛、石头和灌木丛间弹来弹去，渐渐减速，棕色和绿色如雷电风暴般在她眼前掠过。她的头被撞了一下、两下，以及最重的第三下，仿佛被愤怒的巨人用拳头殴打。

♛

"一切都会好起来的。"坎希雅公爵夫人不停地说。尽管她只是为了安慰哭喊着要回家的小布拉西斯，但听她一遍遍重复，杰莎还是很想愤怒地尖叫：一切都不会好的。乌澜老妇说的一切都成真了。公爵府陷入火海，府里的人，包括仆人和贵族，都遭到杀害。此时此刻，马车用吓人的速度飞奔，在鹅卵石上颠簸不停。杰莎只能将小莎拉辛娜紧紧抱在怀里，祈祷沙行者保佑不要翻车。

我不想死在这里，她满脑子只有这一个念头，我早该听那通灵老妇的话。我早该逃走！

但那样，她就得丢下怀里的宝宝。她怎么做得出来？跟杰莎一样，小宝贝是无辜的。

"乌瑟斯和所有圣徒在上，"公爵夫人说，"愿米蕊茉王后平安无事。"

"没人能伤害她。"杰莎说，"没人能伤害王后。"

坎希雅摇摇头。马车咔哒咔哒地转过一道弯，她伸出一只手扶住车门把手。"我也曾以为，没人能伤害我们。可我不知发生了什么。他们就像畜生一样！"

人确实像畜生，杰莎心想，但嘴上没说，因为她知道，说出来只能让人更难受。只要一点点刺激，他们就会互相争斗，像野兽一样撕咬、抓挠。小时候，她在一场大洪水中亲眼见识过这点：一个坐在船里的男人，用船桨将水里快淹死的人推开；另一个男人用手斧杀死一个女人，因为后者想偷走他储存的食物。杰莎知道，人的善良取决于世情容许多少。我们有卫兵和车夫，她告诉自己，他们宣誓效忠公爵及其家人。他们会保护我们免受其他人的伤害。但她还是紧紧抱住莎拉辛娜，结果太用力，导致怀里的孩子轻声抱怨。

* * *

他们没得选择,只能走安图勒路。其他路不够宽,王室马车无法通过。坎希雅似乎不介意,但杰莎觉得,自己像瑟缩在黑色风筝阴影下的青蛙。这条路太开阔了,虽然秋雨之中很少有人出门,但每个钟头,从旁经过的骑手、行人和马车还是很多。几乎所有人都得离开路面,好让马车通过。多数人会脱帽行礼,至少低头致意。但杰莎相信,肯定有不少人心里琢磨,一辆镶有爱克兰至高王室纹章的马车,在如此远离那个国度南部边境的地方做什么?

尽管如此,他们还是平安无事地走了两天,一直到第三天快结束时。夜幕即将降临,车夫刚刚告诉他们,前面不远就是查苏·鲁提里,可以到那儿过夜。就连杰莎也开始觉得,他们真有可能逃离席卷塞斯兰·玛垂府的灾难。但车后一个卫兵突然用拳头敲打车顶,震醒了打瞌睡的坎希雅,小莎拉辛娜更是吓得哀号起来。

"怎么了?"车夫大喊,"谁在吵?"

"有骑手!"卫兵回答,"在我们后面。"

马车后窗糊着涂油羊皮纸,以便让更多光线透进昏暗的车内,但无法打开,所以杰莎把婴儿交给公爵夫人,爬到自己的座位,把头探出窗外。

后面有一队骑手在追赶他们,人数众多,大概在半里格外,刚刚抵达王室马车所在山峰的山脚下。她把情况报告给公爵夫人,后者对车夫大喊:"有追兵!跑快些!"

车夫咒骂着。杰莎听到他扬起鞭子,马队往前猛拉,但受到车身重量及上山斜坡的制约,速度没能加快多少。突然加速晃得布拉西斯撞上椅背,滑到马车地板上。他躺在那里,依然半梦半醒,大声抱怨着。

他们爬上山顶,马车在每个弯道都惊险地剧烈摇晃。一个牵驴人差点被撞上,赶紧跳到旁边让路。杰莎看到他手忙脚乱地从窗前掠过,那头驴则慌慌张张地跑到山坡高处避让。杰莎从坎希雅手里抱回莎拉辛娜,好让公爵夫人将翻倒在地的布拉西斯拉起来,扶回衬垫长凳,夹在自己和马车外墙之间,免得他再次摔倒。

车夫抽打马队往山上赶,时间仿佛噩梦般拖沓不前。杰莎将莎拉辛娜牢牢抱在胸前,终于大着胆子又往窗外看了一眼。后面的路是弯的,她看不到弯道后的情况,但能看清离得最近的骑手,那是个大胡子男人,身穿皮革,挥舞弯刀。

"是草原人在追我们!"她告诉公爵夫人,"草原人!"

"色雷辛人?"坎希雅大惊失色,仿佛不同的追兵会有什么区别似的。"再快点!"她对车夫大喊,"他们会把我们全杀了!"

车夫要么没听见她大喊,要么已经把马队赶到了极限。他们到达山顶,在接近水平的地上跑了一段。有东西砸在马车背后。杰莎听到卫兵喊叫。她再次探身查看,发现他趴在地上,背后扎着一支箭。此时此刻,她视野内至少有五六个骑手,正朝马车放箭。好几人手拿火把。渐浓的夜色中,骑手仿佛飘浮在路上一团团火红色的光球中,如同发出雷鸣的妖怪。

一只脚踩穿了马车背面的羊皮纸窗户,是另一个卫兵,他试图爬到更安全的地方。杰莎惊骇地看着他爬,忽听他一声惨呼,向后滑出撕坏的窗户,掉到车下。

有东西从后窗窜进车内,光亮刺眼,滋滋作响,携着火焰扎在马车前壁上。是支火箭,火焰沿着马车的衬垫内壁迅速往上爬,将车顶烤成黑色。坎希雅尖叫起来。

"停车!"她叫道,"着火了!车子着火了!"

但车夫并未停车。他们翻过山顶,飞奔下山。杰莎听到追兵的叫喊,声音刺耳,像在欢呼。又一支火箭穿过后壁,但停在那里,箭头火焰仍在燃烧。马车前壁已被火焰吞没。到处都是浓烟。

另一人爬过车顶,不过这次是从前往后,不知道是谁。那人跳下车子,杰莎感觉车身随之沉了一下,忍不住又往外看。这时已有十几个骑手紧紧跟在车后。刚才跳下马车的是仅存的一个卫兵,不知是出于疯狂还是英勇。但他刚爬起身,还来不及举剑,就被大胡子骑手的马蹄踩在脚下。

马车撞上石头或别的什么障碍物,一侧的轮子高高翘到空中,随后砸下。杰莎往后摔去,手里仍紧紧搂着小莎拉辛娜。公爵夫人倒在地板上。火焰正在吞噬车顶和墙壁,借着火光,杰莎看到坎希雅头上有摊血迹。小布拉西斯尖叫着拉扯母亲的手臂。这时有个黑影赶上马车,从外面爬到车上,一条胳膊伸进车窗,上面的骨饰和金属手镯咔哒作响。它一把抓住男孩的衣领,将他拽进外面的黑夜,犹如蟒蛇从巢中抓走一只幼鸟。

马车又撞上东西,高高飞起,重重落下。杰莎听到可怕的嘎吱声,车子突然失去平衡,往一侧倾斜,发出嘶哑拖拽的噪声,越来越歪。一只轮子松脱了。杰莎无暇多想,把莎拉辛娜搂在胸前,爬出窗户,把上半身挤出去,悬在黑暗的夜色和飞掠的阴影中。她还来不及下定决心跳车,马车再次往侧面一晃,让她旋转着飞出半空。

孩子!保住莎拉辛娜!她心里只有这一个想法。她落进一丛灌木,压得枝条噼啪乱响,翻滚中被戳刮了无数下,但手里仍牢牢抱着女婴,仿佛世上其他一切都不重要。此时此刻,对杰莎来说也确实如此。

她终于停下,深陷在扎人的树枝中无法动弹。莎拉辛娜在她怀里动了动,居然还活着。杰莎听见小婴儿吸了口气,无疑正要发出愤怒的号叫,连忙伸手捂住孩子的嘴巴,稍稍将她提起,以便对着她的小耳朵轻轻呢喃:"不要哭,不要哭。有我在呢,不要哭。"她浑身都疼,几乎分不清哪儿是哪儿。但她仍能听到不远处马蹄敲打路面的声音,所以不敢动弹,生怕弄出声响。

她就这样纹丝不动,静静地躺在荆棘丛中,闻着烟雾,望着透过

吞噬

枝丫投来的跃动红光,听着色雷辛人一边喊着她听不懂的语言,一边来来回回搜索逃亡者,感觉足足过了一个钟头。

收归者啊,杰莎一遍遍祈祷,暂时请不要收走我!让我保住这小孩子的性命,让我保护她免遭这些恶人的伤害。仿佛受到某位仁慈神祇的安抚,莎拉辛娜虽然扭动不安,居然渐渐地睡着了。

黑暗中,四下都在吵闹。有一次,她听到沉重的脚步声,就落在藏身处不远。但她像兔子和老鼠一样一动不动,直到脚步声离开。终于,大概熬了数个钟头,她才听到众人骑马离开的声响。但她仍不敢爬出灌木丛,就这么躺在冰冷的地上,直到第一缕晨光告诉她,可以安全地出去了。

依偎在怀中的莎拉辛娜又开始扭动,杰莎爬出灌木丛,路上又被枝丫刮了好多下。她再一次站在路上,看到身后的路中间躺着一个小小的身影。她拖着脚步走过去,直到看清那人穿着布拉西斯的束腰外衣。男孩头往后仰,双眼睁着,四肢扭曲,像被人随手丢弃的苹果核,脖子上的伤口深可见骨。

杰莎的眼泪流不出来,心中充满恐惧,几乎无法呼吸。她转过身,沿路往前走,找到王室马车。但它只剩残骸了,撞在树上,侧躺在路边,两只依然卡在轴上的轮子碎裂烧焦,车身仍在闷烧,烧焦的车壳中闪着几点红光,犹如垂死的星星。她往车厢里张望,看清里面的焦黑物体是坎希雅公爵夫人,不由转过身去,呕吐起来。

吐完后,她用脏兮兮的破烂衣袖擦擦嘴巴,走进林中,往山坡下走去。莎拉辛娜紧紧贴在她胸前,饿得哼哼唧唧。杰莎不知自己身在何方、要去何处,只知道她再也不想走在路上。

死鸟

♛

桃灼葭只知道，他们进入名叫奈格利蒙的要塞，在城门内等了好几个钟头。除此之外，她坐在马车里，什么都不知道。进入城门之前，他们的车窗就被拉下并封住。她只能闻到新近火灾的刺鼻味道，偶尔听到贺革达亚哨兵鸟鸣般的呼叫，此外猜不出外面发生了什么。

"我们为何来这儿，如此远离贺革达亚的土地？"她问沃蒂丝，"有没有哪个医士告诉你，我们为什么来？"

"就算她们知道也不会说。似乎有战斗，但女王军赢了，是场伟大的胜利。"她的回答极其冷漠。

桃灼葭没有这么分裂的忠心，但她知道不能说出口。每次想起惨遭屠戮的凡人，她都忘不了他们是自己的同胞。更揪心的是，她担心女儿奈泽露也参加了战斗，甚至受了伤，或者更惨，而她身为母亲却毫不知情。

诸位神明啊，她祈祷，请保佑她平安。还有维叶岐，不论他在哪儿，也请保佑他。她随即想到，自己的主人兼情人或许也在奈格利蒙。她虽不知女王派他去了哪里，但这可能性更让她忧心。

两个女人静静坐在车里。她们被囚禁在一起的时间已经很长了，寻常话题已经聊光。桃灼葭听到马车外传来奇怪的声响，起初以为是风声，但那声音虽然猛烈，却过于低沉，更像远方的雷声响个不停，不光耳朵能听见，身体也能感受到震动，如有万马奔腾，却一直没见它们从身旁跑过。不一会儿，她又听到第二个声音，是沉重车轮的吱呀声。于是她挪到马车唯一的窗前。木质百叶窗帘从外面绑死了，不过用手推推，帘子也能动一动，能让她从缝隙间看到紫色的傍晚天空。她走回来，拿起自己的木碗。

"桃灼葭，你在干什么？"

"试试能看到什么。"她回到窗前，再次推动帘子，尽量把缝隙撑开，然后把木碗放到缝隙里顶住。

"小心啊！"沃蒂丝说，"若被发现，我们会受罚的！"

"我知道。"她透过窄缝，迅速左右扫视，确保附近没有卫兵。但这很难判断，因为有东西阻挡了大部分视野。那是个庞大的灰色影子，像一堵墙，却在动，正缓缓从她们的马车旁边经过。一个巨大的车轮滚进视野，一时间，轮轴转动的声音简直跟雷声一样响亮。桃灼葭把眼睛贴到缝隙上。

"外面有东西！"她悄声说，"很大！"

她能感觉到沃蒂丝站在身后，抓着自己的手臂。巨轮子转过之后，桃灼葭看到一个长型物体绑在马车板上——就是她刚才以为是墙的东西，呈圆锥形，越往后越细，从最初比她所在马车窗户更高的障碍物，渐渐变成巨蛇形状。

她这才反应过来，那是条巨型尾巴，心脏随即颤了颤。片刻后，大车过去，她才看到在巨尾后推车的怪物——一个人形身影，但比人大得多。它转过毛茸茸的脸，望向桃灼葭，闪亮的黄绿色眼睛与她对视一阵儿，冲她龇出牙齿。桃灼葭双脚一软，瘫在地上。

沃蒂丝在她旁边跪下，揉着她的手腕。"桃灼葭！桃灼葭！发生了什么？你看到什么了？"

她想解释，却只记得琐碎的片段。"有怪物。"她最后说，"大车上装着一只，另一只在推车。怪物。"

"它们为何在这儿？"沃蒂丝惊惶地问，"他们为何把我们带到这里，跟怪物待在一起？"

桃灼葭只觉得寒冷空虚，自己的话像从别人、一个失去感情的人嘴里说出。"如今这世界，到处都是怪物。"她说，"到处都是。"

Empire of Grass

♛

亚拿夫低头看着四仰八叉瘫在地上的两个殉生武士,他们的血迹在雨水冲刷下渐渐透明。多年来,他杀过无数贺革达亚士兵,已经习惯把他们当做渐冷的肉看待。这两个都是用箭射死的,第一箭射中一人的脖子,第二箭射中救援者的心脏。但亚拿夫真正想要的,是其中一具尸体上的盔甲和斗篷。他剥下战利品,将两具尸体拖进森林深处,推下山沟,然后用蕨类叶子擦掉手上的血迹。

他仍要提高警惕。最近在森林里游荡的贺革达亚数量之多,超出他的想象。他躲在树顶藏身处,至少发现三支来自不同军队的殉生武士,而且他们的纹章他都不认识。更怪的是,他前些天见过他们,但女王的车队今天才抵达山峰另一边的奈格利蒙。在这被他师父称为古老之心的森林里,一定有事发生,而且是非比寻常的大事。若在其他时候,亚拿夫会觉得自己有必要调查清楚,但如今,他的任务范围收窄了,而且更加重要——他要刺杀北鬼女王。

他仍不知道,老不死的乌茶库为何离开奈琦迦,长途跋涉来到这凡人堡垒,但他相信一定跟他协助女王之爪抓获的活龙有关。龙血是稀罕物,有好多用途,既可用于咒歌会的咒术,也能直接利用它危险的特性。亚拿夫就有一小罐龙血,是从山坡那具木乃伊龙尸的爪子上刮下来的,这次准备用掉。不过他记得,奈泽露被他绑架脱离女王之爪前,曾有一次说漏嘴,说女王之爪还奉乌茶库之命,去过北方一个岛屿,取回了风暴之王的哥哥哈卡崔的遗骸。他不知贺革达亚要那古老的遗骸做什么。他问过奈泽露,后者也不知情。

"女王和阿肯比大人不会对我这样的殉生武士说出他们的想法。"奈泽露当时这么回答,亚拿夫也相信她确实不知。但遗骨和活龙都交给了那个咒歌大师,如今他又跟女王一起出现在奈格利蒙,所以森林里才会有这么多贺革达亚士兵吗?奈格利蒙会成为入侵南方凡人领地的集结地吗?

冬噬

亚拿夫将这些问题统统赶出脑海。他的路已经定好了。只要成功，所有猜测都将失去意义，因为一切都将改变。他必须等待，寻找对那个不死女王放箭的机会，还得抓住不放，因为他只能射一箭。若他只考虑那一件事，事情就变得十分简单了。

* * *

亚拿夫知道，就算把兜帽低低压在额前，自己也不像真正的殉生武士。他从河床挖来白黏土，抹在皮肤上，让它变白。他也能模仿训练有素的贺革达亚战士流畅、飘逸的动作，至少能模仿一点点。但他知道，伪装骗不过十码以内任何一个真正的贺革达亚。所以他要找的位置，不但要能提供清晰的视野，还要躲过城墙上巡逻的哨兵。

对不朽者来说，白天和黑夜差别不大，因为他们的视力比亚拿夫强太多。但他仍等到暮色昏暗时，才从森林一侧的山坡往城堡废墟潜行。此时雨势颇大，狂风摇晃树木。他发现，奈格利蒙护墙虽损毁严重，但有座方形守卫塔依然挺立，只是城垛被火焰烧得不成样子。两边城墙都有哨兵巡视，但守卫塔本身似乎无人看守。亚拿夫尽量贴近地面，借着灌木丛做掩护，一直待在哨兵的下风处，久久地观察他们的一举一动，直到确信他们不会走进塔内，才穿过荆棘与藤蔓爬下山，朝护墙基座靠近。

守卫塔及其两边的护墙都在奈格利蒙围攻战中被搞得千疮百孔，石块间的空隙为亚拿夫提供了相对轻松的抓手点。但护墙很高，墙身湿滑，爬起来还是很麻烦。爬到半路，风声和风力都更强了，简直要把他从墙上扯下。他悬在半空不动，想等风暴平息，但很快明白得等很久。于是他继续爬，只是动作减慢，同时心里突然冒出个充满希望的念头，顿时觉得受到了鼓舞。

哦，我的主啊，如果这场风暴是您为让贺革达亚更难发现我而送来的，那我万分感谢。一时间，他感觉自己身披上帝的盔甲，受到上帝的庇护，不由膨胀起来，结果差点被风吹下湿滑的护墙，自豪感仅仅维持了片刻而已。

他在紧靠城垛的下方停住，身子死死贴在石头上，等待墙上哨兵走完一圈，转过身去。见他们露出背影，他再次默默地祷告感谢，爬上守卫塔最后几腕尺的距离。翻过焦黑的城垛，他才发现，守卫塔的木头屋顶已被烧穿，中间几乎都没了。他倒吊在边上，离地很高，下方是塔内崩塌后留下的碎木与尖石。最后，他找到能支撑体重的横梁，绕到塔内朝向城里的一侧，往下偷看。

亚拿夫没见过奈格利蒙内部，但他估计这地方从未像现在这样满目疮痍。宏伟的外墙大段大段地崩塌，环绕堡垒的内墙几乎被夷平。城堡核心多数高层建筑只剩瓦砾，如同门廊、烟囱和碎石的墓地。

贺革达亚怎能造成如此严重的毁坏？他心想，那个咒歌大师真有如此强大？然而，能造成眼前惨状的力量肯定不止阿肯比可怕的魔法。先前与绍眉戟和活龙会合的殉生武士军队，人数还不到一百。但此时此刻，光是在亚拿夫下方庭院里集合的战士，就已远远超过那个数目。他们顶着大雨，密密麻麻排成方阵，似乎在等待某件大事发生。他们围着一顶布帐篷站定，姿势僵硬，寂静无声。那顶帐篷面积很大，黑色布料在强风中起伏鼓动，看来甚是实用，绝非仪式帐篷可比。从亚拿夫这个角度望去，帐篷盖住了一座安东教堂的大部分废墟，但那教堂的尖塔却没遭到破坏。他觉得奇怪：既然要拆毁敌人的教堂，为何留下高耸的尖塔与黄金圣树不管呢？

他在胸前画个圣树标记，喃喃祷告。上帝啊，为了这一切、为了您这么多遭到毁坏的房屋，请赐我力量为您复仇。

脚下突然传来的声响吓了亚拿夫一跳。他立刻蹲下，随后醒悟过来，那是召集的鼓声。下面集合的殉生武士有所行动，但大部分动作被那宽阔的帐篷挡住，他看不见。

鼓声再次响起，但马上被一阵仿佛在亚拿夫头顶炸响的雷声吞没。乌黑的风暴云在城堡上空翻涌，犹如万虫蠕动。然而狂风再猛，也吹不散铅色的乌云，它们反而越聚越紧，结成一朵墨黑的巨云。

城堡内庭有了动静，将亚拿夫的目光从丑恶的天空吸引下来。一辆大车穿过人群，走向帐篷和等在那边的士兵。在高处的亚拿夫眼里，车夫和卫兵只有苍蝇大小，但他仍能清楚认出绑在车上的畸形怪兽，以及在后面辛苦推车、帮助拉车羊队的人形长毛怪物。虽然亚拿夫知道蛊罡嘎的体量有多大，但与车上的蛇形巨兽相比，他简直像个小孩子。

然后，他看到一支车队，跟在龙车后面穿过城堡人群，同样朝起伏飘动的大帐方向驶去，心里所有杂念都被哀嚎的风声吹走。因为第一辆最大的车上，镶着神圣的罕满堪巨蛇纹章。

亚拿夫摘下背后的弓，掏出口袋里用油布包裹的弦。装弦上弓的动作，他已练过千百遍，几下心跳间就已装好。风更加狂暴，从四面八方刮来，但也夹杂着平静的时候。他祈祷上帝在他需要时赐下无风的片刻。他拿出一支裁好箭羽的箭和装有龙血的小罐，放在身旁烧焦的地板上。然后他拿出第二支箭，放在前者旁边，以防它错失目标。不过他估计自己没机会射出第二箭，因为第一箭失败，女王就会被卫兵团团围住。

准备完毕，他抬起头，发现帐篷边缘有事发生：试图挣脱束缚的活龙与巨人蛊罡嘎正在缠斗。女王的车门敞开了，她走到门口，只见银色面具一闪。亚拿夫一把抓起弓，心如兔子狂跳。他花了那么多时间准备，怀着憎恨活了那么多年，等待的时刻终于降临。

他搭箭上弦，准备蘸取龙血，希望龙血的毒性能杀掉不老不死的乌荼库女王。可就在这时，女王卫兵见活龙凶猛危险，立刻退到马车前，围住台阶，举起手里的白色盾牌，在女王前方连成一片层层叠叠的白墙，犹如鲜花在阳光下收拢花瓣。亚拿夫只好放下弓，蹲在墙后继续等待。

他们花了不少时间才制服那条龙。亚拿夫竭尽全力安抚自己飞跳的脉搏。一切恢复平静后，他把箭头浸入那罐黑血，摒除一切杂念，只想着见到女王露脸的致命瞬间。他把第二支箭也蘸上龙血，放在横梁上，一旦需要方便迅速拿起。

两只箭头都是精心锻造的钢铁，然而片刻间，它们就开始冒烟。空中雷声轰隆翻滚，闪电划破天空直落地平线，将夜晚照成刺眼的白昼。亚拿夫祈祷女王之牙能选择闪电劈下的瞬间收起盾牌，然而他们却从马车朝帐篷移动，女王仍被护在盾牌下。亚拿夫只能喃喃咒骂。

那就等吧，他告诉自己，等她离开那片护盾，总会有片刻破绽。上帝会赐我机会。

即使上帝希望亚拿夫成功，似乎也没兴趣改变天气。风愈发猛烈，雷愈发响亮。震耳的雷声前所未见，仿佛连他脚下的守卫塔都吓得瑟瑟发抖。

这一箭要飞很远，他告诉自己，在这种强风之下，想射中目标难比登天。但这又是我唯一的机会，我绝不能失手。上帝啊，求求您，赐我强壮的手臂，赐我敏锐的视力。

他在塔里等待，看不到大帐下发生的事。但他能感觉到，身边的空气突然变得扎人，仿佛有数千小刺在扎他的皮肤。他竭尽全力才压制住抓挠的冲动，但拉弓的手臂已开始颤抖。是巫术，他心想，颈后汗毛倒竖，上帝啊，保佑我免受歌者黑魔法的影响，赐予我力量和勇气，完成您的心愿。

周遭发生了剧烈变化，如在冰风暴间突然推开一扇窗户。冰寒的冷气掠过他全身，渗入他体内，致命的凝结力量突然将他的五脏六腑冻成了冰块。那不像风，并非来自某个特定的方向，而是同时从四面八方扑来，捏住他，挤压他。他已分不清上下左右、是站是倒。他扶住护墙，摇摇晃晃，头晕目眩，但还记得警惕地查看有没有引起敌人的注意。好在墙上的哨兵都低着头，看向下方帐篷里隐秘的仪式，如雕像般一动不动。

冬噬

冰冷恐怖的感觉越来越强，仿佛有东西想把他撕开，爬进他体内。此时城堡上空，大云团变成了乌鸦般的黑色，外缘伸出无数不停抽动的带状物，犹如传说中可怕海怪的腕足。他使出九牛二虎之力，抬起弓，指向女王及其卫兵可能出现的方向，但血液疯狂地敲打他的太阳穴，眼前光点乱舞，与皮肤上的针刺感一唱一和，他几乎看不清眼前的东西。他感觉有个无穷无尽的可怕空间在前方张开大嘴，脑中其他念头都飞到了九霄云外。

上帝救我！他听到自己的声音在尖叫，却无从分辨那是脑海里的念头，还是喊出来的声音。上帝救救我们所有人。他们打开了地狱！

然后，他发现自己在翻越守卫塔的边缘，却不是冲向刺杀目标，而是逃走，逃离那世界的破洞，逃离女王及其仆从打开的黑暗心脏。他只能感知到许多零碎的片段：守卫塔墙上的裂缝、划破天空的亮白闪电、呼号的风声和横飞的雨水。离地还有几十尺，他直接摔了下去，掉在坚硬的地面，不顾身上的瘀伤，气喘吁吁、连滚带爬地逃回山脚下的灌木丛，只知道自己必须逃离那吞噬生命的可怕虚无，其他一切都不重要。

* * *

恢复意识时，亚拿夫侧身躺在一丛蕨类植物下方，像垂死的雄鹿般喘着粗气，每块肌肉都疼得像被人用棍棒殴打过。他的弓不见踪影，应该是在失去理智的恐慌中丢在塔顶了。他手里仍拿着箭，可本想扎进女王心脏的铁箭头只剩下冒烟的黑色薄片。

我失败了。上帝啊，我辜负了您，辜负了我自己。他失落、无力，心中只剩绝望。我辜负了全世界。

♛

此情此景，犹如女王在流琴厅复活红手鸥穆、将她召回世间那一幕重现。光是这一点就足够让人害怕了，更让维叶岐惊慌的是，这次竟是在光天化日之下，在凡人领地中间。

乌荼库女王的车队和士兵在午夜前抵达要塞废墟。他们从河谷方向沿陡峭的山坡蜿蜒而上，顶着越压越低的天空缓缓而来。女王的大车刚进城门，风就越吹越猛，犹如华庭消逝时所有被虚溟吞噬的冤魂齐声号叫。

黑山羊队拉着乌荼库的大车，穿过平民区宽阔的广场，最后停在原来的高大城墙的破碎门楼前。维叶岐和菩逖岐在圣祠亲王卫兵的簇拥下，并肩站在内庭。他以为女王很快就会现身，所以呼吸急促，心脏跳得飞快。可月亮渐渐落下，风声尖锐刺耳，天上的碎云飞快流动，乌荼库却一直没有出现。就连那些毛发蓬乱的黑山羊，也不可思议地静止不动，黄眼睛空洞无神，只有偶尔动动的嘴巴和抖一抖的耳朵证明它们不是石雕。

维叶岐诸人等了又等。空气窒闷难当，仿佛奈琦迦地下深处酷热的隧道。他这辈子第一次感觉自己彻底脱离了躯壳，脱离了出生并度过一世的世界。他理解不了、也难以抑制自己的恐慌，不由开口问菩逖岐："女王陛下怎么还不出来？她病了吗？"

"愿华庭保佑她没有。"圣祠亲王轻声回答，"我觉得她在等吉时。也许是月落，也许是午夜。"

维叶岐迅速查看两侧。除了菩逖岐的卫兵，其他贺革达亚都离得甚远，听不见他俩说话。"可是，为什么？我还是不明白，殿下，她来这里的目的是什么？为了努言的盔甲和龙吗？"

"我也不敢假装完全明白。"圣祠亲王五官苍白，静如止水，"那是女王陛下的意愿，但我毫不怀疑，肯定也有阿肯比的明智谋划。"

这一刻，维叶岐似乎听出，菩逖岐的语气中有种微不可察的厌恶。圣祠亲王也不信任大司乐，他意识到，随即想通了好多事。所以菩逖岐才被派到这里？不是女王想让他来，而是因为，他是女王最亲近的亲属，备受敬仰，所以朝中有人不希望乌荼库离城期间让他留在奈琦迦？

冬噬

阿肯比也怕菩逖岐吗？另一个更加古怪的念头随即涌入他的脑海，一时让他忘记了天空、破墙，甚至不远处静静等候的王室车队：我族之母也怕菩逖岐吗？

他不敢继续想下去，因为接下来的念头被女王发现，必定惹来杀身之祸。

她是我族之母，他竭力埋藏忤逆的思绪。赞美她。我必须赞美她。她是我们的灵魂，我们的救赎。不久前，他还全心全意相信这话，可现在，他觉得内心被渐渐撕成了两半。

* * *

又过一个钟头。风声如厉鬼尖叫，雨水若石头砸地，将泥巴溅在要塞破碎的城墙上。终于，维叶岐正担心这满怀忧虑的等待会把自己逼至昏厥甚至绝望哭叫时，他听到巨大的木轮吱呀一响。但女王的车驾并未移动，窗帘依然紧闭，静静立在内庭城门前。另一辆大车从排在城墙内侧的车队中缓缓驶出，长度与女王的车子相当，但像农夫的牛车一般敞开，维叶岐从没见过这么古怪的东西。

拉车的黑色大山羊，个头比战马还高，后面还有个巨人推车，那灰色怪物浑身脏兮兮的，个头比最高的殉生武士高出一倍，手臂像树干，眼睛像星光下的狐火般闪亮，堪称维叶岐见过最魁梧的巨人。但与绑在车上的野兽相比，那怪物也算不了什么。车上是条龙。一条活龙。维叶岐看到它的尾巴在绑绳下蠕动。他本以为自己早能做到处变不惊，但眼前是条活龙，被俘虏、捆绑，被推着、拉着，缓缓穿过凡人要塞凹凸不平的地面。每一下颠簸，他都听见巨兽发出呻吟，声音低沉，与隆隆的雷声毫无二致。

龙车吱呀作响，缓缓进入门楼，驶向努言的坟墓。那是要塞中最靠近大山的一侧，此时已用帐篷遮盖起来。帐篷布被狂风吹得起伏不定。

"别动，大司匠。"菩逖岐轻声吩咐。维叶岐本来也没想过要走，他都忘了自己还有一副能走动的身躯。"我们等女王陛下。"

"那是活的。"维叶岐只能说出这么一句。

"活捉那样的野兽，确实是件震撼人心的壮举。"菩逖岐回答，"我听说，它是被……"圣祠亲王突然停住。维叶岐想等他说完，但很快明白，他不打算再说了。

龙车缓缓驶过后，等在女王车驾外的半数女王之牙在车前排成新的队形。一个孤单的鼓声响起。白甲卫兵跟在龙后往前走。乌荼库女王的车夫直到刚才都一动不动，时间长到维叶岐都忘记了他的存在。但此时此刻，他展开鞭子，抽打一下，安静的黑山羊迈开脚步，拉紧挽绳，车子随即起动，慢慢跟在大步向前的女王之牙后面，其余卫兵则跟在车后。

"现在，跟着走。"菩逖岐说，"戴上你最虔诚的面具，大司匠阁下。我们可是踩在异国的领地上。"

说完，菩逖岐大步离开，他的卫兵紧随其后。维叶岐连忙赶上，心里还在琢磨圣祠亲王是什么意思。

自从女王抵达，阿肯比本人、骐骐逖将军、主领诗漱鸰玉，以及各幕会高级官员就在那顶帐篷下等候。戴轭巨人吭哧吭哧地喘着气，帮车夫将龙车停在敞开的墓室旁。维叶岐不想跟骐骐逖等人站在一起。他看到菩逖岐走进荨麻布帐篷起伏不定的帐顶下，并在外侧边缘停下脚步，不禁松了口气。他不知接下来会发生什么，想问却没开口。他只觉得，某扇大门即将打开，某种非同凡响却极为可怕的东西即将释放。难道没人跟他有同样的感受吗？他们不觉得困扰吗？他心中的忧惧越来越强，竭尽全力才忍住不要转身逃走。

就连被抓的龙都感应到了。此时维叶岐能看清龙的模样，眼睛再也离不开它。虽然被牢牢捆绑，但它仍在挣扎。它的尾巴尖挣脱了，扭动不停，如同在地上爬的蠕虫。它的嘴巴被粗绳缠紧，但眼睛张开，颜色犹如日落，古怪的锯齿状眼眸四下乱转，观察身边每一个

冬噬

动静。

女王之牙和女王的车驾终于抵达帐篷。听到他们靠近，龙更加拼命地扭动被许多粗绳捆绑的身体。车驾停下后，女王之牙分成两列，排成一条通道，从车阶通往覆盖着的墓室。台阶上的车门打开。又一阵雷声滚过天空。

乌荼库本尊出现在门口。那是个纤细矮小的身影，穿着一身白袍，像个默哀之人，又像一具尸体。她没立刻走出马车，而是站在那里，用面具后的双眼打量着大坑、在场恭候的殉生武士与歌者、被缚的龙。然后，她走下台阶。维叶岐上次见到她，是她复活鸥穆的时候。此时，眼前的女王小心翼翼，但是比上次强壮得多、稳健得多，以致有一瞬间，维叶岐甚至觉得那可能是个冒牌货，而非乌荼库本人。不过她的声音随即在他脑海中响起，力量之大，震得他差点双膝跪地，所有疑虑顿时烟消云散。

带我去叛徒的墓室，女王的声音说，让我们完成在此要做之事，完成我们等待已久之事。

在场所有人，包括最坚强的殉生武士，脸上的表情都再明白不过：他们都听到了女王的声音、感受到她的力量。就连歌者漱鸰玉也抬起一只颤抖的手抚摸额头，仿佛女王的声音如利刃般划破了她的头颅。只有阿肯比没有反应。大司乐上前一步，面对走到台阶最低一层的女王展开双臂，做出欢迎的仪式动作，衣袖如三角旗般在风中飘动。

就在这时，伴着一声岩石碎裂般的厉响，绑住龙尾的一根绳子断了。片刻后，盘卷起来的尾部后半截完全挣脱，前后抽打，如此逼近巨人的脸，吓得那高大的人形野兽放开车子，倒退一步，把连接他的轭与大车底板的锁链扯得笔直。阿肯比的混血仆从冲上前，朝巨人挥舞手里的水晶杖。但龙尾再次横扫，抽中那个混血儿，让他在地上滚出老远，水晶杖飞入夜幕，落在某处的泥泞里。闪电再次劈下，龙继

785

续拉扯上半身和脖颈处的绑绳,又一根粗绳噼啪一声断开,竟比轰隆的雷声更响。龙头从车底板抬起整整一腕尺,将绑绳扯得更紧了。

阿肯比大步上前。闪电又一次划破天空,他那张缝在肉上的面具松垮而死寂,只剩可怕的明亮眼睛,犹如丧尸的面庞。他举起双臂,说了一个字,但维叶岐既听不清,也听不懂。巨人蹲伏在锁链尽头,躲避龙尾的袭击,此时发出一声惊恐的尖叫,倒在地上打滚,双手抱着畸形的大脑袋。

"起来,怪物!"咒歌大师呵斥道。

巨人抱着头,摇摇晃晃爬起身,踉跄上前,抓住胡乱抽打的龙尾。一开始,毛发蓬乱的人形野兽被扯得失去平衡,差点松手,但他咬紧黄牙坚持住,还腾出一只手去抓车轮,发出一声非人的号叫。阿肯比再次喝令,十来个殉生武士和两个歌者冲上去帮忙。巨人拼尽全力,抓住肌肉发达的粗壮龙尾,殉生武士围了过去,两个歌者急忙用布盖住龙头。维叶岐估计,那块布里浸满了肯-未刹,因为数个心跳后,龙就不再剧烈挣扎,再过一会儿,甚至完全停下,只剩巨大的胸膛缓慢起伏。更多殉生武士拿来绳索,很快将龙尾和脖子再度牢牢捆在车上。

直到这时,维叶岐才望向女王,但根本看不见她。因为她的车阶上站满了女王之牙,十多面白色盾牌连成密不透风的一片墙,将她裹在里面,犹如龙身上的鳞片。

"巨人,要是那野兽因你粗心大意而丧生,"阿肯比大声训斥,"我就一刀一刀把你身上那层贱皮给剥下来。"

仍被锁在车尾的巨人四肢着地,呻吟起来。

女王卫兵收起盾牌,纤细苍白的乌荼库迈步走出。卫兵们再次迅速环绕在她周围,护送她走进帐篷。虽然只走了二十来步,但维叶岐觉得,她那不老的四肢显然恢复了力量。

"快!"阿肯比深沉嘶哑的嗓音响起,"时机到了,改变世界的时机即将过去！快！"

维叶岐看到，一群身披黑红斗篷的歌者从飘动的帐篷深处疾步跑出，活像一群焦躁的甲虫。其中四个抬着一顶轿子，上面的东西乍看像个人，但随即被划过天空的闪电照亮，原来是努言·伏的金线水晶鳞甲，已被洗净、打磨过。轿夫把它放在女王跟前，动作比先前将努言的遗骸倒在潮湿地面上虔诚多了。直到这时维叶岐才看清，这一次，颈甲的开口处摆了个棕色的骷髅头。

但努言已化为尘土，他终于明白，他们给哈卡崔的遗骨穿上了换生灵的盔甲。

第五个歌者一直跟在轿子后，庄重地捧着努言的圆柱形头盔。头盔上的古怪面具似乎在回望现场观众，惊讶地圆张着眼睛和嘴巴。维叶岐看看菩逖岐，从后者唇间好像看出一丝不悦的影子，可他已不再信任自己的观察。

更多歌者聚在活龙周围。其中三个将一只雕花巫木瓮塞到沉睡的野兽头部下方，另一个走上前，戴着手套，手里捧着亮晶晶的什么东西。维叶岐感觉那可能是漱鸪玉，但她头上蒙着布面罩，很难确认。那亮晶晶的东西是支锋利的长钉，显然是中空的。她把长钉放在龙下颚紧贴喉咙处。另一个歌者拿着把锤子上前，那可不是什么仪式乐器，而是用过许多次的残忍大锤。漱鸪玉扶住长钉，大锤扬起、敲中，将长钉锤入龙喉。一阵战栗从巨兽头部掠过全身，直至尾巴。然而在绳子的束缚和肯-未刹的毒性双重作用下，它似乎毫无知觉。转眼间，一股冒着热气的黑血涌出中空的长钉，泼在巫木瓮边缘，四下飞溅。看到这一幕，在场许多贺革达亚或是倒吸一口凉气，或是出声叹息。其他戴面具和手套的歌者连忙上前，将瓮调整到更好的角度，接住龙血。龙血一股股大量喷出，画出一道道微微闪光的弧线。片刻间，歌者和龙头就消失在愈来愈浓的烟雾中。巨兽终于不再动弹。

龙血、过世的支达亚王子的遗骨、换生灵大将军的盔甲。维叶岐不仅心悸，肠胃也很不舒服。分布在帐内各处的歌者们亮开嗓门，唱起一首刺耳聒噪的颂歌，一时间，歌声竟然压过了雷声。如此黑暗难听的歌，他心想，如此黑暗古老的魔法，能弄出什么好东西来？

仿佛听到他脑中叛逆的想法，乌荼库转动银面具，扫视在场的贺革达亚，抬起一只手。维叶岐顿时如受惊的动物般怔在当场。一时间，他以为会被女王下令拖出，接受可怕的惩罚。但结果是，阿肯比飘然走到女王面前，跪在她脚下。

现在，打开入口，唱起复活之歌。

女王的思绪如黄钟大吕，在维叶岐颅骨间肆意回荡。阿肯比起身走向巫木瓮。此时，龙颈处的长钉只剩少许黑血还在往下滴。死去的巨兽似乎瘪了下去，犹如漏气的风箱。阿肯比的歌者递给他一只巫木勺。他把勺子伸进瓮中，舀出一勺沥青般冒烟的龙血。两个歌者将轿子倾斜成陡峭的角度，努言的盔甲仿佛站了起来，静静等候。阿肯比将龙血带到轿前，撬开发黄骷髅头的嘴巴。在这闪眼之间，维叶岐看到，它是用金线固定在盔甲内的颈骨上的。咒歌大师将巫木勺中的东西倒进骷髅嘴中，腾起的蒸汽立刻将骷髅头完全掩盖。

阿肯比退后，另一个歌者快步上前，递上面具似的头盔。咒歌大师将头盔戴在骷髅头上，头盔底部正好架在高起的颈甲处。刚才狂风缓和了一阵，此时再次刮起，发出尖利的呼啸。帐篷顶有好几处往上鼓起，其他位置却往下压，仿佛有只巨手正在帐外摸索下面有什么东西。固定帐篷布的拉索在狂风的粗暴吹打下摇晃不停，吱嘎作响，整间帐篷随时有可能飞走。维叶岐听到女王的声音在头脑中吟诵，阿肯比、漱鸰玉等歌者齐声附和。歌声抑扬顿挫，饱含仇恨，就算有歌词，在狂风震雷中也完全无法听清。

另一辆大车不知何时停在女王本尊不远处，此时车门打开，里面的红光漫出门口，随之而来的是种浩瀚无边的虚空感，渗透了维叶岐的全身，让他瑟瑟发抖，竭尽全力才没摔倒在地。一道虚无的身影出现在车门口。一道绷带飘舞、红光四射的身影。

是密语者鸥穆,来为女王助力。

除了呼啸的风声和不停轰鸣的雷声,维叶岐脑海中什么都没了。他的目光无法在鸥穆身上停留,只能立刻转开。但他无论望向何处,都只能看到混乱。有些歌者痉挛发作,翻滚抽搐。许多殉生武士倒在地上,丢下武器,头盔落地,犹如被砍下的头颅。他感觉物质世界被撕开了一个大洞,与此同时,洞里的东西却全力抵制,不愿被扯出洞外。空气变得浓稠、潮湿,几乎无法呼吸。维叶岐看到族人们在抱头尖叫,但那哀嚎之歌仍在继续。天空如愤怒的野兽,不停地电闪雷鸣。

黑暗吞没了一切。

* * *

视力和思绪恢复后,又过了很久很久,维叶岐仍觉整个世界被打翻在地,然后才意识到是自己摔在地上。他吃力地爬起身,四肢撑地。雷声已然止息,雨水仍倾盆而下,狂风将帐篷顶布扯成碎片,维叶岐则伏在一摊冰冷的水洼里。

有动静吸引了他的目光。努言·伏的水晶盔甲站得笔直,缓缓伸开双臂,戴着手套的手指在抓挠空气,像是十分震惊。刚才抬轿的歌者脸朝下趴在旁边,不知死了、晕了,还是因敬畏和恐惧而拜伏在地。盔甲人形迈出一步,晃了晃,又迈一步,抬头看看布满雷雨云的天空,扭头望向女王——少数还能站直的贺革达亚之一。

女王毫无表情的银面具,努言的水晶眼头盔——两张空洞的脸对视片刻。

森立家族的哈卡崔,你已回到我们中间,女王说,如今,你将完成必做之事。如今,我们将终结可诅可咒的凡人。

哈卡崔——假如那盔甲里真是他——似乎看了她好久好久,才仰起头,朝隐没在云后的群星举起双手。他开始尖叫,不仅像乌茶库一样直入头颅，还发出实质的声音。叫声是如此响亮，如此可怖，在崩塌的城堡和上方山坡的每块石头间回荡。叫声充满痛苦、愤怒和绝望，所有试图起身的贺革达亚都重新跪倒在地。维叶岐脑海中的所有思绪，都在那一下又一下可怕的叫声中着火燃烧，在耀眼的火光中化成灰烬，飘散而去。

乌云密布的夜空中有黑色的影子坠落，砸在庭院各处的地上。维叶岐低下头，看到身旁躺着一只死鸟，却不知它是怎么来的。此刻整个要塞废墟，除了风声和无法起身者的呻吟，再无其他声响。殉生武士和歌者四散在泥泞的地面上，犹如惨烈战斗后伤痕累累的生还者。维叶岐的脑海中仍然回荡着哈卡崔的尖叫。他明白了一个恐怖的事实：无论自己还能活多久，恐怕再也忘不掉这个声音了。

冬噬

我的敌人

♛

坦娜哈雅领着莫根纳走上楼梯,发现贺革达亚士兵已杀进壮观的观天场废墟大厅,心里不由一沉。十几个纯民与敌人短兵相接,但数目不及对方一半,正陷入一对二甚至更多的局面。现场的白袍几乎被北鬼袭击者的黑衣淹没。

"莫根纳,你留下!"她喊道,但凡人小伙子已登上她身后的楼梯,她只好伸手拦住,免得他冲进战场。有点不对劲儿,她需要片刻时间理解一下。

她发现,袭击者并非寻常的贺革达亚殉生武士。他们身披深色兜帽斗篷,虽说雨水透过穿顶的古老网状石架落在他们身上,但殉生武士向来不惧天气,所以她断定,对方穿斗篷是为了隐匿和潜行。另外,他们佩戴女王之爪的标记,那是乌荼库女王的奸细和精英战士。所以这些人并非她在林中见到的普通殉生武士,而是特意派来袭击大稚照和纯民的。但,为什么?

她正在迟疑,雯夜牒和其他纯民已冲出楼梯井,从她身旁挤过,扑向贺革达亚。大稚照守军节节后退,好些纯民已经倒下。坦娜哈雅也可以提剑加入战斗,但她脑海中重复着师父希马努的话:"若某事不合情理,就该找到漏掉的细节。"如果是她使用谓识而引发的袭击,为何敌人能来得这么快?雯夜牒说过,贺革达亚已在大稚照边缘徘徊数月,女王之爪为何要选在这一刻发动进攻?

坦娜哈雅藏不住莫根纳,也不能任由同胞独自战斗,但她明白这事很不对劲儿，若不能仔细思考，日后她会后悔的。"往前跑。"她告诉莫根纳，"无论发生什么，必须跟在我身后。我说了，跟在我身后！对手可是北鬼女王的精英战士。"

她简直能闻到对方听到警告后蹿起的怒火，但她不能让年轻王子死于自己的保护之下。她跟吉吕岐和亚纪都说过，王子还活着，眼下又怎能让他死掉？她带着莫根纳穿过翻倒、倾斜的柱子，朝观天场大厅东部入口跑去，纯民正在那边组织防线。

"必须把他们拦在这里，直到城中族人赶来救援。"雯夜牍对她喊道。暂时来说，入侵的贺革达亚似乎只想把纯民赶出大厅中心，并且限制他们的行动。但坦娜哈雅知道，殉生武士的弓箭手很快会赶来会合，到时这场战斗将再无胜利希望。尽管如此，有个问题仍在灼烧她的心，她迫切地想知道答案，也只能现在提问。

"雯夜牍，以前发生过吗？阿肯比或其他强大的贺革达亚以前控制过谓识吗？"

"你说什么？"雯夜牍躲过贺革达亚刺来的剑，用自己的剑将它挑开。趁女王之爪失去平衡，另一个纯民用矛扎进他的脖子，令其倒在石头地面，咳出鲜血。"我用过很多次谓识，但他们从未在我手中抢夺过控制权。现在，别浪费力气。我们必须守住这扇门，等待救兵。"

坦娜哈雅知道自己的忧虑没有错，但也明白，一旦死掉就永远也找不到答案了。所以她收住心神，专心保护自己和王子的性命。

另一个女王之爪突然跃上一根断柱，在战场高处蹲伏片刻，犹如一只准备俯冲的鹰。转眼间，他又一跃而下，斗篷飘拂，落到坦娜哈雅身后，与莫根纳之间再无阻隔。凡人男孩奋力抵抗，但他的水平太差了，只能勉强抬剑格挡，同时踉跄退向墙壁。坦娜哈雅知道，那就是袭击者的目的，等到男孩退无可退，肯定会被一剑刺穿。然而她离得太远，来不及在战斗结束前赶去救援了。

冬噬

她弯腰捡起一块从柱子上掉落的大石,朝贺革达亚砸去。后者正专心致志攻击那个凡人男孩。

华庭保佑,她扔得很准,直接命中袭击者的脖子,砸得他一个趔趄,垂下手里之剑,试图恢复平衡。莫根纳趁这机会,挺剑刺出,幸运地穿过两片巫木甲间的缝隙,扎进敌人身侧。他抽出剑,带出一股喷涌的鲜血。女王之爪被拖着转了一圈,眩晕地走了几步,跪在地上,两手捂住肋下的伤口。坦娜哈雅上前一剑,刺穿他的脖子,将他踢倒在地。

"运气不错——你我都是!"她对莫根纳喊道,"现在,在我后面跟紧!"

等她回头返回战团才发现,这支女王之牙只是先头部队而已。更多黑色身影正从其他入口涌入大厅,她知道,自己和城中白衣守军人数太少,就算战斗到最后一口气,也挡不住入侵者太久。其他纯民在哪儿?莫非他们在大稚照其他地方也遇到了袭击?

支沙陇,支沙陇,她默默在心中唱道。一瞬间她仿佛听见,母亲的声音穿越多年的时光,在她耳边重新唱响。*这片土地草柔水美。我再也见不到你,但你在我心中永存*。坦娜哈雅估计,自己这一生的故事怕是要在这里、在这从未生活过的城市废墟、这灰蒙蒙的阴雨天空下结束。感觉真是奇怪啊。更奇怪的是,身为学者竟会死在同族剑下。

她走过去,与剩下的纯民肩并肩,双眼迅速扫过穹顶的破旧石头和柱子。时光和地动正缓缓将它们拆成碎片。记忆涌上心头:母亲最爱的歌是古代战士诗人平纳雅的作品。他最著名的作品也深得希马努的喜爱。

寻找冲突的旋律,找出它的节奏。

改变它。

Empire of Grass

>用新旋律打散对手的歌曲，将它重新改写。
>由此，败势将逆转为有用、甚至美妙的优势。

希马努在探讨学术争论和寻找真相的问题时，曾引用过这句歌词。但此时此刻，唯一重要的事是保住自己和莫根纳的性命。母亲，感谢您的记忆，她心想，师父希马努，感谢您的记忆，你们给了我希望的赠礼。

她无暇对莫根纳解释自己的想法，但竭尽全力一边拦在他和最激烈的战斗中间，一边将自己的背包扔在地上，开始翻找。大厅另一头，贺革达亚弓箭手正往厅内进攻，黑箭已在宽敞的大厅里四处乱飞，昏暗中看不清箭支，只能听见它们飞过时的嗖嗖声。她找到包里的绳子，扯出来，迅速系在匕首柄上。"躲在其他人后面！"她叮嘱莫根纳，然后抓住最近一根柱子的裂缝开始攀爬。柱顶早已断落，但柱子本身仍有她身高的三倍多。她一边爬，一边利用风化得凹凸不平的石柱本身挡住贺革达亚的飞箭。当初建造石柱时，工匠们将它分成几节铸造，最后叠在一起，形成完美的圆柱形。经过数个世纪的荒废，接缝间出现许多缝隙，坦娜哈雅抓住它们，迅速爬上柱顶。

在断柱高处，她一边继续躲避敌方箭矢，一边放长绳子甩成个大圈，最后放手，让匕首带着它飞向上方的石网——曾经名声远扬的观天场的穹顶遗骸。第一下没成功。她更加用力地甩动绳子，眼看着匕首飞上去，越过拱形石头格子的一道棱。她放松绳子让它垂下，在柱身上找到一块凸起的石头，将手上的绳子牢牢绑在上面。这一来，她攀附的柱子和穹顶石网就连在了一起。

"莫根纳！"她绑好后立刻大喊，"退到门口，马上！"

几个纯民往上瞥了一眼，看看她在做什么。可他们同时受到几个黑斗篷敌人的进攻，早已应接不暇。又一支箭从她身旁飞过，像黄蜂般嗡嗡作响，但她不理不睬，一手抓住柱子上的裂缝，往后弯腰，探出另一只手，摸到旁边的墙壁，再用脚踩住柱子，上身朝墙壁倾斜，将另一只手也移到墙上，整个身子悬在墙壁和柱子之间。她用尽全力，挺直腰杆，蹬直双腿，用力推那根巨大的石头圆柱。

承受推力的那节柱子挪了挪，但石块间的摩擦声太过微弱，完全被嘈杂的巫木与青铜武器交击声掩盖。坦娜哈雅不敢低头看莫根纳在哪儿，因为一切都取决于接下来的几秒钟。她调整双脚，踩得更加牢靠，然后再次发力，身子几乎水平地悬在石柱与墙壁之间。然而，虽然柱子再次滑动，但幅度依然微小。她没法把它推倒。

这时有东西击中了她，差点把她从那危险的位置上砸下去。随之而来的，是一阵虚弱和冰冷感。一支箭在她肩头颤动，眩晕沿着脊梁爬进她的大脑，但她不敢因任何事而停下。她开始相信，自己的努力是徒劳的——她不够强壮，连一根崩塌了一半的石柱都推不倒。但她必须试试。

"支沙陇。"她唱道，部分是为了分散心神，不去理会伤口的疼痛。这次不但在心里，她嘴里也在唱，尽管呼吸不顺、声音发颤，但这是她最后努力的精神支柱，"支沙陇，我的心……！"

然后她听见，而且感觉到下面也有人在推。她低下头，看到纯民领袖雯夜牒悬在她下面的柱子和墙壁之间，但方向与她相反，脚踩墙壁，手抵石柱。

"为了刻蔓拓里！"雯夜牒咬紧牙关喊道，因用力而面容扭曲、眼睛睁得露出下沿的眼白，"刻蔓拓里的记忆永不褪色！"

突然，伴着一阵悠长的刮擦声，她脚下那节石柱往前歪去，她和雯夜牒都摔到地上。柱子的上半截摇晃几下，一时间，似乎什么事也不会发生。倒在基座旁的坦娜哈雅半压在雯夜牒身上，眼看着自己的失败，绝望到心痛难忍。

然后，柱顶缓缓往前滑下、翻倒。绳子绷直，扯松了穹顶石网的一角。她听到响亮的断裂声，犹如封冻湖面上的冰裂之声，更多碎石

Empire of Grass

从穹顶簌簌滑落。

她只有少许时间伏到雯夜牍身上。后者刚才坠落时撞伤头部，失去知觉。头上传来更多深沉的吱呀和碎裂声。一瞬间，整个大厅都在颤抖。巨大的石头裂丝分崩离析，开始坍塌，有些石块足有宴会桌那么大。除了石头碎裂声，她还听到贺革达亚和纯民痛苦的惨叫。在这短暂的片刻，观天场像被某个庞然大物捡起，当做孩子的玩具一样使劲摇晃，散成碎片。最后有东西砸到她，寂静的白光朝她涌来，将她整个世界吞没。

♛

齐娜用小刀砍着芦苇，心中大概第一百次琢磨，用这种刀做这种事是多么弱小无力。

"亲爱的，你喜欢在冷水薄冰上打呲溜滑，"她说，"就不该对船有偏见。"

史那那克出于块头原因跟在她身后，不耐烦地伸手拍打旁边的芦苇。"船不可靠。上一刻你还舒舒服服坐在船里，下一刻就掉进水里湿成落汤鸡啦。"

"所以就放弃快捷的水路，却沿着小溪砍草、跋涉，忍受这些咬人的蚊虫？"

史那那克哀伤地看她一眼。他坚持步行前往希瑟古城，为此已与齐娜争执数日。"亲爱的未婚妻，你想要快捷的旅途，还是要开心的史那那克？"

"这问题的答案，我觉得你不会想听。"

有些时候，齐娜真不理解自己的未婚夫。攀爬危险悬崖、在冰上滑行时，他是那么勇敢自信，但提到水上航行就立刻变成了孩子，连坐船都不愿意。他俩曾在蓝泥湖度过一整个夏天，而他甚至没去过浅水滩涉水。他总说自己有更重要的事，但齐娜知道实情。"父亲经常说，"她烦躁地告诉未婚夫，"吟唱者不该逃避体验事物。"

冬噬

"你父亲是个睿智之人,但他也驯服不了我害怕的心,正如他驯服不了野狼。齐娜,激将法是没用的。我忍不住。一想到船,我的心就变得又小又冷。"

他倒不是害怕弄湿,齐娜郁闷地想。这几天他们一直沿着河岸走,难免会湿鞋。雨也连续下了好几天,并非春夏温暖的雨水,而是冬天沉重的冷水。尽管身穿涂油皮甲,她仍觉得潮湿难受。各种扎人的小东西总能从缝隙钻进她的衣服,她只希望那是河边植物和芦苇的碎屑,而不是整晚咬她的爬虫,但她敢说肯定是后者。

"我们至少可以找个地方,停下来休息,或许还能洗个澡、睡个觉吧?"她问,"到现在也没见到你说的石门、石桥,或者你要找的其他迹象,太阳都快下山了。"

"说得对。"史那那克回答,"看,塞达已经在天上了,等夜色降临,她将光芒四射。"他指着悬在深蓝色傍晚天空苍白虚弱的月亮,"也许我们是时候找个……"

齐娜做个安静的手势。这一回——也许是因为疲倦或喘不上气——史那那克立刻听从,走到她身后等待。

"听到什么了?"他忍不住悄声问道。他凑得那么近,尽管河谷寒风直吹,齐娜仍能感觉到他温暖的呼吸。

她摇摇头,不太确定,只觉得听到了泼溅声,与平时的河水流动声不大协调。这片水域长满摇曳的芦苇,水中阴影重重,正是垮利蹼喜欢潜伏并静候猎物的好地方。上次他们与莫根纳一起时曾遇见一只,至今还没见到第二只。

静静站了许久,齐娜再没听到惊动她的泼溅声响起,正想继续走,结果又听见了。一连串泼水声,类似鱼儿跃出水面试图飞翔的声音。但此时已是傍晚,声音次数太多,不像是鱼。她转身看史那那克有没有听见,从对方睁圆的眼睛看出,他也听到了。声音肯定来自河里,距他俩在芦苇丛中蹲伏的位置大概有一石之遥。

"有人跟踪我们?"他轻声问。

"谁会走在水里跟踪我们?"她喃喃回答,"靠近些看看。"

他们手脚着地往前爬,小心翼翼分开芦苇,一寸一寸往前挪。艾伏川的水流声愈发响亮。齐娜心跳加速。我们趴在地上,就像甲壳虫,她心想,若有东西从头顶扑下,比如树上藏的汨蟹,我们根本无法及时发现。

她下定决心,做好必要时立刻逃走的准备,勉强压下心头的惧意。她挪到那个自信满满的汩汩声的正前方,停下来等史那那克跟上,然后万分小心地拨开最后一层芦苇帘子,望向河中。

离岸几步远,有个东西正扭动着沿河而下。乍一看,她以为又是只丑恶的汨蟹,心脏快跳出了嗓子眼。但那东西有些不同,手臂修长,身形更像凡人,但她一眼看出它不是人。

片刻后,她发现那东西不止一只。河中央更深的水中还有个四肢修长的身影,并非涉水,而是在游泳,身后还有第三只。后两只比第一只身量小些,但披着同样的灰色暗光皮肤,长着青蛙似的疙瘩。它们在水里的动作有种诡异的自信,而在这又深又快的河水中,寻常动物只会为浮上水面而惊慌挣扎。

史那那克惊讶地深吸一口气。领头那只似乎听见动静,停下来,在水流中高高立起,左顾右盼,像是受到惊吓。它把头转到齐娜的方向,寻找声音来源。一时间,齐娜相信自己看到了可怕的恶魔,就是她曾祖母在漫长冬夜讲的故事里的妖怪。它的脸真丑:一对鼓起的闪亮黑眼睛;没有鼻子,同样位置只有张灰皮;嘴巴近乎圆形,呈血红色,在周围灰皮的衬托下像个流血的伤口。那东西盯向他们藏身的芦苇丛,发出口水飞溅的古怪的呜呜声,活像猫头鹰在雨水桶里呛到水似的。然后它转过头,继续半游水、半涉水地顺河而下,领着另外两只小家伙,转过一道弯,消失在视野之外。

齐娜虽四肢着地,依然抖得几乎支撑不住。

冬噬

"群山之女保佑！"过了好一会儿，史那那克才半是惊吓、半是惊叹地说道，"那若不是淇尔巴，我就是个苛鲁何！"

"淇尔巴？"齐娜只能摇头，"亲爱的，我去过的地方和读过的书不如你多，但淇尔巴不是南方海里的怪物吗？它们怎么会在北方，还是在河里？"

"不知道。"史那那克说，"但我在你父亲收藏的卷轴里看过图画，读过很多旅行者的故事。我知道它就是。"他的固执又开始冒头，"那是淇尔巴。它们不该出现在这里，正如泔蟹也不该出现在这里，但这不能说明它不是。"

"可，为什么？到底发生了什么，让这些东西离开家园来到这里？"

"不知道。"史那那克长出一口气，"我唯一的爱人啊，我甚至没法猜测。但很显然，我们路上得步步小心，甚至在希瑟城市废墟也该如此。只有祖先能猜出我们会遇到怎样的恐怖。"

"我在发抖。"她说，"我想找个远离这里的安全地方，至少度过今晚。我再也走不动了，也不想在河边过夜。"

"我也不想，亲爱的。"史那那克露出个病恹恹的微笑，"也许现在，我对水的讨厌没那么傻了，对吧？"

她没有答案。

♛

刚开始，看到坦娜哈雅爬上柱子、将绳子抛向石网时，莫根纳吓坏了，以为她要丢下自己逃走。接下来，看到她往下爬，莫根纳又以为她要下来带自己走，心中涌起一阵希望。然后她开始绑绳子，莫根纳的希望又消失了，坠入云里雾里。

等他明白伙伴到底要干什么，想去帮忙已经来不及了。另一个希瑟，那个纯民的族长也看出了坦娜哈雅的目的，爬上去帮忙。莫根纳唯一能做的，就是站在混乱的观天场里淋着雨，四周是不断倒下、死去的希瑟和北鬼，猜想接下来会发生什么事。

然后，事情发生了。

最初只有几块穹顶落下，但都很大，足以伤人。莫根纳贴上大厅的弧形墙壁，又惊又怕，眼看着精致繁复的穹顶石网波动起伏，如同海霍特女仆手里抖动的床单。巨浪缓缓掠过整个穹顶，中间剧烈震动、下沉，整个网架发出世界末日般的巨响，开始崩塌、砸坏、砸翻下面的柱子，掩埋所有长在穹顶下的蕨类植物和小树，各种石头倒塌堆叠。莫根纳甚至听不到被砸中者的惨叫，因为穹顶倒塌的声音犹如巨人不断的咆哮。

一块比拳头还大的石头从坠落的石块间弹出，砸中他的胸膛，让他撞在墙上又往前扑倒，四肢着地。他大口喘气，眼前发黑，久久不能恢复。等他再次看清，一切都结束了。

大厅寂静无声，仿佛中了魔法。厅内火把多数被吹灭，只剩几根亮着。刚才还笼罩在头上的穹顶石网，此刻已变成各种形状的碎石，许多比他整个人还大。起初，他看不到四周有活物的动静，甚至无从猜测坦娜哈雅埋在残骸下哪个位置。然后，他看到大堆碎石的另一边，又有五六个黑色身影飘进大厅，急忙奋力爬起，用最快的速度从身后那扇无人阻拦的门口逃了出去。

从小听过的每一个英雄的故事、每一分勇者的冲动，都催促他回去寻找坦娜哈雅。然而被那么多石头砸中，莫根纳知道她必死无疑。他听到北鬼的声音越来越大，他们的语言同希瑟一样流畅而难懂，但夹杂着许多嘶嘶声和如刀刃般锋利的音节。恐惧淹没了他。他又一次落单了。唯一关心他的人死了，而他唯一的选择就是逃离那些没有灵魂的白皮怪物。

走廊几个烛台里还留有火把，照亮了弯曲的走道。他来到一个岔路口，刚想走平坦的那条，打算自己找路离开城市、逃回林中。但此时此刻，白狐的吆喝声不但从后面传来，连前面也有了。于是他逃进

吞噬

一条向下倾斜、深入城市地底的路。强烈的绝望攥住了他,他眼睛干燥,双脚发软,仿佛不小心闯进了噩梦。

另一个十字路口横在他面前,过一会儿又来一个。每次他只能随便选一条继续逃,完全不知在往哪儿跑,也没法找个地方藏起来躲避北鬼。在城市上层,墙壁上都有细节精美的雕刻。而此时他经过的通道是从岩石里凿出的,石壁上没有令人惊叹的动物雕刻,只有怪物,没有脸、没有眼,他仿佛从理智的世界逃进了疯狂之中。隧道蜿蜒交织,他感觉像在无穷无尽的巨蟒肚肠里无助地往前滑。

被吞下,这个念头在他脑海里一次次回荡,*被吞下,被吃光*。

在一条通道中间,他隐隐听到前面不远处有新的说话声。虽然在纵横交错的隧道里,空气的流动很古怪,让他无法确定,但他仍停下脚步,原路返回岔路口,另找一条路,尽量远离那刺耳的低语。走了一会儿,他又听到一个很轻的声音,像是落叶轻轻坠向地面,但叶子不会落到地底的。他猛然停步,晃着手里的斩蛇剑,不知如何是好。

片刻后,一个斗篷身影绕过走廊弯道——是北鬼,手里拿着一把奇异的青铜剑,锯齿状的剑刃犹如狼牙。逃跑已经太迟了,莫根纳只能往后退,贴上墙壁,抬起斩蛇剑横在身前。北鬼士兵看到他,一边迅速扑来,一边举起青铜剑。莫根纳能看到那苍白的脸和兜帽深处空洞的黑眼。他准备应战,决心至死方休,虽然死的人可能是他自己。这一刻,他心里默念一句祷告,忏悔自己犯下的所有愚蠢的错误。就在这时,袭击者突然踉跄着停下,丢掉了手里的剑,抬起变得笨拙无比的手臂,试图从颈后拔出什么东西,苍白的面孔犹如迷惑的面具。然后他跪倒在地,唇间流出鲜血。

莫根纳没再浪费时间查看发生了什么,立刻转身沿走廊继续逃走。可他还没跑到岔路口,就有东西砸中他的脑袋。他倒在地上,眼前金星四散。

Empire of Grass

* * *

醒来时，他仿佛从黑暗的虚空慢慢漂浮上来，却又落进困惑之中。周围伸手不见五指，他只觉一边肩膀顶着坚硬的石头，自己往后倚在比石头柔软的不明物体上，头一跳一跳地疼，只能无助地靠着，竭力回想，理清思绪。

某样冰冷的东西贴着他下巴处的喉咙滑动，用力一压。莫根纳立刻感觉到它的锋利，既震惊，又疼痛，轻轻哼了一声。刀刃压得更紧了。

"别说话。"一个声音在他耳边响起，冰冷、严厉，带着古怪的口音，"有人来了。"

他听到上方外面传来声音，这才明白自己是在某个狭窄的洞窟或裂缝里。脚步声就在几寸外轻轻回荡，莫根纳感觉，自己若是坐直，能从藏身处伸出手去，抓住经过者的脚踝。但他尽量安静地躺着，直到脚步声远去。它们一开始就很轻，消失得也很快。

无论发生了什么，至少拿刀抵住他喉咙之人没想立刻要他命。"我不会暴露你的。"他悄声说。

"安静。"这是唯一的回答，刀刃依然抵着他的喉咙。

更多时间过去。他明白了，自己正半坐在俘获者身上，只是对方的身材并不比他魁梧多少。"你是谁？"他最后问，"抓我做什么？"

他感到温暖的气息吹上脸颊。"我叫奈泽露，曾经是个殉生武士。"他听出来了，是个女子的声音；同时也明白，对方是个北鬼。他的心像垂死的鱼，绝望地抽搐起来。"现在，贺革达亚追杀我，支达亚也追杀我，两边都想要我的命。"

"但我不是那两边的。"他说，"我是凡人。"

"所以你还活着。"女子用力压刀，再次刺痛了他。"他们都想让我死。贺革达亚是我的敌人。支达亚也是我的敌人。而你，你是……"她沉默片刻，寻找合适的词。

"盟友?"

"不,是盾牌。"她从莫根纳身后挪出来,匕首一直抵着他的下巴,拖着他离开入口,走向黑暗藏身处的内部,力气大得惊人。"要杀我,就得先杀你。这样我临死前,还能多拉几个垫背的。"

尾声

♛

盖文索德的扎奇尔爵士是条硬汉,坚毅脸庞上的线条仿佛用坚硬岩石雕刻而成,腰杆永远挺得笔直,双眼总是那么清澈。可现在,提阿摩觉得,这位代理治安大臣似乎在忍受由内而外的侵蚀,以致肤色灰败,两眼布满红丝。

"这正是我们担心的事,大人。"扎奇尔对他说,"纳班边境戍边部队发回的报告已得到证实,他们送来这个作为证据。"

提阿摩盯着扎奇尔手里的东西,许久未说话,心里琢磨着,这布料光滑闪亮的灰色天鹅绒袋子可能会有哪些用途:士兵会带在身上,用来纪念去世的母亲或爱人?或者扎奇尔这样的人也会装着自己熟悉的物件,用以抚慰心情?

他接过袋子,隔着天鹅绒摸索里面又小又硬的物品。它出乎意料地轻,但分量却如墓碑般沉重。提阿摩双手颤抖。

"要我陪你去吗,大人?"

他摇摇头。"谢谢你,治安大臣,但我和他认识的时间比这里所有人都长。必须由我去。真希望家乡所有神祇保佑不是我,但我必须去。"

扎奇尔点点头,画了个圣树标记。"愿上帝的慈悲保佑我们所有人。"

治安大臣离开后,提阿摩站在王座厅门外迟疑许久,构思接下来该说什么、怎么说。他的肠胃抽搐不停,像要脱离他的身体。上个月犹如一场愈发强烈的坏消息风暴,现在又传来这最糟糕的噩耗。先是纳班政变,然后米蕊茉王后失踪,接下来是末指河畔的消息,说欧力克公爵及其麾下军队不仅遭到色雷辛人袭击,还被数目惊人的草原军队驱赶,被迫退回边境数里,目前在法米尔城堡暂避。公爵就在那里发出了求援信。救兵刚派去没多久,又听说奈格利蒙陷落在白狐手中,估计城中所有居民和守军都被杀害。爱克兰腹背受敌,致命的混乱处处生根。

现在又出了这事,提阿摩心想。这话像飞出的斧头,在他脑海中掠过,不断回旋,只有等它击中目标,才能知道杀伤力有多大。现在又出了这事。

西蒙国王正在王座厅,四肢摊开躺在一张普通的议会长凳上。他孙女莉莉娅爬在他身上,想扯他的胡子。西蒙略带倦意地阻拦她,逗着她玩。龙骨椅矗立在他们身后的高台上,两侧是历代先王的黑色雕像,在阴影中近乎隐形。伏在龙骨椅上的巨虫颅骨有如复仇的幽灵,俯瞰所有阴影。西蒙向来讨厌那张王座。提阿摩心中头一次想到,也许国王是对的,那玩意一直以来就是灾难的噩兆。

西蒙一定看出提阿摩表情不对,或是发现他的姿势流露出不堪重负的疲软。总之,他一走进大厅,国王就托着孙女的胳肢窝将她举起,放在地上。莉莉娅咯咯笑着,想爬上他的膝盖,但被西蒙拦住。

"孩子,安静。你该回房间了,让我跟提阿摩谈谈。"

莉莉娅两手抓着西蒙的衣服,一条腿已爬上长凳,回头望向刚来者。"提摩伯伯,他想赶我走!告诉他,你想让我留下。"

"我不能,亲爱的。他说得对。他跟我有重要的事讨论。再说了,你该去帮你的公爵外婆收拾行李。"

莉莉娅失望地瞪他一眼,露出受到背叛的表情。"不,你不能说这话!我不想去郊外。我要留在这里,等莫根纳哥哥和米蕊茉奶奶回来。"

"去吧,莉莉娅。"提阿摩说。他看到女孩愤怒而无辜的小脸蛋,心情沉痛,好不容易才压住即将夺眶而出的泪水。"做个乖孩子。"

小公主受到两面夹击、无人支援，只能滑下长凳回到地上，朝王座厅大门走去，脸上的愠怒和轻蔑表情像个被人踢出酒馆的酒鬼。"我要告诉缇娅－丽娅阿姨①，你是最最讨厌的乌澜人。"

提阿摩今天没心情逗她。"去吧，宝贝。我保证，晚些再去找你玩。"

他目送小公主走出厅门。等她身影消失，他还未转身，就感觉西蒙的目光盯在自己背后。

"好吧？又有什么事？估计都是坏消息吧？"但国王的表情像是做好了挨耳光的准备，像在嘲讽自己轻松的语调。

"恐怕是的，陛下。"他几乎无法控制自己的声音，"西蒙，苏玛克要塞的指挥官发来更多消息。"他的肠胃翻江倒海，只想跑到别处呕吐。但他用手压住胃部，继续报告。"纳班陷入混乱。他们那些北部城堡的指挥官全都手足无措，对外人十分提防。但我们的人终于设法赶到现场，确认他们找到了王室马车的残骸。王后的马车。"

"全都告诉我。"西蒙表情僵硬地说。

"从现场痕迹和他们找到的箭矢判断，应该是色雷辛人发动的袭击。马车中了数支火箭，彻底烧毁。似乎有几个爱克兰卫兵为了护车而牺牲，但仍无法确认，因为尸体被动物拖走了。"

"但没有米蕊茉的踪迹，对吧？"西蒙的内心似乎在剧烈斗争。"她逃走了。我的米蕊茉，聪明又勇敢。"

提阿摩很想一口气把话吐干净，只为结束对自己的折磨，但对方是他老朋友、是国王，他不能这么做。"马车里有具遗体，严重烧毁。苏玛克的士兵说，他们认为是个女子的遗体。"

西蒙的面庞渐渐软化，脸色愈发苍白。"但可以是任何人。也

---

①"提摩伯伯"和"缇娅－丽娅阿姨"，是小公主莉莉娅对提阿摩夫妇俩的昵称。

许是她某个女伴，她们有一半失去音信……！"

提阿摩咽了咽口水，递上灰色天鹅绒袋子。"要塞指挥官送来了这个，说是他们在那死去女子手中找到的。"

西蒙盯着袋子，像在看条盘卷起来的蝰蛇。但最终还是伸手接过，将里面的闪亮物件倒在手里，一动不动地凝望着它。

"哦，我的上帝，我仁慈的上帝啊，怎么能发生这种事？"他终于说道，"不……不能……"

戒指从他手中坠落，砸在地板上弹起，发出响亮的声音，再弹一下，滚过提阿摩脚边。他不假思索地弯腰捡起，以免它滚到长凳或帘子下面。他盯着戒指上的两条龙，它们面对面，红宝石眼睛盯着钻石眼睛，修长的身躯紧紧交缠，绕成一个黄金指环。他听到一声碎裂的巨响，木头的碎片、碎块从他身旁飞过。

西蒙将长凳在石头地面上砸得粉碎，又捡起最大的残骸，在地板上用力锤打，将它敲成更多小碎片，脸色从死一样的苍白变成愤怒的猩红。他的身高加上满脸胡须，看上去就如《安东之书》中高高在上的先知——预言死亡和失落的先知。

"不！"西蒙大喊，声音洪亮而嘶哑。王座厅外的卫兵纷纷探头进门，查看发生了什么。"不！不！不！"刚才的怒火已像闷熄的火焰般衰弱下去，说到最后一个"不"字，国王已泣不成声，跪倒在地。"不可能。"他哽咽着说。提阿摩也在流泪。"不可能是我的米蕊茉。"他声音沙哑，断断续续，"不可能是我的幸福。不可能是我挚爱的……！"

提阿摩只能走到他身边，徒劳地伸手轻按西蒙的肩头。国王的前额死死压在石头地上，泪水流个不停。

附录
Appendix

附录

人物

爱克兰

阿特弟兄：圣卡思博特教堂的铁匠。

安东妮塔：莉莉娅公主的玩伴。

艾维：西蒙国王的年轻仆人。

博兹主教：海霍特的施赈大臣，晋升不久。

柯弗德侯爵：爱克兰的海务大臣。

卡夫：奈格利蒙的年轻人，人称"爬高的"卡夫，全名"卡思博特"。

丹娜：米蕊茉王后的随行女仆。

杜格兰：贵族，前往赫尼斯第的特使。

鄂弗兰德：渔民，西蒙国王的父亲。

圣鄂斯坦·费科恩：西蒙国王的先祖，卷轴联盟的创立者，海霍特第六任国王，人称"渔人王"。

埃尔默男爵：前任格拉富顿领主，人称"大块头"埃尔默。

埃利加国王：前任至高王，米蕊茉王后的父亲，死于风暴之王战争。

依莱薇德：莉莉娅的玩伴，安东妮塔的妹妹。

厄坦弟兄：安东教修士，又称"厄坦·弗拉提里·鄂克奇思"。

伊弗里：海斯托男爵，罗森侯爵的盟友。

法恩队长：奈格利蒙的卫兵队长。

菲尔曼：爱克兰卫兵。

歌威斯神官：爱克兰境内最高神职领袖，海霍特的财务大臣。

革斯弟兄：圣卡思博特教堂的车轮匠。

汉姆："海黎莎王妃号"上的男孩。

荷瓦德：皮毛商人。

艾黛拉王妃：约翰·约书亚王子的遗孀，欧力克公爵的女儿，最近亡故。

杰克·穆德沃德：虚构的林中大盗。

杰瑞米大人：海霍特的宫务大臣。

圣王约翰：前任至高王，米蕊茉王后的祖父。

约书亚王子：埃利加国王的弟弟，米蕊茉王后的叔父，二十年前失踪。

约翰·约书亚王子：西蒙国王和米蕊茉王后的儿子，莫根纳王子和莉莉娅公主的父亲，已去世。

斯图斯德的卓根爵士：爱克兰的夜巡队长，米蕊茉王后的贴身护卫。

肯里克爵士：年轻的爱克兰侍卫队长，曾是莫根纳王子的酒友，现隶属欧力克公爵麾下。

里奥拉：荷瓦德的妻子。

莱维斯：爱克兰卫队军官。

莉莉娅公主：西蒙国王和米蕊茉王后的孙女，莫根纳王子的妹妹。祖父西蒙昵称她为莉莉。

洛丝：保姆，负责照顾莉莉娅公主。

梅尔金：莫根纳王子的侍从。

米蕊茉王后：奥斯坦·亚德的至高王后，西蒙国王的妻子。

莫根纳王子：至高王座的继承人，约翰·约书亚王子和艾黛拉王妃的儿子。

莫吉纳医师：已故的卷轴持有者，西蒙国王年轻时的良师益友。

内尔妲公爵夫人：欧力克公爵的妻子，艾黛拉王妃的母亲。

奥德宛：爱克兰卫兵，来自西沃斯。

欧力克公爵：治安大臣，法尔郡与万途关公爵，艾黛拉王妃的父亲。

普特南主教：海霍特的神职人员。

瑞秋：西蒙国王年轻时的海霍特女仆总管，人称"怒龙"。

雷诺德：兀特塞尔男爵。

仁瓦德：欧力克公爵军中的弓箭手。

罗森：格兰威克侯爵。

舒拉米特夫人：米蕊茉王后的女伴。

马倌舍姆：西蒙国王年轻时的海霍特马夫。

西蒙国王：奥斯坦·亚德的至高王，米蕊茉王后的丈夫，本名"塞奥蒙"，有时又称"雪卫"。

希瓦德神父：奈格利蒙的牧师，卡夫的导师。

史坦异神父：已故的卷轴持有者，前任海霍特王室牧师。

苏珊娜：曾是海霍特的女仆，西蒙国王的母亲，生他时死于难产。

圣撒翠：安东教圣徒，又名"撒翠斯"。

塔芭塔：海霍特寝宫的女仆。

希奥巴特弟兄：修士，提阿摩称其为厄坦弟兄"不太胜任的接替者"。

托马斯·奥特克彻：鄂克斯特市长。

托司提格男爵：羊毛商人，花钱买来的贵族头衔。

桃灼葭：大司匠维叶岐的小妾，殉生武士奈泽露的母亲，约书亚王子与渥莎娃夫人的女儿，乌恩沃的孪生妹妹，父母给她的本名叫"戴菈"。

盖文索德的扎奇尔爵士：爱克兰卫队总指挥，肯里克爵士的上司。

Empire of Grass

赫尼斯第

霭林爵士：艾欧莱尔伯爵的甥孙。

霭瑞尔：霭林爵士的父亲，艾莱莎的丈夫。

班·法里格的安格斯·艾-卡皮滨：商人，古籍学者。

巴格巴：牧神。

布兰南：安格斯的厨师，曾经做过修士。

天空之布雷赫：天空之神，又称"天空之父"。

柯扎哈·艾-柯冉禾：已故的修士，所属修道院不明，曾在风暴之王战争期间与米蕊茉一起旅行。

地犬卡姆：地神。

库鲁丹男爵："银牡鹿"的指挥官。

渡恩：死神。

艾欧莱尔：穆拉泽地伯爵，至高王座之手。

伊万：霭林爵士的手下。

芬坦："银牡鹿"士兵，信奉安东教。

弗兰："弗兰乌鸦"的首领，传说中的强盗之王。

贺恩国王：传说中赫尼斯第的建立者。

格威辛王子：休国王的父亲，在风暴之王战争中被杀。

休·安哈-格威辛国王：赫尼斯第统治者。

茵娜温：赫尼斯第太后，休的祖父路萨国王的最后一任妻子。

雅乐斯：霭林爵士的侍从。

路萨国王：赫尼斯第前任统治者，梅格雯与格威辛的父亲，在茵尼斯葵战役中被杀。

"黑胡子"马库斯：霭林爵士手下士兵。

陌厉伽：孤儿制造者，鸦母，古代的战争女神。

默多侯爵：有权有势的贵族，艾欧莱尔伯爵与霭林爵士的盟友。

独臂沐诃：战神。

奈尔伯爵：格涞泽地的贵族，荣娜伯爵夫人的丈夫。

荣娜伯爵夫人：格涞泽地的贵妇，米蕊茉王后的朋友；莉莉娅公主的看护人，被她称为"荣娜尔阿姨"。

铜锅冉恩：一位神祇。

萨姆瑞斯爵士："银牡鹿"成员，库鲁丹男爵手下的鹰钩鼻副官。

辛奈哈王子：赫尼斯第过去的王子，人称"红狐"。

"银牡鹿"：赫尼斯第精英部队，人员由休国王亲自挑选。

大地之塔拉苜：古代的战争与疆域女神。

泰斯丹国王：海霍特第五任国王，又称"神圣王"和"篡位者泰斯丹"。

泰勒丝夫人：格兰·欧加侯爵的遗孀，休国王的未婚妻。

瑞摩加

阿格妮妲：艾斯塔兰姊妹会成员。

雷神铎尔：战神，风暴之神。

戴门德：司卡利帮的强盗头子，曾是亚拿夫的同伴。

爱因司凯迪：已故的艾奎纳公爵的伙伴，在风暴之王战争中被杀。

艾弗沙的格里布兰公爵：瑞摩加的统治者，艾奎纳公爵的儿子。

艾弗沙的艾奎纳公爵：格里布兰公爵的父亲，已去世。

桂棠公爵夫人：格里布兰公爵的母亲，已去世。

耶尔丁国王：海霍特第二任国王，芬吉尔国王之子，人称"疯王"。

亚拿夫：身份不明，自称是奈琦迦北鬼女王的猎人，意外成为玛寇"女王之爪"小队的同伴与向导。

亚奎纳：亚拿夫的弟弟，已去世。

魔夕姬：古代的地府女王。

拿威男爵：拉菲斯克凹地统领（"统领"相当于男爵）。

罗丝卡娃：艾斯塔兰姊妹会的会长，桃灼霞的养母，人称"瓦莱姐"（意思是"睿智的女人"）。

司卡利帮：瑞摩加北部一群有组织的强盗。

沃蒂丝：出生于奈琦迦的奴隶女子。

坎努克（矮怪）

宾拿比克（宾宾尼格伽本尼克）：卷轴持有者，坎努克的吟唱者，西蒙国王的挚友。

奇卡苏特：传说中的百鸟之王。

小史那那克：齐娜的未婚夫。

齐娜（齐娜娜娜沐柯塔）：宾拿比克与茜丝琪的女儿。

欧科库克：前任卷轴持有者，宾拿比克的师父，风暴之王战争期间在梦境之路被杀。

塞达：月亮女神，又称"月亮母亲"。

茜丝琪（茜丝琪娜娜沐柯）：牧者和女猎首（岷塔霍山脉的统治者）的女儿，宾拿比克的妻子。

色雷辛

阿瓦特：年轻的强盗头子。

安博特酋长：蝰蛇部族首领，来自色雷辛湖地。

拥地者：毒蛇部族的图腾守护神，又称"无足者"。

"山王"依帝泽：最近一代山王，色雷辛的传奇英雄与领袖。

伊特纹酋长：林鸭部族首领，出生在浅湖边。

费克迈：骏马部族及上色雷辛的前任单于；渥莎娃的父亲，新近死于她手。

附录

啸林者：黑熊部族的图腾守护神。

弗里墨酋长：仙鹤部族临时首领，乌恩沃最早的密友与追随者。

"秃头"格兹丹：仙鹤部族的骑手。

草上惊雷：骏马部族的图腾守护神。

古迪格：骏马部族前任酋长，海菣的丈夫，新近死于乌恩沃之手。

哈拉特：大鸨部族成员。

贺特墨：强盗，贺夫格之子。

贺夫格：骏马部族成员，风暴之王战争期间约书亚王子的盟友。

赫瓦特：仙鹤部族前任酋长，弗里墨的父亲。

赫扎：强盗。

海菣：渥莎娃的妹妹，乌恩沃的阿姨。

库尔娃：弗里墨的姐姐，乌恩沃的爱慕对象，已去世。

"白胡子"昆勒特酋长：秃鹰部族首领。

夜噬者：神话中的生灵或恶魔。

欧多柏格酋长：貛鼬部族首领。

"叉胡子"欧格达酋长：雉鸡部族首领。

"红胡子"鲁德酋长：黑熊部族首领，色雷辛草原的单于，自称"酋长之长"。

鲁兹旺：毒蛇部族的萨满。

破空者：仙鹤部族的图腾守护神

铁臂塔司达：色雷辛守护神，所有草原部族都崇拜的铁匠神灵，又称"碎砧者塔司达"。

乌恩沃：意思是"无名氏"，骏马部族新任酋长，约书亚王子与渥莎娃夫人的儿子，桃灼霞的孪生哥哥，父母给他的本名叫"戴奥诺斯"。

沃弗拉格："红胡子"鲁德的大萨满。

渥莎娃：乌恩沃的母亲，约书亚王子的妻子，费克迈的女儿，海菈的姐姐。

苇伯德：黑熊部族成员。

巍蒙特酋长：大鸦部族首领。

纳班人

礼拜镇女修道院院长：某宗教组织领袖，缇丽娅夫人的朋友。

埃比亚家族：五十贵族之一。

艾露丽雅伯爵夫人：利连·埃比亚伯爵的妻子。

安图勒大帝：古代的纳班皇帝。

阿卓威斯：最后的纳班皇帝，在尼鲁拉被圣王约翰打败。

阿吉尼亚：古代的纳班皇帝。

阿庇提斯·普文斯侯爵：风暴之王战争期间埃利加国王的盟友。

图兰尼斯的艾斯塔：古代的贵族女子，两百年前创立了艾斯塔兰姊妹会。

艾斯崔恩爵士：爱克兰卫队成员，曾是莫根纳王子的酒友，现隶属欧力克公爵麾下。

奥西斯神官：塞斯兰·安东尼斯派往至高王室的特使。

班尼杜威家族：过去两百年间统治纳班的家族，翠鸟纹章。

班尼威大帝：纳班第三王朝创建者，凯马瑞、萨鲁瑟斯、德鲁西斯等人的祖先。

班尼杜威：圣王约翰治下第一任纳班公爵，凯马瑞的父亲，萨鲁瑟斯公爵的曾祖父。

班尼伽利公爵：纳班前任统治者，萨鲁瑟斯公爵的伯父，在风暴之王战争中被杀。

布拉西斯：萨鲁瑟斯公爵与坎希雅公爵夫人年幼的儿子。

布瑞德勒：帕萨瓦勒的父亲，在风暴之王战争中被杀。

附录

凯马瑞-萨-梵尼塔爵士：圣王约翰麾下最伟大的骑士，又名"凯马瑞·班尼杜威"，风暴之王战争后失踪。

坎希雅公爵夫人：萨鲁瑟斯公爵的妻子，布拉西斯和莎拉辛娜的母亲。

珂莱瓦家族：五十贵族之一。

山羊王克莱西斯：古代的纳班皇帝。

达罗·英盖达林伯爵：米蕊茉王后的表弟，萨鲁瑟斯公爵的对手，公爵弟弟德鲁西斯的盟友。

笛尼梵神父：前任卷轴持有者，拉纳辛教宗的簿记，风暴之王战争期间在塞斯兰·安东尼斯被杀。

窦尔林家族：五十贵族之一。

议会：统治纳班的议会，主要成员为五十贵族家族。

德鲁西斯侯爵：彻文塔与俄澄侯爵，萨鲁瑟斯公爵的弟弟兼对手。

圣恩戴斯：安东教殉道者。

恩瓦勒斯侯爵：萨鲁瑟斯公爵的舅舅兼顾问。

艾莱西亚：乌瑟斯·安东的母亲，又称"圣母"。

五十家族：统治纳班的贵族家族。

菲诺神父：韦迪安教宗的仆人。

弗拉维斯：莱若西斯家族的族长。

弗罗伦爵士：过去的骑士，来自荣誉不佳的萨莱斯家族。

圣格冉尼：安东教圣徒。

荷米斯家族：五十贵族之一。

艾德西斯·珂莱瓦伯爵：纳班的总理大臣。

英盖达林家族：五十贵族之一，反对现任公爵，信天翁纹章。

翠鸟卫兵：纳班公爵的私人卫队。

莱若西斯家族：五十贵族之一。

玛楚乌子爵：石潘尼特岛领主的儿子。

墨特萨家族：五十贵族之一，帕萨瓦勒大人是其成员，蓝鹤纹章。

敏迪雅夫人：坎希雅公爵夫人的女伴。

娜莎兰塔公爵夫人：前任纳班公爵夫人，萨鲁瑟斯的祖母，风暴之王战争后去世。

努乐斯神父：海霍特的王室牧师。

欧维里斯爵士：骑士，曾是莫根纳王子的酒友，现隶属欧力克公爵麾下。

欧皮丹尼：宫廷占星师。

帕萨瓦勒大人：至高王座的总理大臣。

派拉兹：牧师、炼金术士、巫师，埃利加国王的参事，大概死于风暴之王战争末期绿天使塔倒塌。

圣派丽帕：安东教圣徒，又称"岛上降生派丽帕"。

圣瑞帕：安东教圣徒，在爱克兰被称为"圣瑞普"。

利连·埃比亚伯爵：纳班的司法大臣，埃比亚家族的族长。

萨林·英盖达林：达罗伯爵的儿子。

萨鲁瑟斯公爵：纳班的统治者。

莎拉辛娜：萨鲁瑟斯公爵与坎希雅公爵夫人的幼女。

塞西安男爵：敏迪雅夫人的长辈。

风暴鸟：达罗·英盖达林的支持者，以信天翁为标志。

缇丽娅夫人：高超的草药医师，提阿摩大人的妻子，莉莉娅公主称她为"缇娅-丽娅"。

萨莱斯家族：五十贵族之一。

小塞拉利斯：乌瑟林兄弟会的教会官员。

泰亚伽利：古代的纳班皇帝。

圣特纳斯：安东教圣徒，又称"追寻者特纳图"。

附录

图丽雅·英盖达林：达罗伯爵的侄女，德鲁西斯侯爵的新娘。

乌瑟斯·安东：安东教的上帝之子，又称"救主"或"救赎者"。

瓦尔兰公爵：萨鲁瑟斯公爵的父亲，班尼伽利的弟弟，风暴之王战争结束后成为纳班的统治者，已去世。

维丽雅·荷米斯：阿吉尼亚皇帝的妻子。

圣维提尔：来自南方岛屿的圣先知，安东教《先知书》中记载的杰出人物。

教宗韦迪安二世：安东教廷领袖。

夏欣娜：半虚构的某位皇帝遗孀，曾为保护纳班而战。

尤维斯：裁缝之子。

珀都因

阿曼多男爵：菲尔拉夫人的父亲。

巴多：曾在珀都因杏树山的圣库思默教堂担任司事。

考斯坦特：珀都因宿尔巍伯爵的儿子，伊索拉的异母兄弟。

安德锐：波尔图爵士的战友，风暴之王战争期间死于北鬼领。

菲尔拉夫人：卷轴持有者，已失踪。

费力索：爱克兰"海黎莎王妃号"的船长。

弗洛亚伯爵：至高王座派驻纳班的特使。

葛兰娣：一位珀都因老妇人。

波尔图爵士：奈琦迦战役的英雄，曾是莫根纳王子的酒友，现隶属欧力克公爵麾下。

珀都因的辛迪戈图：贸易集团，又称"珀都因财团"。

宿尔巍伯爵：前任珀都因领主，已去世。

圣伊索崔：安东教圣徒。

伊索拉女伯爵：珀都因领主，宿尔巍伯爵的女儿。

Empire of Grass

乌澜

沙行者：神。

胡图：杰莎的哥哥。

杰拉维：杰莎母亲的长辈，已去世。

杰莎：保姆，负责照顾萨鲁瑟斯公爵的幼女莎拉辛娜；族中长老称她为"绿蜜鸟"。

绿蜜鸟：乌澜神话中的精灵，杰莎的另一个名字。

拉丽芭：纳班的布料摊贩。

老葛拉赫：红猪礁湖的盲眼居民。

育人者：女神。

收归者：死亡女神。

观塑者：神。

提阿摩大人：卷轴持有者，学者，西蒙国王和米蕊茉王后的挚友；莉莉娅公主称他为"提摩伯伯"。

希瑟（支达亚）

亚纪都·娜－森立：理津摩押的女儿，吉吕岐的妹妹。

阿茉那苏·杉纪都·娜－森立：伊奈那岐和哈卡崔的母亲，又称"始祖母"或"舰船降生阿茉那苏"，风暴之王战争期间被杀。

阿雅美浓：安吾久雅的女尊长。

伽亚力：希马努的学徒，来自南林。

哈卡崔：历史人物，阿茉那苏的儿子，去往西方后失踪，遗骨最近被玛寇率领女王之爪取回。

花山的希马努：学者，坦娜哈雅的导师，被其称为"师父"或"尊长"。

伊奈那岐：阿茉那苏的儿子，又称"风暴之王"，已亡故。

附录

"夜莺"间吉雅娜：历史人物，奈拿苏的母亲。

吉吕岐·因-森立：理津摩押的儿子，亚纪都的哥哥。

茕藻：意为"纯民"，希瑟的一个分支，严格遵循古道。

堪冬甲奥：理津摩押的血缘兄弟，吉吕岐和亚纪都的舅舅，自封为岁舞家族的"守护者"。

琪拉舒：治疗坦娜哈雅的医师。

理津摩押·卑室吁·娜-森立：森立之主，吉吕岐和亚纪都的母亲。

"椋鸟"厉篾：安吾久雅的希瑟。

麻津美麓：希瑟的月亮女神。

奈拿苏：历史人物，德鲁赫的妻子，间吉雅娜的女儿。

庇护者森立：历史人物，"斩虫"罕满寇的妻子，岁舞家族的创立者。

森立家族：吉吕岐和亚纪都所属的家族，又称"岁舞家族"。

森立之主：岁舞家族女族长的头衔。

杉纪都：阿茉那苏的母亲。

速马奈力：哈卡崔的儿子，吉吕岐和亚纪都的父亲，风暴之王战争期间被杀。

火花：吉吕岐和亚纪都对坦娜哈雅的昵称。

支沙陇的坦娜哈雅：希瑟学者，前往海霍特的信使。

"制箭者"未冬弥右：历史人物，知名的土美汰弓箭匠人。

雯夜牍：纯民的领袖，真嘉珠的姐妹。

禁山的炎甲奥：堪冬甲奥的晚辈。

真嘉珠：刻蔓拓里的女学者，雯夜牍的姐妹，风暴之王战争期间被杀。

Empire of Grass

北鬼（贺革达亚）

阿肯比：咒歌会的大司乐，又称"咒歌大师"。

医士：乌荼库女王身边的女性医奴。

丹拿碧·杉-蘘卡：剑术大师，亚拿夫以前的主人和师父。

德鲁赫：历史人物，乌荼库女王和奥间鸣首的儿子，被凡人杀死。

庵杞诺：奈琦迦的大司疗，乌荼库医奴们的女主人。

庵度琊家族：维叶岐所属家族，中等贵族。

庵苏漠：东北兵屯的殉生武士将军。

柑南溪：逃离华庭后出生的盲眼司祭。

矛隼：一支殉生武士军团。

罕满堪家族：乌荼库女王所属家族。

"斩虫"罕满寇：历史人物，声名显赫的战士，罕满堪家族的创立者。

锤兵：攻城兵，能用锤子敲碎城墙。

艾璧-凯：回音会成员，玛寇手下"女王之爪"队员，被掘地怪杀死。

伊瑶拉家族：北鬼家族，成员包括乌荼库女王的丈夫"黑杖"奥间鸣首，以及战争英雄夙奴酷。

津德炬：黑灯要塞的殉生武士侦察兵。

吉吉怖：乌荼库女王的近亲后裔，人称"梦行者"。

君倪娅塔军团长：黑灯要塞的指挥官。

肯貊：殉生武士，玛寇手下"女王之爪"队员。

棘梅步夫人：维叶岐的妻子。

骐骐逖：护送维叶岐的工匠前往奈格利蒙的军队将军。

诅狩：以生活在露弥亚湖的矛隼命名的军团。

梦王：吉吉怖的另一个称号。

附录

玛寇："女王之爪"队长,身受重伤。

奈泽露·杉夜-庵度琊：维叶岐与小妾桃灼葭的女儿,玛寇手下"女王之爪"队员。

旎津：贺革达亚史官,坦娜哈雅手中羊皮卷的作者。

夜蛾：一支殉生武士军团。

奈儒挞敌：贺革达亚贤哲,被视为虚湮的创造者或发现者,夜挞敌的父亲。

努闹：维叶岐的书记官。

东北兵屯：一支鲜为人知的殉生武士军队,显然部署在凡人领土。

密语者鸥穆：歌者,红手之一,被乌荼库女王复活。

菩逊岐：圣祠亲王,罕满堪家族成员,乌荼库女王的亲属。

女王之牙：乌荼库女王的御用护卫。

凌德："百战伯劳"的侦察兵。

绍眉戟：咒歌会的歌者,玛寇手下"女王之爪"队员。

杉-灼克奇：殉生武士军团,东北兵屯驻军之一,又称"百战伯劳"。

蓝灵峰的森雅苏：诗人。

漱鸠玉：咒歌会的主领诗。

凤奴酷：声名显赫的女将军,死于风暴之王战争的后续战斗。

乌荼库·杉夜-罕满堪：北鬼女王,奈琦迦的女主人,奥斯坦·亚德大陆最长寿者。

佤阿尼：黑灯要塞的殉生武士侦察兵。

维叶岐·杉-庵度琊：匠工会的大司匠,奈泽露的父亲。

白狐：凡人对北鬼的称呼。

仙尼篋·杉-罕满堪：《放逐函》的作者,乌荼库女王家族成员。

薛哈碧：贺革达亚圣书《女王手上的五指》的作者。

雅礼柯·杉-齐珈达：前任匠工会大司匠，已去世。
炎苏家族：贺革达亚贵族，女奴沃蒂丝就在他家出生。
夜挞敌：贺革达亚贤哲。
夜摩：维叶岐的前任书记官，以叛徒之名被处死。
紫奴佐：战争诗人。

庭叩达亚

搬运工：身材高大的庭叩达亚分支，用于搬运重物。

喊嗑哩：生活在阿德席特大森林的庭叩达亚分支，似乎有些自我意识，外形像松鼠。

大傻：一个隐人。

掘石工：凡人对会雕琢石头的庭叩达亚分支的称呼。

戴沃人：又称"戴夫林"，擅长雕琢石头的庭叩达亚分支。

甘·依苔：呢斯淇，多年前拼死救下米蕊茉的性命。

甘·笃哈：呢斯淇，甘·依苔的亲属。

甘·拉蓟：呢斯淇，甘·笃哈最年迈的亲属。

葛萝伊：睿智的女人，又称"瓦莱妲"葛萝伊，风暴之王战争期间在瑟苏琢被杀。

巨人：身材巨大、毛发蓬乱、形似凡人的庭叩达亚分支。

蛊罡嘎：会说话的巨人，帮助玛寇的"女王之爪"抓到一条活龙。

灰灰：一只喊嗑哩。

隐人：一小群庭叩达亚，藏在奈琦迦深处躲避他们的主人。

宏瘟：瑞摩加人对巨人的称呼。

纳伢·喏丝：一个隐人。

呢斯淇：在航船上服侍的庭叩达亚分支。

哩哩：阿德席特大森林的喊嗑哩，莫根纳的伙伴。

努言·伏：传说中的贺革达亚元老，又称"航渡者"。

观海者：呢斯淇的另一个称呼。

纹纹：一只喊嗑哩，哩哩的母亲。

忒·塞索：呢斯淇，在伊索拉的"李·佛丝纳号"上服务。

巫娃丝卡：隐人的女性领袖，又称"静默夫人"。

珍–杉钨：一支途经阿德席特大森林的庭叩达亚小队的队长。

其他

安歹萨里：安东教的恶魔。

造物主：安东教上帝的另一个称呼。

隐士弗提斯：六世纪时瓦伦屯岛的一位主教，写了本臭名昭著的禁书。

哈卡人：来自阿德席特大森林东边的流浪民族。

梅迪：厄坦弟兄的哈卡人向导。

帕丽普帕：梅迪的女儿，又叫"帕丽普"。

普雷克图：梅迪的儿子，又叫"普雷克"。

萨格拉：戴菈和戴奥诺斯小时候的关途圃邻居。

罕蒂亚的森尼各：著名的古代贤哲。

生物

钻洞兽：能挖洞的巨兽，又称"啃石兽"、"啃岩兽"或"地虫"。

康纳：霭林的马。

颚狍：生活在罕蒂亚的巨兽。

法尔库：小史那那克的公羊。

弗拉西：牛头犬，大名"弗拉科斯"。

泇蟹：乌澜的一种硬壳生物。

吉尔登：鲁兹旺的驴。

欧吉：茜丝琪的公羊。

欧恩：卓根爵士的灰色骏马。

淇尔巴：一种人形海怪。

垮利蹼：又称"河人"，一种水怪。

盐巴：亚拿夫的马。

瑟夫吉：费克迈牧群中的色雷辛马。

乌峦狽：迷雾溪谷中那只巨怪的希瑟名。

瓦喀娜：宾拿比克的狼宠。

猬骷牙：凶残的狼形猛兽，生活在遥远的北方。

附录

地点

艾本河口：赫尼斯第重要的贸易城镇，位于巴莱泪河入海口。

圣卡思博特教堂：位于奈格利蒙，"爬高的"卡夫的家。

艾伏川：流淌于阿德席特森林中的大河，希瑟语叫"赤宿沙"。

阿德席特大森林：又称"古老之心"，横跨爱克兰北方与东方的大森林。

安图勒路：纳班的主干道。

安泛·派丽佩：一座大城市，珀都因的首都。

安提金峰：纳班五山之一，多莫斯·班尼杜檐的所在地。

安吾久雅：希瑟定居点。

阿比·撒卡：纳班的集市小镇。

阿迪瓦力：班尼杜威家族领地，位于纳班北部。

阿苏瓦：希瑟对"海霍特"的称呼，被凡人征服的最重要的大城。

坠落大道：奈琦迦的一条街道，沿街是诸多大宅的后门，这些宅邸的前门则位于大华庭大道。

拜黎但：纳班一个较大的镇子。

主教冥思室：海霍特一个颇有历史的房间。

苦月堡：位于龙喉隘口顶部的北鬼要塞。

血庭：奈琦迦的殉生武士训练场。

蓝洞：育有许多产丝的白蜘蛛，北鬼的绳索产地。

蓝骑士走廊：海霍特的一条走廊。

蓝泥湖：伊坎努克山脉南边的湖泊。

蓝灵峰：奈琦迦附近的山。

惩戒广场：鄂克斯特的广场，有绞刑架。

布里瓦汀湖：瑞摩加的湖。

坎·因巴：艾欧莱尔的盟友默多侯爵的家堡，位于赫尼斯第。

流琴厅：奈琦迦的核心，流琴与流琴井的所在地。

牧师散步堂：海霍特的一个房间。

查苏·墨特萨：纳班城堡，帕萨瓦勒小时候的家。

查苏·欧丽府：德鲁西斯侯爵的城堡，位于纳班与色雷辛边界。

查苏·鲁提里：纳班的城堡小镇。

夕柯林：位于赫尼斯第北方和西方的森林。

云歇山：华庭降生者对韦斯丹山脉的称呼。

逃城：大稚照的另一个称呼。

寒萧堂：奈琦迦的行刑地。

柯梅恩山：纳班与色雷辛交界处的山。

柯梅斯山谷：纳班的山谷。

库禾山谷：赫尼斯第穆拉泽地东边的山谷。

大稚照：阿德席特大森林中废弃的希瑟城市，又称"歌风树"，华庭降生者九大城市之一。

破晓石室：曾是安放大稚照主谓识的地方。

德利·莱塔：纳班东部海角的港口。

德枯绍河：迷雾溪谷附近的河流，瓦伦屯语叫"乌狭河"。

狄莫思侃森林：瑞摩加北部的森林。

迪恩通道：海霍特的一条走廊。

多莫斯·班尼杜檐：班尼杜威家族在纳班的府邸，大概两百年前，由初代班尼杜威建造。

杜纳斯塔：守卫塔，位于赫尼斯第与瑞摩加边界附近的茵尼斯葵山谷。

附录

德瑞拿：纳班的侯爵领。

俄澄：纳班的侯爵领，同时也是一片大湖的名字。

艾弗沙：瑞摩加公爵府邸所在地。

岸韶桑羽：华庭降生者九大城市之一，位于阿德席特大森林南部边缘。

鄂克斯特：爱克兰首都，至高王座所在地。

爱克兰：奥斯坦·亚德中央王国。

俄彻奈山：纳班群山之一，玛楚乌子爵府所在地。

法米尔城堡：爱克兰要塞，位于末指河西岸。

掌旗苑：奈琦迦山门外的露天广场。

无名苑：奈琦迦遭贬谪者的墓地。

指未河：色雷辛人对"末指河"的称呼。

菲拉诺斯海湾：纳班南部海湾，坐落着许多岛屿。

花山：位于阿德席特大森林，希马努的家。

禁山：希瑟要塞，堪冬甲奥的家。

霜冻边境：位于赫尼斯第北方和瑞摩加南方的一块区域。

深沟要塞：奈琦迦东北兵屯的隐秘要塞，豢养大型钻洞兽。

黑灯要塞：东北兵屯的隐藏要塞。

盖营所：爱克兰城市，靠近上色雷辛边界。

鹤门：通往大稚照的桥。其他桥包括龟门、鸡门、狼门、鸦门、鹿门等。

丰饶大道：从北边进入大稚照的大道。

盖文索德：爱克兰东部城镇。

格兰汶河：从津濑湖流向大海的爱克兰河流。

古角厄：意思是"小舟"，指希瑟的小村落。

格拉富顿：爱克兰的男爵领。

古仓塔：海霍特的高塔，曾是约翰·约书亚王子的卧室与书房。

格兰图瓦克河：瑞摩加的一条河，流经艾弗沙。

南灰森林：雾沙穆雪山东南部的森林。

格兰尼弗：爱克兰的港口城市。

格兰玻山：赫尼斯第西边的山脉。

海斯托：爱克兰的男爵领。

议会堂：纳班建筑，建于始皇帝统治期间。

回忆堂：大稚照的一个房间，已崩塌。

哈察岛：位于菲拉诺斯海湾的岛屿。

丰饶区：奈琦迦的一处区域。

海霍特：奥斯坦·亚德至高王座所在地，高踞于鄂克斯特之上。

心林：北鬼对"阿德席特大森林"的称呼。

赫尼斯第：奥斯坦·亚德西部的王国。

赫尼赛哈：赫尼斯第的首都。

荷闻郡：爱克兰一个地区，帕萨瓦勒拥有的男爵领，约书亚的朋友戴奥诺斯的家乡。

弘勘阳：华庭降生者九大城市之一，位于遥远的西北方，又称"云堡"。

昔米岭：奈琦迦东部的山脉。

喜哈拉：瑞摩加诸神的天堂家园。

耶尔丁塔：海霍特城被封闭的高塔，被视为不祥之地。

胡兰古角：最东边的古角厄（小舟）。

胡斯塔德：瑞摩加的集市小镇。

冰柱长廊：位于岷塔霍。

茵尼斯葵：赫尼斯第北边一道山谷与河流的名字，风暴之王战争第一战的爆发地。

角天华：阿德席特大森林中隐秘的希瑟聚居地，现已荒废。

津叁门：华庭降生者九大城市之一，失落于大海。

附录

刻蔓拓里：华庭降生者九大城市之一，现已失落。

罕蒂亚：传说中的失落王国。

诺哨班桥：神话中架在咆哮河上的桥，死者要在桥上经过。

关途圃：乌澜最大的城市。

津濑湖：爱克兰中部的湖泊。

津林：海霍特附近的小森林。

露弥亚湖：奈琦迦山区的湖泊。

凤奴酷湖：奈琦迦山体内的地下湖，于风暴之王战争后发现，山顶崩塌时也未能将其毁坏。

末指河：爱克兰东部边境的河流。

末指河口：爱克兰港口城市，位于纳班边界以北。

礼拜镇：纳班的镇子。

利阿沃斯：爱克兰的男爵领，靠近伊姆翠喀河。

勒蒙：意思是"牧场要塞"，爱克兰边境要塞。

李·堪皮诺：珀都因一家酒馆。

失落的华庭：即望都沙，传说中凯达亚逃离的家园，已经毁灭。

玛垂雯峰：纳班群山之一，塞斯兰·玛垂府所在地。

玛垂雯路：通往塞斯兰·玛垂府的道路。

主干道：贯穿鄂克斯特的城市主路。

集市广场：鄂克斯特城内的集市。

迷津宫：乌荼库女王迷宫般复杂的宫殿，又称"欧梅瑶·罕满堪"。

麦尔芒德：爱克兰城镇，位于格兰汶河岸边，米蕊茉王后的出生地。

万朱涂：意思是"银色家园"，曾是希瑟与戴沃人的城市，位于格兰玻山下，华庭降生者九大城市之一，已经废弃。

岷塔霍：矮怪落的一座山峰，宾拿比克的家乡。

Empire of Grass

纳班：奥斯坦·亚德南部的公爵领，曾是纳班帝国的首都。

格涞泽地：荣娜伯爵夫人的家乡，位于赫尼斯第。

穆拉泽地：艾欧莱尔伯爵的家乡，位于赫尼斯第东部。

奈格利蒙：爱克兰北部要塞，风暴之王战争期间发生过多场战役，如今归于至高王权治下。

奈琦迦：华庭降生者的城市，位于风暴之矛山下，意思是"泪之面具"，贺革达亚的家园。

奈琦迦遗址：奈琦迦山外的城市，华庭降生者九大城市之一，已经废弃。

纳萨河：巍轮山脚下的河流。

纳斯卡都：南方的沙漠地区。

尼鲁拉：著名战场，圣王约翰在此击败纳班末代皇帝班尼杜威。

尼鲁拉大门：海霍特的主城门。

新盖营所：风暴之王战争期间由难民建起的聚居地，在瑟苏琢附近。

呢斯淇小镇：纳班城中的一块区域，靠近旧码头。

北鬼领：北方山脉，贺革达亚的家园，又称"北鬼之地"。

北滨路：纳班境内的道路，由柯梅斯山谷通往爱克兰。

橘园：塞斯兰·玛垂府的花园，内有橘树林。

奥斯坦·亚德：凡人王国（瑞摩加语的意思是"东方的土地"）。

珀都因：恩莫庭海湾里的岛屿。

皮嘎·凤图：珀都因的山间小村。

分享场：大稚照里的公共广场，在河边。

静默场：大稚照的档案厅。

观天场：大稚照的一座崩塌的穹顶建筑。

聚言场：大稚照的公共活动场地。

波因斯：艾斯崔恩爵士的出生地。

附录

安提伽港：纳班的旧港口。

新星港：纳班的新港口。

拉辛纳：纳班的镇子。

雷登图林山：纳班群山之一，有两座山峰，分别叫玛垂雯峰和塞斯霖峰。

红猪礁湖：乌澜村庄，杰莎的家乡。

瑞法芦德：瑞摩加的一条路，意思是"狐径"。

莱浦·维新纳：纳班的镇子，位于关途圃西边。

瑞摩加：奥斯坦·亚德北方的公爵领。

王家大道：从奈琦迦通往南方的古路。

圣库思默教堂：珀都因杏树山上的教堂。

圣格冉尼教堂：纳班城中的大教堂。

圣撒翠教堂：鄂克斯特的大教堂。

圣坦雷德教堂：麦尔芒德的大教堂。

圣特纳图塔：塞斯兰·安东尼斯的塔楼。

塞斯霖山：塞斯兰·安东尼斯所在的山峰。

塞斯兰·安东尼斯：教宗居住的府邸，安东教廷的核心所在地。

塞斯兰·玛垂府：纳班公爵府。

支沙陇：阿德席特大森林西南部的山谷，坦娜哈雅的出生地。

茫漠海：隐人传说中走样的"溟濛海"，指凯达亚和庭叩达亚逃往奥斯坦·亚德时渡过的大海。

缄默石：伫立在色雷辛灵山上的巨石。

新纳·嘉维：纳班南部的镇子，教宗冬宫所在地。

小乐园：海霍特的一个花园。

灵山：血湖周围的群山，色雷辛部族的圣地。

丝戴尔：连接大稚照和奈格利蒙的古路，已经废弃。

丝塔·蜜洛：珀都因岛上的主要山脉。

苏玛克要塞：爱克兰南部边境附近的防御要塞。

风暴之矛：北方的大山，又称"奈琦迦"或"风暴战矛"。

神堂：一座木头城堡，赫尼赛哈统治家族的家堡。

榻毙坑：一种魔法用途的坑。

色雷辛：奥斯坦·亚德东南部的大草原，分为上色雷辛、色雷辛草原和色雷辛湖地三部分。

彻文塔：纳班的一个郡。

土美汰：华庭降生者九大城市之一，北方的希瑟城市，埋在伊坎努克东边冰雪之下。

桃灼：望都沙的大城。

雾沙穆雪山：遥远北方传说中的山脉。

兀特塞尔：爱克兰北部的男爵领。

浼恩：关途圃北方的沼泽地。

维亚·裴垂斯：贯通纳班东西的道路。

维亚·欧特姆：南北方向的老路，位于色雷辛边界。

维丽雅花园：塞斯兰·玛垂府数间花园的统称，为维丽雅·荷米斯而建。

望都沙：支达亚、贺革达亚、庭叩达亚的故乡，又称"华庭"。

纹南苏：早已废弃的希瑟古城。

闻德索普：瑞摩加东部小镇。

维萨：纳班的侯爵领。

瓦伦屯：爱克兰的海外岛屿。

喷泉路：纳班的一条道路。

巍轮山：爱克兰的一片山脉。

万途关：格兰汶河口的港口城镇。

西沃斯：爱克兰的一处领地。

白蜗堡：奈琦迦山肩上的贺革达亚城堡。

乌澜：奥斯坦·亚德南方的沼泽地。

桠司赖：希瑟神圣的聚会场所。

伊坎努克：坎努克人的家乡，又称"矮怪落"。

伊姆翠喀河：爱克兰东部的河流，色雷辛语叫"乌舍罕"，曾是一处战场。

其他

艾斯塔兰姊妹会：一个资助女性寻求安身之处的慈善组织。

《安东之书》：安东教圣书。

《先知书》：安东教圣书。

洞冰挂：贺革达亚对生长在奈琦迦深处的一种白色菌类的称呼。

云莓酒：用发酵浆果和少许稞蜜制成的饮料，罕见的奈琦迦佳酿。

寒根：玛寇的巫木剑，如今落到奈泽露手中。

苦都曼尼：纳班产的苹果白兰地。

殉生之舞：贺革达亚对格斗的称呼。

破晓石：大稚照的主谓识，在洪水中失踪。

审判日：安东教预言的最终判决日与凡人世界的末日。

枯手指：一种菌类，奈琦迦的美食。

迪卡之瓶：一个乌澜传说。

《多尔郡农夫之子》：爱克兰的一首战歌，从圣王时期流传至今。

龙骨椅：奥斯坦·亚德至高王室的宝座，但西蒙国王和米蕊茉王后从来不坐。

德鲁赫日：贺革达亚的节日，在听石月，用以纪念乌茶库女王逝去的儿子。

俄澄行云号：风暴之王战争期间一艘纳班船的名字。

《格米亚法令》：安图勒皇帝宣布纳班奉安东教为国教的公告。

爱克兰卫兵：保卫海霍特的卫兵。

《放逐函》：声名狼藉的叛逆之作，作者是仙尼箴·杉－罕满堪。

附录

《女王手上的五指》：智慧与教诲之书，在贺革达亚中间广为流传，备受推崇。

建元一年：纳班帝国建立的年份，安东教纪年第一年。

华庭降生者：所有来自望都沙的生灵的统称。

华庭之根：从望都沙带出来的巫木。

柑南溪的赠礼：贺革达亚表示认命的说法，指贤哲柑南溪将盲眼视为天赐的赠礼。

"大房子"：乌澜人对塞斯兰·玛垂府的称呼。

大年：华庭降生者的纪年方式，大概相当于凡人的六十年。

《朱鹭隐士密码》：贺革达亚贤哲夜挞敌设计的一种密码。

至高王的庇护：至高王权对奥斯坦·亚德全境诸地的保护。

贺革达亚语：奈琦迦使用的语言。

海黎莎王妃号：送米蕊茉王后前往纳班的航船，以她过世的母亲命名。

《领唱者颂歌》：《安东之书》里的祈祷歌。

牛膝草：用于抗菌、止咳的植物。

帝国时期：纳班帝国统治时期。

凯达亚：希瑟与贺革达亚的合称。

稞蜜：用巫木汁液制成的珍贵萃取物。

肯-未刹：华庭降生者使用的材料，可让敌人困顿虚弱。

窟琉索拉黑木：生长在奈琦迦周围森林里的树木，贺革达亚的制箭材料。

陆生者：登陆奥斯坦·亚德后出生的第一代贺革达亚与希瑟。

卷轴联盟：神秘且排外的学者联盟，致力于知识的探索与传承。

卷轴持有者：卷轴联盟的成员。

李·佛丝纳号：珀都因的伊索拉女伯爵乘坐的旗舰。

"麻马特和骗子"：《安东之书》里一个著名的故事。

绣线菊：一种开花的药草。

月云：主谓识。

月光剑：圣祠亲王菩逖岐的佩剑。

月亮树：希马努种的一种树。

教廷：安东教教会。

益母草：一种药草，用于肠胃不适，也有镇静的效果。

北方船盟：商业组织，与珀都因的辛迪戈图是竞争对手。

溟濛海：华庭降生者登陆奥斯坦·亚德时渡过的海洋。

《奥坦德月盟约》：纳班的英盖达林与班尼杜威家族签署的和约。

决裂：希瑟与北鬼的分裂。

佩拉里斯巨桌：至高王座内廷议会开会用的桌子，是纳班皇帝佩拉里斯送给泰斯丹王的礼物。

派丽佩姊妹会：安东教宗教组织。

《承诺篇》：《安东之书》里的篇章，讲述"承诺"。

怪女孩酒馆：鄂克斯特一家酒馆，莫根纳王子喜欢去那儿喝酒。

女王的猎人：乌荼库女王封给高超的凡人奴隶猎手的荣誉称号。

银锟：纳班钱币。

红疫病：一种瘟疫。

瑞帕铃花：治疗女性疼痛的草药。

鳞片：希瑟用来远距离通话的工具，是一种"谓识"。

殉生武士：贺革达亚战士。

石纳棋：凯达亚玩的双人策略游戏，希瑟称之为"审棋"。

斩蛇剑：莫根纳的佩剑。

巨桅：从华庭驶来的八艘舰船上的部件，被呢斯淇奉为圣物。

言火：弘勘阳的主谓识。

牡鹿：统治赫尼斯第的贺恩家族的纹章。

萨莱斯邪说：瓦格立斯·萨莱斯国王的臆想，称乌瑟斯·安东是

附录

希瑟，已被定为异端邪说。

撒翠修士会：安东教组织，供奉圣撒翠。

奈格利蒙的天鹅旗：约书亚的军旗。

女王之爪：由五名训练有素的殉生武士组成的战斗小队。

酋长大会：一年一度，所有色雷辛部族在血湖边举行的集会。

色雷辛战争：色雷辛与安东教王国间发生的一系列战争。

金王座：爱克兰金币，价值约等于纳班的金皇帝。

旅人兜帽：希瑟对附子草的称呼。

《异界密语专著》：纳班语名字为 *Tractit Eteris Vocinnen*，是本禁书。

圣树：又称"受难树"，是乌瑟斯·安东受难及安东教信仰的标志。

真信仰：指安东教信仰（从安东教角度来说）。

双龙：西蒙国王与米蕊茉王后的纹章。

虚湮：毁灭望都沙的古代灾难。

乌瑟林兄弟会：由安东教修士组成的宗教组织。

回归之战：贺革达亚对"风暴之王战争"的称呼。

瓦伦屯通用语：又称"西领语"，发源于瓦伦屯岛，如今是奥斯坦·亚德的通用语。

风信子：一种小白花，生长在树林里，早春开花。

巫木：从华庭带来的稀有树种出产的木材，硬度堪比金属。

巫木王冠：希瑟语叫"kei‑jáyha"，指给英雄的头冠，或者一丛巫木树，或者审棋（石纳棋）里的棋招。

谓识：希瑟用来远距离通话、或进入梦境之路的工具，通常用龙鳞制成。

龙芽草：一种开花的草药。

复活咒文：可为尸体唤回生命，至少维持短暂的时间。

联结咒文：坦娜哈雅使用谓识时念诵的咒文。

狎锐：意思是"蝎子"，贺革达亚使用的手斧。

夜挞敌箱：贺革达亚用于测试孩童的工具。

叶乳：色雷辛人代代相传的发酵马奶酒。

雅蔓索树：节庆时用的树。

星体

河弯星："失落的华庭"望都沙的星星。

刀刃星：望都沙的星星。

舞者星：望都沙的星星。

角鸮座：爱克兰的星座。

明灯星：爱克兰的星星。

启灯星：贺革达亚的星星。

水池星：望都沙的星星。

手杖星：爱克兰的星星。

吞食星：望都沙的星星。

节日

霏耶孚月2日：炷祭。

玛瑞斯月25日：艾莱西亚祭。

玛瑞斯月31日：愚人之夜。

阿弗洛月1日：愚人节。

阿弗洛月3日：圣乌提尼雅日。

阿弗洛月24日：圣迪楠日。

阿弗洛月30日：凝石之夜。

玛雅月1日：贝珊妮日。

余汶月23日：仲夏夜。

附录

提亚加月 15 日：圣撒翠日。

安涂月 1 日：半年祭。

瑟坦德月 29 日：圣格冉尼日。

奥坦德月 30 日：万圣夜。

挪文德月 1 日：灵魂之日。

岱萨德月 21 日：圣特纳斯日。

岱萨德月 24 日：安东祭。

星期

阳日、幕日、提斯日、乌顿日、铎尔日、弗瑞日、撒翠日。

月份

安东教：朱诺孚月、霁耶孚月、玛瑞斯月、阿弗洛月、玛雅月、余汶月、提亚加月、安涂月、瑟坦德月、奥坦德月、挪文德月、岱萨德月。

希瑟：渡鸦月、大蛇月、野兔月、哀姊月、夜莺月、提灯月、挑夫月、狐狸月、山猫月、仙鹤月、乌龟月、公鸡月、月使月。

贺革达亚：冰母月、大蛇月、风童月、鸽子月、云曲月、水獭月、听石月、山猫月、天歌月、乌龟月、火骑月、豺狼月。

色雷辛：第二蓝月、第三蓝月、第一绿月、第二绿月、第三绿月、第一黄月、第二黄月、第三黄月、第一红月、第二红月、第三红月、第一蓝月。

骨卜

坎努克人的占卜用具，卦象包括：

无翅鸟、鱼叉、暗道、洞口火炬、怯羊、小径云烟、黑隙、开封镖、石环、山舞、无主之羊、湿滑雪地、不速之客、意外降生、无影……

贺革达亚幕会

按分类和级别划分。

总部：各大幕会的训练和运作的特定地点。

出现过的幕会：殉生会、密语会、回音会、咒歌会、匠工会、祭礼会、丰饶会……

幕会层级制度：各部领袖是王族之外地位最高的官员，执掌整个幕会。

色雷辛部族（及所在地区）

蝰蛇部族：在色雷辛湖地。

羚羊部族：在色雷辛草原。

野牛部族：在上色雷辛。

黑熊部族：在色雷辛草原。

仙鹤部族，又名"卡拉格尼部族"：在色雷辛湖地。

蜻蜓部族：在色雷辛湖地。

艾鼬部族：在色雷辛湖地。

狐狸部族：在上色雷辛。

松鸡部族：在上色雷辛。

红隼部族：在色雷辛湖地。

山猫部族：在色雷辛湖地。

臭鼬部族：在色雷辛湖地。

麻雀部族：在上色雷辛。

骏马部族，又名"麦尔登部族"：在上色雷辛。

白斑鹿部族：在色雷辛湖地。

林鸭部族：在色雷辛湖地。

附录

其他部族包括：獾鼬部族、大鸨部族、水獭部族、雉鸡部族、雄獐部族、毒蛇部族、雀鹰部族、秃鹰部族、鞭蛇部族、野马部族……

词汇与句子

坎努克语

Croohok：瑞摩加人。

Dhoota：愤怒、饥渴的鬼魂。

Kunikuni：被莫根纳称为"喊嗑哩"的生灵。

－sa：后缀，意思是"亲爱的"。

希瑟语（凯达亚语）

A'do‐Shao：虚湮。

Hikka Staja：持箭者。

Hikeda'ya（贺革达亚）：云之子。

Kayute：希瑟与贺革达亚文字的笔画。

Kei‐jáyha：巫木王冠。

Seku iye‐Sama'an：地龙之脊，即巍轮山。

S'huesa：S'hue 的阴性用法，二者都是对家族长老的敬称，即"尊长"。复数形式为 S'huesae。

Sudhoda'ya（日暮之子）：凡人。

Tinukeda'ya（庭叩达亚）：海洋之子。

T'si Suhyasei（赤宿沙）：意为"她的清凉血液"，希瑟对"艾伏川"的称呼。

Tzo（桃灼）：星星。

Zida'ya（支达亚）：黎明之子。

附录

北鬼语（贺革达亚语）

Hike：云。

Rayu ata na'ara：我听到你话里的女王之声。

Ni'iyo（霓由）：一种会发光的球体。

Ujin é-da Sikhunae（乌棘大桓）：作茧自缚之地，北鬼对"奈格利蒙"要塞的称呼。

纳班语

Dominiatis Patrisi："家族之父"，指纳班各大家族的族长。

Honsa：贵族家族，复数形式为 Honsae。

Futústite：去你妈的。

Mansa séa Cuelossan：葬礼。

Matra sa Duos：圣母啊。表示诅咒或惊叹的词。

Patrissi："父亲们"，指纳班议会的成员们，单数形式为 Patris。

Podegris：痛风。

Vindissa：复仇。

色雷辛语

Setta：聚会场所。

Shan（山王）：王中之王，统一色雷辛所有部族的领袖。

Skeem：俚语，指男性生殖器。

Vilagum. Ves zhu haya.：欢迎。祝您健康。

其他

Bunukta：怒风（乌澜语）。

Higdaja（贺革达伽）：巨人对"贺革达亚"的称呼。

Katulo：通灵者（乌澜语）。

Empire of Grass

Laup!：跳！（瑞摩加语）

Settro：邻居或街区（珀都因语）。

Vao（瓦傲）：庭叩达亚对其本族的称呼。

Valada（瓦莱妲）：睿智的女人（瑞摩加语）。

附录

发音规范

爱克兰语

爱克兰人的名字分为两大类——古爱克兰名和瓦伦屯名。来源于圣王约翰出生地瓦伦屯岛的名字（主要包括城堡佣人和约翰的近亲）一般可看做圣经人名的变体（如"埃利加"之于"以利亚"，"爱蓓卡"之于"利百加"等）。古爱克兰语的发音近似于现代英语，但也有如下特例：

a——始终发 ah 音，就像"father"。

ae——发"say"里的 ay 音。

c——发"keen"里的 k 音。

e——除非出现在名字末尾，否则发"air"里的 ai 音；出现在名字末尾时也发音，但发 eh 或 uh 音，例如"Hruse"的发音即为"Rooz–uh"。

ea——只要不出现在单词和名字的开头，一律发"mark"里的 a 音；出现在开头则相当于 ae。

g——始终发重音 g，就像"glad"。

h——发"help"里的重音 h。

i——发"in"里的短音 i。

j——发"jaw"里的重音 j。

o——发长而轻的 o 音，就像"orb"。

u——发"wood"里的 oo 音，不要发成"music"里的 yoo 音。

Empire of Grass

赫尼斯第语

赫尼斯第人名和单词的发音与古爱克兰语大致相同，但也有如下特例：

th——始终发"other"里的 th 音，不要发成"thing"。

ch——发喉音，就像苏格兰英语里的"loch"。

y——发"beer"里的 yr 音，或"spy"里的 ye 音。

h——除非在单词开头出现，或跟在"t"和"c"后面，否则不发音。

e——发"ray"里的 ay 音。

ll——相当于单 l，如"Lluth"之于"Luth"。

瑞摩加语

在如下特例中，瑞摩加人名与单词的发音与古爱克兰语略有不同：

j——发 y 音，如"Jarnauga"之于"Yarnauga"、"Hjeldin"之于"Hyeldin"（这里的 H 几乎不发音）

ei——发"crime"里的长音 i。

ë——发 ee 音，就像"sweet"。

ö——发 oo 音，就像"coop"。

au——发 ow 音，就像"cow"。

纳班语

纳班语基本遵循罗曼斯语的发音规则，比如元音字母发音为"ah – eh – ih – oh – ooh"，辅音字母都发音等等。但也有如下特例：

i——大多数人名的倒数第二个音节要重读，如"Ben – i – GAR – is"。这些音节中有 i 时，发长音，如"Ardrivis"发音为"Ar – DRY – vis"；i 后面跟双重辅音字母时例外，如"Antippa"发音为

附录

"An – TIHP – pa"。

e——出现在名字末尾时，es 要发长音，如"Gelles"发音为"Gel – leez"。

y——发长音 i，就像"mild"。

坎努克语

矮怪语与其他凡人的语言有着显著不同。它有三种不同的重音"k"，分别代表字母 c、k 和 q。坎努克人之外的大多数人只能分辨出 q 带有轻微的舌音，但初学者不会因此而信心倍增。对我们而言，这三个字母的发音都跟"keep"里的 k 一样。另外，坎努克语里的 u 要发 uh 音，就像"bug"。其他方面就只能由读者自行体会了，这样你们才不会被错误的发音误导。

希瑟语

希瑟语比坎努克语更难发音，如果不加训练，你基本上没法讲出支达亚的语言。而这一来，给出希瑟语的发音规范反而最容易不过，因为不会有专家来纠正你（也不是完全没有，宾拿比克就学过希瑟语）。当然了，有些规则还是适用的：

i——如果是第一个元音字母，要发"clip"里的 ih 音。如果是第二个、第三个，尤其是最后一个元音，则要发"fleet"里的 ee 音：例如"Jiriki"发音为"Jih – REE – kee"。

ai——发长音 i，就像"time"。

'（撇号）——这个音很像嗓子被卡到了，凡人根本发不出。

特殊人名

葛萝伊（Geloë）——这个女人来历不明，其名讳来源亦不可考。其实这个名字的发音是"Juh – LO – ee"或"Juh – LOY"，二者皆可。

Empire of Grass

尹艮·杰戈（Ingen Jegger）——他是黑瑞摩加人，"Jegger"里的 J 要发音，就像"jump"。

米蕊茉（Miriamele）——虽然出生于爱克兰宫廷，却取了个发音怪异的纳班名字——也许这与她双亲的家族背景有关——她名字的发音为"Mih‐ree‐uh‐MEL"。

渥莎娃（Vorzheva）——色雷辛女子，名字发音为"Vor‐SHAY‐va"，其中的 zh 要发很重的音，类似于匈牙利语中的 zs。